U0840690

弹指惊雷

上

梁羽生作品集

62

梁羽生 著

中山大学出版社
·广州·

图书在版编目（CIP）数据

弹指惊雷/梁羽生著. --广州：中山大学出版社，2012. 12
（梁羽生作品集）
ISBN 978-7-306-04392-4

Ⅰ. ①弹… Ⅱ. ①梁… Ⅲ. ①侠义小说－中国－当代 Ⅳ. ①I247.5

中国版本图书馆CIP数据核字（2012）第300468号

广东省版权局版权合同登记图字：19－2012－075号

封面题字：黄苗子　书名篆刻：张贻来

弹指惊雷

出版人　祁　军
策　划　欧阳群
责任编辑　何　娴　熊锡源
封面设计　林卓萍　德斯装设计
内文插画　卢德平
文字编辑　林卓萍　林春光
出版社　中山大学出版社
（地址：广州市新港西路135号　邮政编码：510275）
电　话　编辑部020-84111996　传真020-84036565
网　址　http://www.zsup.com.cn　E-mail:zdcbs@mail.sysu.edu.cn
代理发行　广州市朗声图书有限公司（电话：020-34297719）
印　刷　湛江南华印务有限公司
规　格　880mm×1230mm　1/32　22.875印张　645千字　插图25幅
版次印次　2012年12月第1版　2017年4月第4次印刷
总定价　54.00元（全二册）

目　录

第一回　远涉穷边逢侠女
横穿瀚海觅孤儿

试望阴山，飘然销魂，无言徘徊。见青峰几簇，去天才尺，黄沙一片，匝地无埃。碎叶城荒，拂云堆远，雕外寒烟惨不开。踟蹰久，忽冰崖转石，万壑惊雷。　　穷边自足愁怀，又何必、平生多恨哉？只凄凉绝塞，蛾眉遗冢；销沉腐草，骏骨空台。北转河流，南横斗柄，略点微霜鬓早衰。君不信，向西风回首，百事堪哀。

——纳兰容若《沁园春》

魔城探险

像是一条蜿蜒千万里的巨龙，昆仑山脉西起帕米尔高原，东行至西藏高原边缘。阿尔金山、祁连山、贺兰山、阴山、巴颜喀拉山、唐古拉山等等都是它的分支，形成中国最大的山系。虽然它还比不上喜马拉雅山高，海拔也高达六千五百公尺以上（喜马拉雅山高逾八千公尺），山势重叠，冰川纵横，造成了西藏对外交通的障碍。若说“蜀道之难，难于上青天”，那么跨过昆仑，进入西藏，更是比蜀道不知难行多少倍！

但在这个“北国正花开，已是江南花落”的五月时节，却有一个年轻的旅人，居然跨过了昆仑山，踏进了这片千百年来被人认为神秘的土地。

此际，他正在和一个藏族向导，深入西藏腹地。虽然他已跨过了最险峻的山峰，但前面的旅程，仍是令他不敢丝毫松懈。西藏境内，有大漠流沙之险，也随时会碰上冰溶雪崩之危。这就是为什么他非得请一个向导不可的缘故了。

但他请来的这位向导，年纪却未免大了一些。满面皱纹，看来最少恐怕亦已五十开外。而且背部伛偻，瘦骨嶙峋，当他第一次和这位向导见面之时，他真有点害怕不知这位老大爷能不能跑得动。他是在根本找不到第二个人的情况之下，无可奈何，才不能不请这位藏族的老大爷的。

但出乎他的意外，不过几天，事实证明，这位老大爷却是一个经验十分丰富的好向导。别看他年纪大、身体似乎衰弱，走起崎岖的山路，这个出自武林世家的少年，若非使出轻功，也还赶他不上。这个向导还有一个好处是，他的汉语说得非常流利。

这天他们正在行走之间，一阵狂风刮来，怪声突起。那位藏族的老大爷面色不由得倏地变了。

少年吓了一跳，在向导耳边大声问道："雪崩么?"但却只见砂石刮来，并无雪块坠下。

那向导面无人色，讷讷说道："齐，齐公子，风中怪声，你，你可听见？这，这是魔鬼城刮来的怪风!"

少年怔了一怔："什么魔鬼城，这城在哪里?"说话之时，风刮得更大了。狂飙怒卷，地暗天昏。饶他一身武功，都几乎站立不稳。当然也无法与向导交谈了。

那风声果然甚为古怪，似是诸声杂作，或如战鼓雷鸣，或如空山梵唱，或如巫峡猿啼，或如高岗虎啸，或如鹤唳九霄，或如鲛人夜泣……雄壮、凄怆、哀号、温婉，各种奇怪腔调，兼而有之，构成了极不和谐的合奏。少年人也止不住魄动神摇。

那向导塞着耳朵，盘膝坐在地上。少年人则想考验自己的功力，依然披襟迎风，听那怪声。忽听得似有一缕箫声，杂在诸种怪异声中传入他的耳朵。

箫声袅若游丝，悦耳柔和，凝神静听之下，端的有如白居易诗"间关莺语花底滑，幽咽流泉水下滩。"但少年听得这缕箫声，却比听得其他各种怪声更加惊异。因为那些怪声，不过是风力造成的天籁，而这箫声，却听得出是人吹的。这少年颇通音律，隐约还可分辨，吹的是江南曲调。可惜转瞬之间，箫声便即随风而逝，再听就听不见了。

狂风来得快去得也快，渐渐风停沙静，恢复了气朗天清。少年正想扶那向导起来，那向导已然一跃而起，伸手一指，嚷道："瞧，魔鬼城！它远在天边，近在眼前！"

少年随着他仰头一望，但见天际云端隐隐现出城廓的影子，街道、房屋、佛塔、城墙，依稀可辨。一转眼间，云彩变幻，诸般幻象，归于无有。

少年哑然失笑，说道："这是海市蜃楼的幻景，上个月我在经过回疆的大戈壁时，也曾见过的，有什么稀奇？"

那老向导道："但那些怪声，你又如何解释？"

少年说道："风是从那边山头刮来的，或许那边的地形，有些特别。"

向导摇了摇头，说道："我知道有海市蜃楼，但适才所见，恐非幻景。此间古老相传，说魔鬼城是远在天边，近在眼前！"

少年问道："什么叫做远在天边，近在眼前？"

那向导说道："据说魔鬼城就在那座山头，风中怪声是魔鬼的嚎叫。每次怪风过后，云端便会有魔城现影。"

少年道："你到过那座魔鬼城？"那向导说道："我怎敢有这么大的胆子？不过虽然未有去过，却也曾见过两次魔城现影，两次都是在狂风之后。"

少年笑道："我看这两次不过是偶然的巧合罢了，我是绝不相信有鬼神的，我给你壮胆子，咱们一起到那座山头看看如何？"

向导连忙摇手，说道："别开玩笑，我是宁可信其有的。而且即使没有魔鬼，恐怕也有强盗。"

少年心中一动，说道："你这样推测倒是合乎情理了。不过在这样荒凉的地方，纵有强盗，也不会很多。多半是三几个诡谲奸恶的强徒，利用这个传说，占据那座山头，作为秘密的巢穴。"说了这话，忽地想起刚才听见的那缕箫声，又不禁想道："那人吹的是江南曲调，料想当是汉人。如此看来，那里倘若有人，恐怕也未必就是强盗。嗯，莫非就是我要寻找的人？哈，要是当真如此，这就真是踏破铁鞋无觅处，得来全不费功夫了！”

那向导仍然不敢去，说道：“即使只是有三两个强盗，我这副老骨头也禁不起他们一击；若然真有魔鬼，那就更糟！齐相公，请恕我不敢奉陪，我劝你也别冒这个险的好，咱们还是绕路避过魔鬼城吧。”

少年剑眉一扬，笑道：“我生性最喜欢探索怪异之事，魔鬼我固然不怕，强盗我更加不怕。你放心，有我和你作伴，即使有十个八个强盗，也担保动不了你一根毫毛！”

那向导半信半疑，说道：“齐相公，你有这样大的本事？”少年先不说话，忽地一掌劈下，把一块石头劈掉一角，笑道：“我不相信躲藏在荒山野岭的强盗，骨头能够比石头更硬。”看得那老向导目定口呆。

原来这个少年姓齐名叫世杰，来头可是委实不小，他的母亲是保定名武师杨牧的姐姐，人称“辣手观音”杨大姑。江湖上有两个“观音”，另一个是关东大侠尉迟炯的妻子“千手观音”祈圣因。两个观音，“辣手”“千手”，相差一字，各擅胜场。杨大姑能与祈圣因并驾齐名，本领可想而知。据说杨家的家传绝学六阳手，杨大姑可要比她的弟弟厉害得多。

至于说到父系，齐世杰的爷爷就更加有名了。

他的爷爷是北五省顶尖儿的武林高手，慷慨任侠，天下知名，人称“四海游龙”齐建业。

齐世杰父亲早逝，由爷爷和母亲传授他的武功，他身兼齐、杨两家之长，故此虽然不过二十多岁，在江湖上已经闯出不小名头。这次他跨过昆仑，来到西藏，倒并非是为了猎奇探险，而是为了要找寻一个人。

他想：“虽然未必会有那样凑巧，但既有可疑之处，就必须去探个明白。”于是热心劝那老向导：“老大爷，千百年来的传说，要是能够探查得水落石出，冒点风险也是值得呀！请你带引我去找‘魔鬼城’吧，我给你加倍酬劳。”

那老向导给他引起了好奇之心，重酬倒在其次了，终于答应了他的要求。两人加快脚步，不过两个时辰，就走到了那座山下。日头尚未落山。

齐世杰一路走一路仔细察视，只见山壁上无数小孔，宛若蜂巢密布，风过处，虽然不是狂风，也听得叮叮咚咚的类似音乐之声。而山上则是冰川交错，俨若玉龙盘旋，空中飞舞。

齐世杰恍然大悟，笑道："你听见了吧，这些蜂巢般的小孔，就是风中怪声的来由了。"

原来昆仑山脉，许多高峰之上，都有巨大的冰山，由于地震，后面高山的岩石塌下来，把冰山压在下面。冰山一天天地融化，岩石就一天天地架空。岩石中空之处，冰河流动，有时似乐声，有时似脚步声，有时似野兽的叫声，令第一次听见这种声音的人无不心惊胆战。天山山脉也有同样的现象，齐世杰是两个月前曾经到过天山的，也曾听见过这种地下怪声。

而这个传说中的"魔鬼城"所在，由于谷口狭长，风沙吹来，受到山岩峭壁的阻挡，所以剥蚀的现象更加特别显著，形成了山壁上那些蜂巢般的小孔。又由于洞孔的大小形状不同，风从洞孔穿过，所发出的声音也异。古代沙漠与草原上的居民，既没有近代地质学的常识，又不敢亲自去考察，那就无怪会以为是"魔鬼的嚎叫"了。

那老向导比一般牧民较多见识，经齐世杰这么一说，心中亦已释疑。但却说道："魔鬼城虽然未必有，但恐怕传说也并非毫无根据。你看看那里!"

齐世杰站上高处，从他指点的方向看去，隐隐看见一处山头有断瓦残垣，还有高耸的土塔。心里想道："这大概是个古城的遗址。"

齐世杰笑道："好，那么咱们今晚就到魔鬼城住宿，快点走吧!"走了一会，"魔鬼城"已然在望。只见一堵半塌的新月形城墙，崩了七八处缺口，墙内完整的建筑物只有一座佛塔，约莫十来丈高，参差错落的还有一些破破烂烂的房屋在佛塔周围。房屋构造的形式倒有点特别，圆形的屋顶状如覆莲，和西藏一般居民的形式不同。

齐世杰笑道："倘若这就是魔鬼城的话，城中的魔鬼必定都是饭桶，不足为惧。"向导笑道："齐相公，你又没和他们打过交道，怎生知晓?"

齐世杰道："要是他们法力无边，住的就该是华丽的宫殿，何须破屋藏身?"向导点了点头，说道："齐相公，听得你这么说，我也可以放心了。"

齐世杰笑道："老大爷，你当真相信有魔鬼?"

向导说道："我担心的是藏有强盗，但只有这几间破烂的屋子，纵有强盗也不会多。而且你刚才说得有理，有神通的魔鬼固然不会住破屋，有本领的强盗，我想也不会住破屋的。"

齐世杰道："在这样荒凉的山头，野兽也不多见，怎生觅食，当然不会有大帮强盗的。放心进去看吧。"

两人开了一回玩笑，续向前行。阵风吹来，齐世杰忽地嗅到一股奇怪的香气，把眼望去，但见"魔鬼城"边开有无数奇花，每朵花都有饭碗般大，红白蓝三色相间，不过红花的花瓣最多，而火红的颜色也最为耀眼。

齐世杰道："咦！这是什么花?"

向导失声叫道："齐相公，不、不可——"

齐世杰道："什么不可?"脚步不停地向前直走。

向导说道："这花像是传说的魔鬼花，你千万不可沾惹它，否则据说定有灾殃!"

齐世杰自小生性执拗，而且他根本不相信这些鬼传说，当下哈哈笑道："魔鬼我都不怕去惹，何况魔鬼花？你们迷信它不能沾惹，我偏要去采摘它。"

话犹未了，他已是走到花丛之中。香风越来越浓烈了。他正要选择最大最好看的"魔鬼花"采摘，忽地一阵目眩心跳，就像是喝醉了酒一般，懒洋洋的提不起精神。齐世杰吃了一惊："这花莫非有毒?"

"魔鬼"突然出现了!

"魔鬼"其实是人，人本来就是按照自己的精神面貌，既塑造了上帝，也塑造了魔鬼的。不过，令得齐世杰意想不到的是：这个

“魔鬼”竟然是这个数日来与他形影不离的伙伴，那个他曾经担心过可能连路都跑不动的藏族老向导。

就在他正要摘下一朵“魔鬼花”的时候，陡觉背后微风飒然，一根拐杖指到了他后心的风府穴。

齐世杰不愧是武学世家，骤然遇袭，虽惊不乱，反手一挥，使出了“金刚六阳手”的杨家绝技，把那根拐杖荡开，迅即转过身来。

“咦，是你，你，你干什么?”看清楚了暗算他的人是谁，齐世杰不由得更为惊诧了。

那老向导“噫”了一声，对齐世杰的居然还能反击似乎也是感到诧异，随即喝道:“少废话，谁叫你跑来西藏?”

“我来西藏，又碍了你什么事了？你是谁?”

这回，老向导根本就不答复他的问话，他话犹未了，拐杖已是又打过来。那老向导把三尺多长的拐杖当作判官笔用，左点任脉的“冷渊”“玉泉”，右点督脉的“金宫”“玉阙”，手法奇妙异常。

老向导好像换了个人，伛偻的背部挺直了，走路本来不大方便的一条右腿也不跛了，而那根支撑他走路的拐杖却变成了一件厉害的兵器。

但最令得齐世杰震惊的还是他那凌厉无伦的点穴手法。他看得出来，这老向导的点穴手法是脱胎于连家的“四笔点八脉”功夫，这门功夫，他的爷爷，武林中见闻最高的“四海游龙”齐建业曾经和他说过。

他爷爷告诉他，“惊神笔法”是河北武学世家连家的绝技，两人合使，可以“四笔点八脉”，号称天下无双的点穴笔法。不过传到了与齐建业同一时代的连家子弟，“四笔点八脉”的功夫已是没人会使，只剩下了一个人单独施展的“双笔点四脉”功夫。

如今这个老向导用一根拐杖能点齐世杰的双脉四穴，这份功夫，虽然比不上“四笔点八脉”，但显然已是在“双笔点四脉”的功夫之上。

但他的爷爷也曾告诉过他，连家的家传绝技是从不传给外人的。连家可是汉人。这霎那间，齐世杰登时醒悟，这个老向导其实并非藏人，而是出身于河北连家的汉人。好几个疑团此时也迎刃而解了。

“怪不得在杳无人烟的昆仑山下，我刚要找一个向导，向导就送到我的面前。原来他是有心来暗算我的！”齐世杰心想。

但还有一件事令他想不通的是：“爷爷可从未说过河北连家和我们齐家有过什么过节，为什么他要暗算我呢？”

头晕目眩的感觉还没过去，他无法再用心思；对方那么凌厉的攻势，也不容他分神说话。而且即使查问，料这“老向导”也不会说出因由的。

齐世杰吸一口气，强振精神，呼呼呼连劈三掌，三招“六阳手”的杀手绝招，把那“老向导”迫退三步。

杨家的“六阳手”乃是武林一绝，掌法脱胎于少林派的“大力金刚手”，但两者之间仍有很大不同。“大力金刚手”招式简单，虽然威猛绝伦，却无复杂变化，是全凭功力取胜的。杨家的“金刚六阳手”则是招里藏招，式中套式，每一掌劈出，内中都暗藏着六种不同的变化，有如长江大河，滚滚而上。在一般掌法之中，一招两式已是难能，一招六式，那是武林仅见的了。是以它的威力或许比不上少林派的金刚手，但碰上旗鼓相当的对手，杨家的金刚六阳手更可以令对方防不胜防。

齐世杰自知支持不了多久，一鼓作气，把得自母亲传授的杨家六阳手的威力发挥得淋漓尽致！

那老向导的点穴手法虽然也是奇妙非常，但在六阳手的威力防卫之下，他的拐杖连齐世杰的衣角都沾不着。接战数招，转身便走。

“魔鬼花”香浓如酒，齐世杰在花间恶斗，越来越是感到头昏眼花。不过有一点他还是清醒的：必须在自己昏倒之前，杀掉这个向导。

“你无缘无故地害我，害人不成，就想跑么？”他一咬舌尖，强振精神，运一口气，飞身扑去。拔出佩刀，左刀右掌，追斩这个向导。

那老向导忽地哈哈一笑，说道：“不知死活的小子，你怕我跑？

我更怕你跑呢!”就在他大笑声中，花丛里已是跳出了两个人来。一个是虎背熊腰魁梧汉子，一个是身材枯瘦、披着大红袈裟的僧人。

那个魁梧汉子笑道：“连老大，你放心，这小子跑不了的!”那枯瘦的僧人则叽哩咕噜地说了几句西藏话，齐世杰听不懂他说的什么。

“果然是姓连的!”齐世杰心想。说时迟，那时快，那个魁梧大汉已是向他扑来，使的兵器是一对虎头钩。那个番僧却是古怪，脱下了身披的大红袈裟，站在一旁，只是目不转睛在注视着齐世杰，看来他是防备齐世杰逃跑。

齐世杰虽然是神智模糊，亦已想得到是落入敌人陷阱了，这个“老向导”想必是早就知道魔鬼城边有这么一种有毒的怪花，是以特地把齐世杰引来，在这里先埋伏下他的党羽。当然他们这一伙是准备了可以克制花毒的解药的。

落入了敌人的陷阱，除了拼命，还有什么办法呢?

“不是你死，便是我亡!”齐世杰喝道。右掌一翻，使出金刚六阳手的绝招，同时左手挥刀向那大汉劈去。刀中夹掌，威猛异常。

那大汉道：“来得好!”双钩霍霍，一沉一带，齐世杰的钢刀几乎给他引得脱手飞去。“六阳手”的掌力，也不过只能令得那大汉身形一晃。不过比较起来，他对齐世杰的“六阳手”似乎还稍为有点顾忌，虽然一交手就占了上风，也还不敢太过逼近。

齐世杰吃了一惊，想道：“这个贼子似乎比那姓连的还厉害，他这对虎头钩却不知是出自何家何派，不过看来似乎也是中土武功。”其实并非这个汉子比那“连老大”更强，而是因齐世杰的气力越来越不济了。

那大汉也看得出齐世杰已是气力不济，哈哈笑道：“想拼命么，可惜你想拼命也不行了。乖乖地束手就擒吧，我倒不想取你性命。”

齐世杰是个心高气傲的少年侠士，哪肯束手就擒。

那大汉喝道：“好，你这小子不知好歹，可休怪我不客气了!”双钩一展，迎、送、剪、扎、吞、吐、抽、撒、钩法八诀，挥洒自如，招招凌厉。使到疾处，恰两道银蛇，贴着齐世杰的身形飞舞。

齐世杰倘若没有中毒，大概可以和这大汉打成平手，此际却如何还能抵敌？何况那汉子还有一个“连老大”助他。斗到紧处，那大汉猛地喝声“着！”双钩一个盘旋，勾着了钢刀，轻轻一带，齐世杰的钢刀飞上了半空。

齐世杰不甘被擒，情急拼命，咬破舌尖，把残存的气力全都使了出来，猛劈一掌。也是这大汉轻敌一些，以为齐世杰已是无力反击，这一掌竟然给齐世杰打个正着。可惜齐世杰气力不济，否则这一掌就能将他重伤。

那汉子给他一掌打个正着，虽然没有受伤，痛得也是难熬。禁不住“哎哟”一声，身形晃了两晃。

人到危险关头，本能地会发挥潜力。齐世杰飞身一跃，居然一掠数丈，疾如鹰隼地从那汉子身旁掠过。那汉子身形未稳，哪里顾得及抓他。

可惜的是，在强敌环伺之下，他过得了一关，过不了第二关。陡然间，只见一片红云当头罩下。原来是那个守在一旁的番僧，抖开了大红袈裟，挡住了他的去路。袈裟还未罩到头顶，那股劲风已是压得他透不过气来。

齐世杰把吃奶的气力都使了出来。“蓬”的一声，双掌碰着袈裟，好像碰着一堵墙。发出的声音如击败鼓。

勉强挡了一招，齐世杰已是感觉地转天旋，连手臂也举不起来。无论如何，也抵挡不了第二招了。

那番僧哈哈一笑，冷冷说道：“杨家六阳手果然名不虚传，不愧是源出达摩祖师一脉，只可惜你这小子火候太浅，想要逃出佛爷的掌心，最少还得再练十年！嘿、嘿，你还往哪里跑，给我站住吧！”汉语说得干涩之极，就如金属摩擦，刺耳非常。

原来杨家六阳手脱胎于少林寺的大力金刚掌，少林寺的武学是达摩祖师所传，故而“六阳手”也可算得是达摩武学的一个旁支。这个番僧是密宗高手，武学源流出于天竺的那烂陀寺，与达摩祖师当年携来中土的武学正是同源。故此他刚才之所以没有立即加入战

“波”的一声，番僧的袈裟好像已给少女一剑戳穿，变成泄气的皮球。

团，一方面固然是为了保全身份，不屑与同伴联手攻一个后生小子，一方面也是想冷眼旁观杨家六阳手的奥妙的。

他口中说话，脚步可丝毫不缓，如影随形地追赶上来，抖起袈裟，又向齐世杰当头罩下了。

他喝令齐世杰："站住！"但齐世杰此际力竭精疲，却是连站也站不稳了。给他袈裟抖起的劲风一扑，不由自己地便即"卜通"一声跌倒地上。那番僧哈哈大笑，迈步向前。

齐世杰半点气力也使不出来，当真是求生不得，求死不能，只好闭上眼睛，任由对方宰割。

说也奇怪，他以为决计逃避不了的恶运，却并没有降临他的头上。那番僧的可怖笑声突然停下，却听见一个银铃似的声音斥道："你们为什么要害这个少年？"

那番僧哼了一声，喝道："哪里来的野丫头，胆敢管佛爷的闲事！"

齐世杰大为奇怪，咬着牙根挣扎，勉强爬了起来。抬头一看，只见冷电精芒，耀眼生缬，那个少女，已经和番僧交上了手。他虽然神智模糊，但毕竟是个武学行家。他强振精神，定睛细看之下，对那女子的剑法隐约还可看到一些，不觉又惊又喜："这位姑娘年纪似乎不大，剑法可是精妙无比，或许打得过这个番僧也说不定。咦，她这剑法我好像在哪里见过似的，是哪一家的剑法呢？"

斗到紧处，俨如一片红云，裹住一道银光。那番僧舞起袈裟，呼呼风响，真有排山倒海之势，风雷夹击之威。齐世杰靠在一棵树上，距离约在七八丈外，也感觉到劲风刮面，隐隐作痛。那少女更是有如一叶轻舟，被卷在波涛汹涌的巨流急湍之中，给震得飘摇不定。

齐世杰不禁又是心头一凉："可惜她剑法虽然精妙，究竟还是打不过这个凶僧。"

心念未已，忽听得"波"的一声，番僧的袈裟好像已是给少女一剑戳穿，变成了泄气的皮球，叫道："好厉害的丫头！"抛出袈裟，转身便走。

少女挑开袈裟，正好迎上那个使虎头钩的汉子。

闪电间两人交换了几招，那汉子左钩护胸，右钩伸出，钩尖只差半寸，就要钩着少女酥胸，可就是只差这么半寸，没有钩着。少女吞胸吸腹，脚步不移，身形平空挪后半寸。恰到好处地解开了他这攻势极其凌厉的一招。

高手搏斗，只差毫黍。那汉子招数使老，有如强弩之末，哪里还能伤着对方？少女一声叱咤，剑光匹练般地疾卷过去，饶是那汉子右手的虎头钩亦已立即收回，双钩一并遮拦，兀是遮拦不住。叱咤声中，只觉头皮一片沁凉，头顶乱蓬蓬的长发已是给削去了一大片，随风飞舞。那汉子差点被削去头皮，吓得魂不附体，慌不迭地也跟那番僧逃了。

还未来得及逃跑的只有那个冒充藏人的老向导了。少女喝道："你冒充藏人也骗不过我，我已经知道你是谁了。有胆的你莫逃，我倒想领教领教你的双笔点四脉功夫！"

不过这个冒充藏人的向导是否有胆和这少女交手，齐世杰却是不知道了。在红衣僧和使虎头钩的汉子相继被少女打败之后，他已是放下了心上的石头，情知这个冒充藏人的向导，即使胆敢和这少女较量，料也难是对手。他是本已力竭精疲，且又中了"魔鬼花"之毒的，只因生死关头，全仗一口气支持，这口气一松，登时就晕了过去。

也不知过了多久，齐世杰蒙眬中似是隐约听到一缕箫声，不知不觉地就把眼睛睁开了。

好像从恶梦中醒了过来，他定了定神，游目四顾，发觉自己是在一间四壁萧条的屋子里面，躺在有干草垫着的地上。有个少女正走到他的身边，弯下腰来看他。少女手中正是拿着一管洞箫。

"好了，你醒过来了，觉得怎样？"少女问道。

他也几乎是同时在问这个少女："你是谁？是你把我救到这里来的吧？多谢你的救命大恩。"

那少女淡淡说道："我是在当你遇难之时，恰巧路过的女子。患难相助，理所当然，何况同是汉人呢。你用不着客气。"齐世杰本是问她姓名的，听她这样回答，自是不能满意。但想她或许是出于施恩不望报的意思，萍水相逢，一时间倒是不好意思立即又再追问她的姓名了。

“没什么，我刚试过运气，似乎没有内伤。只不知这里是什么地方?”

“这里就是你想来的魔鬼城了。”少女说道。

“哦，原来你已经知道那个冒充藏人的向导，引诱我来魔鬼城之事了。姑娘，你就是刮大风之时吹箫的那个人吧?”齐世杰换个方式问她。

“不错，昨天起风之时我刚在吹箫。”少女说道。心想：“这少年能够在杂有各种怪声的风声之中听得见我的箫声，本领也确是算得不错了。”

齐世杰吃了一惊，说道：“是昨天的事情么?那么我已睡了整整一天了。”

那少女说道：“是的。不过好在你并没受到内伤，中的魔鬼花之毒已解了。你只因疲劳过度，才睡了一整天的。待会儿你吃过东西，气力就可以恢复了。”说罢，走进内院，拿了一只烤熟的雪鸡出来，给齐世杰吃。

齐世杰吃了两条鸡腿，精神好了许多，边吃边问：“那个花原来真的叫魔鬼花么?我还只道是那向导胡说八道的。”

少女说道：“这倒不是胡说的。这花本名阿修罗花。‘阿修罗’在梵语中是魔鬼的意思。《佛国记》中所载，说阿修罗花开之时，人一嗅到这种花香，就像碰到魔鬼一般，觉得如饮美酒般的舒服，立刻给它迷醉了。”

齐世杰好奇心起，忍不住再问：“姑娘，那你何以不怕魔鬼花，还能给我解毒?”

少女淡淡说道：“天生万物，相生相克。有这么一种能令人中毒的魔鬼花，也有另一种能袪邪去毒的奇花。”言下之意，她自是藏有这种能克制魔鬼花的奇花了。但却似乎有所顾忌，不愿意把这奇花的名字说给齐世杰知道。

齐世杰心中一动，对少女的身份隐约猜到几分，随即问道：“那个冒充藏人的向导是什么人，姑娘想必知道?”

少女说道：“他是当今之世连家笔法硕果仅存的唯一传人连

甘沛。”

少女说的虽然早已在齐世杰意料之中，但还是不禁为之一愕，心想：“连甘沛，这名字好熟！”问道：“他既然是连家笔法的传人，那么在中原的武林之中，也应该是有他一席地位的了，却何以要跑到西藏来冒充藏人呢？”

少女说道：“二十年前，中原有一位鼎鼎大名的女侠，名叫云紫萝，你知道吗？”

齐世杰道：“曾听得人说过。”心里想道：“岂只知道，要是云紫萝当年不闹婚变的话，她还是我的舅母呢。”不过，也正是由于这个缘故，他的家人平时是尽量避免提起云紫萝的，故此他对这位舅母的事情知道得并不很多。

那少女继续说道：“连甘沛曾经败在云紫萝剑下，无颜在中原立足，并且听说他另外还有强仇，故而躲到西藏。但他逃来西藏之后，绝少露面。是以许多人还在怀疑，不知这传闻是真是假。我也想不到今天会恰巧碰上了他。”

齐世杰再问：“那个使虎头钩的汉子呢？”

少女说道：“那人也是中原一个武学世家之后，名叫窦健刚，听说是连甘沛把他引来西藏的。”

齐世杰道：“那个红衣喇嘛是密宗高手吧？”

少女说道：“不错。西藏密宗有两个高手曾经到过中原，并曾为清廷效力，和中原的侠义道人物作过对的，一个名叫释陀，一个名叫释湛。我不认识他们，但我猜想，这个红衣喇嘛，想必是其中之一。”

齐世杰道：“姑娘对武林中人事如此熟悉，想必不是名门正派的弟子也是出身于武学世家的了。”

少女说道：“我懂得什么，不过是闲常听得长辈闲谈，记得一些而已。”她显然不愿答复齐世杰的问题，但却也证实了齐世杰的推断。

齐世杰沉吟半晌，说道：“奇怪，奇怪！”

冷若冰霜的少女

少女道："什么奇怪?"心想："莫非他对我的来历已经起了猜疑?"

齐世杰道："姑娘说的这三个人，与我往日无冤，近日无仇，不知他们何以要加害于我，真是令我猜想不透。"要知杨牧夫妻当年反目成仇，曾在江湖上引起轩然大波，而在这一事件之中，辣手观音杨大姑是始终偏袒弟弟，把云紫萝视为败坏杨家门风的坏女人，几次三番要替弟弟出头，和云紫萝为难的。是以齐世杰自是不禁大惑不解了："连甘沛纵然和云紫萝有仇，按说也不该迁怒于我呀!"

齐世杰这么说话，本来是想引这少女问他的姓名来历的，但这少女仍然只是淡淡说道："昨日之事，我不过偶然碰上。既然你自己都不知道，我更加不会知道了。"

齐世杰未能引起她的发问，只好自己来说，微笑言道："对啦，你救了我的性命，我还未曾将名字告诉你呢。我姓齐，名叫世杰。"

少女听了他自报姓名，倒似乎颇为注意了。只见她柳眉一扬，把眼睛望着齐世杰说道："哦，你姓齐。有一位江湖上人称'四海游龙'的齐老英雄齐建业，不知和你是怎么个称呼?"

齐世杰恭谨答道："正是我的爷爷。"

少女说道："哦，原来是齐公子，怪不得有这么好的武功。我真是失敬了。"她口里说的客气话，脸上神色却愈是冰冷。显然这几句客气话，只是出于礼貌上的酬对。

齐世杰忽地微笑说道："我这点微末之技怎比得上姑娘的精妙剑术，姑娘，你是天山派的吧?"

少女怔了怔，说道："齐公子不愧是武学世家，眼力果然厉害!"

齐世杰笑道："姑娘谬赞了，我其实是并不懂得天山剑术的。不过一个月前，我刚刚到过天山。"

少女说道："哦，原来你是刚从天山来这里的吗?见过天山派的掌门人没有?"

齐世杰道："唐掌门云游未归，我曾蒙钟长老接见。贵派的四大弟子我也都已见过了，只是未见到姑娘，想必姑娘那时也已是在外边吧？"

少女见他说得确凿，情知不是谎言，她脸色这才好了一些，说道："不错，我离山一年，尚未曾回去过。"承认自己是天山派的弟子了。齐世杰趁这机会立即发问。

他自报姓名之后，装作瞿然一省的模样："你瞧我多糊涂，姑娘救了我的性命，我都还未曾请教姑娘的芳名。"

少女说道："名字不过是个符号，你我萍水相逢，缘尽则散，何须定要知道姓名。要不是你自己说出来的话，我也不会问你的。"

齐世杰道："姑娘，你不知道我的姓名不打紧，我不知道你的姓名可是大大的不妥。"

少女为之一愣，说道："为什么？"

齐世杰道："姑娘，你没欠我什么，我可是欠了你的救命恩情的。即使不提什么知恩报德的话，他日相见，你或许可以不理睬我，我却怎能装作不认识你呢。那么，就总得有个称呼才行了。难道我在人前人后，都叫你做'恩人'不成？"他说得一本正经，那少女冷若冰霜的面上，不觉也给他逗得开颜一笑。齐世杰道："你别以为我是油嘴滑舌，我可是十分认真的。"

少女说道："好吧，你既然看得这样重要，那就告诉你吧，我姓冷，名叫冰儿。"一笑过后，又恢复冷若冰霜的神态了。

齐世杰暗自想道："冷冰儿，她这姓名倒真是名如其人了。不过，她也并非一开始就对我如此的，在我刚刚醒来的时候，她对我的照料可说得是相当热心，说呀说的，就渐渐冷起来了，这是什么缘故呢？"他当然不会知道，这是因为在交谈之后，冷冰儿已经知道他是辣手观音杨大姑之子的缘故。

"好了，你已经知道我的名字了，还有什么要问的么？"冷冰儿道。

齐世杰道："冷女侠，我正是想向你打听一个人。"

冷冰儿道："什么人？"心中亦已隐约猜到几分。

齐世杰道："贵派是不是有个弟子名叫杨炎。他大约是十年之前，跟随缪长风缪大侠前往天山的，听说已经投在贵派门下。”

冷冰儿道：“哦，原来你来西藏就是为了找他？”

齐世杰道：“不错，他是我的表弟。家母很挂念他，想要接他回去。”

冷冰儿道：“我不是问你有什么亲戚关系，我只是觉得有点奇怪，你既然到过天山，难道竟未探问过么？”

齐世杰道：“贵派钟长老说他五年前业已失踪。”冷冰儿道：“那你还问我做什么，难道你不相信钟长老的话。”

齐世杰道：“不是不信，杨炎失踪之事，我们在中原亦有风闻的，只是知道得不很清楚罢了。不过，隔了这许多年，贵派或许已经找到了他……”

冷冰儿怫然不悦，说道：“你怀疑我们已经找到了他，但却不愿让他跟你回去，所以对你隐瞒？”

齐世杰道：“请姑娘莫要怪我多疑，我这位表弟当年由缪长风携来天山一事，内里实是有点不足为外人道的隐情，我恐怕缪长风对我们齐杨两家怀有成见……”

冷冰儿面色微变，打断他的话道：“既是不足为外人道，那就不必对我说了。”

齐世杰颇觉尴尬，勉强笑道：“姑娘与他既属同门，怎能说是外人？”

冷冰儿掩耳道：“你纵然不把我当作外人，我也不想听人家的隐私。”

齐世杰苦笑道：“好吧，那我只想请姑娘替我向贵派掌门转达几句话，这几句话我在天山之时，觉得不方便和钟长老当面说的。”

冷冰儿没有表示答不答应，齐世杰径自往下说道：“家母对炎弟死去的母亲或许还未谅解，但对炎弟却是的确非常盼望他能回来。家母说杨家如今就只剩下他这株根苗了，他不回来认亲，何人承继香烟？家母又怎忍见娘家绝后？请姑娘代禀唐掌门和钟长老，体谅家母这片苦心。”

冷冰儿道：“好，我答应把你的话告诉他们。但我也要告诉你，钟长老和我们天山派的人固然不会说谎，缪大侠也不是你们想象的那样心胸狭窄的人，他们可能不欢喜杨炎跟你回去，但倘若他们已经找到杨炎，他们一定会明白告诉你的。老实告诉你，这几年来我们都在找他，我这次到西藏来，也正是为了找他。”

齐世杰道：“可曾打听到他的消息?”冷冰儿黯然说道：“若然已有消息，我也不用跑到魔鬼城来了。”

齐世杰道：“我想起另外一个人，要是知道这个人的下落，或者可以间接打听到杨炎的消息。”

冷冰儿怔了一怔，道：“你说的这人是谁?”

齐世杰道：“听说杨炎是给一个名叫段剑青的人拐走的。这个段剑青是大理武学名家段仇世的侄儿，琴棋书画，无所不精，说出来请姑娘莫怪，我昨日听见箫声之时，也曾怀疑过是段剑青躲在魔鬼城中，故此才决意冒险一探的。冷姑娘，你想必知道段剑青这个人吧?”

“段剑青”这个名字从齐世杰口中说了出来，只见冷冰儿好像呆了一呆，脸上的神情越发显得冰冷了。

这五年来，从没有人向她提起过段剑青。经过了这么长久的时间，突然又再听到“段剑青”这个名字，这感觉就似一枝毒箭插入她的心头，令得她不禁陡然一震。

往事历历，都上心头。虽然经过了五年长的时间，她心上的创伤还是未曾平复的。

段剑青是她的初恋情人，她曾经把少女的梦想寄托在这个人的身上。但想不到她“愿托终身”的“良人”，却是个寡情薄义的负心汉。

不仅负心而已，这个人甚至还曾三番两次要想把她置之死地。五年前他和杨炎一同失踪，从此就没有再见过他。她也不愿意听见段剑青这个名字了，和她相识的人都懂得她的心情，是以大家都在她的面前避免提起旧事。

想不到经过了五年，忽地从一个初相识的陌生人口中又听到了段剑青的名字。她极力压抑自己不要去想，心中但感一片茫然。

迷茫中眼前幻出段剑青的影子，她瞪着眼睛看这个“段剑青”，不知不觉抓着剑柄，怒气呈现眉梢。

齐世杰吃了一惊，坐了起来，说道："冷姑娘，你怎么啦?"好似海市蜃楼的幻影倏然消失，她看清楚了在她面前的是齐世杰，不是段剑青。

不错，齐世杰和段剑青是有几分相似，他们都长得很英俊，也都是出于名门的子弟，令人感觉得到有名门子弟惯常会有的一份骄傲。但却有一点最不大同的是：段剑青在骄傲之外还流露着一份轻浮，即使是在山盟海誓之时，她也不敢予以信赖。而这个初相识的"陌生人"，却令她感觉得到，他的态度是十分诚恳的，他的惊慌绝非伪装，可以断定：他绝对不是有心嘲讽自己。

她猜得不错，齐世杰的确不知道她的往事。

要知她虽然是义军首领冷铁樵的侄女儿，但在江湖上却从没出过什么锋头，自出师门之后，不久就远离中原，后来又投在天山派门下，更是绝迹江湖了。知道她的人本来不多，即使知道冷铁樵有这么一个侄女的人，也不会把她——义军首领的侄女，和出身于大理段府的"小王爷"联想在一起的。

冷冰儿定了定神，说道："没什么。你说的这个人我知道，但我不愿意听见这个人的名字。"

齐世杰怔了一怔，蓦然醒起，说道："听说这小子曾是贵派门下?"呼为"小子"，已是不敢再提段剑青的名字。

冷冰儿淡淡说道："不错，他是本派的叛徒。"

齐世杰心想："怪不得她不愿意我提起此人，俗语说家丑不外扬，只怪我不知避忌。"于是委婉说道："清理门户这种事情，外人本是不宜插手。不过，杨炎是我表弟，为了要找杨炎，我才不能不打听这小子的行踪罢了。当然，万一给我碰上这个小子的话，我也不会擅自处置他的。"

冷冰儿不愿向他解释误会，说道："敝派倒是并不拘泥这种江湖规矩，你要怎样对付那个小子，那是你的事情，我管不着。不过，我却另有一言相劝，听不听随你。"

齐世杰忙道："姑娘于我有救命之恩，请尽管吩咐，齐某敢不遵从?"冷冰儿道："我劝你还是早点回家，不要再找杨炎了。"

齐世杰有话在先，不便反口，迟疑半晌，说道："姑娘的话我是应该听的，但我可以问一问为什么吗?”

冷冰儿道：“即使你找着他，我们也不能让他跟你回去的。原因很简单，因为我们不愿意他知道有杨牧这么一个父亲。”

齐世杰甚是尴尬，说道：“我那舅舅是曾做错过事，不过自从七年前他一度出现江湖之后，不久便又不知去向，如今也不知是死是活。家母的意思，只是想炎弟回去承接杨家香烟，可以不把往事告诉他的。”

冷冰儿道：“我们也并非要永远对他遮瞒，但他现在尚未成人，我们觉得还未曾是告诉他的时候。再说，杨牧当年抛弃他们母子，那时他尚未出生呢。他是缪大侠带上天山的，杨家于他并无丝毫养育之恩，即使要让他知道身世，也只能由缪大侠和敝派掌门告诉他。那时再由他自行抉择。”

齐世杰听她说得合情合理，只好说道：“姑娘提出的这个办法，我并无异议。但我只盼能够见一见他。”

冷冰儿道：“我已经找了他五年，还未找着。你又何必冒险?还是早点回家吧。”齐世杰道：“姑娘还会再找他吗?”冷冰儿道：“我已立下誓言，找不到他，绝不回山。”

齐世杰道：“那么姑娘倘若找到了他，可否托人给我捎个讯息，也好让我和家母安心。”

冷冰儿冷冷说道：“事属渺茫，言之过早，到时再说吧。”

齐世杰默然无语，事实上他也不知要怎样说才好了。

冷冰儿忽道：“你好了点吗?”齐世杰道：“吃了这只雪鸡，好得多了。”冷冰儿道：“好，你现在已经无需照料，请恕我不陪伴你了。”

齐世杰吃了一惊，说道：“姑娘，你就要走了么?”

冷冰儿道：“你的伤并无大碍，气力很快就会恢复如初的，我留下两只雪鸡给你，明天你可以自己去打猎了。”

齐世杰讷讷说道：“我，我并不是担心没东西吃。”

冷冰儿笑道：“那你担心什么，是担心‘魔鬼城’里有魔鬼么？不用害怕，这个城方圆不过数里，我都已踏遍了，连鬼影也没找到半个。”

冷冰儿用开玩笑的口吻和齐世杰说话，双颊隐现迷人的小酒涡。

自从知道齐世杰的姓名来历之后，冷冰儿的神情一直是冰冷的，此际难得看见她的脸上有了笑容，齐世杰不觉得看得痴迷了。

冷冰儿继续说道："城中比较完整的建筑物只有一座白塔，你恢复了功力，倒不妨进去看看。魔鬼是不会碰上的，但说不定会有仙缘。"

什么叫做"仙缘"？这话本来费解。齐世杰只道她还是在开玩笑，但盼能够多看一眼她脸上的酒涡，没敢打断她的说话问她。

冷冰儿拿出一个玉瓶，瓶中掏出两颗碧绿色的药丸，放在齐世杰的手心，说道："这是天山雪莲泡制的碧灵丹，含在口中，可辟魔鬼花之毒。连甘沛那些人刚被打败，料想也不敢这样快便即回来。"

齐世杰道："多谢你赠送这样珍贵的灵丹，我不信有魔鬼，也不信有神仙，强盗我更不怕。我，我只是……"

冷冰儿道："好，那我更不用替你担心了，我走啦？"她不待齐世杰把话说完，一面说一面转身便走，说到一个"走"字，已是出了这座房屋。

齐世杰其实是舍不得她走，想要找个借口，留得她多待一时就是一时的。但这番心意，却怎能对一个初相识的少女吐露？他本来想问冷冰儿所说的"仙缘"是什么意思的，也来不及问了。

他走出这座屋子，只见那座佛塔矗立他的面前，冷冰儿的影子却是早已消失。齐世杰茫然若失，叹了口气。

此际，冷冰儿已经走出了魔鬼城，心情也是和齐世杰一样。回头望了一望那座白塔，茫然若失地深深叹了口气。

心底的创伤一被挑开，要想伤口复合，可就没有那么容易了。她极力抑制自己，不去再想段剑青。但她可不能不想起杨炎，更不能不想起孟华。

"炎弟，你在何方？唉，要是找不着你，我如何能对得住孟大哥？"

对杨炎的失踪，她是抱着一份自疚心情的，因为那次杨炎的失踪，她是以保护人的身份带杨炎下山的。

那一年他们在天山听得孟元超带兵来到回疆帮忙哈萨克族的“格老”罗海打仗的消息，杨炎就不断央求掌门师父，准许他去找他的从未见过面的“爹爹”（由于他的身世有难言之隐，缪长风要想等他长大之后才告诉他，是以他根本不知道孟元超并非他的生身之父），准许他去和曾经见过一次的兄长孟华再会。

冷冰儿拗他不过，只好帮他求情。她曾经在罗海那个部落住过一年，和罗海的女儿罗曼娜又是很要好的朋友，由她陪同杨炎去罗海那儿找他的父亲，自是最适当不过的了。结果，天山派的掌门人唐经天答应了她的要求。

想不到他们到了罗海的防地，就在碰上孟华的片刻之前，突然遭遇不幸。她碰上了段剑青，当她打跑了段剑青之后，杨炎已经给乱兵掳去。

孟华在回疆找了三年，找不着弟弟，无可奈何，只好回去。从此她就替代孟华找寻杨炎。

她一直担着一重心事，那次杨炎的失踪，虽然是给不知来历的乱兵掳去，但结果会不会仍然落在段剑青的手里呢?

“炎弟聪明机警，但愿他能逢凶化吉，平安脱险。纵使不能，也千万不能落在段剑青的手中。炎弟失踪那年是十二岁，这可正是他开始‘懂事’，而又未能像大人那样明辨是非的年龄。”她担心的是：聪明早熟的孩子可要比“笨孩子”容易受人熏陶，俗语云：近朱者赤，近墨者黑。要是落在段剑青手里，段剑青即使不害死他，那也是不堪设想了。

“经过了五年，炎弟不知变得怎样了？要是他变坏了回来，我更没有面目见孟大哥了。”

她极力抑制自己不去想段剑青，但想起了孟华，她却不禁是在感到惭愧的同时，心底也感到一股温暖。

初恋的回忆本来应该是最甜蜜的，但可惜对她来说，却恰恰相反，是一杯令她难以下咽的苦酒。不，不仅是苦酒，而且是毒酒。在她蓓蕾初绽的年华，这杯毒酒几乎使到她的生命鲜花枯萎。

不幸中之大幸，在她万念俱灰的时候，碰上了孟华。像是春风吹开了花朵，孟华的友谊重新鼓舞起她求生的意思。虽然初恋的失败，令她表面上似乎是过早消失了少女的活泼天真，但压在心头的忧郁，却已不再是能够遮挡得住阳光的厚黑云层了。

有人说最珍贵的是爱情，对她来说，则是友谊。

不错，孟华的友情也曾令她几乎要凝结成冰的心湖波动，但这波动只能说是“涟漪”，还不足形成“波澜”，因为她很快就知道孟华有了意中人，而她亦已十分满足于孟华给她的友谊了。

不知是由于杨炎的聪明伶俐，惹人喜爱，还是由于爱屋及乌的心情，她对杨炎是特别疼爱的，这份感情，当真是有逾姐弟之情。她自己立下誓言，此生最大的心愿就是要把杨炎寻找回来，亲手交给孟华。

令她想不到的是，在这世界上，除了孟华和她之外，原来还有另外一个人，居然也像她一样，不惧登山涉水，不怕大漠流沙，冒着生命的危险，要去寻找杨炎。虽说齐世杰的寻找杨炎，乃是出于他的母亲为了保存杨家血脉的私念，但两人之间同样是要找寻杨炎的这一点则是相同的，这一点相同，已是令她对齐世杰有了一些好感了。

“齐世杰的母亲是江湖上有名的辣手观音，孟大哥幼年时代就曾经受过她的折磨。纵然她不算是坏人，我也绝不能让炎弟去跟辣手观音。但齐世杰刚才答应得很勉强，看来他恐怕还是死心不息，要想找寻炎弟回去的。嗯，那也由得他吧。”冷冰儿心想。

不知怎的，她蓦地有了一个奇怪的感想，齐世杰好像是段剑青和孟华的混合体，在他身上，他看出了段剑青的某些气质，也看出了孟华的某些气质。他没有孟华的朴素，也不似段剑青的轻浮。忽地她在心里自己问自己：“当初我为什么会喜欢段剑青的？固然这可能是年幼无知，但是不是我也有几分喜欢他外表的漂亮和那份善于讨人喜欢的机灵呢？”

她不敢再想下去，也不愿再想下去。少女的心灵是最敏感的，齐世杰对她依依不舍的目光，她怎能不感觉到呢？这也算是她为什么要急急离开他的原因了。

她走出了“魔鬼城”，回头看看那座白塔，心里叹了口气，想道："好不容易来到魔鬼城，我本来应该多住两天，访得桂大侠当年留下的遗迹的。虽然我不相信那个'绝世武功，留待有缘'的传说，但桂大侠总是和本派极有渊源的人，要是能够在魔鬼城中，访寻到桂大侠和华玉公主当年留下的遗迹，也好回去告诉掌门。如今只好让齐世杰去碰碰运气了。"

原来她想起的这位"桂大侠"，乃是一百年前，名列天山七剑之一的桂华生。桂华生虽是武当派弟子，但他曾经有过一段很长的时间住在天山，和天山派当年的掌门人凌未风又是好朋友，故此武林中不知底细的人误以为他是天山门下，以讹传讹，得到了天山七剑之一的称号。

桂华生的妻子是尼泊尔国的公主，这段异国情缘，当年曾经脍炙人口。据说他和这位公主就是在魔鬼城中相识的。魔鬼城是公主的哥哥在西藏秘密建筑的一个基地。（桂华生故事，详见拙著《冰魄寒光剑》。）

桂华生和天山派的渊源还不只此，现任天山派掌门人唐经天的妻子就是那位尼泊尔公主的女儿，外号"冰川天女"的桂冰娥。

据说那位尼泊尔的华玉公主曾创下"冰川剑法"，桂华生晚年把冰川剑法与武当派武功，熔于一炉，某一年重游魔鬼城，把他们夫妻合写的一部武学秘笈埋藏魔鬼城中，曾有言道："绝世武功，留待有缘。"

唐经天的妻子冰川天女在父母去世的时候还很年轻，她懂得冰川剑法，但也还未尽得家传。不过她生性淡泊，对这传说（她的父亲并没对她说过）虽然不敢断定真假，但却不想去找这部秘笈。她的想法是：若然传说是真，爹爹既声言是留待有缘，那我就该成全他的心愿，何必自取。我所得已多，爹妈的冰川剑法也未必就胜得过天山剑法。是以她和唐经天结婚之后，虽然也曾到过两次魔鬼城，却从未动过找寻秘笈的念头。如今冰川天女已死多年，唐经天也已是七十开外的老人了。唐经天悼念妻子，更不会重履魔鬼城了。

这次冷冰儿来到魔鬼城，想法和她未见过面的师祖母相同，同样并非是想找秘笈的。除了访寻这位和本派极有渊源的桂大侠遗迹之外，另一原因，就是希望能在魔鬼城中，或许找得到杨炎。因为这种有恐怖传说的地方，是最适宜作坏人的巢穴的。

如今这两个目的都是令她失望，桂华生的遗迹没有发现，杨炎也找不到。但意外地却碰上了齐世杰。

她怀着一丝怅惘的心情离开了魔鬼城，心头却已烙下了齐世杰的影子。她倒是希望齐世杰能在魔鬼城中得有“奇逢”的。

陷身冰窟

齐世杰却是未曾听过那个传说，一点也不懂得冷冰儿说的“仙缘”是什么意思。

冷冰儿的影子早已在他眼前消失，不过却还留在他的心头，他走出屋子，不知不觉，来到那座佛塔之前。

佛塔的构造形式甚为奇特，下面是座方形的庙宇，庙宇中有一座顶上造了一个圆亭的高塔，塔的下层，外壁上塑有两只眼睛，眼睛上画有两道弯弯的眉毛，眼睛下面有一个似乎用来象征鼻子的东西，形如“?”，这种奇异的建筑形式，齐世杰走南闯北从所未睹，即使在书本上也未见过。

齐世杰不禁好奇心起，想道：“冷姑娘说的什么仙缘，当然是和我开玩笑的，但也不妨进去看看。”

庙宇当中供奉着一尊佛像，不似汉人，也不似藏人，他到过的汉藏各地庙宇之中，也从来不曾见过这种佛像，不知是何方神圣。佛像金身已经剥落不堪，但供案上的香炉却是整块白石雕成，虽然蒙上灰尘也掩盖不了他的光泽。

偌大的殿宇之中，除了这座奇特的佛像之外，就空荡荡的什么都没有了。

他发现四面墙壁也有蜂巢般的小孔，小孔中有水珠渗出，触水冰冷，舐舐手指，却有咸味，原来是西藏特有的一种岩浆建造的。这种岩浆比普通的石头还要坚硬得多，不过却是最忌雨水渗透，用来建造房屋，墙壁会渐渐由厚变薄，最多不过能维持三五十年。

齐世杰心里想道：“听冷冰儿所说，这座佛塔的历史，少说也在百年以上，想必是在岩浆之中还渗有别种建筑材料，但如今壁上逾布蜂巢小孔，恐怕也不能维持多久了。”但触觉所得，那墙壁还是非常坚硬的，他试用佩刀一插，竟然插不进去。

忽然隐隐听得有叮叮当当的音响，好像地底下有人弹琴。“魔鬼城”的风声齐世杰是见识过的，但此时却是天气晴朗，并没刮风。齐世杰想了一想，便知其理。想必是地下有流水经过，故此地气潮湿，墙壁上才会渗出水珠。

空荡荡的庙宇当中，只有齐世杰一个人站在那儿，不禁有阴森森的感觉。齐世杰心想：“怪不得冷冰儿不愿住在这里，我也还是回到那座破屋调养好些。”

正当他在佛像之前转过了身，想要离开的时候，忽听得“呼”的一声，一股劲风，当头扑下！

眼前一片红霞，耳鼓给一个难听之极的、宛如金属摩擦的冷笑声音震得嗡嗡作响。

那人冷笑喝道：“好小子，天堂有路你不走，地狱无门你偏进来！既然来了，还想跑么？”

这个突然偷袭他的人不是别个，正是那个红衣番僧。

原来这个红衣番僧那日败在冷冰儿的剑下，首先逃跑，不过他却不是跑下山去，而是躲在魔鬼城中。

冷冰儿也是大意了些，没想到这红衣番僧竟敢这么大胆。她是根据常理推测，附近没有人家，对方应该想得到，她是会把齐世杰安置在魔鬼城中疗伤的。既然不是她的对手，如何还敢躲在她的眼皮底下？可惜她只是根据常理推测，没想到兵法上“虚者实之，实者虚之”的道理。

这红衣番僧行的也并非全是“险棋”，他知道在这佛塔之中有处隐秘的地方，必要之时可供他藏身之用。

相继败在冷冰儿剑下的那个使虎头钩的汉子和连家笔法的传人连甘沛是向山下逃跑的，冷冰儿看得清清楚楚，依理类推，只道红衣番僧也是一样，因此更加放心了。在过去的一日一夜，她一直在齐世杰身旁照料他，根本就没想过要再去佛塔搜索一次。

番僧躲在塔中，本是另有目的，并非一开始就立心要暗算齐世杰的。但他刚在塔上目击只是冷冰儿一个人离开了魔鬼城，却是乐得有这个暗算的机会了。他预料齐世杰必定会到这佛塔来的，于是便以逸待劳，藏在佛像后面的一条横梁上。果然不出他的所料，齐世杰自投罗网来了。

此时齐世杰刚刚转过身子，背向着他，他一跃而下，抖起袈裟，当头罩去，俨如饿鹰扑兔，只是那股劲风，已经扑得齐世杰立足不稳。

红衣番僧满心欢喜，只道这一下定能把齐世杰手到擒来，哪知还是出他意料之外。

出他意料的是，齐世杰所受的伤并没他想象那样严重，此时功力早已恢复了六七分了。

毕竟是名家弟子，身手不凡，猝然遇袭，虽惊不乱，齐世杰顺着倒退之势，脚跟一个盘旋，立即双掌齐发，强力发击。

“蓬”的一声，齐世杰双掌拍着袈裟，不由自己地再退三步。红衣番僧也不禁身形一晃。

齐世杰的功力虽然是大出他的意料之外，但在双方硬拼一招之后，这红衣番僧倒是又定下心神了。要知他们二人本是各有所长，若在平时，齐世杰大致可以和这番僧旗鼓相当，打成平手的。如今功力减了三成，所逊却是不止一筹了。

红衣番僧察觉了这一点，已是智珠在握，胜券稳操。此时他倒不忙于下杀手了，心念一动，暗自想道：“难得这小子送上门来，我何不利用他给我探一探险。”

“好小子，没有那丫头帮你的忙，你是逃不出佛爷掌心的了。且叫你尝一尝佛爷掌心雷的滋味吧！”手捏“印诀”，一掌拍出，果然隐隐挟有风雷之声。这是西藏密宗的“大手印功夫”，俗称“掌心雷”，掌力的刚猛，足可与少林派的“大力金刚手”分庭抗礼，而在杨家的“金刚六阳手”之上。

掌力有如排山倒海而来，一个浪头高过一个浪头。红衣番僧接连打出三个“掌心雷”，齐世杰第一次退了三步，第二次退出七步开外，尚未能稳住身形，第三次竟然给他的掌力抛了起来，撞向墙壁。

红衣番僧哈哈一笑，喝道：“小子，进去吧！”口中说道，动作快到极点，第三个“掌心雷”打出，立即扳着供桌上的白玉香炉，转了一圈。

他这边香炉转了一圈，正好是齐世杰给逼到墙的时候，只听得轰隆一声，那边的墙壁登时开了一道暗门。

红衣番僧还怕未能逼他进去，又再冲前几步，抖起袈裟，荡起一股劲风！

哪知他不冲上这几步还好，这几步一上，却招致了他意想不到的结果。齐世杰用千斤坠的功夫也稳不住身形，情知不妙，立即咬破舌尖，把气力都运到掌心，喝道：“好歹我与你拼了！”这最后一招，乃是杨家的六阳手的绝招之一，名为“旋乾转坤”。双掌发出不同的力道。

杨家六阳手的力道虽然不及红衣番僧的“掌心雷”，但两股不同的力道，一刚一柔，却是相辅相成，互相牵引，另有一功。倘若红衣番僧不冲上这几步的话，虽也难免给齐世杰的掌力波及，却还不至于受他牵引。这几步一冲，刚好凑上了！

他身不由己地扑上前去，齐世杰反手一拉，拉着他的袈裟。红衣番僧来不及施展“金蝉脱壳”，两个人已是同时跌倒，滚入了那道暗门。

刚刚滚入暗门，只听得又是轰隆一声，墙壁合拢，暗门关上了。

里面竟然有一个深不可测的洞穴！洞口距离墙边不到三尺。双方一推一扯，力道都是用到十足，哪里收得住势？就像断了线的风筝似的，一前一后，摔下去了！

齐世杰半空中一个鹞子翻身，脚先着地，立即滚过一边。他情知气力不济，只能智取，不能力敌，这一滚开，乃是想要藏匿暗处，不露声息，伺机反击的。

哪知刚一着地，一股寒意登时直透心头，饶是他的内功已有相当火候，竟也禁不住机伶伶打了一个冷颤，牙关格格作响。

殊不知他固然难禁奇寒，那红衣番僧也是同样禁受不起，甚至比他还更感觉寒冷。

红衣番僧暗暗叫声“苦也！”心里想道：“原来这下面是个冰

窟，这回可真是给这小子累死了。这冰窟少说恐怕也有十来丈高，如何爬得上去？爬得上去，恐怕也未必开得那道暗门。”原来他只道从外面开暗门的方法，在里面怎样打开，他未曾实地考察过里面的机关，却是不知道了。

“好在这小子不是我的敌手，我慢慢收拾他不迟。”在这样奇寒彻骨的冰窟里，时间稍长，只怕要被冻僵。红衣番僧没别的办法好想，只好先行盘膝静坐，运功御寒。心想：“且待我身体暖和之后，再逼这小子往里面走。不过到了那时，只怕这小子已经冻僵了。”

冰窟里伸手不见五指，齐世杰正自奇怪：怎的不见这番僧追来？忽地隐隐听得似是呼吸的声息。齐世杰登时醒悟：“哦，原来他在运功御寒。如此看来，他的功力也比我高不了多少。对，我也必须先行运功御寒，方能与他决一死战。”

双方都在静坐运功，呼吸可闻，似乎触手可及。不过谁也不敢在寒意未减之前，甘冒冻僵之险，先行发难。

在这样僵持的局面之下，端的是危机系于一线，全看是谁早一刻、多一点恢复功力了。

红衣番僧本来是甚有自信的，他想齐世杰功力早已打了折扣，无论如何，必定是自已能够先胜过他。

哪知过了一会，听听对方的呼吸，却是听出有点不对了。

齐世杰开始盘膝静坐之时，呼吸本是相当微弱而且急促凌乱的，但不过半支香的时刻，已是变得越来越是缓慢舒徐了。这是气息业已调匀，真气亦已逐渐导入丹田的迹象。

原来齐世杰练的是正宗内功，而杨家六阳手功夫的基础又正是一股阳刚之气，故而他的功力虽然不及这个红衣番僧，但大家同在冰窟中抵抗寒潮，他的内功心法却是更能发挥作用。红衣番僧察觉了这一点，暗暗吃惊，想道：“这样下去，只怕他的功力可能比我恢复得更快了。”既然发现危机，他便立即改变主意。

此时他的气血业已畅通，没感觉那么寒冷了。心想：“无论如何，先得把这小子杀掉。然后才能慢慢想法逃出生路。”主意打定，一声狞笑，立即飞身扑去。

齐世杰早有准备，抢先一步，拾起一颗石子抛向左边，自己则悄悄闪过右边。

漆黑不见五指的冰窟里，那红衣番僧着了道儿，扑了个空，双掌打着一块磨盘大的冰块，幸而不是石头，但也感到虎口一阵酸麻，急切间无力再发第二掌。

齐世杰听得“轰隆”一声，脸上沾了许多冰屑，也是吃了一惊。他看不见，只道这番僧劈碎的是块石头，心想：“此时他的功力还是比我高出太多，我只能和他使用拖延战术。”于是屏息呼吸，躲在一旁。殊不知却是错过了最好的一个反击机会。

红衣番僧调匀了呼吸，喝道：“好小子，你躲不了的！”要知齐世杰虽然屏息呼吸，但总不能一口大气也不透的。终于给这番僧察觉他躲藏的方向了。

当下他强运独门的邪派霸道内功，手捏“印诀”，一个“大手印”向齐世杰躲藏的方向拍去。密宗的“大手印”武林俗称“掌心雷”，可知它的厉害。齐世杰被掌风震荡，站立不稳，只好忙向后退。红衣番僧听声辨向，不断地发出“掌心雷”，如影随形地紧追不舍。

齐世杰躲一回跑一回，和这红衣番僧好像是在冰窟里捉迷藏，只觉寒意越来越浓，同时听到了流水的声音。他心念一动，连忙加快脚步向有水声的方向奔逃，心想要是发现一条地下河流，那倒不妨冒一个险，借水而遁。

跑了一会，齐世杰通过一个仅能容他侧身而过的狭缝，钻出了这个夹缝，忽地眼前一亮。

原来前面是一条冰川，流水的声音是冰川下面发出的，但面上仍是未曾溶化的冰层，光滑如镜。

冰川四面的冰岩冰壁，也都是水晶般的明亮。齐世杰想不到冰窟之中别有洞天，就好像突然到了仙境一般。

眼睛陡然一亮，齐世杰首先发现冰壁上自己的影子，跟着是红衣番僧的影子。红衣番僧一钻进来，立施偷袭。这一掌他改变了打法，内力暗藏，无声无息。

幸亏有冰壁反射，齐世杰一个移形易位的身法，躲过了番僧的偷袭。

就在此时，冰壁上的第三个影子又已映入他的眼帘。这人盘膝而坐，本是背向他们的，但在冰壁现影，则是面向他们了。是个赤裸上身的老僧，一看相貌，就知不是汉人。只不知是藏僧还是天竺僧。

想不到冰窟里竟然还有个人，齐世杰这一惊端的非同小可。

那老和尚亦已在冰壁上发现他们的影子，喝道："什么人竟敢跑到这里打架?"

红衣番僧虽也吃惊，却不如齐世杰之甚。他是早就料到冰窟之中会有古怪的，是以才想利用齐世杰给他"探险"。不过他原来只是恐防冰窟里有什么"怪物"的，却想不到发现的"怪物"竟然是人。

"不管他是人是怪，先料理了这小子再说。"红衣番僧心想。趁着齐世杰一呆之际，扑上去又是一个"大手印"印下。

"住手，住手！都到我这里来。我有话要问你们!"那老和尚喝道。他先用汉语说了一遍，跟着又用藏语说了一遍。

齐世杰以杨家六阳手的一招"玄鸟划沙"抵挡番僧的"大手印"。"玄鸟划沙"切腕截脉，本是极厉害的一招杀手，可惜他气力不济，双掌一交，登时给震得摔倒地上。

红衣番僧听得这老和尚会说藏语，心中一动，想道："这人若非本门前辈，就一定是来自天竺的僧人。无论如何，他要帮也只能帮我，料想不会帮这小子。"要知西藏密宗本是源出天竺，秉承了天竺苦行僧一派的传统，僧人每多奇行。是以这红衣番僧猜疑他可能是本门前辈，纵然不是，叙起渊源，他们的关系也非齐世杰这个"外人"可比。

正因为红衣番僧有这想法，不怕老和尚和他为难，于是虽然听得老和尚喝他"住手"，他仍然扑上前去取齐世杰的性命。齐世杰已经摔倒地上，他想良机不容复失，杀了齐世杰再向这老和尚解释也还不迟。

红衣番僧扑上前去，一掌劈下。忽听得那老和尚喝道："你为什么不听我的话!"声还未了，一股奇寒之气，已是扑面袭来。红衣番僧的手掌还未碰着齐世杰，掌心先碰着一颗冰弹。原来那老和尚在冰川中信手捏碎一块浮冰，捏成一颗弹丸的模样，就把它当作暗器反手掷出。

老和尚盘膝坐在冰川之旁，和他们的距离少说也在五十步开外，真正铁打的弹丸寻常人用全力发出，恐怕也打不得这么远，但这颗冰弹打到红衣番僧的面前仍然挟着劲风。而且拿捏时候，又快又准。红衣番僧的手掌刚一张开，那颗冰弹就打中他掌心的“劳宫穴”。

神奇处还不止此，红衣番僧是运足内力发出“掌心雷”的，冰弹打着他的掌心，虽然立即碎裂，转眼溶化，但那股奇寒之气，却也在瞬息之间，从他的“劳宫穴”直透进去，经“曲池穴”、“肩井穴”直冲背心的“风府穴”，红衣番僧登时半身麻木，一条右臂更是丝毫也不能动弹了。此时他想杀齐世杰亦无气力，不罢手也不行。

“我是密宗弟子，这小子和我们作对，我不取他性命，他就要取我性命。我一时心急，并非有意违抗你老人家的命令。”红衣番僧连忙用藏语禀告。

那老和尚道：“我不管你们因何打架，但我有事要问你们，待我问清楚了，你们再拼个死活也还不迟。”

红衣番僧还有什么好说，只能“诺、诺”连声走过去了。他一面走一面运功驱除寒气，走到那老和尚身旁，一条右臂虽然还是不能动弹，却已好得多了。

齐世杰以肘支地，好不容易才爬得起来。那老和尚用汉语道：“少年人，你走得动吗？”

齐世杰深深吸一口气，冰窟寒气虽然冻得他牙关打战，精神却也恢复几分。他不肯示弱，说道：“走得动！”便即迈开脚步。最初几步，身形摇晃，渐渐脚步亦稳定下来。终于也走到了那老和尚的面前。那老和尚打量了他一下，对他的功力似乎也是有点诧异。

“请问神僧有何吩咐？”红衣番僧抢先向那老和尚讨好。

老和尚看了他一眼，说道：“你是密宗的弟子吗？据我所知，密宗中的嘉错法师武功最强，你当然不是他。但你的本领也很不弱。

红衣番僧扑向齐世杰，正待一掌劈下，却被老和尚掷出的冰弹击中掌心。

在第二代弟子中，释陀释湛二人据说乃是精英，你大概是释陀吧？”

红衣番僧大喜说道：“释陀是我师兄。”心里想道：“这老和尚识得本派的护法长老嘉错法师，还知道我们师兄弟的名字，看来和本派的交情定然不浅。说不定还可拉得上是自己人呢！”

那老和尚点了点头，说道：“哦，原来你是释湛。好，你先站过一边。”跟着问齐世杰道：“少年人，你姓甚名谁？”齐世杰报了姓名，那老和尚道：“你是天山派的弟子吗？”

齐世杰怔了一怔，说道：“不是。”

“那你的师父是谁？”老和尚跟着再问。

齐世杰心想：“你们是自己人，我可和你们拉不上关系。”不过无论如何，这老和尚刚才总算帮他躲过一次性命之危，是以他仍然据实回答：“我没有师父，我是家传的武功，爷爷教我的。”

“你爷爷是谁？”

齐世杰把祖父的名字说了出来之后，那老和尚摇了摇头，说道：“齐建业，这名字我可没有听过。”

齐建业绰号“四海游龙”，当真可以说得是四海闻名的武林前辈。这老和尚竟说没听过他的名字，齐世杰自是不免感到有点难堪。但随即想道：“他是天竺来的和尚，不知道我的爷爷，那也不足为奇。不过他和这个番僧拉上了关系，我可难免吃亏了。”

站在一边的释湛却是心里乐开了花，想道：“齐建业的名头，不管这老和尚是真的不知还是假的不知，但这小子抬出了他的爷爷，这老和尚丝毫不加理会，那就是说他不会被齐建业的名头吓倒，一会儿我要杀这小子，料他不会加以阻拦了。”

原来这老和尚所知道的中原武林人物，只有顶儿尖儿的三个人，一是天山派的掌门人唐经天，一是天下第一剑客金逐流，还有一个是少林寺的主持无住禅师。故而他见齐世杰年纪轻轻，武功那么高强，首先就猜他是天山派的弟子。至于齐建业的名头，他是的确不知道的。

那老和尚道：“我向你们打听一个人，这个人是汉人，名叫段剑青。你们谁知道他？”

或许因为齐世杰是汉人的缘故，老和尚说话的时候，眼睛是望着他的。齐世杰听了“段剑青”的名字，吃了一惊，一时间不知道据实回答的好，还是假作不知的好。不过他蓦地一呆的神情，那老和尚已是看在眼中。

释湛喜出望外，赶忙抢先回答：“我知道！”

那老和尚道：“哦，你知道他？你和他是本来相识的吗？”释湛喜滋滋地说道：“岂仅相识，我和他还是好朋友呢！”

那老和尚道：“怎的你会和他是好朋友？”

释湛说道：“神僧问起，弟子不敢隐瞒。密宗的传统精神虽然是主张门下弟子静心虔修，不理尘世之事。但弟子以为，若要弘扬佛教，恐怕还是非得借助帝王之力不行。是以五六年前，弟子也曾为清廷效力。当时段剑青是和清廷的大内高手卫托平来过西藏，故此我与他一见如故，且曾帮过他一点忙的。”

那老和尚道：“原来如此。那么你知道他现在是在何处吗？”

释湛说道：“后来我听说他拜了一位天竺高僧为师，从此就断了音讯。但要是他在西藏，他一定会来找我的。据此推测，他恐怕是跟师父回天竺去了。”

在释湛的想法，这位老和尚既然如此关心段剑青，定然和段剑青有亲密关系。而且段剑青最后一位师父是天竺僧人，这个老和尚一看相貌，也可以断定他是天竺僧人。即使他和段剑青的天竺师父并非相识，同气连枝，也当有份好感。故此他特地把他和段剑青的交情夸大，本来只是普通相识的人，也认作好朋友了。

岂知那老和尚听完了释湛的说话，却是不置可否，回过头来问齐世杰道：“你呢？你和段剑青又是不是相识的？”

齐世杰见他们攀亲道故，料想难逃厄运。他心高气傲，也不屑于说谎求怜，于是亢声说道：“段剑青这小子，我和他虽然素不相识，却是知道他的。”

老和尚听得“小子”二字，眉毛一扬，说道：“听你的口气，你似乎对段剑青有点不满么？”

齐世杰道：“岂仅不满，他是我的仇人！”

老和尚似乎有点诧异，立即再问：“既然你和他素不相识，何以又会结仇？”

齐世杰道："虽然素不相识，但这小子行为邪恶，武林中人所共知。我的表弟杨炎给他掳去，如今生死未明。我岂能不把他当作仇人？"

老和尚道："要是你碰上他，你会怎样？"齐世杰道："要是给我碰上了他，不是他死，就是我亡！"

老和尚不觉笑了起来。释湛暗暗欢喜，心里也在暗笑齐世杰不知死活。

笑过之后，老和尚说道："可惜你现在已是毫无气力，即使能够重见天日，没有十年八年，你也休想恢复功力，你怎能杀掉段剑青？"释湛只道这老和尚是在讥笑齐世杰，于是也跟着这老和尚哈哈大笑起来。

不料这老和尚笑过之后，忽地说道："好，齐世杰，你是好人，你到我身边坐下。"

齐世杰虽然不知道他是好意还是恶意，但心想："我如今气力全无，他要杀我，易如反掌。大不了是个死，且看他对我怎样。"于是依言走到他的身边坐下。

释湛虽然有点诧异，但还以为老和尚对齐世杰说乃的是反话，也不怎么在意。心里想道："这老和尚大概是闷坐无聊，要找点事情消遣消遣，故而捉弄这个小子。反正这小子武功已失，迟早也逃不出我的掌心，我就让他多活片刻吧！"

他正在打着如意算盘，那老和尚忽地向他哼了一声，冷冷说道："如今我总算弄清楚了，原来你是坏人！"

释湛大吃一惊，说道："神僧何出此言？"

那老和尚说道："汉人有句成语，叫做：方以类聚，物以群分。你和段剑青是好朋友，你还能好到哪里去，当然是坏人了！"

释湛这才知道弄巧反拙，但这话是他亲口说的，急切间可是转不过弯来。他还未想妥怎样巧言分辩，那老和尚已是继续说道："念在我和你们的护法长老嘉错法师相识的份上，姑且饶你一命，你给我快滚！"说到一个"滚"字，声色俱厉！

释湛吓得慌，讷讷说道："神僧容禀……"

那老和尚素眉一扬，喝道："我不耐烦听你废话，你不快滚，我可要改变主意，马上把你杀掉！”释湛领教过他的厉害，只怕当真就要改变主意，哪里还敢多言，慌忙走开。

那老和尚道：“齐少侠，你的武功根基很是不错，我教你瑜伽气功中的托玉泉一式，这是基本式子，很易学的。”说罢，也不征求齐世杰是否同意，便将他倒提起来，让他头下脚上，双掌贴着他的足心。

齐世杰只觉一股热气从脚底的“涌泉穴”慢慢逆行而上，所至之处，舒服非常。这才知道老和尚是替他打通经脉，舒筋活血，恢复功力。

那老和尚以极精纯的内功，替他打通经脉，一面指点他瑜伽气功的诀窍。原来足跟的穴道称为“涌泉穴”，亦称“玉泉穴”，故此在“瑜伽术”中的头下脚上练功一式，称为“托玉泉”。“托玉泉”是瑜伽气功的入门功夫，齐世杰有正宗内功的底子，上乘武学的道理本来就是可以相通的。是以一得这老和尚指点他的练功诀窍，便即心领神会，依法施为。大约经过一支香的时刻已是功行百穴，气透重关。

不过由于他病体初愈，刚才一番剧斗，又接连受到那红衣番僧“掌心雷”的打击，真力已是消耗殆尽，冰窟奇寒之气，侵入他的体内，已是令得他的血液都几乎凝结起来。这老和尚虽然内功精纯，但以本身真力替他打通经脉，时间一久，不觉也是气喘吁吁，头顶冒出热腾腾的白汽。

释湛此时已恢复了三四分功力，但想爬出这个冰窟，还是力所难能的。

初时他害怕这老和尚取他性命，慌忙远远避开。此时看见老和尚这副情形，心神稍定，不禁又在心中盘算了。

“这冰窟我是决计爬不出去了。这老和尚纵然不会杀我，但这小子一旦恢复功力，他肯放过我吗？迟早是个死，不如和他们一拼，迟拼不如早拼！”

他大着胆子，悄悄走近一些。只见那老和尚盘膝而坐，垂首闭目，状如老僧入定。和“入定”的姿势，稍有不同的是：他的双掌贴着齐世杰的足心。

释湛蓦然想起：自从发现这个老和尚之后，从未见他移动过，“看这情形，莫非他早已半身不遂，不能走动的了？怪不得他刚才要这小子自行走到他的身边，原因当然是假如这小子不走到他身边，他就无法保护这小子了。”

他一面在心中盘算如何一拼的办法，一面暗处偷窥。那老和尚头顶的白汽越来越浓了。“此际他正在全力替这小子打通经脉，这可正是我偷袭的好机会，再迟恐怕就来不及了。”释湛心想。他本身也是个武学的大行家，情知在全神运功的情形下，莫说难以抵御高手的袭击，一个小孩子突如其来吓他一跳，他也会真气误入岔道，受到内伤的。

想到这点，释湛的胆子更加大了，他提一口气，放轻脚步，走到老和尚前面不过十步之遥，方始止步。只见那老和尚仍然垂首闭目，似乎丝毫也未察觉。

不过他到底是对这老和尚有所忌惮，想动手还未敢动手。偶一抬头，忽然在对面的石壁又发现一些东西。

冰川映照之下，他隐隐约约看得见石壁上似乎刻有一些图形。虽然看得不很清楚，但也可以看得出这些连续性的图形，是在刻画一个人各种不同的练功姿势了。

释湛这一喜非同小可，心里想道：“原来那个传说果然是真的!”

原来他正是为了找寻桂华生大如留下的武功秘笈，才跑到魔鬼城的。他在无意之中发现开启那道暗门的办法，不过他的两个伙伴却还未知。是以他的伙伴以为这不过是虚无缥缈的传说，那天打不过冷冰儿就跑开了。而他却还要再次冒险，依然躲进佛塔之中。也正由于他不知道暗门之内有什么古怪，才想到要利用齐世杰替他探险的，不料却是和齐世杰一起坠入这冰窟之中。

齐世杰是头下脚上倒立地上的，而且是背向着他。那老和尚仍然是垂首闭目，双掌按着齐世杰足心的“涌泉穴”，好像对外间一切毫无知觉，头顶的白汽更是浓得好像一团实物了。

释湛杀机陡起，登时得了一个主意：“我在这小子的背后用力一推，不难把他和这个老和尚一起推落冰川。纵然这老和尚武功高强，我害他不成，最少也可害了齐世杰这小子。这老和尚半身不遂，我一推就跑，他也没法子追得上我。”

主意打定，他悄悄爬到齐世杰后面，陡然跃起，便是用力一推！这一推用的是“大手印”功夫，他把所能运用的气力都运到掌心，虽然他的功力未曾完全恢复，这一推之力也足可裂石开碑。

哪知他的算盘打得如意，结果却是和他想要得到的刚刚相反。这结果是：害人不成反而害了自己！

他的掌心刚刚碰着齐世杰，登时便有一股柔和但却沛然莫之能御的力道将他反弹起来。

原来这老和尚本领之高远远在他估计之上，这是和中原武学“沾衣十八跌”异曲同工的一种上乘功夫，而且“沾衣十八跌”还只是自身施为，而老和尚却能隔体传功，把内力传到齐世杰身上将他抛起。

老和尚是盘膝坐在冰川旁边的，释湛给抛了起来，当然是跌入冰川了。层冰虽厚，也受不起这股力道的冲击，“轰隆”一声，登时裂开一个大窟窿！正是：

善恶到头终有报，丧身冰窟梦成空。

第二回　冰窟藏身求秘笈 魔城现影说前因

天竺神僧传绝学

释湛陷落冰窟窿，惨叫之声从层冰底下隐隐传出，更是令人听得毛骨悚然。齐世杰的修为尚未能做到“视而不见，听而不闻”的地步，听得这惨叫之声，不觉心头一震。却还未知是发生了什么事情。他练的功正到紧要关头，哪容分了心神？真气登时约束不住，体内如焚。

这老和尚在他耳边轻轻说道：“无人相，无我相，管它须弥（佛经中的大山）压顶，我只当清风拂衣。”齐世杰虽然不懂这佛偈的精义，却也如受当头棒喝，瞿然一省，强慑心情。老和尚以本身真气从他足跟的“涌泉穴”输送进去，助他约束体中乱窜的真气，不过片刻，齐世杰只觉片刻清凉，心头恢复宁静。

他心神一宁，不知不觉到达“物我两忘”之境，也不知过了多久，只听那老和尚说道：“行了！”轻轻将他一托，齐世杰一个筋斗翻转来，回复正立的姿势，张开了眼睛。

老和尚道：“你试一试，行走几步。”齐世杰一试之下，只觉气朗神清，步履轻健，不但恢复了原来的功力，似乎还稍胜从前。

此时那冰窟窿早已重新凝固，冰川表面恢复了平滑如镜的状态。齐世杰一怔问道：“那红衣喇嘛呢？”

老和尚道：“他被埋在冰川底下，要想出头，只能等待来生了。”齐世杰大吃一惊，吓得说不出话来。

老和尚缓缓说道："这是你们汉人的成语吧：天作孽，犹可活；自作孽，不可活。我本来不想杀他的，他害人不成反害己，那也不必再理会他了。"

齐世杰道："多谢老禅师活命之恩，只是弟子尚有一事不明，不知老禅师可肯赐教？"

老和尚笑道："我也知道你心中定有疑团，那红衣喇嘛和我总算是有多少关系的，为什么我不帮他，却来帮你呢？"齐世杰道："不错。"

老和尚道："你我虽然素昧平生，但你是段剑青的仇人，就是我的朋友了。而他则恰好相反，他是段剑青的朋友，我纵然不把他当作仇人，也知道他是坏人了。"

齐世杰诧道："老禅师和段剑青这小子也有仇吗？"心想这老和尚的本领如此高强，论年纪也当是位前辈高僧，段剑青似乎还未够"资格"与他结仇。

老和尚缓缓说道："你想知道段剑青是我的什么人吗？他是我的师侄！"

此言一出，齐世杰不觉更奇怪了，说道："段剑青这小子，他，他是你的师侄？"

老和尚说道："不错，他的最后一位师父名叫迦密，正是老衲的同门师弟。老衲法号迦象。"

齐世杰问道："他既然是你的师侄，为何——"

迦象说道："他虽然是我的师侄，但也是我平生最切齿痛恨的仇人！"

齐世杰好奇心起，忍不住追问："这却为何？"

老和尚继续说道："五年之前，他和一个女魔头有段孽缘，我和这女魔头则是有梁子的。这女魔头名叫韩紫烟，是天下第一使毒高手。我不幸中了她的喂毒暗器，段剑青把毒药冒充解药骗我服下，性命虽然侥幸保全，毒质始终未能排除净尽。这五年来，我在冰窟苦修，虽然功力恢复几分，但仍是半身不遂，已经成了废人了。段剑青害我不见天日，你说我能不恨他吗？"

他简略说了本身遭遇之后，问齐世杰道："你说过你和段剑青素不相识，那何以他又会是你的仇人？”

齐世杰道：“他拐骗了我的表弟……”

迦象听他说罢缘由，如有所思，半晌说道：“你的表弟杨炎，我没见过，但也听过他的名字的。他是不是有一位异父兄长，名叫孟华？”

齐世杰道：“不错，老禅师，你认识孟华？”

迦象说道：“何止认识，我还曾经和他交过手呢。那次我与他交手，正是在我被段剑青骗服毒药之后。”

说至此处，迦象禁不住喟然轻叹，说道：“我真后悔，当时不肯相信孟华的话。孟华本来想助我疗毒的，我却因为他要庇护段剑青，怀疑他是段剑青一伙。当时我身受的剧毒已经发作，由于不敢相信孟华，不惜耗损功力用狮子吼的功想要伤他。哪知结果正是和释湛今日所受的差不多一样，害人不成反而害了自己。稍胜一筹的只不过是我没有立时身亡罢了。”

原来那次迦象败在孟华与金碧漪双剑合璧之下，立即强运狮子吼功，结果支持不住，坠下悬崖。孟华找不着他的尸体，只道他已经死了。其实只是受了重伤，未曾死的。

他仗着精纯的内功，在那幽谷里养了一个月的伤方始能够行走。

他本来想回转本国那烂陀寺养伤的，哪知段剑青骗他服下的毒药，乃是韩紫烟秘制的最厉害的一种毒药，他之能够行走，不过是暂时好转，而且还是由于强运内功方始获得的。其实毒质已是深入脏腑。他从回疆走到西藏，走了几千里路，在经过魔鬼城时，已是支持不住了。

他叹了口气，说道：“我自知支持不住，只好躲入魔鬼城中养病。我想魔鬼城是寻常人不敢来的，这正是养病的好地方。不过除了这个原因之外，我之所以要选择魔鬼城养病，却还有另一个原因。”

说至此处，他忽地问齐世杰道：“你是武学世家，想必知道和魔鬼城有关的一个传说吧？”

齐世杰怔了一怔，问道：“什么传说？”

迦象说道：“绝世武功，留待有缘！”

齐世杰道：“没有听过。这两句话的意思，是说魔鬼城中藏有什么武功秘笈吗？”

迦象说道：“百年前天山七剑之一的桂华生，你知道吧？”齐世杰道：“知道，我知道现任天山派掌门唐经天的妻子就是他的女儿。”

迦象说道：“据说桂华生夫妻曾在魔鬼城中留下一套剑法和一部内功心法，我的师祖龙叶上人当年和他们夫妻曾经有过很不寻常的交情，他在生之时，也曾听得桂华生说过那个心愿的。是以据此推断，这个传说，多半可靠。”（按：龙叶上人是比桂华生高一辈的武学大师，于桂华生曾有大恩，事详拙著《冰魄寒光剑》。）

听至此处，齐世杰方始恍然大悟：“原来冷冰儿说的仙缘，是这么一个意思。桂华生和华玉公主这对异国情鸳，乃是近百年来武林人士艳羡的神仙眷属，他们留下了‘绝世武功，以待有缘’，怪不得冷冰儿要说是仙缘了。”

迦象继续说道：“我想起这个传说，不觉起了贪念。主要还不是贪图‘绝世武功’，而是希望得到桂华生所留的上乘内功心法为我治病。

“我们那烂陀寺的武学本来不在中原任何一派武学之下，桂华生的内功心法虽然奇妙，也未必强得过我师所传。不过当时我的龙象功未曾练成，而龙象功练到了第八层再进一层是最难练的，我中毒之后，元气大伤，已是无法再练了。我想上乘武学的道理应可相通，说不定可以在桂华生所留的内功心法之中，找到恢复元气的练武方法。多懂一种上乘武学也总是有利无害的。”

齐世杰道：“大师可找到了武功秘笈？”

迦象说道：“都找到了，你抬起头来，看看上面。”

齐世杰凝神细看，只见就在他头顶上方的那块石壁，刻有许多图形，图中人物是个美貌的女子，手中持剑，作出各种不同的姿势，好像连环图一样。

迦象说道：“图中这个女子是桂华生的妻子华玉公主，壁上刻的就是她所创的冰川剑法了。总共只有十八个式子，比起其他门派

迦象说道：“都找到了，你抬起头来，看看上面。”

的剑法，显得虽然似乎比较简单一些，但冰川剑法的奥妙之处，并不在于表面上复杂的变化，它的‘剑理’乃是别出心裁，另辟蹊径的。你瞧这条冰川，上面冰川凝结，几乎看不出它的移动，实则冰层之下，仍是暗流汹涌的。冰川剑法的奇妙，就在极静之中孕育极动。倘若懂得其中道理，到了随心所欲的境界，便可从这十八招基本剑法之中，演变出无穷变化，极尽轻灵翔动之妙！”齐世杰听得似懂非懂，只能唯唯诺诺。

迦象继续说道：“这道理甚为‘玄妙’，以你现在的武学造诣，可能尚未能够心领神会，不过也不紧要，你只要像老僧一样，坐在这里三年五载，纵然没有明师点拨，相信也会有朝一日，豁然贯通。”

齐世杰诧道：“为什么？”迦象说道：“华玉公主的冰川剑法，本来就是从冰川的奇妙变化之中参悟出来的。你年纪轻轻，武功已然这么了得，相信你的聪明才智，自必不在老僧之下，我都可以参悟，你当然更是能够。”齐世杰心想：“我可不想在这冰窟之中坐三年五载。”

迦象继续说道：“这套冰川剑法，倘若有‘冰魄寒光剑’与之配合，威力更是难以思议。不过冰魄寒光剑乃是华玉公主当年从冰窟之中采取万载玄冰的冰魄精英冶炼而成，世间只有一把。华玉公主传给她的女儿，亦即唐经天的妻子冰川天女。冰川天女早已逝世，这把宝剑想必还是留在唐经天手上。可惜你不是天山派弟子，想得到这把宝剑是很难了。不过即使冰川天女，亦未尽得冰川剑法的真传，你若然练成这套剑法，纵然没有冰魄寒光剑，相信你在当世武林之中，也可以罕逢敌手了。”

齐世杰并不想称霸武林，但听了此言，却是不禁心中一动，暗自想道：“我不是天山派弟子，冷冰儿可是天山派弟子，她倘若得到这套剑法，于理于情，唐经天也应该把冰魄寒光剑传给她的。”

迦象解释了冰川剑法的奥妙之后，继续说道：“桂华生留下的内功心法则藏在这个冰窟里面的另一个山洞之中，我也发现了。

“冰川剑法虽然奇妙，对我并无大用。于是当我发现这两种绝世武功之后，我首先练的是桂华生留下的内功心法。只盼能够在他的上乘心法之中，找到我所需要的东西，帮我早日恢复功力。”

说至此处，他忽地又深深叹了口气。齐世杰莫名其妙，问道：“桂老前辈的内功心法，大师练成没有?”心想：“莫非他因为没有练成，故而叹气?”

迦象叹道：“我知道你们汉人有句成语：塞翁失马，焉知非福。相反来说，塞翁得马，亦焉知非祸。天地万物，盈亏得失之间，原有至理存焉!”

齐世杰正自不懂他这感慨因何而发，只听得他已在接下去说道：“我初练桂华生所留下的内功心法之时，似乎颇为得益。忽地有一日发觉，我按照他的心法运行真气，和我本来已经练成的真气似乎不能水乳交融。按说上乘武学的道理本是应该可以相通，何以会有这种情形发生，想必是其中一个关键之处我还没有勘破。唉，要把两种上乘的武学融会贯通，谈何容易？我苦心思索了五年，直到如今，也还是没有勘破!

“更不幸的是，那日正在练功之时，寒潮骤至，我已无力兼顾，就这样，片刻之间，关节便似凝固如冰，从此得了半身不遂之症。”

齐世杰安慰他道：“以大师的绝世神功，再练几年，或许可以祛除顽疾？要是晚辈有可以效劳之处，晚辈也可以稍尽绵力。”他的想法是：要是有朝一日，他能够逃出生天，他可以背这个老和尚出去。但想这个希望究属渺茫，是以不敢明言。

迦象当然懂得他的意思，苦笑说道：“我是无法自己医好自己的了，你是有希望可以出去，但至少恐怕也得三年。我自知寿元有限，等不及你来救我了!”

齐世杰道：“大师胡为出此不祥之言?”

迦象笑道：“在佛门弟子眼中，色即是空，空即是色，方生方死，方死方生，生死不过转法轮，生不足喜，死不足悲。哪有什么祥与不祥的区别?”

齐世杰不懂佛法，难以再安慰他，只能说道：“弟子世俗之见，教大师见笑了。”此时他心中所想的，只是如何能够在这冰窟之中耽搁个三年五载了。

迦象似乎知道他的心思，说道：“老衲在冰窟枯坐，只知大概过了五年，如今是什么季节?”

齐世杰道：“今天是五月初八，山脚的冰雪虽然尚未完全溶化，按季节来说，已是属于初夏了。”

迦象笑道：“这是你的运气，在最好的季节陷落冰窟。要是冬天的话，寒潮一来，才真是可怕呢。以你现在的功力，决计抵挡不了。其实你不说，我也知道外面大概是到了夏天，因为近来每日循例要来的两次寒潮已经日益减弱了。从现在起，大概再过四个月，寒潮方始又再由弱转强。但要是你勤练内功，过了四个月，大概也可以有点小成，从此渐入‘佳境’，那就不怕在这冰窟之中逗留个三年五载了。”

齐世杰心里暗暗叹了口气，想道：“看来我只能在这冰窟之中陪伴他了。三年五载能够出去，已经算是我的造化。”蓦地想起一事，忍不住好奇之心，问迦象道：“弟子有一事不明，想向大师请教。”

迦象说道：“你我如今是相依为命，你有什么不懂的，尽管问我。”齐世杰道：“不知大师在这冰窟之中，如何能找到食物?”

迦象笑道：“这个容易，你瞧着!”说罢他拾起一块石头，抛落冰川，打开一个窟窿，裂缝一现，他就拿出了一支钓竿，钓竿是藏在他所坐的那块岩石下面的，齐世杰一直未曾留意。

他一拿出钓竿，即以迅捷无伦的手法，伸人窟窿，钓杆一提，一尾最少有两三斤重的鱼儿已是被他钓起。

迦象笑道：“这冰川之中，鱼产极丰，再过半个月冰川解冻，那就更容易捉了。老衲在这五年之中，就是靠吃生鱼过活。”

齐世杰这才恍然大悟，原来迦象选择在这冰川的旁边静坐是有道理的。除了可以方便他揣摩头上方刻的冰川剑法之外，还可以方便他捕鱼。否则他行动不便，早就饿死了。

迦象说道：“无论如何，我一定会帮忙你重见天日的。但我也要求你一件事情。”

齐世杰连忙说道：“我的性命都是大师救的，大师有甚要弟子效劳，尽管吩咐。”

迦象缓缓说道："我就是要求你做我的徒弟。"

世间只弟子求师，没有够资格做师父的人反而求人作弟子的。是以齐世杰不觉怔了一怔。

迦象黯然说道："我也知道你们汉人的规矩，转换师门，那是犯了武林禁忌的，除非得到原来师长的同意。我这原是不情之请，你不肯答应，那就算了。"

齐世杰忙道："大师准许弟子列入门墙，这是弟子求也求不到的事情。大师莫要误会，弟子只是因为喜出望外，不觉呆了。"说罢立即跪下行拜师大礼，改口称呼"师父"。其实他倒不是因为贪图迦象的绝世武功，只因身受迦象的活命大恩，自忖无以为报，岂能拂逆他的好意？

迦象双手虚引，掌未触体，齐世杰已是感到一股柔和的力道将他扶了起来。"是我求你作徒弟的，我只能受你半礼。但你不怕犯了武林禁忌么？"迦象说道。

齐世杰道："弟子是家传武学，师父就是爷爷和家母。他们若然知道我这条性命是你老人家救的，感激你老人家都还来不及呢，岂会责怪我另投名师？"

迦象说道："好，那么我也可告诉你，为什么我要求你拜我为师的原因了。因为我知道我今生今世，是决计无法亲手惩治那个欺师灭祖的小子了，我要你代师报仇，我死后才能瞑目！"

齐世杰说道："段剑青这小子本来也是我的仇人，即使没有师门仇怨，我也要找他算账的。"

迦象说道："我求你为徒，也正是因为你本来和他有仇。不过有些事情，你还未曾知道。

"这小子心肠邪恶，人却聪明绝顶。五年前他已经把我门一部武学心经骗去，那个天下第一使毒高手的女魔头的一部毒功秘笈，亦已落入他的手中。以他的绝顶聪明，经过了这五年的时间，练成的武功，自必今非昔比。甚至夸大一点来说，当世能够制伏他的高人，恐怕也是寥寥无几了。

"莫说我已半身不遂，即使能够出此冰窟，我也未必是他的对手。以你现在的武功，想要找他算账，那更是梦想！你拜我为师，再练成冰川剑法，虽然也还未必有必胜的把握，但总是比较有点希望。你明白我的苦心吗？”

齐世杰道：“弟子懂得，弟子一定勤练师父传授的武功。”

迦象说道：“我先传授你那烂陀寺的本门武功。我刚才只提冰川剑法，不提桂华生的武功秘笈，那是因为我尚未参透把两种上乘武学合而为一的奥秘，要等你把本门武学练了一些时候之后，才可以决定你是否可以兼学别家武功。”

齐世杰既是无法出去，也只好定下心来，跟迦象苦练武功了。

冰窟中不知岁月，连白天夜晚也难分别。好在已经知道每天“循例”必有两次寒潮，一次是清晨，一次是午夜。凭借寒潮的次数，可以推断过了多少时日。每过一天，齐世杰就在石壁上划一划。

约莫过了四个月，有一天齐世杰忽地觉得寒潮来得特别厉害，透过石罅而来的冷风缕缕，触体如刀，冰川凝固如石，用石头也敲不开冰块，要用宝剑才能挖开。一片凝阴寒气，好像浓得化不开来。幸亏迦象把石头掷进冰川，仍能震开窟窿，不至于钓不到鱼。齐世杰这才更加清楚师父的功力，心里想道：“要练到师父这般本领，不知还得花多少年功夫？”

寒潮实在太过厉害，饶是他运功抵御，也觉手足麻木，连呼吸也有困难。迦象捏着他的手，一股热气从他手心注入，迅即放开，说道：“练冰川剑法！”

齐世杰得师父之助，稍稍觉得暖和一些。冰川剑法的十八个基本式子他已经学会，当下面向冰川，就练了起来。这几个月他观察冰川的变化，经过师父的指点，他已经懂得一点“剑理”的奥妙，此时在寒潮攻逼之下，目注冰川，练这冰川剑法，不知不觉，已是能够自行变化。

说也奇怪，他初练之时，只觉寒气更浓，冷得他牙关格格作响，要不是迦象喝令他“练下去”，他几乎就要放弃了。但练了一会之后，身子忽地又渐渐感到暖和起来，练完之后，额角竟然沁出几颗汗珠。

迦象吁了口气，这才笑道：“当年华玉公主创制这套剑法，本是借阴寒之气助她冰魄寒光剑的威力的，你用的虽然是普通的剑，但剑法并无二致，这寒潮正好可以辅助你练剑，能收相生相克之效，你现在再练本门武功吧。”齐世杰盘膝静坐，运行瑜伽气功中的大周天吐纳法，果然不觉得寒冷了。

如是者过了六七日，齐世杰无需师父相助，自身亦已可以抵御寒潮了。此时他倒盼望冬天拖得越长越好了。

但冬天总是要过去的，齐世杰虽然看不到外面季节的变化，但从寒潮逐渐减弱，冰川又再解冻，无需细数他在石壁上划的线条，已经知道外面是春天来到，夏季也跟着来临了。

不知不觉在冰窟里过了将近一年，有一天他正在川边垂钓，默察冰川流动的迹象，迦象忽地把他唤回来。

齐世杰问道：“师父有何吩咐?”迦象说道：“有一件事，我必须今天告诉你，桂华生的武功秘笈，藏在对面山壁的一个洞中，离地约有五六丈高，第一步你必须把凝结在山壁上的冰块铲除，第二步还必须移开封洞的一块石头，才能发现洞口。我已在那块石头上划了一个‘十’字，你会很容易找得到的。”

齐世杰道：“我的本门武功不过是初窥藩篱，你不是说过，要待我的内功有了一些火候，才可以决定是否可以让我试一试兼修别派的上乘武学吗？那何须急急去取桂老前辈的武功秘笈?”他在说这话的时候，心中已是暗暗觉得有点奇怪：为何师父早不告诉他，迟不告诉他，一定要在今天告诉他呢？难道这只是师父的“心血来潮”?

迦象说道：“因为今天不告诉你，以后就恐怕没有机会告诉你了。”齐世杰吃了一惊，连忙问道：“师父，你，你这话是什么意思?”

迦象好像听而不闻，答非所问，自顾自地往下说道：“凡事有一利必有一弊，你的本门龙象功，如今不过是刚到第二重，比起我来，当然相差得很远，练别一派的没人指点的上乘武学，可能是有许多奥秘难明，甚至明白了道理，也可能有力所不逮之感的。但也正因你功力未够深厚，练别派武功，练得不对，也不致造成太大的损害，重蹈我的覆辙。你但记着，倘若发现体内有两种真气互相抗拒的情形，就不可再练下去。”

齐世杰道：“师父，你可以指点我啊！”要知以迦象的武学修养，纵然他对桂华生的武功秘笈亦是未曾完全参透，但最少可以为初学者解决许多疑难。

迦象叮嘱他应该注意的要点之后，这才微笑说道：“我不能陪你练了，我正要告诉你，今天就是你我师徒永别之期。”原来他积毒太深，近日复发，已是自知死期将至，此际不过仗着残存的功力，方能谈笑自如而已。

齐世杰大吃一惊，叫道：“我，我不相信，师父，你好端端的怎会死呢?”

迦象笑道：“生老病死，人所必经。世俗以死为悲，佛门以死为往极乐世界。梵语称死为‘涅槃’，你们华语意译即是‘圆寂’。何谓‘圆寂’？德无不备称圆，障无不尽名寂。经云：永离诸趣，入于不生不灭之门。人无论圣凡，皆须老死，唯佛菩萨，死者乃其幻身。至于本性，则不生不灭，故曰涅槃。若悟此理，死何足悲?”念完一段经文，徐徐闭上双目，面上犹带笑容。齐世杰一探他的鼻端，却已经断了气了。

齐世杰虽然尚未勘破死生界限，但听了师父临终所念那段经文，也不至于太过伤心。当下撮土为香，向师父遗体行告别仪式，暗自祷告师父在西方极乐世界之灵庇佑：“弟子倘能重见天日，定必遵从师命，替你老人家惩治那个欺师灭祖的小贼。”埋葬了师父，第二天便即去找桂华生藏在冰窟之中的武功秘笈。

此时他的本领已经大胜从前，施展轻功，并不怎么费力就爬上了那面冰崖峭壁，爬到一半，用宝剑插入石壁，挖开一个可资立足之点，按照师父的指示，再削平了凝固在石壁上的冰块，果然发现一块划有‘十’字的石头，把那块石推开，立即就找到了那个山洞。

洞中光线比较微弱，齐世杰刚刚进来，眼睛还未习惯黑暗，好在他身上有用剩的火石，当下擦燃火石，仔细审视。

桂华生留下的内功心法是刻在石壁上的，并附有图形，说明如何导引真气运行奇经八脉的方法。齐世杰先把经文牢记心中，他虽然没有过目不忘的本领，资质也在中人之上，念了四五遍，已是可以一字不漏地背了出来。剩余的火石也还未曾用到一半。

从这天开始，他就自行摸索，练桂华生所传的内功心法。练到了不懂的地方，再进山洞对图参详。

说也奇怪，他虽然无人指点练这内功心法，但却比有师父指点之时，练那天竺一派的内功，进步更见神速，练到了第三个月，已经可以把练成的真气运行于奇经八脉，并无感觉阻滞难通之处。心里想道："桂老前辈的内功心法似乎和我本来所学的武功有许多道理是大同小异的，并不是怎样深奥难解呀。何以师父练这心法，却会感到困难呢？"自从练功以来，他也从未发现体内有两种真气互相抗拒的情形发生。

原来这其中有个道理，是迦象也还未知的。桂华生出身武当，他的内功心法是以武当一派的内功作为基础的。齐世杰的家传武学则是少林派的旁支，武当少林同源分流，而少林派的武功又是源自天竺，是以齐世杰练桂华生的内功心法，反而要比他的师父容易得多。要知少林一派武学，自达摩祖师传入中土，历时已一千多年，其间增益变化甚多，武当少林分家，到齐世杰之时才不过三四百年，而且同在中土，切磋的机会也较多，故而齐世杰的家传武学和桂华生所创的内功心法，当然更为接近。加上最初的源流是来自那烂陀寺，齐世杰这一年来跟迦象所学，就更加起了相辅相成的作用。

冰窟里不知时日，但从寒潮的逐渐增强，齐世杰知道冬天又已来了。"奇怪，怎的这个冬天，好像没有上一个冬天的寒冷呢？"有一天，他数一数石壁上刻划的线条，计算时日，外面的季节，应该已是隆冬腊月，按说在冰窟里也应该是寒潮来得最厉害的一段日子到了。

但他还是一点也不感觉寒冷。

去年冬天一来到的时候，他就要运功才能御寒，在寒潮最厉害的日子，甚至还需师父运功相助。但今年的冬天，他已是无需运功，也不觉得寒冷了。而且冰窟里的"气候"还好像一天天暖和起来，在寒潮应该是来得最厉害的这段日子，他的感觉也是一样。

当然不是外间的天气突变，从冰川的表面凝固得比石还要坚硬，他知道今年的冬天即使不是比去年寒冷，至少也是不逊于去年的。但为什么他反而感觉暖和呢？

“啊，想不到桂老前辈的武功秘笈竟是如此奇妙，我才不过练了半年多点，就有了奇效了！”这问题只能有这个答案了。

发觉了桂华生武功秘笈的奇效，齐世杰练得更加劲了。

不知不觉又过了半个月的光景，这一天寒潮第一次来的时候，他感觉稍微冷了一点，一计时日，原来这天正是除夕。

他的师父曾告诉过他，除夕晚上的寒潮，是一年一度最厉害的寒潮。根据去年的经验，也曾证实了师父所说的话的。他记得去年的除夕晚上，他整晚未能合眼，他练了一趟冰川剑法，每次练完之后，还须师父助他运功才能抵御寒潮。今年只是稍微感觉冷了一些，已经是好得多了。因为这“稍微寒冷”的感觉，还只是和上一天的对比而言的。

但在感觉喜悦的同时，齐世杰也不禁喟然兴叹，心里想道：“明天就是新年，我陷身冰窟之中，不知不觉又是第二个年头了。师父虽然说过，估计我三年可以练成桂老前辈夫妻留下的两门武林绝学，但练成之后，也未必就能出去！唉，何时才能重见天日呢？”

心绪稍一不宁，寒冷的感觉又加重一些了。“还是不要胡思乱想，继续练功吧！”此时他正练到桂华生武功秘笈的最后一筹了。

练功正自到了紧要关头，忽地觉得四肢百骸都好似有暖流通过。

往常练功完毕的时候，虽然也有暖和的感觉，但像这样四肢百骸都好似有暖流通过的感觉，却还是第一次的新鲜感觉。齐世杰禁不住心中暗喜：“莫非这是我大功即将告成的预兆么？”他知道此刻最忌分心，当下摒除一切杂念，继续练功。

但再练下去，他却感觉有点不对了。第二个寒潮已经来到，亦即是说一年一度最厉害的寒潮到了。奇怪的是：冷风刮面如刀，他身体内部的感觉，却是越来越热。

这是一种“闷热”的感觉，好像五脏六腑都被烤炙，从内部发出来的热。和平时练功时候感觉的那种暖和，是完全不同的。再过一会，只觉体内真气四处乱窜，无论如何也不能导入丹田，这四处乱窜的真气，也像火炉喷出的热气一样，在烧烤他的心肝脾肺。

任他怎样摒除杂念，也是无法达到心境空明的境界了。

“唉，再这样下去，只怕我的躯壳也要爆炸了!”齐世杰静坐不下去，跳起来了。

实在忍受不住这样燠热的痛苦，齐世杰忽地想起他和师父相遇的第一天，师父教他瑜伽气功的“托玉泉”一式，以本身真气从他脚底的“涌泉穴”输进他的体内，助他恢复功力。

“呀，要是师父还在就好了，他用这个方法可以帮我驱除寒气，想来也可以为我恢复清凉。”

虽然已是午夜，平滑如镜的冰川还是发出了刺目的寒芒。寒飙卷破冰面，冰屑四溅。齐世杰注视冰川，忽地起了一个念头：“我何不自行引导冰川的寒气进入我的体内。纵然做不成功，最少坐在冰川上面，不会热得那么难受!”

他实在忍受不住，纵身一跃，跳入冰川。以掌力震开一个冰窟窿，就在这个冰窟窿中盘膝静坐。

“托玉泉”一式，本是头下脚上，由别人按着他脚底的“涌泉穴”的，此际无人相助，他就改用桂华生秘笈之中导引真气的方法与瑜伽气功并用，把冰川寒气，从“涌泉穴”吸入。

燠热之感，稍稍减轻。但不知过了多久，忽地寒热交作，有时半边身子好像在熔炉之中，另半边身子却仍是如在冰窟。齐世杰咬牙苦忍，终于忍过去了。

最难受的一刻过去，就好像冬天过后便是春天一样。齐世杰登时有了苦尽甘来的感觉。

苦尽甘来，感觉得非常之快，转瞬之间，齐世杰只觉遍体清凉，真气自然而然地便即纳入丹田，运行四肢，周而复始。就像猪八戒吃了人参果一样，八万四千个毛孔，无一毛孔不舒畅。

原来齐世杰无意之中，走对了路子，已是把两种上乘的内功，练到合而为一的境界了。

他在不过一年多的时间，先练那烂陀寺的内功，再练桂华生的内功心法，以他原有的基础，练这两种上乘内功，本来是应该循序渐进的，他进境过速，练成的真气，本身无法控制，以致练到最后的关头，还有遍体如焚的感觉。这情形等于是童子操刀一样，危险之处，自是不言可喻。好在他福至心灵，在危险的关头，想到导引冰川寒气来辅助练功的办法，在他原意只是想减除遍体如焚的难受的，想不到却正好是走对了路子。

齐世杰尚未知道大功告成，但得到遍体清凉，浑身舒泰，已是大喜过望了。大喜之下，在冰窟窿中一跃而出，只觉身轻如燕，两个起伏，便已脚踏实地。

齐世杰怔了一怔："咦，我怎的跳得这么远？"他欢喜得手舞足蹈，只觉举手投足，都好像有无穷无尽的气力，要想发泄一个痛快。

手舞足蹈之下，他无意间一掌劈出，劈着一块石头，"轰隆"一声，那块石头竟然给他劈得四分五裂。

齐世杰想不到自己练成的内功，威力竟是如此之大，不觉呆了。

"我练成功啦！我练成功啦！"齐世杰一呆之后，情不自禁地大叫起来。"可惜师父已经圆寂，我只能告诉他在天之灵了。"想到师父不能分享他的喜悦，不禁又是思之黯然。

师父本来是期望他三年之后练成的，如今从他开始进入冰窟的那一天算起，也还不过是一年半多几天就练成了。大功告成，此时他当然是希望越早能够重见天日越好了。

这冰窟约有十丈来深，高逾百尺的冰崖峭壁本是极难攀登的，但此时亦已难不倒他了。

他走到最初跌落这个冰窟的地方，吸一口气，施展壁虎游墙的功夫攀上去，倒了顶端，用力一推，冰块簌簌而落，岩石却是纹丝不动。原来进入冰窟的石门是利用天然的崖石安装上巧妙的机关的，不懂得开启机关的办法，再大的气力也推不开这块几万斤重的巨石。

齐世杰想道："即使我这把宝剑不怕折损，要想挖一个洞出去，也不知要到何年何月，才能成功？"不禁颓然兴叹："人力毕竟有时而穷，我虽然练成了桂老前辈的武功秘笈，依然无济于事。"

还有一个办法是等冰川解冻的日子，试一试是否能够在这地下的冰川游出去。

好不容易等了半年，等到夏天来到，冰川表面已经解冻，冰块一块块地裂开，又听到流水淙淙的声音了。在这半年当中，他练成的内功已是更为巩固，气力的大小，也可以控制自如，运用到招数上了。冰川剑法，亦已练到可以随心变化的境界。

但他一试之下，依然还是失望。

原来冰川虽然解冻，但冰块并非完全溶化的，水流不过是从冰块的缝罅之中通过，要想排开拥塞水流的冰块，不是不可能，但所费的功夫，却是艰难得难以想象。而且他虽然练成上乘内功，也不能在水底闭气太久，这条冰川，也不知要经过多长的距离才到外面。要想破冰而出，也像要破壁而出一样，不知何年何月才能成功了？

齐世杰心灰意冷，想道："难道我竟是命中注定，要老死冰窟不成?"

他可不甘老死冰窟！虽然无法出去，每天还是要到这冰窟进口之处静坐一会。这个地方是最接近外面的地方，他在这里想象外面的天地："现在已是夏天，外面的花草一定长得很茂盛了。呀，只要能够让我看一看外面的景色，纵然是有毒的魔鬼花也好。在这冰窟里可是没有彩色的世界，真是令人难挨!"他这心情，就好像是身无分文的穷人，过屠门而大嚼一样，虽不得肉，慰情聊胜于无。

想不到有一天他正在静坐遥思，浮想联翩之际，忽然听到了上面似乎有人说话。

齐世杰自从师父死了之后，已是差不多有一年没有听过人声了。这一下喜得他心头卜卜乱跳。

他连忙定了定神，把耳朵贴着山壁细听。他已练成上乘内功，听觉远胜常人，十多丈高的冰窟，上面两人说话的声音，听得清清楚楚。

"依你所说那天的情形，我的师弟料想是不应丧在那丫头的剑下的，是么?"一个苍老的声音向他的同伴问道。

齐世杰心头一动：这个人说的那丫头，除了冷冰儿还能有谁？

仇人来到

他初时听到这个人说话的声音，几乎忍不住要大声呼唤，但一听清楚他说的是什么之后，可只能忍住了。“想不到来的竟是敌人，但纵然不是敌人，他也没办法救我出去，我和他交谈又有何用?”

心念未已，只听得另外一个人已在答复同伴的问题了。“不错，那天是令师弟最先逃走的。他跑得很快，纵然受了点伤，伤得也绝不会重。不过后来我和连老大相继受伤逃走，却已找不到令师弟了。”

齐世杰一听声音好熟，不待他把话说完，已知此人是谁。

原来这个人不是别人，正是曾经和他交过手的那个使虎头钩的名叫窦健刚的汉子。

“另一个人想必就是释湛的师兄释陀了，他等了两年不见师弟回来，故而找到了窦健刚和他重来魔鬼城查访。唉，可怜他怎想得到他的师弟已是埋在冰川底下?”齐世杰是尝过找不到亲人的滋味的，此时不觉倒是有点同情这个释湛的师兄了。

齐世杰所料不差，果然便听得释陀说道：“他既然没死，却又未见他回来，那就只有一个可能，那天他根本没有逃下山去，而是躲藏在魔鬼城中。”

“我也是这样想。”窦健刚说道：“否则，那天他最先逃走，应该是在山下等我们的。”

“你知道他为什么要逃回魔鬼城吗?”

“这个，这个我可不敢妄自猜测。大师，你是他的师兄，要是你猜不着，我更加猜不着了。”窦健刚讷讷说道。

释陀本是想试探他的口气，对那“绝世武功，留待有缘”的秘密知道多少的，听他这么说，不禁心里暗骂：“好狡猾的东西，反而试探起我来了。”

“你们和他是不是曾经在这佛塔里住过两晚?”释陀问道。

“不错。大师，你问这个是什么意思?”

释陀哈哈一笑，说道：“大家都不必说假话了，师弟虽然没有告诉我，但我已经知道那一次他是和你们一起来找传说中桂华生所藏的武功秘笈了。”

窦健刚这才说道：“大师既然知道，那我也不怕和大师说了。不错，我们那次的确是为了这个缘故才大着胆子到魔鬼城，不过，什么也没发现。恐怕那个传说是假的居多了。”

释陀淡淡说道：“我看未必。”

窦健刚心中暗喜：“毕竟给我探出一点口风来了。”故意装作还未明白他的意思，盯紧再问：“什么未必？”

释陀缓缓说道：“传说未必是假，依我看来，恐怕倒是真的居多。”

窦健刚连忙问道：“大师，你怎么知道它是真的？”

释陀说道：“我并没有说已经确实知道它是真的，只不过是我一己的猜测。”

窦健刚问道：“大师根据什么猜测？”

释陀说道：“我这师弟的脾气我是知道的，不是我说师弟的坏话，他第一个毛病就是自私自利，平生惯于利用别人，却不肯让别人分沾他的好处。”

窦健刚本来亦已早就有此疑心，释陀一加说破，他不觉便即愤然说道：“如此说来，令师弟其实早就在这里发现什么秘密，只不过当时瞒着我们罢了。怪不得那日我们和他一同败在那丫头剑下，他还是最先逃出去的，我们却找不见他。敢情他正是趁这机会撇开我们。”

释陀说道：“对了，你这猜想正是和我一样。我这师弟还有一个脾气，他绝不肯冒险做没有把握的事。”

窦健刚道：“不错，按当时的情形，齐世杰这小子也是受了伤的，在我们逃跑之后，冷冰儿这丫头很可能陪这小子在魔鬼城中养伤。令师弟要是没有把握得遂图谋，决计不会冒这个险依然躲在那丫头的眼皮底下。嗯，照这样看来，令师弟多半是已经找到了传说中桂华生留下的那部武功秘笈了？”

释陀说道：“这很难说，依我看来，有两个可能！”窦健刚道：“哪两个可能？”

释陀说道："第一个可能，就是如你所说，他已经找到那部武功秘笈。但在这个情形之下，又有两种可能，一种是他找到之后，躲到另一个僻静的地方去了。一种是他虽然发现了找寻秘笈的方法，却已丧身在魔鬼城中。"

窦健刚道："何以你会猜他已经丧身此地？"

释陀说道："我只不过是从坏处着想。试想要是没什么危险就可以找到秘笈的话，这将近一百年来，也不知有多少本领高强、聪明才智之士前来找过，怎还轮得到咱们今天才来寻找。"

窦健刚点了点头，接着问道："你说了第一个可能的两种情况，那么第二种可能又是什么？"

释陀道："第二个可能，是他未曾找到武功秘笈，就已给冷冰儿这丫头杀了。这一个可能甚至比前一个可能更大！"

窦健刚吃惊道："要是这样的话，那就更加糟了。那部武功秘笈，说不定已落到那丫头的手中了。"

释陀叹口气道："我最担心的就是这个，倘若当真不幸如此，即使不是为了那部武功秘笈，我也是无论如何要为师弟报仇的。"

窦健刚说道："那丫头的剑法虽然厉害，但以大师的武功，相信也不会输给她的。要是不嫌弃的话，我愿助你一臂之力。咱们再把连老大找来，一同对付她！据我所知，这丫头正在到处找寻杨炎，咱们无须到天山找她算账，暗杀了她，天山派也不知是谁干的。"

释陀摇了摇头，苦笑说道："可惜你是只知其一，不知其二。"窦健刚道："什么其二？"释陀说道："三个月前，天山派的老掌门唐经天已经去世，如今已是由唐经天的儿子唐嘉源继任掌门。"

窦健刚道："这和咱们去找那丫头算账又有什么相干？"

释陀说道："关系可大着呢。唐经天临终之际，已把冰魄寒光剑传给了冷冰儿。"

窦健刚大吃一惊，说道："你说的这把冰魄寒光剑就是桂华生妻子当年从冰窟之中采取冰魄精英炼成的那把宝剑吗？听说冰魄寒光剑只要一亮出来，只是宝剑本身所发的阴煞之气已是令得对方难以防御，桂华生妻子传给她的女儿冰川天女，冰川天女仗着这把宝剑不知曾经打败过多少武林高手，只有她的丈夫唐经天才能在冰魄寒光剑下不致落败。而他们也是因此不打不相识结成夫妻的。”

释陀苦笑道：“你的见闻倒是很博。不错，冷冰儿得到的就是这把宝剑了。要是各凭真实的本领，我与她单打独斗，也不会怕她。但如今，唉，她得了这把宝剑，咱们三个人加起来，也未必能是她的对手。”

窦健刚道：“唐经天何以会把妻子留下的宝剑，不传别人，单单传了给她？”

释陀说道：“这我就不知道了，或许是因为他的儿子和媳妇都已无需这把宝剑吧？不过我还知道的一件事情是：这丫头是唐嘉源夫人的弟子，天山派懂得冰川剑法也只有这位唐夫人，这丫头得了冰魄寒光剑，她的师父料想也会把冰川剑法一并传了给她。”

齐世杰无意中听到冷冰儿的消息，不禁又是欢喜，又是悲伤，心里想道：“果然天从人愿，冷女侠得了这把宝剑。不过据师父所说，唐经天的妻子虽然是桂华生的女儿，也还未曾得到冰川剑法的真传的，他的儿媳更是无须说了。只可惜我不知何年何月才能逃出冰窟，否则我把参悟的冰川剑法送给她，倒是报答她的最好礼物。”

窦健刚继续说道：“大师不必担忧，这丫头纵学成冰川剑法，也未必就是天下无敌。”释陀说道：“当然不会就是天下无敌，不过你和我可是惹不起了。”

窦健刚道：“咱们惹她不起，但要请一个足以对付她的人，料想也还不至于太难。”

释陀听他话里有因，问道：“你心目中这个人是谁？这个人又肯不肯无缘无故帮咱们的忙呢？”

窦健刚道：“我和这个人多少也还有点交情，动之以利，大概可以请得到的。”

释陀道：“他想得到什么好处？”窦健刚道：“我没问过他，怎会知道？不过依我粗浅之见，他有对付冷冰儿的本领，普通的酬劳，自是不会放在他的眼内的。”

释陀道：“那你心目中可以给他的酬劳又是什么？”

窦健刚道：“比如说，假如咱们得到了桂华生的武功秘笈，把这‘好处’与他分享，我想他是一定会帮咱们的忙的。”

释陀苦笑道：“假如咱们已经得到这部秘笈，花个三年五年工夫，咱们自己就足以对付得了这个丫头，何须别人帮忙？”

窦健刚道：“是呀，所以当务之急，还是先查探清楚令师弟的下落。他是被那丫头害了呢？还是已经得到了秘笈躲起来呢？咱们如今都只是胡乱猜测的。找人替他报仇，那不是言之过早吗？”

释陀听他口气，心想：“这厮倒是狡猾得很，他不肯透露那人的名字，却依然还是想套取我的秘密。好，我何不将计就计，就利用他。不过，也还不宜操之过急，且再逗他说些闲话，免得他起疑心。”

彼此勾心斗角，静默了一会。释陀忽地说道：“我想起一件事情，百思不得其解。你能否为我一释疑团。”

窦健刚道：“什么事情？”释陀说道：“你不是说过那天的事情是因齐世杰这小子而起吗？怎的这小子会跑到魔鬼城的？”

窦健刚道：“是连老大特地把他引来的。”

释陀说道：“是你还是连甘沛和这小子有仇？据我所知，我的师弟和他们齐家可是风马牛不相及的。”

窦健刚笑道：“在那次事件之前，我连这小子的名字都没听过。据我所知，连老大虽然知道这小子的来历，但在他冒充向导之前，也是从未见过这个小子的。”

释陀说道：“我不明白的就是这点了，你们既然是为了找寻桂华生的秘笈才跑来魔鬼城，这秘笈当然是越少人知道越好。这小子既然与你们往日无冤，近日无仇，何以你们要把他引来魔鬼城谋害他呢？”

这也正是压在齐世杰心头的疑问，当时固然百思莫得其解，直到如今，也是未曾想得明白的。不觉竖起耳朵来听。

只听得窦健刚说道：“这件秘密，说给大师知道也不打紧。实不相瞒，我们意欲害这小子，并非为了和他有仇，而是受人所托。”

释陀问道：“那人为什么要害齐世杰？”

窦健刚道：“大师，你想必知道齐世杰这小子的身世吧？”释陀说道：“我知道他是中原的武林世家。他的爷爷是四海游龙齐建业，他的母亲是辣手观音杨大姑。”

窦健刚道：“不错，但还有一重亲属关系也许大师尚未知道。天山派那个失踪弟子名叫杨炎，杨炎的父亲是冀州名武师杨牧，杨牧正是辣手观音杨大姑的弟弟。齐世杰这小子跑来西藏，为的就是找寻他的表弟杨炎的。”

释陀道：“这和你们有什么关系？”

窦健刚道：“和我们没有关系，和那个人却有关系。那人就是因为不想让齐世杰找到杨炎，故此要害这个小子的。”

释陀恍然大悟，说道：“我明白了，委托你们谋害齐世杰的这个人，是不是段剑青？”

窦健刚笑道：“不错。我刚才说的那个可以对付冷冰儿的人也正就是这个段剑青了。”

释陀恍然大悟，齐世杰也恍然大悟了，心道：“原来主谋害我的人就是段剑青这小子，这小子消息倒是灵通得很，我一踏进西藏，他就知道了。只不知他是躲在何处？”怒火过后，不觉可有几分疑惑，接着想道：“但听师父所说，两年之前，这小子的武功应该是远远在我之上的，他何须买凶杀我？”

他的疑问也正是释陀的疑问：“既然段剑青是可以对付得了冷冰儿，齐世杰这小子自必更不在他的眼内了，他为什么不亲自下手？”释陀问道。

窦健刚道：“这我就不知道了，事情是连老大接头的。”

释陀道：“连甘沛没有向你透露一些什么吗？”

窦健刚道：“据连老大说，段剑青似乎是有什么顾忌，暂时未想在江湖露面。不过这也只是他的猜测而已。真正的原因，恐怕只有段剑青自己才能知道。”

齐世杰最想知道的是杨炎的下落，是以窦健刚说来说去，却始终未提到杨炎。齐世杰暗自想道：“表弟当年失踪一事，他究竟是落在何人手上，天山派如今也还未曾弄得清楚。他可能是被段剑青拐走，也可能是给官兵捉去。不过从段剑青不敢亲自出马杀我这点看来，恐怕炎弟还是在他身边这个可能大些。”

心念未已，只听得窦健刚已继续说道：“连老大恐怕单独对付不了齐世杰这小子，于是找我帮忙。其时恰值令师弟也来找我们二人一同到魔鬼城探险，连老大就想出那个办法，把齐世杰引到魔鬼城边，让他先中魔鬼花之毒，然后三个人一同对付他。哪知人算不如天算，无巧不巧，眼看就可以把齐世杰这小子擒获的时候，却偏偏会碰上冷冰儿这个丫头。”

释陀忽地问道：“我的师弟可知道委托人是段剑青么？”窦健刚心想：“他既然有此一问，即使我不告诉他，料想他也会明白其中缘故。”于是实话实说：“他不知道。”

“为什么不告诉他？”释陀再问。

“这是连老大的意思。令师弟和段剑青相识在他之前，连老大是知道的。”窦健刚说道。

释陀哈哈一笑，说道：“我明白了，你们虽然找了我的师弟合伙，却还是不放心他的。要是给他知道了段剑青的消息，恐怕他就会撇开你们了。”

窦健刚笑道：“连老大有此顾忌，那也不足为奇。如今事实证明，令师弟不是已经撇开了我们吗？”他口里在笑，心里也在暗笑：“连老大为什么要瞒住你的师弟的原因，你还只是猜中了一半呢。”

释陀说道：“他是否已经找到了武功秘笈，躲起来不让你们知道，目前也还不能断定。但咱们既然来了，总得想尽办法查个水落石出。”

窦健刚故意叹了口气说道：“咱们业已耗尽心力，还有办法好想？”释陀说道：“说不定还有什么秘密的处所，咱们未曾发现呢？”

窦健刚道：“咱们已经搜遍了每个角落，塔顶也上去看过了，还能有什么秘密处所躲得过咱们的眼睛？除非把整座塔倒翻过来。”释陀阴阳怪气地笑了一笑，说道：“对了，说不定宝藏是埋在地下？”

窦健刚道：“那要费多大功夫才能发掘？”释陀说道：“或者可以碰碰运气，无意之中给咱们找到地下的秘室呢？”

在冰窟下面的齐世杰听到此处，不觉心中一动，想道：“莫非他已知道了打开复壁石门的办法，但却还未曾知道这底下乃是冰窟。”

在上面的窦健刚也不觉心中一动，连忙说道：“大师，我这两年碰上的都是不如意的事情，不用找人看相算命，也知行的是衰运了。要是能够当真‘碰上运气’，那就只能仰仗你了。”

释陀说道：“我学过一点机关削器的学问，是有意试它一试。不过我觉得有言在先，免得将来发生争论。”

窦健刚情知他决不会让自己白占便宜，不知他要出的什么难题，心中一则以喜，一则以惧，只好说道：“大师意欲如何，请尽管直说无妨。”

释陀说道：“要是当真给我碰上运气，发现了秘密地方，那可要请你进去寻找，我在外面给你把风。”

原来他说的什么懂得机关削器之学，那是假的。但开启这个冰窟石门的办法，他倒是真的已经知道。

在他师弟失踪之后，他曾花过不少工夫明查暗访，查悉他的师弟在魔鬼城之行的前几天，到过一个人家里，这个人以前是个马帮头子。有一次他们这个马帮曾在魔鬼城住宿一宵，结果除了他一个人之外，其他的人全都死了。那个人虽然活着回来，也病得不能起床。在病榻上躺了十多年，谁人问起那一晚他们在魔鬼城的情形，他都好像犹有余悸，不肯吐露一字。

释陀找到了他，仗着自己在喇嘛教中的身份（西藏一般人是把有地位的喇嘛僧当作活佛崇拜的），半骗半吓，这才给他套出了那个人的几句话。原来那人垂涎殿中那座白玉香炉，想要把它取回去，但香炉是连着供案的，要把它凿开来，又怕弄坏宝物。他左扳右扳，无意之中，给他扳对了机关。但那道暗门一打开来，冰窟里冲上来的奇寒之气，已是把他的手下全都冻僵了。他之得以侥幸不死，那是因为他练过一点内功的缘故。

不过在他找到那个人的时候，也正是那个人在病得快要断气的时候。

释陀是以密宗秘传的刺激穴道之法，令他苟延残喘，方能说出那几句话的。不过，即使他能道详情，他也不知道魔鬼城地下是个冰窟。他说了那几句话之后不久，便即气绝身亡。

释陀虽然和那个人一样，猜不透下面有什么古怪，但那许多人在魔鬼城中离奇古怪的死亡，想起来也是不寒而栗。是以他虽然得到开启石门的方法，可不敢轻于尝试，必须找一个人为他冒险。

窦健刚当然不是容易上当的人，听了释陀这么一说，他也想起一件事情来了。

那次他们三个人合谋害齐世杰之时，极力主张保留活口的正是释陀的师弟释湛。本来按照段剑青的委托，是可以死活不论的。

当时连甘沛就曾问过释湛："齐世杰这小子武功不弱，活捉困难得多。为什么不把他一刀杀了干净？反正那位事主也只是要这小子的首级。"

释湛当时并没说明缘故，只是微笑说道："我自有用处。你们找我合伙办这件事情，我也不想索取酬劳，只要留这小子三天，三天过后，我会割下他的首级送给你们。"

此时窦健刚想起这件事情，再比对释陀如今所说的话，不觉恍然大悟，心里想道："原来他们师兄弟都是一样心肠，释湛是要齐世杰做替死鬼，释陀却是要我做替死鬼！"

不过一来是由于大利当前，二来释陀的本领远远在他之上，不答应的话，只怕释陀就会翻脸。做不做这个"替死鬼"呢？他可是不禁犹疑难决了。

释陀冷冷说道："难道你还信不过我吗？要是找到了桂华生武功秘笈的话，我决不会独吞，谋害你的。我可以对天发誓，若有异言，不得好死！"

窦健刚赔笑说道："大师是有道高僧，我怎敢不相信大师？不过，不过——"释陀眉头一皱，说道："有话你尽管直说，不过什么？"窦健刚道："倘若当真有那么一个地下密室，咱们一起进去，彼此有个照应，岂不更好？"

释陀冷笑道："原来你是害怕危险。但你不想想，要是你不分担危险的话，我又何必把得到的好处分给你？而且下面固然可能有危险，上面也可能有危险的。若不是有一个人留在上面把风，随便有一个人进来，就可以把咱们埋在下面！我为你找寻密室，又为你分担风险，说起来还是你更占便宜呢！”

重见天日

齐世杰在下面只听得心头卜卜乱跳，只盼能够重见天日，即使要他献出桂华生的武功秘笈，他也心甘情愿。

窦健刚考虑再三，情知难以抗命，倒不如冒险一试，便道：“好，君子一言，快马一鞭。咱们说过的话，谁都不许反悔！”

释陀哈哈一笑，说道：“是呀，这样才够朋友。”笑声中扳着供桌上的白玉香炉，缓缓转圈。

齐世杰知道只要白玉香炉转了一圈，石门就会打开，他也就可以重见天日了。他等待这一霎那的时间过去，好像在熬一个漫漫长夜。他听得香炉转动的轧轧声响，估计已经转了半圈，心里不住在叫：“快点，快点！”不料就在这霎那间，蓦地发生了翻天覆地的变化。

首先听得是窦健刚大叫一声：“不好！”释陀跟着喝道：“你干什么？你要反——”窦健刚的脚步声似乎已经跑出那座殿堂，一面跑一面叫道：“快，快逃！”释陀那个“悔”字还未说得出来，急急忙忙地也跟着跑了。齐世杰伏地听声，不过片刻，两个人的脚步声都听不见了。

齐世杰不禁一片茫然，疑团满腹：“他们碰上了什么？是窦健刚临时反悔，对释陀偷施暗算呢？还是他们当真碰上什么突如其来的袭击？”

心念未已，忽觉得地底下似有一阵阵的震动，四边石壁都好像动摇起来，泥沙纷落如雨。

蓦地“轰隆”一声巨响，在地底下听来，声如郁雷。齐世杰有过经验，在石门打开，洞口显露之时，也会有“轰隆”一声的，但这“轰隆”一声过后，他抬头仰望，仍是不见天光。

地底下的震动更加强烈，而且他感觉到好像有一股热气从地底下透上来。地面上“轰隆、轰隆”之声不绝于耳，大块大块的石头也随着泥沙滚下来了。他听得出是屋宇倒坍的声音。

齐世杰这一惊非同小可：“莫非、莫非这是地震！”他这才知道释陀和窦健刚碰到的不是人祸而是天灾！

冰窟里也响起连绵不断的爆炸声了，那是冰川表面的冰层被地震震裂的声音。

一块磨盘大的巨石当头落下，齐世杰奋力一推，使了一个“带”字诀把巨石落下的方向拨过一边，方得幸免于难，但亦感到气衰力竭了。泥沙纷纷落在他的身上，那可是推不去、拨不开的。齐世杰只觉身体所受的压力越来越大，气闷到了极点。

齐世杰不觉心头一凉：“难道我竟然要被活埋在这冰窟？”饶是他已练成上乘内功，能够闭住呼吸，比一般人所能忍受的时间长得多，渐渐也支持不住，神智逐渐模糊。

也不知过了多久，忽地有一片清凉的感觉。齐世杰恢复了清醒，一张开眼睛，立即感到刺目的光亮。这不是冰雪的寒光，是真真正正的阳光。他已经重见天日了。

他发觉自己浸在水中，更确切地说是浸在泥沼之中。头顶上方裂开一个很大很大的洞口，泥沙还在不断落下。但泥沙落在水中，对他的压力虽然还有，已是不足构成威胁了。

原来冰川里的冰块炸裂，冰化为水，水流冲掉了压在他身上的石头沙泥。齐世杰定了定神，运气三转，所学的内功心法发挥了功效，恢复了几分精力，于是慢慢地从震裂的缺口爬出去。

外面的形状完全改变了，他是站在一片瓦砾场中。佛塔已经倒塌，只剩下台基。佛塔周围那些破破烂烂的房子更是早已消失得无影无踪。整座“魔鬼城”就好像突然之间给人用“魔法”移去，剩下的只是一大堆瓦砾。

只见整个天空布满一层黄色的尘沙，连阳光也是黄色。看日头影子，应该是正午时分，感觉到的却是异样的黯淡。

算一算日子，他被困在冰窟，只差几天便满两年。两年不见阳光，应该是多么喜悦呢？但此刻，他感觉到的只是恐怖，好像是从地狱里逃出来似的。

周围死一般的沉寂，只是眼前多了一个冰湖，料想是受到巨震的一段冰川变化成的。此刻他能够听到的声音，也只是冰湖中的水声了。

他披着满是污泥浊水的衣裳，拖着沉重的脚步，走出这片惊心惨目的瓦砾场。

忽地更惊心惨目的景象出现在他的面前，他发现一团模糊的血肉，头颅已经压扁，不过面目还隐约可辨，正是释陀。

齐世杰不忍再睹，一步跨过他的尸体，心里想道："也还幸亏我在冰窟下面碰上地震，否则恐怕也要像释陀这样了。"他没有去找寻窦健刚，料想他的遭遇必然是和释陀相同。

不料走了一程，却忽地隐隐听得似有呻吟之声，是那样凄惨，令人一听就不觉毛骨悚然。

不过想到救人要紧，他虽然听得毛骨悚然，还是赶快跑上前去。

只见在两支扭曲得奇形怪状的石笋当中，夹着一个人，满身血污，但还可以认得出来，可不正是窦健刚是谁？原来窦健刚躲在石笋构成的覆钟形洞穴之中，本来是想躲避从山上滚下来的石头的，不料石头没有压着他，但石笋却因地震变形，挤逼一起，将他夹在中间，求生不得，求死不能。当真是苦不堪言，比死还更难受。

窦健刚看见齐世杰，比齐世杰看见他还更吃惊，失声叫道："你，你是人还是鬼？"

齐世杰道："我当然是人，你不认得我了么？我就是两年前在这里和你见过面的齐世杰呀！"

窦健刚哀哀求告："齐少侠，你做做好心，把我、把我一刀杀了吧！"

齐世杰道："你别慌，我是来救你的，你稍忍片刻。"拔出宝刀，反转刀背，小心翼翼地敲断两段石笋，轻轻地将窦健刚拉出来。

窦健刚在他拔刀之时，只道他存心戏弄，口说救他，实是杀他。哪知齐世杰果然将他救了出来。

齐世杰先点了他几处穴道，为他止血，跟着把手掌贴在他的背心，运瑜伽气功替他疗伤，窦健刚得到他的真气输进体内，精神为之一爽，疼痛也登时止了。但他知道自己五脏六腑都已受伤，纵有华佗再世，扁鹊重生，只怕也救不了他的性命，目前虽然稍微好转，不过是苟延残喘而已。

“齐少侠，你不必虚耗内力了，你令我临死之前免受许多痛苦，我已是感激不尽。”

“别这么说，患难相助，是应该的。你莫胡思乱想，说不定吉人天相，你会好起来的。”齐世杰说。

窦健刚苦笑道：“齐少侠，多谢你的善心，我不管是死是活，都会感激你的。但我恐怕没有多少时间和你说话了，有一件事情，我必须趁早告诉你。”他眼角沁出泪珠，心里却是热乎乎的。

有生以来，他所结交的朋友，不是你虞我诈，彼此利用，就只能有福同享，不能有祸同当的。想不到一个曾经被他害得几乎丧命的人，本来应该是他仇人的齐世杰，竟会对待他这样好。他不觉又是惭愧，又是后悔，暗自想道：“我还以为他是要慢慢折磨我呢，谁知他竟然不惜耗损本身真力来救治我，我真是以小人之心度君子之腹了。”

齐世杰微笑道：“你歇歇再说也还不迟。”

窦健刚道：“不，我必须马上告诉你。那次，那次指使我们害你的人是段剑青。你必须提防这小子！”

齐世杰道：“多谢你的关心，我已经知道了。”

窦健刚呆了一呆，说道：“我和释陀说的话，你都听见了？”齐世杰道：“不错。”

窦健刚泪流满面，说道：“齐少侠，我对不住你！我真是后悔！”忽地骈指如戟，向自己的左肺俞穴点去。原来他自知难以活命，趁着还有一点气力之际，便想自了残生。

齐世杰轻轻把他的手拉开，说道：“过去的事不要再提，只要你从此改过向善，那就是了，你现在觉得好了点么？”

窦健刚说不出话，竟似呆了。

原来他自点死穴之际，本能地要提一口真气，以便使劲，忽地感觉真气运转，已是并无阻滞。在此之前，他也曾试过运气，一到伤重之处就不能通过的。

齐世杰掏出一颗碧绿色的药丸，塞入他的口中，窦健刚只觉一缕清香，沁入肺腑，自然而然地就咽下去了。

“这是天山雪莲泡制的碧灵丹，冷姑娘给我的。据她说，碧灵丹不仅可以祛邪去毒，还有培元固本之能。你吞下这颗碧灵丹，会慢慢好起来的。”

窦健刚呆了片刻，忽地跪下去向齐世杰磕头，说道：“这样珍贵的药物，你竟然拿来救我，而我，我是曾经害过你的人，……”他还未曾知道，冷冰儿送给齐世杰的碧灵丹只有两颗呢。

齐世杰赶忙把他扶起来，说道：“我刚刚说过，往事莫要再提，你又提了。救人一命，胜造七级浮屠，区区一颗碧灵丹，算得了什么？

“不过，你大概还要休养十天八天，也用不着到别的地方，在这里养伤，就最好不过。你有火石吗？”

窦健刚不知他何以突然有此一问，说道：“有。”正要找出来给齐世杰，齐世杰笑道：“不是我要。冰湖鱼产甚丰，你有了火石，可以食烤鱼。不过没火石也没关系，我吃了两年生鱼，吃惯了比煮熟的还更美味。如今正是夏天，经过了地震，冰河提早解冻，气候也好似比两年前暖和许多。你不用惧怕寒冷，可以在这里安心养伤。”

窦健刚垂泪道：“齐少侠，你是我重生父母，你的大恩大德我是无法报答了。只盼你今后有什么用得着我的地方，我赴汤蹈火，在所不辞！”

齐世杰心念一动：“我何不向他打听清楚？”说道：“过而能改，善莫大焉。你别老是放在心上。我只想知道一件事情。”

窦健刚道：“不知齐少侠想问我什么，我知道的决计不敢隐瞒。”

齐世杰道：“我的表弟是不是和段剑青在一起？”

窦健刚道：“只有连甘沛见过段剑青这小子，但他可没有告诉我是否曾经见过令表弟，此事我委实不知。”

齐世杰再问：“那么段剑青这小子在什么地方，你知道吗？”

窦健刚想了一想，说道：“这小子在什么地方，连甘沛虽然也未告诉我，但却还有一点蛛丝马迹可寻。”

齐世杰道：“什么蛛丝马迹？”窦健刚道：“据我所知，连甘沛在约我到魔鬼城之时，是刚刚从回疆的鲁特安旗回来的。

“回疆哈萨克族的格老，名叫罗海，你知道吗?”

齐世杰道：“听过他的大名，未见过面。”

窦健刚道：“鲁特安旗正是罗海的故乡，你一到回疆，很容易就打听到的。据我想，那时连甘沛既是刚刚从鲁特安旗回来，想必他就是在那里与段剑青这小子相会的了。罗海与天山派的交情很好，你还可以托他为你访查。”

齐世杰道：“多谢指教。”

窦健刚道：“还有一件事情，连甘沛告诉我，当时段剑青这小子正在练一门极厉害的武功，只差一点火候尚未练成，他没有亲自出马，这可能也是原因之一。但现在一定已经练成了。齐少侠你可千万要多加小心。”

齐世杰道：“多谢关怀，我会应付他的。”

与窦健刚分手之后，齐世杰便即独自下山。

两年幽居冰窟，如今重见天日，又得到段剑青的消息，心情自是特别开朗，不觉浮想联翩。

他看那满山纵横交错的冰川，好像银龙飞舞，对冰川剑法的体会，不觉又深了一层。自然而然地就想到冷冰儿了。他本来是想把冰川剑法送给冷冰儿的。

回疆的鲁特安旗和天山的距离虽然不止千里之遥，但总是同在回疆，他心里不禁想道：“冷冰儿不知如今是在何处？嗯，我到了回疆，好不好顺便到天山打探她的消息呢?”他渴望见到冷冰儿的心情，实是不在希望见到表弟之下。正是：

萍水相逢缘未了，雪泥鸿爪惹相思。

第三回　翠谷珠峰寻旧友
冰弹玉剑败魔头

往事只堪伤

“天苍苍，野茫茫，风吹草低见牛羊。”这是描写塞外风光，传诵千古的名诗。

塞外风光，不但能令英雄倍增壮志，而且它像是一个有神奇医术的大夫，不管你心底有多少愁烦，在大草原的怀抱之中，都能令你心胸开阔，愁郁都消。

塞上春迟，在江南是早已过了“落花时节”的“五月黄梅天”，此地却还正是早春天气。

此地是回疆一个名叫“瓦纳”的部落聚居之地，瓦纳是哈萨克族的一支，哈萨克族现任的“格老”（酋长）罗海就是瓦纳人。

此时正有一个少女来到了罗海的故乡。这个少女不是别人，正是齐世杰在冰窟之中，也曾为她魂牵梦萦的冷冰儿。

此地并非她的故乡，但不知怎的，她却有了“近乡情更怯”的心情。

旧地重游，多少尘封往事，甜蜜的、辛酸的回忆，都被重新勾起。可惜的是辛酸的往事太多，甜蜜的往事却太少了。

在这一望无际的草原上，她曾参加过哈萨克人的“刁羊大会”，“刁羊大会”是年轻人追求爱情的欢乐的聚会。

但严格说来，那次的“刁羊大会”，她还不能算是真正“参加”，她只是一个“局外人”，是一个冷眼旁观的伤心者。

就在那次“刁羊大会”之中，和她一起来到回疆的初恋情人，爱上了另一个美貌如花的哈萨克少女，这少女是罗海的女儿，瓦纳族的公主罗曼娜。但严格说来，他也并非真正爱她，更大的原因是想利用她的权势。

物换星移人事改，如今罗曼娜早已嫁了人，而且也早已和她成为比姐妹还亲的好朋友了。

“时间过得真快，不知不觉。炎弟失踪也已经有了七年了。他离开我那年是十一岁，算起来如今已经是十八岁了。他应该长得比我更高了吧？只不知他还是不是像从前一样淘气？”

冷冰儿这次来到瓦纳，为的就是找寻杨炎，和拜访她的好友罗曼娜一家的。罗曼娜的丈夫桑达儿，也是她的朋友。罗曼娜的父亲罗海当上了哈萨克族的总格老之后，一年中最少有十一个月是在鲁特安旗的“盟所”（酋长办公的地方），很少回家。但桑达儿夫妇则是住在故乡的。

行行重行行，忽地眼睛一亮。只见前面一个冰湖，湖面的冰层已经开始解冻。从山腰到山脚，布满着苍绿色的杉树和柏树，有些树木一直插到湖里，在冻结的地方，远远望去，宛如湖面凝作一片白玉，在金黄色的夕阳映照之下显得格外晶莹。已解冻的地方则是碧波如镜，水中呈现雪峰绿林的倒影，随波荡漾。

绕过冰湖，后面的山谷就是瓦纳族人居住的地方了。

当年她和段剑青来到这个地方，第一眼就爱上了这景色秀丽的冰湖，以为是发现了世外桃源。她心甘情愿地和段剑青在这里指着湖水许下誓愿，愿意和他在这里隐姓埋名，白头偕老。

如今她又来到了湖边，冰湖的景色还是那么秀丽，但她的心情，却是比湖中的冰水更冷了。

就在这个冰湖，就在他们许下誓愿之后不久，段剑青便即见异思迁，将她谋杀，把她推下湖中，几乎令她尸沉湖底。

如今她又来到了湖边，秀丽的景色只能引起她的伤心，也令她充满了仇恨。“这样狠毒的人，但愿炎弟不是落在他的手里！唉，要是炎弟上了他的当，那真是不堪设想！”

痛苦的回忆太多，但甜蜜的回忆也不是没有。

想起了段剑青和杨炎，不知不觉她也就想起了杨炎的异父哥哥——孟华来了。她和孟华也是在这个地方相识的。她第二次被段剑青谋害之时，也正好是碰上孟华救了她的性命的。

孟华曾经在回疆找过他的弟弟，没有找到这才回到柴达木义军之中的。

“孟大哥与我分手之时，曾经和我说过，少则三年，迟则五载，他还会再来的。如今已是第四个年头了，却还没见他来。唉，不知哪一天才能与他重见。”

她深深地怀念着孟华，这是对于平生知己的怀念。不错，有一段日子，她的心底深处曾经爱过孟华，不过这段感情早已升华，变作她认为比爱情还更珍贵的友谊了。

但此际，她还是不禁有一丝怅惘的心情。

她凝眸看着正在解冻的冰湖，时不时传来冰块迸裂的声音，她的心就跳动一下。她摸一摸腰间悬挂的冰魄寒光剑，心里想道：“师父已经把冰川剑法传了给我，料想我是足够对付那个负心小贼了。孟大哥能够来固然最好，他不能够来，我单独一个人也要把炎弟找回来给他！”

忽地另一个少年的影子相继在她心头泛起，这是从冰川剑法联想到这个人的。

齐世杰的影子在她心头出现。

她并不是常常想起齐世杰的，正如她避免想起段剑青一样。虽然这两个人完全不能相提并论，但对她来说，这一点却是相同的。

“绝世武功，留待有缘，不知他在魔鬼城中，可曾得到奇遇？要是他已经得到冰川剑法，我倒无须担心了。”

原来师父传授她冰川剑法之时，曾对她言道：“我的婆婆虽然是桂华生大侠的女儿，她也还未曾学全的。到了我的手上，再传给你，那更是恐怕只及原来的三成了。以前我们是这样想的：这套剑法，反正当世已是无人懂得，咱们得到的纵然是一鳞半爪，也无妨碍。不过现在想来，万一桂大侠的武功秘笈给坏人发现，那可是大大不妙。你的气质最适宜学这套剑法，是以我已请准掌门，可以由你打破天山派弟子不能去找这部武功秘笈的不成文禁例，有机会的话，你倒不妨再去魔鬼城寻找。”

她并没有把曾经指示齐世杰去找秘笈的事情告诉师父，因为她知道齐世杰不是坏人，她是希望齐世杰得遇“仙缘”的。

“但不管他‘有缘’也好，‘无缘’也好，这两年来都没听到他的消息，想必他也早就回到老家了吧？”

她当然料想不到，齐世杰不但得到了冰川剑法，而且他也没有回家，正是要到她如今所在的地方来了。

她在湖边出了一回神，看见湖面泛起金光，这才瞿然一省：“天色将晚，我还在这里胡思乱想作甚？嗯，曼娜姐姐见到我不知会多么高兴，我还是早点去找她吧！”

她怀着与罗曼娜相会的兴奋心情，绕过冰湖，想给他们夫妻一个意外的惊喜。

但在喜悦之中，她还是禁不住有几分“怆然伤怀”的感触，也禁不住继续“胡思乱想”。

“曼娜姐姐，虽然和我一样，也曾上过那小贼的当，但她有一个真心爱她的桑达儿，她是比我有福多了！”

她又想起在她来到这里的第二年，孟华和金碧漪也曾来到这里，并曾参加那年的“刁羊之会”。“他们想必也早已成亲了吧？说不定他们再来回疆之时，已是带着孩子来了。”

为什么别人都有那么好的“福气”，她却没有呢？

不是她与“幸福”绝缘，而是她根本就不想有这份“福气”。

这次她提早下山，固然是为了找寻杨炎，也是为了逃避别人给她说亲的麻烦的。

向她求婚的人是她的一位师兄，名叫石清泉。石清泉的父亲是名列天山四大弟子中的石天行。

唐经天去世之后，天山派辈分最高的是长老钟展（他本来就是唐经天的师兄，年纪比唐经天还大），钟展有两个最得意的弟子，一个名叫丁兆鸣，另一个就是石天行。唐经天也有两个最得意的弟子，一个名叫白健城，一个名叫甘武维。这四个人在唐经天任掌门之时，早已是名震武林的人物，成名还在现任掌门唐经天的儿子唐嘉源之前，是以合称天山四大弟子。

“天山四大弟子”如今都已是五十岁以上的人，他们的儿女差不多也都已成家立室了，唯一尚未娶妻的有石天行的独子石清泉。石清泉文武兼备，而且相貌英俊，算得是天山派第三代弟子中出类拔萃的人物。也许正是因为他自视甚高，故而年近三旬，尚未娶妻。

冷冰儿来到天山之后，他不知不觉就爱上她。但因冷冰儿人如其名，冷若冰霜，他蕴藏心中的爱意，始终不敢向冷冰儿表露。

不过既然爱上了一个人，无论如何也是不能永远遮瞒的。他的父母首先看出来了。石天行知道了儿子的心意，便向冷冰儿的师父——唐夫人提亲。

唐夫人是知道冷冰儿受过爱情折磨的，当然她不忍见徒弟像一朵鲜花一样一天天枯萎下去，因此她也很希望撮合成这门亲事。

但不论她如何开解，冷冰儿却还是拒绝了石清泉的求婚。她说她已是心如槁木，也像是凝结的冰川，谈论婚嫁之事，今生今世已是与她无缘了。由于她的态度极为坚决，唐夫人除了为她叹息之外，也不能再说什么了。而她也为了逃避“麻烦”，提早下山。

真的心如槁木了么？或许她自己也以为是的，其实却是她自己在欺骗自己。

此际她去探访罗曼娜，一方面固然是为好友的幸福而高兴，一方面却也不禁有点“顾影自怜”的感触了。

不知怎的，齐世杰的影子突然又在她的脑海闪过。过去，她往往是在想起孟华或段剑青之后，“顺带”想起他的。如这一次却不同了，是单独想起他的。

好像是突然发现自己心底的秘密，她不觉面上一红。

不知不觉她又回头看看潋滟的湖光，天山上的冰川此际也许未曾解冻，但这个冰湖却已开始解冻了。

冷冰儿面上发烧，心里想道：“要是他肯听我劝告，他是不会再到回疆的了。我何必还去想他？还是赶快去见曼娜姐姐吧。”

罗曼娜嫁给了桑达儿之后，仍然是住在父亲家中。她的家是这个部落中唯一“汉化”的建筑，绿瓦红墙，依山面湖，房屋虽然不大，建筑却也颇见匠心。附近就只有他这家人家。

冷冰儿想要给他们夫妻一个意外的惊喜，特地不走大路，却先上山，从山上下来。来到她的门前。

此时已是黄昏时分，其他人家炊烟袅袅，但罗曼娜的家中却没有看到炊烟升起。冷冰儿想道："看来他们大概是正在吃饭吧？"当下便即扣门。

晚饭的时候，正是最适宜找人的时候。冷冰儿等待罗曼娜出来给她开门，一面想道："她一定想不到是我来找她的，但在七年前，我刚离开此地之时，也想不到还会再来这个地方。"要知此地虽然风景幽美，却是她的"伤心之地"，当时她是宁愿离开得越远越好的。

她又想起后来和罗曼娜一同逃上天山，当时的遭遇似乎相同，但如今两人的命运却是差别得如此之大，思之不禁黯然。

但即将重会旧友的喜悦，还是足以盖过她的愁思的。她在等待罗曼娜那声"谁呀？"在等待罗曼娜发觉是她之后，必然会有的一串银铃似的笑声。

哪知她敲了三遍门，里面竟是毫无动静。

本来她是要等待罗曼娜开门的，此时已是按捺不住，只好自己通名了："曼娜姐姐，我是冰儿，你听出我的声音吗？"

里面依然没有回答。

她是用传音入密的功夫说话的，屋子里若然有人，决不会听不见的道理？

"难道是他们夫妻都去串门了？"但此际正是每户人家都在吃晚饭的时候，去找左邻右里闲聊，似乎也不该选择这个时候。这个时候，只是适宜于远方的客人来找朋友。

她惊疑不定，心里想道："以我和她的交情，我就是逾墙而入，料想他们夫妻也不会怪我。"

为了解决心里的疑团，她决意进去看个究竟，不料正当她身形一起，正想翻过墙头之际，忽地有利箭射来，而且是连珠箭！

冷冰儿足尖一点墙头，身形又再拔起，一个"鹞子翻身"，第一枝箭几乎是贴着她的脚跟射过。发箭的人好像早料到她有此一着，第二枝第三枝箭接续射来，目标移高，刚好对着她的颈后的大椎穴和后心的风府穴。

“桑达儿，是我！”冷冰儿叫道。说话当中，她已是鹞子翻身，反手一抄，把第二枝箭抄在手中，就用这枝箭杆一拨，将第三枝箭也拨落了。

接第二枝箭时，她已是心中一动：“恐怕不是桑达儿吧？”待拨落第三枝箭，她已经可以肯定不是桑达儿了。

不错，这人的连珠箭法的确极为高明，甚至可以说是不在桑达儿之下。但那劲道总嫌差了点儿。桑达儿在百步之外发箭可以洞穿皮粗肉厚的犀牛腹部，但冷冰儿接箭拨箭，虎口却一点也没有震得酸麻的感觉。

说时迟，那时快，冷冰儿已是一个“细胸巧翻云”的身法，轻轻巧巧地落在地上，姿势美妙非常。

回头一看，只见一个女子正在向她跑来。在这女子的后面，有一个粗眉大眼的少年，手里拿着弓箭，却没跑来，只是呆呆地看着她，脸上一片茫然的神态。似乎他本来以为是另一个人的，想不到发现的人竟是如此美丽的少女。也似乎不敢相信，这样美丽的一个少女，竟然能够令他的神箭落空。

这少年看来只不过十七八岁的年纪，脸上稚气未消，当然不是桑达儿了。

那女子跑到冷冰儿面前，定睛一看，“咦”了一声，说道：“你，你不是冷女侠么？”

冷冰儿也不禁呆了一呆，蓦地想起，大喜叫道：“你，你不是凯莎姐姐吗？”

那少女更加喜出望外，说道：“是呀，冷姐姐，多谢你还记得我。冒失鬼，你还不赶快过来，向冷女侠赔礼。啊，冷姐姐，你来了，这就好了！”

凯莎是罗曼娜的好朋友，冷冰儿早就认识的。但那个被凯莎叫做“冒失鬼”的少年，她却不知是谁。

那少年满面通红地走过来道：“我叫凯石，冷女侠，我知道你是师父的好朋友，但我想、想不到会是你来。”

冷冰儿怔了一怔，笑同他道：“你的师父是谁？”

凯莎替他代答："他是我的弟弟，跟桑达儿学了三年箭法，就自以为了不得了。嗯，你现在知道了吧，你的箭法还差得远呢！"

凯石满面通红，说道："我几时说过我的箭法比得上师父？"但从他的口气之中，亦已可以猜想得到，他平时除了佩服师父之外，想必也是自视甚高的了。

冷冰儿笑道："你年纪这样轻，箭法已经如此了得，现在虽然比不上师父，将来一定会青出于蓝的。"

凯莎道："他不问青红皂白，就用连珠箭射你，你还赞他？"

冷冰儿道："对啦，我正想问你，你为什么要射我？你的师父呢？他好像不在屋内，是到哪里去了？"

凯石红着脸讷讷说道："我、我以为你是妖人，我，我要替师父报仇。"

冷冰儿吃了一惊，连忙问道："什么妖人？你又要替师父报什么仇？"

凯莎说道："说来话长，让我替他说吧。长话短说，我先要告诉你一个不幸的消息，罗曼娜姐姐已经给一个妖人抢去了！"

冷冰儿这一惊更是非同小可，呆了一呆，问道："桑达儿呢？"凯莎说道："他受了重伤。这是三天前发生的事情，他如今尚是昏迷未醒。"

冷冰儿道："他在哪里？"

凯莎说道："就在我的家里。还有他的儿子，我们已经派人送到鲁特安旗，让孩子的外公保护了。他的儿子侥幸倒没受伤。但他伤得太重，我们可不敢搬动他走长路，只好就近让他在我们的家里治伤。"

冷冰儿起初以为桑达儿已遭不幸，此时方始稍稍放下点心，问道："那个妖人是谁？"

凯莎说道："不知道。那天深夜，我们听得桑达儿的凄厉的吼声，赶忙跑过来看。只见他已经倒在地上，不能言语了。他的孩子也吓得呆了，见到我们，只是哭嚷：'妈给妖怪抢去，妈给妖怪抢去！'可以想象得到，孩子受到这么大的惊吓，当然不敢去看'妖怪'的模样。何况事情是在黑夜中发生。"

凯石说道："我怕那妖人知道师父未死，还会再来害他。因此我除了请人严密保护师父之外，这两天晚上，我都拿了弓箭，在这里等候妖人再来。"原来他们的家是和桑达儿的家距离最近的一家。

凯莎说道："想不到来的不是妖人，是你。冷姐姐，你来了，可就好了。你的本领这么大，一定可以救活桑达儿，也可以对付得了那个妖人的。"

说话之间，不知不觉，已经回到凯莎家里。

只见屋子里黑压压的坐满了人，但却是鸦雀无声，跌一根针在地下都听得见响。这些人都是哈萨克族的战士，轮流来当守卫的。

有认得冷冰儿的人，见她和凯莎姐弟一起回来，都是又惊又喜，纷纷点头为礼。

冷冰儿轻声问道："桑大哥怎么样了？"

一个小伙子答道："刚才好像有点知觉，但还是迷迷糊糊的似醒非醒的模样，说了几句梦话，又闭上眼睛了。"

凯莎道："他说什么？"那小伙子道："翻来覆去地呼唤罗曼娜的名字，另外我只分别得出'小贼'二字，其他的字句就听不清楚了。"

冷冰儿心念一动，想道："他说的这小贼想必也就是凯莎口中所说的那个抢了罗曼娜的妖人了。这小贼是谁呢。"

大家都把希望放在冷冰儿身上，当下凯莎便即带她进入病房。

只见桑达儿面如金纸，呼吸微弱，一看就知受了很严重的内伤。

凯莎轻轻把桑达儿的上衣解开，说道："冷姐姐，你看。"

一看之下，不由得冷冰儿不心里吃惊。桑达儿的胸膛有一个淡红色的掌印，周围肌肉已经开始腐烂，发出腥臭的气味。

"这是什么伤？"凯莎悄悄问道。

冷冰儿道："我不知道。看来大概是一种邪派的毒掌。"

凯莎问道："可有办法救治吗？"

冷冰儿道："让我替他诊一诊脉再说。"要知冷冰儿武功虽高，见闻却并不广博，医术也只是稍微懂得一点。她看不出桑达儿受的是什么伤，能否救治，实在毫无把握。

但在诊过了脉之后，冷冰儿的脸色却似乎没有那么沉重了，有点又惊又喜的神情。

凯莎连忙问道：“怎么样？”

冷冰儿道：“还好。他受的伤虽然确实不轻，却没有我想象那么厉害。”

原来桑达儿在天山住过一个多月，学过天山派内功入门的吐纳功夫，后来又得孟华指点，经过了七年长的时间，内功的基础已是甚为扎实。

受伤之后，他业已练成的内功，自然而然地起了保护身体的作用。真气流传，和侵入体内的毒质相抗。是以虽然三日三夜，昏迷不醒，毒气尚未能侵入他的心房。

冷冰儿的医道并不怎么高明，粗浅的医理还是懂的。她察觉桑达儿的脉息虽然微弱，却不凌乱，惊喜之下，蓦然省起：“对，我忘记他练过本派的内功了！”当下以手掌贴着他的胸膛，用本门的内功心法，把真气输进他的体内，为他推血过宫，果然感觉得到并无抗拒的现象发生，两股真气水乳交融。桑达儿的呼吸也渐渐粗重了。

大约过了一支香时刻，桑达儿张开了眼睛，一张眼睛，就握着冷冰儿的手，叫道：“罗曼娜，罗曼娜，你回来了！”几乎想跳起来，可惜力不从心。

冷冰儿面上一红，轻轻地按住他，说道：“你醒醒，看我是谁？”

她救活了桑达儿，心里又是欢喜，又是有点辛酸，心里想道：“他们的夫妻之爱，真是生死不渝。为什么我碰上的却偏偏是负情薄义的男子。”

桑达儿清醒了些，这才认出了是冷冰儿。连忙放开手说道：“冷姑娘，原来是你，你几时来的。你们找着了罗曼娜没有？”

冷冰儿道：“你先别忙着说话，安心养伤，我会替你找回曼娜姐姐的。”说罢，取出一颗碧灵丹，给他咽下，跟着点了他的昏睡穴。冷冰儿所用的点穴手法，是天山派秘传的治病手法，能令病者得到充分的安眠，对身体毫无妨害。

凯莎出去对众人报告桑达儿已经有救的消息，请他们回去。不过这些人为了爱护桑达儿，虽然散开，却仍然在附近轮班守卫。

桑达儿睡了长长一觉，第二天中午时分，方始苏醒。他得冷冰儿为他推血过宫，又服下祛毒最具灵效的碧灵丹，一觉醒来，已是真正地清醒了。脸上有了血色，精神也比昨天好了不知多少。

此时他方始能够把那天晚上的遭遇说给冷冰儿听。

那晚他睡得正浓，忽听得罗曼娜一声尖叫，将他吓醒。朦胧中只见床前一个黑影，伸出手臂，正在抓他的罗曼娜。

他大喝一声，跳起来扑向那人。可是他的拳头还未打得对方，胸口就似被巨锤一击，登时倒了下去。迷迷糊糊之中，还听得那人在冷笑道："这是你自己找死，可怪不得我！"

桑达儿的儿子今年六岁，在邻房跟奶妈睡。此时亦已被妈妈的叫声惊醒，又哭又嚷地跑过来要他妈妈。

那人喝道："你不依从我，我连你的儿子也杀了！"

说至此处，桑达儿不觉虎目蕴泪，说道："我又惊又急，只觉眼前一黑，以后的事情就不知道了。罗曼娜怎样，她是不是已经给妖人掳去？我的孩子呢？那奶妈呢？你们要告诉我，你们要告诉我呀！你们为什么不说，为什么不说？不管发生什么事情，你们不应瞒我的呀！"

冷冰儿柔声说道："桑大哥，你冷静点儿。急躁是没有用的。弄坏了身体，于事无补，反而有害。"

好不容易哄得桑达儿安静下来，凯莎说道："桑大哥，你的孩子没事，我们已经将他送到格老那儿去了。不过他的奶妈却已经遭了毒手，救不活了！"

桑达儿咬牙说道："好狠的妖人，奶妈一点武功也不会的，他也要杀！那么罗曼娜呢，她、她又怎么样了？"

凯莎说道："你答应我不要太激动，我才告诉你。"

桑达儿叹了口气，说道："其实你不告诉我，我也知道的。她给那妖人掳去了，是不是？"

凯莎不忍出之于口，默默无言地点了点头。

冷冰儿道："桑大哥，你放心。我既然碰上了这桩事情，无论如何，舍了我的性命，我也要把曼娜姐姐找回来给你的。不过，你现在必须冷静下来，仔细想想，回答我一个问题。”

桑达儿道：“你要问什么？”冷冰儿道：“要救曼娜姐姐，先得知把她抢去的那个妖人是谁。”

桑达儿道：“黑暗中我没看见他的面貌。”

冷冰儿道：“那么声音呢？你是听见了他的声音的。声音可似相识？”

桑达儿想了一会，忽地定了眼睛看冷冰儿，似乎想说什么却又不便出口的神气。

冷冰儿道：“你尽管说，用不着有什么顾忌。”她已经猜到几分了。

桑达儿道：“似乎是那小贼！”

冷冰儿刷的一下面色变得苍白，说道：“是不是段剑青这个小贼？”

桑达儿道：“不错，是他的声音！他的声音我决不会忘记的！”原来他在昏迷前的一霎那，早已知道那妖人是谁了，所以才会说梦话也骂出“小贼”二字。

桑达儿继续说道：“我和曼娜洞房花烛那晚，这小贼就曾经来过要抢新娘。那次幸亏有孟大哥和金姑娘在此，巧计安排，那小贼未能得手，反而吃了大亏。想不到他死心不息，过了七年，他还会再来。这一次竟然给他抢了去了！七年前那晚，我也听过他那邪恶的笑声。我敢断定，决没听错，一定是他，一定是他！只可惜孟大哥不在这里。”他说呀说的，不觉又激动起来了。

那次是金碧漪在新房里陪伴新娘，诱段剑青上当，将他刺伤的。冷冰儿并不在场，不过也曾听得孟华说过，是以她也不用细问桑达儿了。当下叹口气道：“其实你不说，我是猜想得到，一定是这小贼所为！桑大哥，也许你已知道，我也是曾经被这小贼害得几乎丧命的，我对他的仇恨决不在你对他的仇恨之下！”

凯莎说道：“对了，孟大哥虽然不在这儿，但咱们的运气可真不差，冷女侠恰好来了。她一定能帮忙你把曼娜姐姐找回来的。”

桑达儿道：“冷姐姐，我知道你会帮忙我的。不过我却担心，你怎能找着他们?”

冷冰儿忽地想起一件事情，问道:“你被那小贼一掌打伤之际，是不是觉得有点火辣辣的感觉。”

桑达儿道:“不错。是好像被火烧伤的感觉。”

冷冰儿道:“好，你放心，我现在马上去找那小贼算账。要是我猜得不错的话，我会找着他的。你先安心歇息吧。”她恐怕桑达儿激动伤神，话一说完，又点了他的昏睡穴，不让他多说话了。

“这小贼的毒掌功夫十分厉害，他一定以为桑大哥必死无疑，既然所谋得遂，料想他大概是不会再来这里的了。不过有备无患，你还要小心保护你的师父。”临走之时，冷冰儿叮嘱凯石。

凯石道:“你放心，我们已经有了准备，只怕那小贼不来。我们几十张弓箭一齐发，要是他来的话，谅他插翼难飞。”

“好，那我放心去找你的师娘了。”冷冰儿说道。

雪峰寻觅人

第二天晚上，月亮初升的时候，冷冰儿爬上一座峻峭的雪峰。

这座雪峰和瓦纳族聚居之地距离约有百里之遥，但由于峭壁悬岩，冰雪覆盖，善于爬山的瓦纳人也从未上过这座山峰的。

不过冷冰儿却是曾经来过这座雪峰的。

这座雪峰，埋藏有她一段苦痛的回忆。

七年前，段剑青曾在这座雪峰上拜红发妖人欧阳冲为师，处心积虑地要把瓦纳族的两大宝藏拿到手中（一是古波斯的武功秘笈，后来被孟华得去，一是玉矿）。第一步棋，是要段剑青骗取罗曼娜的爱情。要是能够娶罗曼娜为妻，段剑青就有可能成为整个哈萨克族的总格老，那时不仅两大宝藏可得，段剑青甚至可以在塞外称王了。

冷冰儿是在被害不死之后，方始知道段剑青拜妖人欧阳冲为师之事，其后暗中窥伺，又逐渐知道了他们师徒的阴谋的。

有一次冷冰儿偷上雪峰，给欧阳冲发现，险遭毒手，幸亏孟华恰好追踪段剑青来到这座雪峰，得孟华之助，方始能够脱险。也是在这一次的事件之中，她更加看清楚了段剑青的狰狞面目的。

不过，也正因有过这件事情，触动她的灵机，推测段剑青此际很可能就是躲在这座雪峰之上。

她据以推测的理由是：罗曼娜决不会依从段剑青，料想段剑青也不敢把罗曼娜带到很远的地方，必然是在附近一个地方先把罗曼娜藏起来，然后施展他的吓骗功夫。而最好的躲藏之处，当然就是这座和罗曼娜的家距离不过百里之遥的雪峰了。

雪峰上还有欧阳冲当年所建的石屋，欧阳冲虽然早已死了，石屋还在。

冷冰儿是从桑达儿所受的毒掌之伤，想当年这件事情的。

不知不觉，在月近中天的时候，冷冰儿已是爬上山头，那间石屋，亦已遥遥在望。

冷冰儿心里想道："桑达儿所受的掌伤，显然就是红发妖人欧阳冲当年传给这小贼的雷神掌，不过欧阳冲的雷神掌本是无毒的，这小贼的雷神掌大概是糅合了他从韩紫烟那妖妇得来的毒功，自行加以变化重新练成的。不但比欧阳冲的雷神掌更加歹毒，功力也似乎更在当年的欧阳冲之上了。幸亏我也练成了冰川剑法，否则这小贼单凭雷神掌的功夫，我恐怕已是无法报得了仇。"

一别七年，段剑青得了韩紫烟的毒功，又得了迦象大师的天竺那烂陀寺的内功心法，练成的武功，当然不止雷神掌一样。

是否能够报得了仇，冷冰儿纵然自忖能够应付得了雷神掌，也还是毫无把握的。

石屋已经在望，仇恨之火在心里燃烧。冷冰儿一咬牙根，心里想道："即使这小贼的武功如今已远胜于我，我舍了这条性命，也非和他一拼不可！"

她怕给段剑青发觉，当下施展"踏雪无痕"的绝顶轻功，悄悄走近那间石屋。

石屋的两扇板门在七年前给孟华踢破，年久失修，如今是更加破烂了。段剑青想必是尚还无暇修理房屋，那两扇门虽没倒塌，却是关不拢门，一眼就看得见屋内的情形。

一看之下，冷冰儿不由得又惊又喜。

屋子里有一个人，她像泥塑木雕一样，动也不动，面朝里，背朝外。

这晚月色朦胧，所见的又只是背影。但由于这个人冷冰儿和她太熟悉了，一看之下，就可以断定，必然是罗曼娜无疑。

冷冰儿也想不到会这样顺利，一来就找到了罗曼娜的。这霎那间不禁也起了一点思疑。

为什么只有罗曼娜一个人留在屋子里呢。

但这点思疑一升起来，她就给自己找到了解释："看这情形，曼娜姐姐一定是给那小贼点了穴道的。那小贼可能是出去找寻食物了。他当然决计料想不到我会来到这里的，他只知道瓦纳人上不了这座雪峰，当然放心把曼娜姐姐独自留下。"

她急于救人，莫说这思疑可以找得到"合理的"解释，即使找不到，她也是非进这间屋子不可了！

她飞身进屋，抓着那人肩头，叫道："曼娜姐姐……"她是想把罗曼娜扳过来，再行察视她是给点了什么穴道，然后才能替她解穴的。

哪知她只喊得出"曼娜姐姐"四个字，立即就知道不对了。因为她一触那"人"的肩头，登时发觉不是真人！但已经迟了！

原来那是皮制的假人，一被触及，登时就像给抓破的皮囊，"波"的一声裂开，喷出毒气。同时脚底下也是"轰隆"一声，裂开一个大洞。

变起仓猝，冷冰儿又已吸进了毒气，哪里还能避开，当然跌下去了。

她吸进毒烟，只觉头晕脑涨，但可还没有昏迷。原来她知道段剑青已经得到韩紫烟的毒功，早有提防，在入屋之前，是含了半颗用天山雪莲炮制的碧灵丹的。

身体将要接近地面之际，冷冰儿只觉有人将她轻轻一托，随即放下。那人跟着哈哈大笑起来。

冷冰儿本来有师父给她的六颗碧灵丹，她送了两颗给齐世杰，桑达儿服了一颗，自己只剩下三颗。她舍不得多用，这次只是把半颗碧灵丹含在口中。碧灵丹虽说能解百毒，但由于她是冷不及防就吸进毒气的，即使是仙丹也得有一段时间才能解毒，何况她又是含了半颗。

此时她已把那半颗嚼烂吞了下去，但试一运气，只觉还是呼吸困难，身子也是感觉软绵绵的使不出半点气力，“这小贼真是狡猾，想不到我已经有了提防，还是中了他的毒计！”但冷冰儿也知道，在这样的情形之下，骂是没有用的，她只能将计就计，徐图脱身之策。

段剑青既然当她业已昏迷，她就索性装作昏迷，闭上双目，一声不响。

那人在大笑声中拨开她的覆额秀发，冷冰儿感觉得到那人的脸好像已经贴近了她的脸，口中喷出来的热气也感觉得到了。想必那人正在弯下腰仔细看她的面貌。

冷冰儿气得几乎炸了心肺，但只能忍耐。她极力使自己冷静下来，一面暗运内息，催动药力的运行。

忽地感觉似乎有点什么不对，她突然想起来了：“奇怪，这人的笑声，不像是段剑青这小贼的笑声！”

她和段剑青曾经海誓山盟，虽说那是假情假意，但段剑青的声音她却是熟得无可再熟的。她用不着张开眼睛，已经知道这个人绝对不会是段剑青了。

但桑达儿也说，那晚抢走罗曼娜的人，他听得出的确是段剑青的声音的。这是什么缘故呢？

“难道是他听错了？但这个人却又是谁？听声音似乎年纪也并不大。”

心念未已，那人在哈哈大笑之后，又在自言自语了。

“好个美貌的雌儿，嘿嘿，虽然还比不上罗曼娜那么美貌，也差不了多少。罗曼娜是个有了孩子的妇人，要是任我选择的话，我倒宁愿要这雌儿。嘿嘿，哈哈，段剑青有罗曼娜，料想他也不会和我争了。我替他做事，赢得美人，也算是值得了。”

果然不是段剑青。不过也还是段剑青的党羽。

从这个人的话中，整件事情，冷冰儿也可以得知梗概了。那晚桑达儿没有听错，劫走罗曼娜的是段剑青，但却不知他把罗曼娜藏在何处。他与同党串通，布下陷阱，让来救罗曼娜的人上当。

冷冰儿气得几乎昏了过去，心里想道："要是他来欺侮我，我只有自断经脉而亡!"幸好那人没有进一步的动作。

忽听得那人又在哈哈大笑起来，自言自语道："剑鞘已是价值连城，这把剑定然是把宝剑！哈哈，想不到我既得美人，又得宝剑。美人儿且慢慢受用，先看这把宝剑吧!"

原来他刚才是解下冷冰儿腰间所佩的冰魄寒光剑。剑鞘镶珠嵌玉，形式奇古，他虽然不知道这把剑的来历，一见就动了心了。

他把冰魄寒光剑拿到手中，不觉打了一个寒噤。打了这个寒噤，更加惊喜，笑道："剑未出鞘，已是寒气逼人，真是好一把宝剑啊!"

哪知他一拔剑出鞘，却得到意想不到的结果!

冰魄寒光剑是埋藏在万载玄冰之中的寒玉练成，用不着刺着敌人，那股奇寒之气，已是足以令人冻僵。这人的内功虽然有相当火候，但由于这做梦也想不到世间竟有如此奇特的宝剑，事前丝毫没有防备，当然更未想到要运功抵御了。

剑一出鞘，寒光耀目，寒气刺骨，那人"啊呀"一声叫了起来，连忙把冷魄寒光剑摔开，只觉血液都似乎冻得要凝结了。

说时迟，那时快，冷冰儿已是掏出一颗冰魄神弹，张开眼睛，双指一弹，打那人的神堂穴。

冰魄神弹是取万载玄冰的冰魄精英练成的，和冰魄寒光剑一样，是世间最奇特的暗器。它一发出，片刻就会溶化。不过威力虽然不及冰魄寒光剑，但若是给打个正着，冷得更加难受。

冷冰儿功力尚未恢复，冰弹失了准头，不过虽然没有在那人的"神堂穴"打个正着，却已令得那人冷得全身发麻，再无抵抗之力。

冷冰儿一跃而起，拿起了冰魄寒光剑，喝道："你这小贼如此可恶，先让你吃点苦头，再审问你!"正要用剑在他身上戳几下，发泄心头的一点怒气，忽见那人睁大眼睛看她，神气甚为古怪。

这霎那间，冷冰儿不觉也呆住了。手中的冰魄寒光剑竟是戳不下去。

"奇怪，这个人我怎的似曾相识？我是在哪里见过他的呢?"

蓦然心念一动，冷冰儿的脸色登时变的白如冰雪，颤声问道："你，是谁?"

那人似乎也是开始认出了冷冰儿，叫道："你，你是冷姐姐吗?我是杨炎呀！冷姐姐，你不认识你的炎弟弟么?"

此言一出，冷冰儿就像心头被冰魄寒光剑戳穿，所受的创伤比她当年被段剑青推下冰湖更加难受！

杨炎怎的会变成这么样的一个人呢！

她茫然地看着这个站在她的面前自称是她"炎弟"的少年，一时间非但没法说出话来，连思想也好似凝结了。她怎么也不能把这个少年和以前那个她最疼爱的"炎弟"放在一起联想。记忆变成了一片空白。

她好似风中之烛，身子摇摇欲坠，终于站立不稳，颓然坐下。

杨炎注视着她，好像在打什么主意，他不知道冷冰儿已经恢复几分功力，但却知道自己是使不出气力了。冷冰儿有冰魄寒光剑在手，即使冷冰儿也是毫无气力，亦足制他死命。

他看了看冷冰儿手中的那把冰魄寒光剑，本来已经是感觉冷得难受的，越发冷得牙关打战了。

他好像主意已经打定了，忽地左右开弓，噼啪地打了自己两记耳光。讷讷说道："冷姐姐，我，我罪该万死，我，我不知道!"

"住嘴!"冷冰儿喝道。她稍稍定下心神，想起杨炎适才对她的无礼，不觉怒气上冲，斥道："谁是你的姐姐?亏你还有脸皮和我说话!"

杨炎跪倒她的面前，说道："冷姐姐，请你念在往日姐弟之情，饶恕我吧！要是你不肯饶我，我宁愿在你跟前自尽。"

冷冰儿心痛如绞，喝道："站起来，我不愿看你这副丑态!"心想："炎弟以前本是个心高气傲的孩子，有时做错了事，被我说几句他也受不了。想不到如今他竟是变得如此下贱，不惜自打耳光了。"

眼前这个杨炎，和她记忆中的"炎弟"，除了面貌依稀有点相似之外，变得简直完全不同了。她不觉起了一点怀疑，喝道："你当真是杨炎么?"

杨炎说道：“自从你上天山的第一天，我就一直跟随着你。那次也是你带我下山去找我的爹爹和哥哥的。虽然咱隔别了七年，我的相貌或许改变很大，你总该还认得我呀，怎的会怀疑我不是你的炎弟呢？你要是还不相信的话，请，请你瞧一瞧我这粒痣。”说罢，捋起衣袖，露出左臂一粒红痣。杨炎小时候，冷冰儿有一段期间，差不多等于是兼任他的保姆的，杨炎臂上有颗红痣，她当然是记得的。

冷冰儿说道：“你说得好，我是应该认得你的。但为什么你却认不得我呢。难道我的相貌比你变得更大？”要知他们分手的时候，杨炎是十一岁，冷冰儿是十九岁。隔别相近七年，杨炎是从十一岁的儿童变为十七八岁的少年，冷冰儿今年未满二十六岁，仍然可以说是在少女的阶段。相貌的变化实是微乎其微。她话出了口，简直不敢再想下去。

她手按冰魄寒光剑，瞪着眼睛看杨炎，心里自己问自己：“假如他早就认出了我，还对我如此无礼，那，那我该怎么办？是杀了他呢？还是看在孟大哥份上，饶他这一次呢？”

杨炎满面通红，说道：“我，我做梦也想不到你会来这里的，你跌下来的时候，脸上沾了尘土，我觉得似曾相识，可还不敢想到竟然真的是你。听到你的声音，我才认出来了。”

冷冰儿喝道：“即使你尚未知道是我，你也不该，你也不该——哼，你知不知道，你的所作所为已经、已经是和段剑青这小贼一般无异！我这次来就正是要杀段剑青的！”

杨炎颤声说道：“我，我知道罪当万死，冷姐姐，你要是不肯原谅我，你亲手杀了我吧！我没有勇气自尽，我宁愿死在你的手里。”

冷冰儿叹口气道：“论理我该替掌门人清理门户，但姑念你年幼无知，暂且饶你性命。唉，杨炎，你、你为什么会变成这个样子？”

杨炎说道：“我是身不由己，他要我怎样做，我就只能怎样做。要是我不听他的话，他会折磨我，求生不得，求死不能！”

冷冰儿道：“你说的这个‘他’，是段剑青吧？”在此之前，她还存着一线希望，希望杨炎不是落在段剑青手中，如今她已知道这幻想是破灭了。

果然杨炎答道："不是他还能有谁？这许多年来我一直受他挟制！"

冷冰儿哼了一声，冷冷说道："你就这样听他的话！我问你，你还记得和我第一次会面的事情吗？"

杨炎说道："记得。你是和我的大哥一起上山的。"

冷冰儿道："还有呢？"

杨炎说道："我受了段剑青的欺骗，不相信孟华是我哥哥。他要带我下山，哥哥投鼠忌器，不敢阻拦。当时你已经是受了伤的，他对你的防备较为松懈，你就冒着性命的危险，突然从他的手中把我夺回来。可我还以为你和我的哥哥都是坏人，非但不感激你相救之恩，反而打了你一掌。唉，冷姐姐，说起来我对不住你的事情真是太多了！"

冷冰儿道："难为你还记得这样清楚，后来怎样？"

杨炎说道："你给我打了一掌，段剑青就乘机把我夺了回去，把你打得伤上加伤。哥哥过来抢救，那时他才露出狰狞面目，拿我作为人质，威胁我的哥哥。他用狠毒的手法折磨我，威胁我的哥哥退后。"

冷冰儿道："你受到他的折磨，有没有哭喊？"杨炎说道："没有。那时，我已经知道了他是坏人，孟华也真的是我的哥哥了。我假意说愿意跟他下山，骗他相信，冷不及防，咬他一口，挣脱魔掌。哥哥立即就扑上来，将他吓跑。"

冷冰儿道："我以为你已经忘记这件事情了，原来你还记得！杨炎，想起小时候的事情，你不觉得惭愧么？"

杨炎低下了头，装作一副无地自容的惶愧神气，冷冰儿继续说道："小时候你那么倔强，一分清了是非，就能不顾死活，也要挣脱魔掌。我真是想不到，为什么你现在会变成这种窝囊样子！"

她口里斥骂杨炎，心里却已软了。原来她故意提起这件旧事，用意固然是在激发杨炎的羞耻之心，另一方面，也是在进一步地试探，看看这个杨炎到底是真是假？

杨炎把这件事情的经过说得甚为详细，甚至每一个细节都还记得清楚，冷冰儿对他是再也没有怀疑了。证实了面前这个少年的确是杨炎之后，冷冰儿的心里虽然是十分难过，但已决定饶了他了。杨炎何等聪明，一听她的口气，亦已知道冷冰儿是相信了他，自己的性命是可以保住了。当下装出一副惶愧的神气说道："我，我也不知道怎的会变成这样软弱的。没有办法，我实在是怕他。我也曾经想过自尽，但我还希望能够见到爹爹，见到哥哥和见到你。你知道我是从来没有见过爹爹的，所以我舍不得死。我不能死，那就只能听他说话了。"

冷冰儿不觉起了一丝怜惜的念头，暗自想道："六七年来，他受尽了那小贼的折磨，就是一块石头，也要给磨成粉了。少年人意志薄弱，那也不足深责。"于是柔声说道："只要你真正悔悟前非，你还是可以挣脱魔掌的。你告诉我，段剑青在什么地方，他把罗曼娜怎么样了?"

杨炎说道："你要去找他?"冷冰儿道："废话！我来到这里，当然的为了找他算账!"

杨炎说道："他的武功厉害得很啊，冷姐姐，你打得过他吗?"

冷冰儿道："打不过又怎么样？是不是你怕我打不过他，就不敢带我去找他了?"

杨炎说道："我死有余辜，送了命不打紧。但要是你报不了仇，反而送了性命，那就不值了。"

冷冰儿知道他是胆怯，心里虽然生气，却也不忍再责怪他，当下说道："你放心，我知道这小贼练成了许多歹毒武功，但这七年来我也没有闲着。我已经练成了本门内功和冰川剑法，还有这把冰魄寒光剑之助，料想不至于输给段剑青这个小贼。"其实她不过是想要坚定杨炎的信心，并非真的有那么大的把握的。

杨炎说道："啊，原来你这把宝剑就是冰魄寒光剑吗？那就不怕了!"

冷冰儿道："你以前没有见过这把宝剑?"杨炎说道："师父和我说过这把剑的名字，却没给我看。"

要知杨炎是唐经天最疼爱的关门弟子，自小在天山长大，故此冷冰儿以为他是见过这把宝剑的。但心想自己来到天山的时候，杨炎也还不过才满十岁。唐经天可以把这把宝剑的来历，当作故事说给杨炎知道。但为了怕孩子不懂事，一定要拿这把剑来玩，虽然可以阻止他，那也不免多了麻烦。不给他看，那倒是合乎情理之事。

“好，你既然不害怕了，那可以带我去找段剑青了吧？否则，你告诉我他在哪里也行。”冷冰儿说道。

杨炎说道：“他把罗曼娜藏在一个山洞之中，那地方很不好找，而且布有机关，还是我带你去的好。”

冷冰儿道：“好，那就去吧！”杨炎说道：“我现在恐怕还不能去。”

冷冰儿道：“为什么？”随即恍然大悟，说道：“敢情你还是冷得难受吗？”

杨炎说道：“比刚才好了一些，但施展轻功，恐怕还不能够。”

冷冰儿道：“好，你盘膝坐在地上，运用本门内功，行大周天吐纳法。”口中说话，右掌已是伸出，按着他的背心。

当冷冰儿手掌按下之时，杨炎不禁心头一震，身不由己地打了一个寒战。但不过片刻，便觉得有股热气，好似从背心输入，转瞬流转全身，寒意顿然消失。杨炎这才放下心上一块石头，哑然自笑：“她要杀我，早就可以把我置之死地，何必多弄玄虚？”原来冷冰儿掌压之处，乃是背心要穴，杨炎虽然料准冷冰儿已经相信了他说的话，心中到底还是不禁有些害怕。

冷冰儿已练成了少阳神功，足以抵御最厉害的阴寒之气，故而可以使用冰魄寒光剑的。但此际她也不过只是恢复了三四分功力，不能全都用来帮助杨炎驱寒，只能先用一两分的少阳神功，令他气血能够畅通，至于完全恢复功力，那还要靠他自己。

冷冰儿道：“好了点吗？”杨炎说道：“暖和多了，不过——”冷冰儿道：“莫要养成依赖他人的习惯，你只须运用本门内功，很快就可以恢复如初的。”说罢，不再理睬杨炎，独自运功祛毒。

碧灵丹的药力已经开始生效，她运功加速药力运行，不到半支香时刻，余毒已是尽除，恢复了七八分功力。估计在找到段剑青的巢穴之时，功力当可完全恢复。

她抬起头来，只见杨炎还是盘膝坐在地上，头上冒出白汽，但不时仍打寒战。

按说杨炎所受的寒气不过是着了一颗冰魄神弹，虽然不是武功泛泛之辈所能忍受，但比起她中的毒，还是远远不如的。即使以杨炎十一岁时候的内功造诣，加上她少阳神功之助，此时亦已应该恢复如常的了。

冷冰儿心里想道："他能用内功把寒气逼得化为汗水挥发，功力已经是不算差了，为什么还在打战呢？"蓦地想通一节道理，眉头一皱，说道："杨炎，你运用的不是本门内功吧？"

杨炎苦着脸道："这几年，段剑青逼我改学邪派内功，本门内功已经忘了。"

冷冰儿道："你难道平时不会私下自己练么？"杨炎说道："我没有耐心，又怕他知道。可都丢荒了。"

冷冰儿哼了一声，说道："你真是忘本！"但骂尽管骂，还是不忍他多受痛苦，而且也为了他能够快点带领自己去找段剑青，只好完全越俎代庖了。

当下冷冰儿以本身真气输入杨炎体内，为他推血过宫。此时冷冰儿的功力已经恢复了七八成，不过片刻，便即替杨炎打通奇经八脉，使到他血脉畅通，恢复如初。

杨炎说道："多谢姐姐。唉，本门内功真是奇妙，可惜我疏于练习，都丢荒了。"言下大有羡慕之色。

冷冰儿瞪他一眼，说道："你的资质本来远胜于我，要是你能够改邪归正，把你的鬼聪明都用在武功上，从头做起，练到我的境界又有何难？就只怕你学好了武功不做好事。"

杨炎说道："好姐姐，今后我一定听你的教导，再也不敢做坏事了。你相信我吧。"冷冰儿冷冷说道："空口说白话是没有用的。你这几句话我姑且记下来，以观后效。走吧。"

杨炎前头引路，越过几重岗峦，走上一座巉岩，岩上长松蔽日，藤蔓引风，面前一层峭壁拔地而起，不下二三十丈，从顶至底，毫无借力攀援之处。

杨炎苦笑道："冷姐姐，段剑青藏匿的那个山洞，就在峭壁那边，可是我没本领过去。”

冷冰儿道：“那你怎么知道山洞所在？”

杨炎说道：“我去过的。我只是说我自己没有本领过去。”

冷冰儿这才听得明白，说道：“以前是段剑青这小贼带你过去的？”

杨炎说道：“不错。”冷冰儿道：“他怎样带你过去？”

杨炎带领她沿着石岩拐了个弯，说道：“他是用荡秋千的方法，从这株树上荡过去的。到了那边，他才用长绳牵引我过去。”

原来在这面峭壁之上，有一株横空突出的千年古松，蟠根错节于岩石之间，形如苍龙攖海，丹凤朝阳，满树蟠着枝藤，随风飘拂。风过处，有几枝藤梢几乎荡到对壁。

冷冰儿道：“好，我也可以用这个方法带你过去。”

杨炎说道：“姐姐，这可不是当耍的，你要真的有把握才好。”

冷冰儿道：“你少为我担心，快搓绳子吧。”割下几条长藤，连结起来，拧成一股，试一试韧力甚佳，比普通的绳子还好。

冷冰儿道：“好，我这就过去。待会儿你把绳子用力抛过来，你抓牢一端，相信我可以把你拉过去的。”

意想不到的谋杀

当下冷冰儿飞身上树，握着一条随风荡漾的长藤，就像打秋千一样，身子越荡越高。她估计这株长藤若然拉得笔直，荡到最远之处，大约距离对壁不过三丈之遥，只须一个鹞子翻身，就可以在对面的峭壁脚踏实地了。

杨炎站在树下，这霎那间，心中转过无数念头，终于脸上露出狞笑，突然拔出一把短刀。

也是冷冰儿命不该绝，在她荡到半空之际，忽地在对面的冰崖上发现了杨炎在她后面狞笑。这座冰崖是亘古不化的坚冰造成的，光滑得有如一面明镜，从山坳处横伸出来，照见了杨炎丑恶的神态。

冷冰儿虽然不知道杨炎想做什么，但她经历过段剑青几次三番将她谋害的教训，对人心的险恶早已是有所警惕的了。此时她发现杨炎的狞笑，竟是和段剑青有一次想要谋杀她的时候的神态一模一样！

在冷冰儿反荡回来之际，忽感到身子一轻，那条攀援着的长藤已折断了。

她无暇细思，立即反荡回来，就在此时，只觉身子一轻，那条长藤突然断了。

幸亏她在反荡回来之时已经有了准备，半空中一个鹞子翻身，觑准一株横伸出来的树枝，一抓便着。杨炎只能割断那条长藤，来不及割断那株树枝。长藤是蟠在松树树干的，这条松枝却是从石罅中横生伸出悬岩之外，他可不敢跑到悬岩的边缘去斩断松枝。

那株松枝比小指还细，幸而冷冰儿轻功卓绝，迅即爬回主干，但当她再从松树上跳下来的时候，杨炎早已不知躲到什么地方了。

死里逃生，冷冰儿最初的感觉是一片茫然，几乎不敢相信这是事实。

她抓起那条割断的长藤还蟠在树上的那半段，看得分明，绝不是承受不起她身体的重量折断的，割口光滑平整，一看就知是被利刃所切。

冷冰儿的伤心比第一次中计被擒，遭受杨炎欺侮之时还更难受！

若说第一次是因杨炎远未知道她是谁才下毒手，虽然可恶可恨，也还稍有情理可原。但这一次呢？

这一次他已经知道冷冰儿是谁，而且痛哭流涕地在她面前表示过悔恨的了。哪知道他一面要求冷冰儿原谅，一面又在暗中下此毒手！

“杨炎，杨炎，我真想不到你丧心病狂，一至如此！”冷冰儿没有骂出来，眼泪也还能够忍住，但心中已在滴血！

冷冰儿定了定神，强抑心中的悲痛，叫道：“杨炎，你躲不了的！躲过这一次，躲不过第二次。我肯放过你，你的大哥和侠义道也不肯放过你！你宁愿过着永远不敢见人的日子吗？你还是自己出来吧，告诉我，为什么你要这样对付我？否则给我抓着了你，我可不能再饶你了！”

冷月空山，唯闻风声萧萧，可听不见杨炎的回答。

乱石嶙峋，如丛生的野笋，东面一堆，西面一堆，也不知杨炎是躲在哪一堆乱石之中？

明知道以杨炎的轻功本领，绝不会跑得太远，此时必定还是藏在附近，但要找着他，可还真不容易。

而且抓着了他，又能怎么样呢？她狠得下心杀了他么？冷冰儿实在想不出应当怎样处置杨炎才对，只好暗暗叹口气，放弃寻找他的念头了。

“当务之急，还是找寻曼娜姐姐要紧，这个小畜牲暂且由他去吧。”冷冰儿想道。

可是又怎能找得着罗曼娜呢？

一阵寒风吹过，冷冰儿的脑袋也好似吹得清醒起来了。

她识破了杨炎对她的欺骗，那一层蒙在她眼前的迷雾也被风吹散了。

她当然不能相信杨炎的鬼话，不能相信段剑青是躲在一个布有机关的山洞之中了。

她冷静下来，依理猜测，仔细推敲：“他们在石屋里安排下那么阴毒的陷阱，诱陷来救罗曼娜的人。段剑青这小贼岂会躲到远离石屋的什么山洞里去？杨炎武功平常，他不怕杨炎万一对付不了强敌吗？

“唔，莫非这是调虎离山之计？”冷冰儿蓦地想通一节：“杨炎这小畜牲是利用我对他的相信，骗我离开那间石屋，出去找寻段剑青的。段剑青这小贼一定还是躲在那石屋之中，说不定地下还有暗室。

“但为什么当他知道杨炎反而被我所制的时候，他不出来帮忙杨炎呢？

“哦，是了，他听见我夸下海口，我说我已练成的冰川剑法可以克制他，他怕打我不过，所以不敢出来。嘿嘿，要是当真这样，刚才我也可以说是十分侥幸了。”想起刚才她是仗着冰魄寒光剑的威力才能反制杨炎，而当时自己的功力只不过恢复三两分，思之犹有余悸。

此时她的功力已经恢复了八九分，自恃是可以和段剑青斗一斗了。于是根据自己的推测，走回原来的地方寻找。

回到那间石屋，只见打开的地道口还未曾盖上，一切都是她刚才离开的样子。

冷冰儿不觉心里暗暗嘀咕，不知自己的猜测对是不对。那个皮制的假人倒在她的脚边，冷冰儿禁不住暗自叹气，这个假罗曼娜令她上了大当，真的罗曼娜却不知要到哪里去找？

正在患得患失，想要离开石屋未曾离开之际，忽听得有个熟悉的声音接连叫道："冷姐姐，冷姐姐！"

可不正是罗曼娜的声音——

这霎那间，她几乎怀疑是在做梦，但她听得十分清楚，绝对不是做梦。

她摸了摸倒在她脚边的假人，证实了的确是假人，假人当然不会说话。

但又没有看见真的罗曼娜。她俯伏在地道口边窥视，她刚才和杨炎所在的那间地下室也没有罗曼娜。

这霎那她几乎忍不住就要回答，告诉罗曼娜她已经来了，就在这儿。

好在她是有过多年江湖经验的人，霎时间的冲动迅即被抑制下去，她定了定神，恢复了冷静。

她知道罗曼娜一定不是看见她才叫她的，但罗曼娜也不会无端叫她的名字，据此推测，她刚才来过这里，罗曼娜想必是已经知道的了。

"当时她一定是被段剑青这小贼挟制，说不定还可能是给点了穴道的。此际，段剑青料我已经去得远了，才解开她的穴道。唉，好在我没鲁莽，段剑青这小贼现在当然也还是在她的身边的，要是一听到我的声音，还能让我把曼娜姐姐救出去吗？不知要怎样对付她了。"

她料得不错，但可惜也只是猜中了一半。

正当她施展绝顶轻功，悄悄地从地道口跳下去之时，果然便听得有人冷笑说道："你还等待你的冷姐姐回来救你，那是做梦！"

除了这间地下室之外，是还有另外一间暗室，罗曼娜就藏在那间暗室之中。这点是给她猜得对了。

可是说话的这个人却不是段剑青。是另外一个陌个人的声音。

冷冰儿脚尖点地，当真是有如一叶飘坠，落处无声。藏在暗室那人，丝毫也没察觉。

不过冷冰儿也不知道怎样才能打开暗室的门。

那个人哼了一声，又在发出冷冷的笑声了。“你的冷姐姐是永远也不会回来啦!”

“你胡说，冷姐姐本领高强，你们害不死她的。她找不着段剑青这小贼，当然还会回来这里!”听得出是罗曼娜满腔气愤地驳斥那人。

那人冷冷说道:“你知道是谁带冷冰儿出去找你吗?”罗曼娜刚才给这人点了穴道，杨炎如何骗走冷冰儿她确是不知。禁不住问道:“是谁?”

那人得意洋洋地说道:“是杨炎。你应该知道杨炎是什么人吧?”

罗曼娜道:“那小子当真是杨炎?”那人笑道:“若然不是杨炎，姓冷这丫头怎会上他的当?嘿嘿，你是曾经和冷冰儿同上天山的，你当然知道冷冰儿与杨炎乃是情如姐弟!”

罗曼娜道:“假如当真是杨炎的话，他就不会害冷姐姐!”但声音颤抖，显然只是自己安慰自己，其实并无信心。

那人哈哈笑道:“天下万物，你见过什么东西不会变的吗?磨盘大的崖石也会给雨水侵蚀变得百孔千疮，何况是人?杨炎早已心甘情愿跟随段大哥的啦，你以为他还会把那丫头当作姐姐!”

冷冰儿暗叹道:“这人虽然是和段剑青一党的坏人，说的话倒也未尝没有道理，人是会变的，以前的炎弟早已不存在了。”

那人接着说道:“不错，冷冰儿的武功是比杨炎高出许多，但她决不会提防杨炎也会害她。我虽然不知道杨炎用什么办法害她，但我知道杨炎聪明绝顶，一定会有办法害她!所以我劝你死了这条心，不必指望冷冰儿回来救你了!”

罗曼娜嚷道:“我不相信，我不相信!”但声音却是越发颤抖了。

冷冰儿心道:“这一次又给他说对了，杨炎害我的办法确实聪明。‘可惜’我却并未如他所料就给杨炎害死!嘿嘿。我正是从鬼门关里回来，来和你们这班妖魔鬼怪算账了!”

但咫尺之隔，宛似天涯。她听得见罗曼娜的声音，却没办法救她。

忽听得罗曼娜又叫起来了："你干什么，你敢碰我，我就死在你的眼前!"

冷冰儿只道这人要欺侮罗曼娜，气得双眼发白。只恨手中拿的虽然是天下无双的冰魄寒光剑，却不是削铁如泥的宝剑，否则她真想破壁而入了。

那人说道："你放心，我不会欺侮你的。只要你乖乖地跟我走，我连头发也不动你一根。"冷冰儿在外面听见他这么说，方始松了口气，心里想道："不管他是真心还是假意，只要他肯和罗曼娜走出来那就好办。曼娜姐姐，你答应他吧。"

可惜罗曼娜不知道她在外边，听了这人的说话，倒是不禁有点诧异，说道："段剑青不是叫你留在这里看守我的么，你却要和我去哪里?"

那人笑道："出去溜达溜达，你关在这里好几天了，不气闷么?我带你出去散散心。"

罗曼娜道："溜达溜达?说得这样轻松。你以为我是三岁小儿，会相信你的鬼话?你一定有什么阴谋!"

那人笑道："你别多疑，就算我色胆包天，我也不敢把段大哥的心上人拐带私逃呀!"

罗曼娜怒道："你、你再胡说八道，我宁死也不听你摆布。"

那人笑道："你千万不可寻死，你的爹爹就要来接你回去了。你死了的话，岂不叫他老人家伤心?"

罗曼娜怔了一怔，说道："你要骗我，说话也该稍近情理一些。我爹怎么知道我在这里?你骗人的伎俩，也未免太不高明了。"

那人说道："我不是骗你的，为了令你相信，我把实话都告诉你吧。"

罗曼娜道："好，你姑且说来听听。"

那人说道："是段剑青去告诉你的爹爹的。"

罗曼娜道："越发胡说八道，这小贼有这么好心?"

那人哈哈笑道："你以为这是他的好心么?老实告诉你吧，他最初本来是想得到你的，但是你死也不肯依从，他这才改变了主意。他肯把你放回去，当然是有条件的。”

罗曼娜这才恍然大悟，说道：“哦，原来他是要利用我来要胁我的爹爹。”

那人说道：“对了。你的爹爹是哈萨克族的长老，他只你一个女儿，不会不救你的。你虽然美若天仙，但死了的美人儿对段剑青可是一点也没好处。他拿你去作交易，以你爹爹的身份，纵然免不了讨价还价，料想也不会太低。”

罗曼娜恨恨说道：“这小贼真是可恶，我爹不会上他的当的！”

那人说道：“我敢和你打赌，你的爹爹一定不惜任何牺牲，把你赎回去的！”

听了这人的说话，罗曼娜不觉心乱如麻。她害怕父亲上段剑青的当，但又希望真的能见到父亲。

她知道这个人的看法是对的，心中暗自思量：“不错，爹爹知道我落在这小贼的手中，纵然要他舍性命，他也是非救我不可的。”

“可是爹爹是一族之长，假如段剑青这小贼是要他损及本族的利益，逼他做出他所不愿意做的事情，那他怎么办呢？唉，为了避免连累爹爹，我还不如死了的好！”

但在这斗室之中，在这人严密的监视之下，目前她是连寻死的机会也没有的。

而且她也实在不愿意死啊！

她想起她的儿子，想起她的丈夫，想起她的许多好朋友，特别是孟华和冷冰儿。

忽地心中燃起一线希望：“冷姐姐已经来了，这个人虽然说杨炎一定能够害死她，但人算不如天算，他们的如意算盘也未必一定能够打得通的。我为什么就要相信他的恐吓？”

有了这线希望，鼓舞起她求生的意志，心里想道：“就是自尽，我也应该等到确实知道冷姐姐已遭不幸之后才死。”想到此处，倒是有点愿意让这个人带她出去了。

她当然知道这个人不怀好意，但却希望到了外面，说不定可能碰上冷冰儿。

心念未已，只听得那人又已在笑道："你想清楚没有，段剑青已经去了两天，你的爹爹不久就要来接你了，你难道不愿意回家和你的丈夫儿子重聚团圆么？听我的话，走吧！"

罗曼娜道："为什么你一定要我出去，我可不相信你刚才所说的鬼话！"

那人笑道："这你就不用多问了，总之我一不会害你，二不会欺侮你。你虽然美貌，可惜是一朵长满刺的玫瑰，段剑青都不敢惹你，你想我敢惹你吗？"

原来这个人见杨炎这许久还没回来，他的心里也是患得患失的。他恐怕杨炎万一害人不成，冷冰儿又再回来搜查，他可是没有把握打败冷冰儿。最好的办法，当然是暂且离开此地，待知道确实的消息再说了。他准备躲避的地方，杨炎是知道的。要是杨炎真的能够害死冷冰儿，自然会来找他。

他不能再等待了，说道："你走不走？不走，我只能动粗了！"

罗曼娜喝道："不要碰我，我自己会走！"

那人哈哈笑道："这就对了。好，好，我不碰你，但也不能不提防你一点儿，请你莫要见怪。"

说罢，解下腰带一挥，缠上了罗曼娜的手腕，笑道："我牵着你走，总可以吧！"一面说话，一面按动机关，打开那道暗门。

他做梦也没想到，他以为业已给杨炎害死的冷冰儿正是窥伺一旁。

冷冰儿正在等这一霎那间的机会。

那人一走出来，她的冰魄神弹立即就射出去。

射得很准，恰好打着那人的虎口。

冰魄神弹，奇寒透骨，那人禁不住手臂一颤，五指乏力，握住的腰带放松了。

不过这人的本领亦非同小可，中了冰魄神弹，居然没有冷僵。虽然打了一个寒战，还是能够立即发出一掌。也不知他练的是什么功夫，一掌劈出，热风呼呼，就像洪炉里喷出的热浪。

说时迟，那时快，冷冰儿早已扑过去把身体挡着罗曼娜，同时挥舞起她的冰魄寒光剑。

冰魄寒光剑一挥，冷气寒光，登时好像变成了一团实质，凝结如网。斗室之中，白茫茫一片。

那人发出的炙热掌风，敌不过冰魄寒光剑的寒气，不由自己地又打了个寒噤。罗曼娜在冷冰儿背后，冷冰儿所发的寒光冷气鼓荡奔前，她受的影响远不及那人之甚。炙热的掌风和寒气抵消，她也曾练过天山派的内功，基础虽然不深，已是可以勉强抵御抵消之后剩下来的一点寒气了。

那人自知不敌，立即身形拔跑，跳出地洞。

罗曼娜连忙道："先别管我，快追贼人！"

冷冰儿瞿然一省，立即把三颗冰魄神弹接连打上去，跟着跃出洞口。那人本来想要一出洞口，就把石板盖上的，但给冰魄神弹追踪而至，却是来不及了。

冷冰儿喝道："恶贼，还想走吗！"连人带剑，化作一道寒光，径刺过去。

那人冷冷说道："罗曼娜早已给我下了毒，半个时辰之后就发作，有胆的你来追我吧！"口中说话，接连劈出三掌。

这三掌他是全力而施，热浪如潮，冰魄寒光剑的威力虽然克制得住，但急切之间，冷冰儿也还是未能胜他。

冷冰儿此时方始看清楚这妖人的面貌，只见他约莫三十岁左右年纪，面部轮廓，倒有几分和杨炎相似。

那人连发三掌，热风呼呼，刚好可以勉强抵消冰魄寒光剑的冷气。掌风且微带腥气，不过冷冰儿早已服下了半颗用天山雪莲炮制的碧灵丹，不怕他有毒掌功夫。

冷冰儿瞿然一省，心里想道："这好像是武林失传的欧阳家的雷神掌功夫，不过红发妖人欧阳冲当年也似乎没有他这功力。"

原来曾经一度做过段剑青师父的欧阳冲，本来也是武学世家，他的祖父欧阳伯和是与当今天第一剑客金逐流的父亲金世遗同一时期的人物，当时以"雷神掌"的功夫称霸武林，行事介乎邪正之间，后来败在金世遗的大徒弟江海天剑下，晚年倒是颇能悔过，改邪归正了的。

欧阳伯和的子孙资质不及先人，自他去世之后，后代就没有谁能够练成雷神掌的功夫了。直到欧阳冲方始练成雷神指，但雷神掌的功夫也还没有完全练成，比起他的祖父欧阳伯和相差仍远。但他的行事却比欧阳伯和更为邪恶，以致后来在群魔围攻天山派一役中丧生。

冷冰儿再想起桑达儿所受的毒掌之伤，把自己已经知道的事情连串起来，登时明白了这件事情的来龙去脉，对这个人的来历以及他和段剑青的关系，也猜到七八分了。

“这人一定是和欧阳冲有密切关系的人，不是他的子侄，就是他的徒弟。段剑青从天竺回来，和他攀上交情。两人同恶相济，交换武功，这才练成了比欧阳冲更为厉害的雷神掌功夫的。段剑青有得自韩紫烟的毒功秘笈，又有迦象法师给他骗去的那烂陀寺内功心法，故而他变化出来的雷神掌功夫，不但威力更胜于欧阳一家家传的雷神掌，而且是有毒的了。这人发掌不过微带腥风，大概是因为段剑青藏有私心，不肯把自己糅合了毒功的诀窍都教给他的缘故。不过以这人的雷神掌功力而论，我要胜他，恐怕也得在百招开外。”

这人用罗曼娜已经给他下了慢性毒药，在半个时辰之内就要发作来威吓她，冷冰儿倒是不敢不有几分相信。他在冷冰儿凌厉的攻势之下，虚晃一招，转身便走。

冷冰儿喝道：“往哪里跑！”连人带剑，化作一道寒光，疾刺过去。那人喝道：“你不顾罗曼娜的性命，就来追吧！”反手一掌，全力还击。

冷冰儿早有准备，玉手一扬，以天女散花的手法，飞出七颗冰魄神弹。那人避开了冷冰儿的凌厉一剑，却避不开冰魄神弹。胸口的璇玑穴，胁下的愈气穴和左肩井穴给冰魄神弹打个正着。

倘若换了别的金属暗器，只须打着肩井穴就可废了那人武功。但冰魄神弹着体便即溶化，却是伤不了骨头。不过那股奇寒之气，从穴道透入，饶是那人练有雷神掌的功夫，也禁受不起，大叫一声，骨碌碌就滚下山坡。

不过冷冰儿却也不敢去追他了。罗曼娜中毒之说，她是宁可信其有，不敢信其无的。她刚才全力追击，不过是以退为进而已。

“这妖人中了我三颗冰魄神弹，性命他大概是保得住的，但恐怕最少也需调养个十天半月才能复原，谅他是必须逃下山去，觅地自疗，决计不敢再来的了。”于是她放心回去救护罗曼娜。

只见罗曼娜已经爬出地道，坐在那间石屋里等候她了。罗曼娜也曾练过一点天山派入门功夫的。

“姐姐，你回来了！我真有点害怕你中了他们的诡计呢！你瞧，他们有多阴毒！”那个皮制的假“罗曼娜”就在她的脚旁。

冷冰儿道：“可惜给那妖人跑了。他们虽然诡计多端，可幸我也只是吃了一点小亏，并没上他们的大当。”她见罗曼娜自己能够爬出来，声音也没什么异样，不似中毒迹象，稍稍放下点心。

罗曼娜道：“你能够回来就好，慢慢再找他们算账。不过，你怎的知道我在这儿？你是到过我家里吧，桑达儿怎么样了？”

冷冰儿道：“你放心，你的丈夫儿子都没事。你先别说话，待我给你把一把脉再说。”

冷冰儿粗通医理，给她把脉，脉息平和，毫无异象，还不放心，问道：“你有没有觉得胸口作闷，或者头晕眼花之类的感觉？”

罗曼娜道：“没有呀，你为什么这样问我？”

冷冰儿道：“那人说，你中了他的毒。”

罗曼娜道：“昨晚我只吃过一个野山芋，是生吃的。根本就没喝过一杯茶水。”

听得她这么一说，冷冰儿方始知道自己是又上了一次当。不过上这个当她是心甘情愿的，因为她已经确实知道罗曼娜没有中毒了。

冷冰儿笑道：“我真糊涂，倒给他吓得我虚惊一场，其实只要我仔细想想，也该知道他是说谎话的。”

要知罗曼娜虽然并非完全不懂武功，但她这点粗浅的入门功夫，和那个妖人相差甚远，那妖人并不知道会有今天的事情发生，亦即说他不可能估计到要把罗曼娜转移到别的地方的，那么他在暗室之中监视罗曼娜，何须再行下毒？任何慢性毒药，也不可能在一天之前就算好时辰，刚好在他给冷冰儿逼得无路可走之时，就在半个时辰内发作的。罗曼娜既然在一天之内只是吃过生的山芋，而脉息又毫无中毒迹象，冷冰儿自是放心得下了。

当下冷冰儿把到过她家里的事情告诉罗曼娜，罗曼娜知道她的丈夫已经脱离危险，儿子亦已有人护送到她爹爹那里，这才放下了心上一块石头。

“冷姐姐，这次真是多亏你了。只可惜段剑青这小贼没有给你碰上，我真担心他跑到我爹爹那里，不知又要捣什么鬼呢。”罗曼娜道。

冷冰儿道：“你先别担心这些事情，养好精神，我带你下山。对啦，你这几天的经过，我还没有问你呢。”

罗曼娜面上一红，说道：“那小贼想要欺侮我，不过他怕我寻死，我说你防备得一天，防备不了第二天，我求生不易，求死总是可以做得到。这几天他倒是碰也不敢碰我一下。”

冷冰儿道：“这些事情我都已知道了，我想知道别的事情。”

罗曼娜道：“什么事情。”冷冰儿道：“你可知道刚才给我赶跑的那个妖人叫什么名字？”

罗曼娜道：“段剑青这小贼称他为‘欧阳兄’，名字我可不知。”

冷冰儿得知自己所料不差，便道：“知道他是欧阳家的人也就够了。还有一件事情，你在天山是见过杨炎的，对吗？”罗曼娜道：“不错，不过那时他还是拖着鼻涕的孩子。”

冷冰儿道：“到了这里之后，你有见过他吗？段剑青这小贼是不是叫他做炎弟？”

罗曼娜道：“初来之时，见过一次。后来他就没有再踏进我所在的这间暗室了。不错，段剑青这小贼是叫他做炎弟。”

冷冰儿心头一沉，继续问道：“你觉得他像不像杨炎？”

罗曼娜笑道：“这个问题本来应该是我问你的，怎的你颠倒问起我来了。你和他情如姐弟，相处的时间也比我长得多。我在天山那个月，总共也不过见过他几次，他小时候是什么模样，我都有点模糊了。不过你这样问我，是不是对那小子有所怀疑。”

冷冰儿叹了口气，说道：“我真希望那小子不是杨炎，但事实已经不容我有所怀疑。”原来她之所以要问罗曼娜，乃是抱着一线希望，希望罗曼娜旁观者，或者会发现任何破绽。

罗曼娜忽道："不错，我也有点怀疑。"

冷冰儿连忙问道："你怀疑什么？"

罗曼娜道："相貌方面，我无从比较。性格方面，我却觉得是有点不像。杨炎小时候的性格我还有点印象，他很聪明，也甚顽皮，但爱憎分明，却是甚为强烈的。我记得有一次他为了保护一头小鹿，那头小鹿给兀鹰抓去，他打不着兀鹰，回来大发自己的脾气，难过了半天。"

冷冰儿对杨炎小时候的性格，当然比罗曼娜了解得更多。罗曼娜说的这件事情，她也是知道的。说了等于没说。不过罗曼娜说出这件事情，却也刺激她再度深思："是啊，炎弟小时候完全不是这个样子的，怎的一长大了就好像变作另一个人了？"

但"人是会变的！"她不觉又想起了那个妖人的说话，而且这句话她也是有深刻的体会的。例子就是段剑青。她想起了十年前的段剑青，那时的段剑青曾是她倾心的少年侠士，但这个"少年侠士"却逐渐变坏，终于变成了谋害她的凶手。

她深深叹了口气，心头一片迷茫。

罗曼娜知道她的心情，不禁也为她难过。忽地瞿然一省，说道："冷姐姐，我又想起一件事情来了。"

冷冰儿道："什么事情？"罗曼娜道："是我偷听到段剑青和他们的谈话，提到一个人，这个人也是和杨炎有关的。"

冷冰儿道："啊，那你快说给我听。"

罗曼娜道："那天晚上，段剑青这小贼以为我已经睡着了，他和那复姓欧阳的妖人和杨炎隔墙谈话。最先是那姓欧阳的妖人告诉段剑青一件事情，说是有一个叫做齐什么的人已经重现江湖……"

冷冰儿心头一跳，说道："是齐世杰，对吗？"

罗曼娜说道："不错，是齐世杰。汉字同音的多，不大好记。你说出来，我才敢肯定是这三个字。"

冷冰儿问道："他们怎样说齐世杰？"

罗曼娜道："段剑青听见这个消息，似乎有点诧异。他问那个复姓欧阳的妖人道：'不是听说齐世杰这小子早已失踪了的吗？谁也不知道他去了哪里，怎的又突然出现了？我还以为他早已死

了呢。’

“那妖人道：‘不错，他是两年前在魔鬼城和释湛同时失踪的，但上个月魔鬼城发生了大地震，已经完全毁灭，此事不知段大哥已经知道没有？’

“段剑青道：‘哦，有这样的事未曾知道呢。实不相瞒，两年前我托连甘沛、窦健刚和释湛三人把齐世杰项上的人头割下来给我，哪知齐世杰这小子运气好，恰巧碰上路过的冷冰儿，而连老大这三个人也真不济事，败在她手。不过，后来我听说他和释湛同时失踪，我知道释湛诡计多端，还以为在冷冰儿走了之后，说不定他已经害死那小子了。或者说不定是两人又在魔鬼城中碰上，同归于尽了。哪知这小子还是在走好运，居然并没有死。那么，你可知道释湛的消息吗？’”

冷冰儿听了罗曼娜转述的这个消息，不禁又惊又喜，心里想道：“原来那次谋害齐世杰之事，果然是段剑青这小子主谋。但我以为他早已回家，想不到在我走了之后，他就失踪。不知他找到了桂华生夫妻留下的武功秘笈没有？若然没有找到，魔鬼城已然倒塌，那部武功秘笈自必是毁灭无遗了。这倒是有点可惜呢！”

罗曼娜继续说道：“那复姓欧阳的妖人笑道：‘释湛可没有这样好运气了。地震过后几天，有人发现释湛师兄释陀的尸体，后来又在新出现的冰湖之中，发现了释湛的浮尸。’”原来经过地震，冰川溶解，汇成冰湖，释湛的尸体方得重见天日，在层冰之下浮起。

冷冰儿叫了一声“好险！”说道：“要是齐世杰当真是和释湛同在魔鬼城中，不知他是怎样避过这场灾难的。”

罗曼娜道：“这个齐世杰是你的好朋友吗？”冷冰儿粉脸微晕轻红，说道：“我认识他。可以算得是朋友。”

罗曼娜道：“那你可要设法帮他的忙了，有人要害他呢。”

冷冰儿道：“又是段剑青吧？”罗曼娜道：“还有一个人要害他，这人是杨炎。啊，对啦，你可知道这个齐世杰是杨炎的什么人吗？听他们的口气，杨炎和他似乎是有亲戚关系的。”

冷冰儿道：“齐世杰是杨炎的表哥，两年前他来回疆，就是为了找寻杨炎的。”

罗曼娜道："这就对了，怪不得段剑青要利用他去骗齐世杰。"冷冰儿道："齐世杰如今是在哪里，他们已经知道了吗？"

罗曼娜点了点头，继续转述她的所闻。

"段剑青问那复姓欧阳的妖人，是怎样探听到齐世杰的消息的。好像还有点不大相信的神气。

"那妖人道：'千真万确，有人见过齐世杰这小子。'段剑青道：'是什么人？'那妖人道：'是密宗的喇嘛，来找他们的师兄的。就在魔鬼城毁于地震之后不久，有两个密宗喇嘛发现了他。这两个喇嘛是早已从连甘沛那儿打听到齐世杰的形貌，亦已知道他们的师兄释湛是和齐世杰同时失踪的，于是上前盘问这个小子。经过的详细情形我不知道，大概是因一言不合打起来。这两个喇嘛给那小子点了穴道。这件事情正是连甘沛告诉我的，料想他不会骗我。'

"段剑青道：'是连甘沛托你把这个消息告诉我的吗？'那妖人道：'不错。他说有负你的所托，不敢亲来见你。托我把这个消息带给你，乃是希望将功赎罪的。'

"段剑青冷笑道：'我只因这个人对我还有用处，才饶了他，否则他将功赎罪也赎不了。不过现在暂且不必去管这个连老大了，我只要知道那两个喇嘛是在什么地方发现齐世杰这小子的。'

"那复姓欧阳的妖人道：'是在通古斯峡'。"

冷冰儿听到这里，不觉现出又惊又喜的神情。

罗曼娜道："段剑青听说是在通古斯峡，似乎也是禁不住又喜又惊。当时我虽然假装熟睡，但从他的语调之中，也可以听得出来。"

冷冰儿连忙问道："他怎么说？"

罗曼娜道："他重复问那妖人，是否真的在通古斯峡？那妖人道：千真万确，是在通古斯峡发现齐世杰这小子的。段剑青这小贼就哈哈大笑起来，说道：这小子当真是天堂有路他不走，地狱无门他偏闯进来了。不过我可不明他为什么这样说？"

冷冰儿道："通古斯峡是从魔鬼城来这里的捷径，既然是在通古斯峡发现齐世杰，那就可以猜想得到，齐世杰十九是要到这里来了。这条路十分荒凉，倘若想要谋害一个人的话，在这条路下手，可以神不知鬼不觉。”

罗曼娜道：“原来如此，怪不得段剑青要指使杨炎在这条路上下手了。”

说至此处，忽地问道：“冷姐姐，他们表兄弟以前见过面没有？”

冷冰儿道：“杨炎不过周岁的时候，就由缪长风携他前往天山，齐世杰虽然是他表哥，却是从来没有见过他的。你为什么忽然问起这个？”

罗曼娜道：“我如今仔细想来，倒似乎发现一个疑点了。”冷冰儿忙问：“什么疑点？”

罗曼娜继续讲述她的所闻：

“段剑青听得齐世杰的踪迹在通古斯峡发现之后，这才和杨炎隔墙说话。他说：‘齐世杰是为了寻找你才跑到回疆和西藏来的，依我之见，不必待他找你，你先去找他吧。’冷姐姐，不必我说，想必你也猜得到，他是要杨炎这小子去谋害齐世杰的。”

冷冰儿道：“杨炎怎么说？”

罗曼娜道：“杨炎这小子开头倒是有点顾虑，他说我从来没有见过他，万一他不相信我是他的表弟，他的武功远胜于我，那、那……

“段剑青不待他把话说完，便即哈哈笑道：正因为他从来没有见过你，这才更容易骗他上当啊！你只须记牢我教过的言话，不愁骗不了他的。

“冷姐姐，请你仔细琢磨他们这番说话，是不是很有值得怀疑之处？”

冷冰儿道：“你觉得什么地方值得怀疑？”

罗曼娜道：“段剑青为什么说因为齐世杰从没见过杨炎，才更容易令他上当呢？这个杨炎是真是假，不是值得怀疑么？”

冷冰儿道：“段剑青这句话是有点费解，不过也说不定是指他们从来没有见过，齐世杰不知杨炎性格前后差异如此之大，是以才会更相信他的谎话的意思。我就是因为太熟悉他小时的性格，初时才会稍有怀疑的。”

罗曼娜道："你这么说，那你是确信那小子是杨炎了？"

冷冰儿叹了口气说道："他说得出当时在天山和我相处的情形，而且他臂上有颗红痣，按说应该是不会假的了。"

罗曼娜道："那就不必再去琢磨他是真是假了。目前最紧要的事情，是你必须赶紧设法去通知齐世杰，免得他上杨炎这小子的当。"

冷冰儿心乱如麻，默然不语。

罗曼娜道："姐姐，你在想些什么？"

冷冰儿道："我还未曾打定主意。"

罗曼娜道："那齐世杰不是好人么？"冷冰儿道："他是好人。"罗曼娜诧道："既然他是好人，又是你的朋友。那你为何不想赶快救他？"冷冰儿道："这件事情固然紧要，但还有更紧要的事情。"

罗曼娜道："什么事情？"冷冰儿道："你忘记了段剑青这小贼正在准备欺诈你的父亲么？"

罗曼娜道："我如今已经脱险，这小贼是不能用我来威胁爹爹的了。明天咱们下山，我立即和桑达儿赶往爹爹那儿，说明真相。"

冷冰儿道："段剑青已经走了两天，计算行程，他应该早已到了你爹爹那里了。很可能你们会在途中碰上他和你的爹爹的。"

罗曼娜道："我叫凯石那帮小伙子和我同去，他们的弓箭都射得很准的。爹爹必然也有卫士随行，倘若必须动武的话，那小子本领虽然厉害，我们乱箭齐下，也不怕他。"

冷冰儿道："我还是放心不下。何况我与他仇深似海，也急于找他算账。不如还是让我先往你爹爹那儿，由我来对付段剑青。回头我再去通古斯峡找寻齐世杰吧。"

罗曼娜想了一想，说道："说老实话，我担心爹爹当然比担心我从未见过的那个齐世杰更甚，要是得你亲自出马去对付段剑青这小贼，对我来说，自是最好不过。但对你来说，我这样想法却未免自私，而且对你也不够公平了。"

冷冰儿道："我不懂你的意思。这小贼是咱们共同的仇人，我帮你爹爹的忙，就是帮我自己的忙。你不要我这样做我也应该这样做的，怎说得上什么自私或公不公平呢？"

罗曼娜道："要是两件事情可以同时做的话，我当然不反对你报仇。但只怕你先去找段剑青这小贼算账，就来不及去救你的朋友了。

"报仇固然要紧，但失了一位好朋友，那更是终生的遗憾啊！姐姐，我一直希望你得到美满姻缘，要是为了帮我爹爹的忙，而耽误了你的……"

冷冰儿面上一红，连忙打断她的话道："我懂得你的意思了。我和齐世杰只是普通朋友。"

罗曼娜道："冷姐姐，听说这几年来，你都是独自一个人在草原流浪？"

冷冰儿道："不错，这几年来我都是在找寻杨炎。唉，早知如此，还是不找他好。"

罗曼娜道："你独往独来，不感觉寂寞么？"

冷冰儿道："惯了，也就不觉得了。"

罗曼娜道："这几年来，除了齐世杰之外，你还结识有什么新的朋友吗？"冷冰儿摇了摇头，说道："齐世杰我也不过只是和他见过一面。"

罗曼娜眼睛望着她，若有深意地说道："失掉一个朋友容易，得到一个朋友却难。既然他是结识的唯一的新朋友，你可不能再失去他了。"话中有话，但却说得十分诚恳。

冷冰儿沉默了好一会子，方始说道："应该先做哪一件事情，明天回到你的家里再说吧。目前最要紧的事情，是你必须什么事情都不要去想，先睡一觉，养好了精神，明天才能和我下山。"

她把随身携带的干粮和肉脯给罗曼娜吃了个饱，然后以本派的内功心法助她运气行血，导引真气，纳入丹田，罗曼娜通体舒畅，没多久就熟睡了。

罗曼娜睡得十分安静，冷冰儿却是辗转反侧，难入梦乡。

她的眼前晃着齐世杰的影子。虽然只是见过一面，这影子早已印在她的心上。

她想起了他们分手之时，当她念出"人生到处知何似，知似飞鸿踏雪泥，泥上偶然留指爪，鸿飞那复计东西。"那首诗的时候，齐世杰那对充满惆怅的眼睛，依依不舍的目光。

如今她又好像感觉齐世杰的目光在注视着她了，那是期望与她会面的目光。

可是她能够马上就把这里的事情丢下不管，把哈萨克族总格老罗海的安危也置之不理么？

心乱如麻，一夜无眠，好不容易挨到了天亮。罗曼娜已经醒了。

经过一夜安眠，罗曼娜精神奕奕，催她下山。

一半靠着精神力量的支持，一半靠着冷冰儿的牵引，雪峰虽然峻峭，罗曼娜居然也能够亦步亦趋地跟着她，步履如飞。

走过了险峻的山路，走到了最近山脚的坳口时，忽地隐隐听得叮叮之声。正是：

休说此心如槁木，相逢一面种情苗。

第四回　幽峡迷途逢怪客
神功克敌结新交

打跑段剑青的是谁

冷冰儿竖起耳朵来听，不觉有点奇怪，心里想道："这不似魔鬼城的风声，也不似岩石中空之处冰川流过的声音，是什么声音呢?"

她正想问罗曼娜听见没有，罗曼娜已在说道："咦，好像是有人爬山。"

冷冰儿居高临下，凝眸俯瞰，隐隐约约在草原上发现几个黑点，黑点渐渐扩大，看得出是人的轮廓了。知道罗曼娜说得不错，不禁暗自好笑："我只从敌人方面着想，却没想到是自己人前来援救我们。"当下，吸一口气，把声音送出，高声问道："谁在下面?"口中说话，脚步不停，牵着罗曼娜加速奔下。

有个人用急促的声调，似是又惊又喜地叫道："我是凯石。你是冷女侠么？我们的格格找到没有?"

罗曼娜大喜叫道："我和冷姐姐就下去了，你们不必上来啦!"

她们跑过了那个山坳，下面的情形已是看得清清楚楚了。只见凯石和几个小伙子腰间系着长绳，最前面的凯石一手持着铁锤，一手拿着一枚粗长的铁钉，正在铁钉敲入峭壁。山脚下人影绰绰，约莫有十来个人，也是正在准备登山。

要知他们的轻功当然不能和冷冰儿相比，想要攀登峭壁悬崖，只能用这个法子。冷冰儿最初可没想到会是他们，她只想到，假如是人的话，能够在这雪峰出现的必定是段剑青那一伙人，那伙人登山可无须这样费劲。故而她开头根本就没猜想得到，这是登山凿石的声音。

她们跑到山脚，小伙子欢呼跳跃，纷纷围拢上来。凯石的姐姐凯莎也在当中，第一个跑到罗曼娜身边。

罗曼娜笑道："凯莎姐姐，你们怎么知道来这儿找我？"凯莎道："是桑大哥猜中的。曼娜姐姐，别问这么多了，你赶快回去吧，你的爹爹正在等着你呢！"她喜出望外，自己也无暇问及罗曼娜是怎脱险的了。

罗曼娜吃了一惊，连忙问道："什么，我的爹爹已经来了么，他、他在哪里？"

凯石说道："格老就在你的家中，他本来也要来的，我们劝阻他别冒这个险。"说话之间，小伙子已经把两匹最好的骏马牵过来交给她们。

冷冰儿一面跨上马背，一面问道："有没有陌生人和格老一起回来？"

凯石说道："和格老一同回来的都是本族战士。"

冷冰儿放下了心，便即快马加鞭，与罗曼娜并辔奔驰，绝尘而去。

罗曼娜道："奇怪，段剑青这小贼哪里去了？我还以为爹爹是受了这小贼的挟持回来的呢。"冷冰儿道："咱们不用费神猜测，反正一回到你的家中，就会明白。"

她们的坐骑是千中挑一的骏马，电掣风驰，不消片刻，已是把众人甩在后面，未到中午时分，就回到了罗曼娜家中。

"啊，格格你回来啦！"首先跑上来迎接她们的是一个满面皱纹的老战士。这个老战士名叫沙辽，是罗海的侍卫长。此时他正在门前担任守卫。

跟着从屋内跑出来的是罗海和桑达儿。

罗曼娜扑入父亲怀中，说道："爹爹，你怎么知道我出了事的？你，你身体好吗？"她还有点担心，不知父亲是否曾经碰上段剑青，是否受了段剑青的暗算。

罗海笑道："我这把老骨头越老越硬朗，没什么不好的。这次回来的事情，待会儿再和你说吧。桑达儿盼你回来已经盼得心焦了。"他把女儿推给女婿，这才有空和冷冰儿招呼。

桑达儿喜极而泣，说道："谢真神保佑，你果然回来了。"

罗曼娜笑道："你应该谢冷姐姐。爹爹，这次全靠冷女侠把我救回来，她是已经见过了凯莎姐弟的。"

罗海说道："我已经知道了。我一听说有冷女侠出去救你，我就放下了心。"

桑达儿抹去眼泪，说道："我知道冷女侠一定能够救得你，不过，说老实话，也未想到你能够这样快回来！冷女侠，你救了我的性命，又救了曼娜，我真不知怎样感激你才好。"

冷冰儿道："咱们是曾经共过患难的，你还说这些客气的话干嘛？"

罗海笑道："大家都进去说吧。沙辽，你不用在外面把守了，一起进来吧。"

罗曼娜拉着丈夫的手，踏入家门，想起那晚的遭遇，恍如做了一个恶梦。轻声问丈夫道："听说你中了那小贼的毒掌，好了没有？"

桑达儿笑道："要是还没痊愈，我怎么能够自己回到家里？"

罗曼娜十分喜欢，说道："这几天来的遭遇，慢慢再告诉你。我先要知道一件事情。"

桑达儿道："什么事情？"罗曼娜回过头去问她父亲："爹爹，段剑青这小贼去找过你没有？"

罗海说道："我正要把这件事情告诉你们，就是因为那小贼来过我那里，我才放心不下你们，赶快回家的。"

罗曼娜不觉有点诧异，说道："怎的你还未知道我是落在那小贼手中么？我以为那小贼一定是去威胁你的，难道他没有说？"

罗海说道："我只听见他的声音，可没见着他。沙辽倒是看见他的。"

罗曼娜道："沙伯伯，是你赶跑他的吗？"

沙辽笑道："我哪里有这样大的本领。你猜得不错，那小贼是还没见着你的爹爹，就给人打跑的。不过那个人并不是我。”

这一下连冷冰儿也大感诧异了，连忙问道：“那人是谁？”沙辽说道：“我不知道。”

罗曼娜道：“这是怎么一回事情？你们快点告诉我吧！”

罗海说道：“事情发生在三天前的晚上。我刚刚睡下，忽听得屋顶有响声，似乎是一片瓦碎裂的声音，我还不以为意，跟着就听得有人骂道：‘好呀，段剑青，果然是你！’

“那小贼喝道：‘你是谁？听口音，你是汉人吧？我只是来找罗海的，此事与你无关，识趣的你赶快躲开，否则可休怪我……’

“那小贼话犹未了，那人已在冷笑说道：‘段剑青，你不认识我了么？嘿、嘿，我正是特地来找你算账的，好不容易追踪到了这儿才发现你，你躲开我也还要追你呢，你还要我躲开？’

“他口中说话，已是和那小贼交手了。我听见了屋顶上兵刃碰击的声音。

“我听得出段剑青的声音，这小贼本领高强，我是知道的，于是我连忙跳起来，想出去助那陌生人一臂之力。

“可是当我跑出院子的时候，他们早已越过几重瓦面，打斗的声音越去越远了。我只听见声音，却没见人影。

“后来的事情，你们问沙辽吧。”

冷冰儿听得心头卜卜乱跳，这个“陌生人”是不是齐世杰呢？

沙辽说道：“说来惭愧得很，那晚我担任守卫，来了飞贼，我丝毫也未能察觉，直至听到瓦片碎裂的声音，方始发现。

“那时段剑青这小贼也发现有人追踪他了。

“那人隔着两重瓦面，把手一扬，不知是发出什么暗器，有一种刺目的光芒，我在屋子下面，但见寒光一闪，也不由自己地打了一个寒噤。段剑青大概是因为受了这一下突如其来的惊吓，才踩裂屋瓦的。”

冷冰儿暗自想道：“他说的这种暗器，倒有点像是冰魄神弹，但齐世杰是不可能有冰魄神弹的。嗯，莫非他已练成功了冰川剑法，他在冰窟之中，也学会了用亘古不化的玄冰制成暗器？虽然比不上我这冰魄神弹的威力，但寒气亦已足以令得寻常人感觉刺骨侵肌。”

罗曼娜道：“沙伯伯，你看得清楚那小贼果然是段剑青么？”

沙辽恨恨说道：“这小子变了灰我也认得。”原来段剑青那次在罗曼娜新婚之夜前来捣乱，沙辽也正是担当守卫，曾经协助过孟华，追踪他的，那次孟华有意放段剑青逃走，沙辽追他不上，还给他用石块打伤。

冷冰儿连忙问道：“和段剑青交手的那个人，你可看见他的面貌，是个什么模样的人？”沙辽说道：“面貌看不清楚，但看得出是个汉人，年纪似乎很轻。”冷冰儿的一颗心跳动得更厉害了，年轻的汉人，有谁能够有这样大的本领打跑段剑青呢？“八成恐怕是齐世杰了。”她想。

“那人用什么兵器？”冷冰儿问道。

沙辽说道：“段剑青用剑，那人空手对敌。他们在屋顶打得十分激烈，转眼之间，但见剑光掌影，两个人分不清。

“忽听得那个年轻人冷笑道，好狠的一招，可惜你的天山剑法学得还未到家，撒剑吧！

“冷笑声中，当的一响，段剑青这小贼的剑果然跌落地上了。

“那小贼慌忙逃走，此时我的手下已经纷纷赶来，我们正要追他。那小贼发出一枚会爆炸的暗器，喷发浓烟。幸亏我站的是逆风方向，没有吸进他的毒烟。但已有三名卫士中毒昏迷了。

“待到烟雾清散，段剑青这小贼和那青年人都已不见。”

冷冰儿道：“这种歹毒的暗器名为毒雾金针烈焰弹，是妖妇韩紫烟传授给这个小贼的。”

沙辽说道：“幸好那三名卫士在屋子下面，吸进的毒烟不多，昏迷了几个时辰，也就醒过来了。冷女侠，你看一看这把剑。”这把剑就是段剑青给那个少年击落的剑，沙辽特地把它收藏起来的。

冷冰儿接过来一看，只见这把长剑弯曲得好像半月形，可以想象得到，是那少年抢了过来之后，随手一拗，就拗得弯曲成这个样子！

桑达儿一向是以气力大自负的，看了也不禁不吃一惊，说道：“这少年的手劲真厉害，不知是谁？”

冷冰儿说道："这把剑我认得果然是段剑青这小贼的佩剑，但那少年是什么人，我可就猜想不到了。"

其实在她心目之中，已是想到了一个人的，不过不便在他们面前说出来而已。

她本来怀疑那个少年就是齐世杰，如今看了这把拗得弯曲如半月形的青钢剑，更加确信是齐世杰无疑了。

她心里想道："齐世杰本来有家传的六阳手功夫，六阳手掌力之刚猛，不在少林寺的大力金刚掌之下，这两年他想必业已练成了桂大侠在魔鬼城留下的武功秘笈，因此，怪不得这样厉害了！"

罗海说道："段剑青这小贼失踪了几年，如今又再出现，我怕这小贼又会再来找你们的麻烦，故而特地赶回家中看你们的。谁知比我预料的更坏，他不但早已来过，还打伤了我的女婿，掳劫了我的女儿。"

罗曼娜道："爹爹，你没有上他的当，这已经是不幸中之幸了。多行不义必自毙，那小贼自然会有人收拾他的。冷姐姐也还要找他算账呢，咱们暂时不必去管他了。"

罗海说道："话虽如此，我总还是有点放心不下。不如你们都跟我到鲁特安旗吧。"

罗曼娜道："孩儿在你那边，本来我也想过两天就动身的，既然爹爹不放心，咱们明天就启程吧。桑达儿，你可以骑马了吗？"桑达儿笑道："莫说骑马，就是跑路，我也跑得到鲁特安旗。"

罗海说道："冷女侠，你没有别的紧要事情吧，我欢迎你来做我们的客人，希望这一次你能够和我们多住几天。"

冷冰儿道："格老，多谢你的好意。本来我要到你那儿去的，但现在我想到别的地方去了。"

罗海问道："为什么？"

罗曼娜道："爹爹，你有所不知，冷姐姐本来要到通古斯峡去救一位朋友的，为了咱们父女的缘故，已经耽搁了她的行程了。如今段剑青这小贼正在被对头追踪，料他自顾不暇，短期内是不敢再来骚扰的了。爹爹既已平安无事，当务之急，冷姐姐自然是应该先去救她的朋友了。"

罗海说道：“既然如此，救人如救火，那我就不便强留冷女侠了。冷女侠，我这匹坐骑虽然还不能称得上是千里马，日行三四百里是能够的，你骑去吧。”

冷冰儿急于赶往通古斯峡，于是也就不和罗海客气了。接受了他赠送的名驹，当日便即动身。

罗曼娜和她分手之时，微笑说道：“冷姐姐，要是你找到了你那位朋友，希望你和他一起回来，做我们的客人。不久又是我们一年一度的刁羊大会，倘若得到你们参加，我们就更加高兴了。”

冷冰儿杏脸晕红，说道：“我早已说过，我和他不过是普通朋友。不过我自己是会再来的。”

但由于罗曼娜的这番说话，她却是又不禁心乱如麻了。不错，她是希望再见到齐世杰的。但她知道，这次前往通古斯峡。十九见不着他。反而留在罗海那儿，或许还有较大的可能与他会面。因为她确信那个打跑段剑青的少年，必是齐世杰无疑。

那么她为什么还要去通古斯峡呢？

这是由于两个原因。

第一个原因，她虽然猜测那个少年必定是齐世杰，但万一不是呢，她可不敢冒这个险。

第二个更大的原因是为了杨炎。

纵然那个少年是齐世杰，但段剑青碰上齐世杰，是他和杨炎分手之后的事情，杨炎当然还未知道，齐世杰业已来到这儿。亦即是说他一定还是按照原来的计划，要跑去通古斯峡，以便在途中暗害齐世杰的。

因此，冷冰儿这一次去通古斯峡，碰上齐世杰的希望虽然甚微，但却很有希望找到杨炎。

不错，杨炎已经伤透了她的心，但为了昔日的姐弟之情，更为了他是孟华弟弟的缘故，她还是抱着一线希望，希望能够尽自己最后一次的力量，把杨炎挽救过来。杨炎在她心头上的分量，此刻来说，还是要比她仅仅见过一次面的齐世杰更重的。

既然留在这里也未必就能够碰上齐世杰，她自是希望先找到杨炎再说了。

峡中迷路

快马风驰，冷冰儿的一颗芳心也像平原走马，易放难收。她想得很多，很远。

她希望找到杨炎，也希望能够见得着齐世杰。

她相信找到杨炎的希望甚浓，但是否能够见得着齐世杰，却是甚属渺茫了。

齐世杰在哪里呢？他是业已到了鲁特安旗呢？还是仍然在通古斯峡的途中。

齐世杰仍然在通古斯峡的途中。

他并不知道冷冰儿在寻找他，但正像冷冰儿想念他一样，他也在想念着冷冰儿。

“听窦健刚所说，冷冰儿替掌门人守满了三个月的孝，又再重下天山了，想必她如今还是在继续找寻炎弟吧？段剑青在鲁特安旗出现的消息，不知她知道了没有？要是她亦已知道的话，说不定我到了鲁特安旗，或许也能够见着她。

“我受了她的大恩，无以为报，要是能够见着她的话，正好把我在冰窟中所得的冰川剑法，交还给她。这本来应该是她得到的东西。我借花献佛，也可以稍微报答她的恩情。”齐世杰心想。

他渴望见到冷冰儿，加快脚步前行。但前面却像有走不完的路，他走了三天还未走出通古斯峡。

忽地他在心底里自己问自己：“我这样渴望见到冷冰儿，只是为了报答她的恩情么？”

蓦然发现了自己心底的秘密，他并不是为报恩才急于去寻找冷冰儿，不错，他是要把冰川剑法送给她，但这也不过一个他想要和冷冰儿会面的借口而已。他之所以渴望见到冷冰儿，不为什么，就只是为了想要见见她！

他脸上发烧，脚步更加快了！

两旁峭壁，挡着阳光。第四天他还没有走出通古斯峡，他的心也像盖上了乌云，不觉有点焦躁不安了。

“这条路本来是通往鲁特安旗的捷径，为什么我走了四天还是在山谷之中不见平地，难道是我走错了路了？”

不错，他的确是走错了路。

这条捷径是一个老猎人告诉他的。但这个老猎人也只是“知道”有这条捷径，本人并未走过。

这条路不但崎岖难行，而且有九曲十八弯，不是熟悉道路的人很容易兜来兜去，自己还未知道是迷失路途，始终找不到出口。

他想找人问路，但在这荒凉险阻的峡谷之中，连野兽也难碰上一只。

自从他踏进通古斯峡之后，只是第一天曾经碰上过两个人，可惜这两个人却是把他当作对头的。这两人是西藏密宗的红衣喇嘛，是释陀和释湛的同门。

齐世杰告诉他们，释陀死于地震，根本与他无关。释湛丧身冰川，虽然因他而起，却也是咎由自取，并非他下的手。但这两个喇嘛不相信他的话，逼得齐世杰和他们打了一架，点了他们的麻穴，才避开了他们的纠缠。

此际齐世杰走了四天，还未曾走出通古斯峡，倒是有点希望再碰上他们了。“早知这条路如此难行，我应该迫令他们为我带路的。”齐世杰心想。

他点了那两个喇嘛的穴道，虽然十二个时辰之内，可以自解，但料想他们已是惊弓之鸟，决不敢再走回头路了。

正当他心情烦躁之际，忽听得蹄声得得，跟着说话的声音也听得见了。

“咦，这好像不是西藏的方言，他们是什么人呢？”对于流行西藏的几种主要方言，齐世杰虽然懂得不多，但也已经可以约略分辨了的。一听就知道他们说的不是汉话，也不是藏话。

但奇怪的是，其中一个人的口音，他听来却是似曾相识。

谜底很快就揭开了，那两骑已经走出山坳，出现在他的面前。

一个是瘦长的番僧卷发深目，似乎是天竺人。形如枯竹，手长脚长，骑在马上，双脚几乎到地。这个相貌特异的天竺僧人，齐世杰当然是不认识的。

但另一个人，却不但是他的“老相识”，而且是曾经做过他的向导的。不是别人，正是两年前在魔鬼城边设下陷阱，替段剑青谋害他的那个“连老大”！

连甘沛看见了他，却似乎并不怎么惊异，他指着齐世杰向那天竺僧人叽哩咕噜地说了一句话，跟着才对齐世杰哈哈一笑，说道：“好小子，这真是人生何处不相逢，总算又给我碰上你了！”他和天竺僧人说的那句话齐世杰虽然听不懂，料想也是这个意思。他是特地把这个天竺僧人找来做帮手，对付齐世杰的。

这正是仇人见面，分外眼红。齐世杰大吼一声，就扑上去。

连甘沛哈哈笑道：“好小子，你是自己找死！”他骑着一匹高头大马，大笑声中，快马疾冲，要把齐世杰践于马蹄之下。他恃着有个大靠山，料想获胜已是毫无问题，乐得一逞威风。最好不必借助于那天竺僧人之力，就可以把敌人击倒。纵然不能，至少也得先给齐世杰一个“下马威”。免得给那僧人看轻。两年前他和齐世杰交过手，已经知道彼此的本领大致相当的。

哪知他的算盘打得如意，结果却是大大出乎他意料之外。齐世杰飞身扑来，速度不亚于奔马。说时迟，那时快，两人已经碰上。连甘沛笑未已，只听得“闷雷”也似的“卜”的一声，连甘沛那匹坐骑前蹄人立，发出喑哑嘶鸣，忽地四脚朝天地就倒下去。连甘沛给抛了起来。原来他这匹高头大马是给齐世杰一掌击毙了的。

那个天竺僧人本来是不把他放在眼内的，看见他掌毙奔马，这才不禁“噫”了一声。

连甘沛也好生了得，人在半空，一个鹞子翻身，一对判官笔已是朝着齐世杰径插下来。

他凌空下击，只是匆匆一瞥，认穴竟是不差毫黍。左笔插的是齐世杰的太阳穴，右笔插的是咽喉下三寸的合气穴。这两处都是人身三十六个死穴之一。的确不愧是点穴世家的衣钵传人。

但“可惜”齐世杰已经不是两年前的齐世杰了，两年前的齐世杰若然碰上这样凌厉的点穴杀手绝招，纵能化解，只怕也会狼狈不堪。但此际的齐世杰，正是身具天竺那烂陀寺与桂华生夫妇所传的两门上乘武学，哪里还会把连甘沛的双笔点四脉的功夫放在心上。

齐世杰一声冷笑，说道："且看是谁找死?"中指疾弹，"铮"的一声，把连甘沛的一支判官笔弹得飞上了半空，跟着把手一抄，将连甘沛左手那支判官笔也夺下来了。连甘沛被他掌风一震，倒纵出三丈开外。这还是齐世杰手下留情，想要把他留作向导，只用了三分内力。否则若然用到五分，连甘沛不死也得重伤。

齐世杰喝道："废铜烂铁，要来何用?"

随手一拗，把那支夺来的判官笔折为两段，便要过去生擒连甘沛。连甘沛跌了个四脚朝天，此时还未曾爬得起来。

忽听得那天竺僧人用生硬干涩的汉语喝道："娃娃，你的龙象功是从哪里学来的?"话犹未了，齐世杰只觉微风飒然，一根竹杖已点到了他背后的风府穴。

原来这个枯瘦的僧人乃是天竺两大神僧之一奢罗法师的大弟子，法号大吉。当年曾随两大神僧到过天山败在孟华的手下。他的师伯和师父是得道高僧，他却未能免除"嗔"念，这几年来他在那烂陀寺专心学上乘的武功，已是尽得真传，在同辈的师兄弟中，可以算得是第一人了。这次他重履中土，本来是想找孟华较量的，却被连甘沛游说，帮他来对付齐世杰。起初他还不屑出手，待至见到齐世杰掌毙奔马的"龙象功"，这才大为惊异，起了争胜之心。

龙象功是那烂陀寺武学的不传之秘，最高的境界是九层，当今之世，只有那烂陀寺的首席神僧优昙法师练成，大吉的师父奢罗法师练到了第七层，他自己只不过练到了第四层而已。但在那烂陀寺中，他的龙象功已经是坐第三把交椅了。

"这小子的龙象功虽然不及大师父，但看来已是和我的师父不相上下，奇怪，他怎能得到本门的不传之秘?纵然得到，他的年纪看来也不过二十来岁，却又怎能练成了这样深湛的龙象功?"他百思不得其解，是以一出手就用凌厉无伦的点穴手法，意图把齐世杰一举制伏，逼问他的来由。

哪知齐世杰背后好像长着眼睛，反手一抓，不但把他招数化解，而且还几乎抓着他的竹杖。大吉的青竹杖划了半道弧形，收回护身，迅即把左手的紫金钵当头一压。齐世杰一招"天王托塔"，双掌上击，未曾碰上，两股劲风一撞，双方已是各自退了三步。

齐世杰这才有空答复对方所问。

“晚辈的龙象神功是迦象法师所授。大和尚敢情是那烂陀寺的弟子么？晚辈曾听得家师说过，那烂陀寺戒律精严，主持方丈优昙法师是他最佩服的高僧，大和尚若是那烂陀寺弟子，自必也是有道高僧。这个姓连的家伙是坏人，大和尚可莫上他的当。”

连甘沛此时方始爬得起身，心里想道：“看来那个传说是真的了，这小子在魔鬼城已经找到了桂华生的武功秘笈。”他怕大吉法师和齐世杰攀上同门关系，连忙叫道：“法师莫相信他的鬼话，迦家法师早已死在孟华之手，哪里还能传授他的什么龙象功?”

齐世杰刚才用来化解金钵压顶的那一招就是龙象功，不过他的“龙象功”却是和大吉法师所学不同，他的龙象功乃是迦象法师因人施教，以他家传的六阳掌作为基础的。

齐世杰得自母亲所授的杨家六阳手本是脱胎于少林寺的大力金刚掌的，少林寺的始祖达摩禅师是天竺人，传于中土，可说是与现今那烂陀寺的武学同源异流。是以六阳手的功夫与龙象功糅合，正是相得益彰。不过齐世杰尚未练到水乳交融的境界，论力道的刚猛，虽然比那烂陀寺的龙象功更为“霸道”，但若论功力的精纯，却还是有所不如的。

不过大吉法师的武学造诣也还和他的师父师伯相差很远，他只是感觉两者有所不同，但其间微妙的区别，他却是分不出来了。

他感觉到齐世杰“龙象功”的威力奇大，竟似不在他的师父之下，不觉又惊又怒，登时动了杀机。

要知“龙象功”乃是那烂陀寺的不传之秘，那烂陀寺虽然没有不许收汉人为弟子的规矩，但有史以来，也只有过一个唐朝的玄奘法师曾在那烂陀寺学过佛学，至于学过武功的则根本来曾有过，是以虽然没有明文规定，但在一些弟子心目之中，已是认定那烂陀镇寺之宝的龙象功是决计不能传给汉人的了。

大吉法师心地狭窄，不禁暗自想道：“自从达摩祖师在中土开创少林派之后，至今历时一千余年，少林寺的武学已是足以和那烂陀寺分庭抗礼。若然龙象功再传入汉人之手，天竺的武功还能和他们匹敌吗？哼、哼，迦象法师本来就是异端邪派，即便这个小子当真是他的弟子，师父犯了戒条，我把他的弟子杀掉也不为过。”原来迦象、迦密两师兄弟的武学虽是出于那烂陀寺，但他们却是一不念经，二不礼佛，另立门户，并不依傍那烂陀寺的。故此在一部分心地狭窄的那烂陀寺僧侣之中，自是不免把他们视同“异端邪派”了。

大吉法师动了杀机，便即喝道：“好小子，你偷学本寺的龙象功，管你是何人所授，我也是决不能容许你的！有两条路任你选择！”

齐世杰想不到他竟会如此咄咄逼人，心里也禁不住有气，冷冷说道：“是哪两条？”

大吉法师说道：“第一条路是你自废武功，否则只能由我替你念往生咒了！”“往生咒”是高僧替死人“超度”所念的经文，意思即是：若然齐世杰不肯自废武功，他就要把齐世杰送上西天。

齐世杰哈哈笑道：“齐某不过一介凡夫俗子，若得高僧替我念往生咒，那是好幸如之！只可惜我不知什么时候才能离开尘世，到了那时也不知大和尚是否先我而去？”

大吉法师冷笑道：“你要知道，那还不容易吗？我可以告诉你，今天就是你的死期！”

冷笑声中，已是挥动竹杖，一招“夜叉探海”，向齐世杰胸口戳来。他自忖自己的“龙象功”虽然不及齐世杰，但还有许多上乘武功未曾使用，料想齐世杰年纪轻轻，武学的造诣再高也高不到哪里，不信自己胜不了他。何况他的两件兵器，青竹杖和紫金钵都是宝物。

齐世杰已经知道他的武功远在连甘沛之上，只凭一双肉掌，恐怕是打不过他的。当下不敢轻敌，见他竹杖刺来，立即拔出宝刀招架。

本来他在练成冰川剑法之后，是应该改用剑的，但他刚刚离开魔鬼城，还未有功夫去找一把合用的剑，只能仍然用他爷爷传给他的那把宝刀。

好在冰川剑法与别的剑法不同，它是重在“剑意”，而非重在“剑招”，而且冰川剑法的精髓乃是内柔外刚，兵器中剑主柔，刀主刚，他用刀代剑，使出冰川剑法，虽然招数上或许未能曲尽其妙，但却更合乎冰川剑法的“剑意”。

大吉法师见他若不经意地轻飘飘一剑削出，虽然看出其中蕴藏着精妙复杂的变化，但也并不怎样放在心上，心想：“你这小子不用龙象功，那只有自讨苦吃，败得更惨！”当下改戳为压，暗运玄功，力透杖尖。

哪知齐世杰这一剑看似毫不用力，其实却正是像冰川一样，表面平静，内里暗流汹涌。

只听得“当”的一声，刀杖相交，齐世杰的宝刀溅起几点火星，大吉法师却是不由自己地连退几步，才能稳住身形，青竹杖虽然没有脱手，虎口已是给震得一阵酸麻。

齐世杰冷笑道：“大和尚，你的往生咒还是留给自己念罢！”

大吉法师哼了一声，说道：“小子，你别得意，我这往生咒是给你念定了的！”

他的身法也真是快到极点，话犹未了，但见绿光一闪，竹杖又已点到齐世杰身前。这次他的手法甚为怪异。杖头闪缩不定，似左似右似中，却已把齐世杰的身形笼罩在杖影下。原来他是避免和齐世杰硬拼，改用一杖点九穴的那烂陀寺上乘点穴手法，只要齐世杰应付得稍微失当，他就可以乘暇抵隙，点着齐世杰的死穴。

齐世杰见他手法如此阴狠，不禁也起了争胜之心，想道：“我倒要看看你的杖法精妙，还是我的剑法精妙！”

叱咤声中，齐世杰的宝刀扬空一闪，疾起而迎。似刺似戳，似斫似劈，指东打西，指南打北。刀法之中含有剑法，把刀剑的长处，在这一招之中同时发挥。其实却是一招变化极为繁复的冰川剑法。大吉法师吃了一惊，心里想道：“这小子的剑法好生古怪，若说他的龙象功是迦象所授，何以他这剑法又和本寺大不相同。”

齐世杰这一招拿捏时候，恰到好处，大吉法师连连变招，仍是摆脱不开。眼看剑光已是透过绿光，就要削到大吉臂上。大吉法师若要避免断臂之灾，势必又要用青竹杖硬架他的宝刀了。

齐世杰刚才削不断他的竹杖，亦已知道他的这根竹杖是件宝物，是以这一招用的力道更强，已经是把龙象功的威力透过刀尖了。倘若刀杖相交的话，纵使仍然不能削断他的竹杖，最小也可以把他的竹杖震得脱手飞去。

哪知大吉法师的天竺武功，异于中土。他练过瑜伽之术，全身柔若无骨，各部肌肉，可以随意扭曲变形。齐世杰正喜即将得手，忽觉剑尖一滑，对方的手臂竟似长蛇般突然拐变，青竹杖只是轻轻在他剑锋旁边擦过，倏地又向他胁下愈气穴点来了。

好在冰川剑法也是奇诡百变，他这一招变化未尽，倏地也是从大吉法师意想不到的方位刺来。这一下双方都是碰到意想不到的险招，但齐世杰有龙象功护身，点着他的穴道，也未必就能伤他，大吉法师若然给他一刀刺个正着，那可是要有性命之危的！大吉法师当然不敢冒此奇险，只好再用瑜伽功夫，吞胸吸腹，脚步不动，身形平空挪后三寸，在间不容发之际，堪堪避开齐世杰明晃晃的刀锋。

由于齐世杰用的是冰川剑法，虽然他的兵刃不是冰魄寒光剑，这一招使到疾处，大吉法师也是感到寒意侵肌，不由自己地打了一个冷战。

大吉法师一声猛喝，把左手的金钵也拿来作进攻之用，一个泰山压顶之势，向齐世杰当头罩下。

齐世杰喝道："来得好！"左掌以龙象功拍出，右手刀一招举火燎天，向上刺去。

金钵偏过一旁，本来齐世杰这一剑便可乘虚而入，刺着大吉上三路的任何一处要害的，但却不知怎的，他的宝刀好像被一股无形的吸力牵引，竟然也歪过一边。这还是由于他的内力深厚，否则几乎就要掌握不牢。

原来大吉法师这个紫金钵，是内有古怪的。

原来他这钵中嵌有磁石，不是普通的磁石，是铜椰岛埋藏在千尺地层之下开采出来的磁铁精英。铜椰岛接近南极磁场，磁性特强。若然换了一个普通人，手中拿的只要是金属所铸的刀剑，在离身三尺之内，就会给他的金钵吸去。只因齐世杰内力胜过大吉法师不止一筹，方始能够摆脱那股特强的磁力牵引。不过，他的宝刀虽没脱手，亦已禁不住大为惊愕了。

大吉法师乘势反攻，打得难分难解。双方各显奇能，彼此都有顾忌。但论真实的武学，齐世杰身兼数家之长（父母、桂华生夫妇与迦象所传的天竺武功），却是胜于大吉法师的。大吉法师仗着两件宝物，只能堪堪打个平手。时间一长，气力渐渐感觉不济，不禁也是有点胆怯了。

连甘沛起初以为大吉一出手，必定可以很快地就把齐世杰制伏，哪知看下去却完全出他意料之外。他越看越是吃惊，心里想道：“原来他得到的武功秘笈还胜于那烂陀的武功，再打下去，只怕大吉法师也未必敌得过他，三十六着，还是早点走为上着吧。”他不敢再看下去，不声不响地就溜走了。

不知不觉，双方又斗了一百余招，齐世杰已经想到了如何破他的金钵之法了。

就在此时，忽听得有人“噫”了一声。

高手搏斗，眼观四面，耳听八方，这人远远地“噫”了一声，声音摇曳，语音未落，已是如在耳边。大吉法师固然是一听就知来者是谁，齐世杰亦已知道来的绝对不是普通人了。

武功奇高的少年

但一看之下，却也有点出乎他的意料之外。来的是个年纪似乎比他更轻的少年。肤色黑里泛红，尘砂沾脸，真实的年龄虽然难以断定，但看得出最多不会超过二十岁。模样也似乎是汉人的成分更多。

大吉一见这个少年，立即喜形于色，叽哩咕噜地就叫起来。齐世杰心里想道：“原来是他的朋友。”虽然觉得这个少年年纪比自己更轻，武功再高，料想也不会比这个番僧更高，但若然给对方添多一名高手相助，这番僧又是声言要取自己性命的，这可不是当耍的事。

眼看这个少年就要来到面前，齐世杰只好赶忙先行把大吉法师打发了。正好大吉法师又是一个泰山压顶之势，把金钵向他当头罩下，齐世杰大喝一声，宝刀化作一道银虹，倏地飞出手去！

只听得“当”的一声巨响，震耳如雷，宝刀飞入钵中，竟然把

少年赞道："好功夫！"把手一招，把那柄飞刀接到手中。

金钵穿了一个窟窿。

原来他这飞刀击钵的一招，正是合乎兵法中“置之死地而后生”的道理。在此之前，他怕兵刃给对方的金钵吸去，出招之际，不免有所顾忌。越顾忌就越施展不开，以致他本来可以制敌的冰川剑法大大打了折扣，反而几乎被敌所制了。如今他消除了患得患失的心理之后，拼着大不了给对方吸去自己的宝刀，奋力一击，果然一击成功。

这一招他用的却不是柔中带刚的冰川剑法，而是纯属阳刚的一招家传刀法，名为“白虹贯日”，这是他爷爷所授的败中取胜的绝招。他把龙象功和六阳掌的威力尽数发挥在这一招之中，金钵所嵌的磁铁虽有吸取金属之能，但却不能化解他这猛力一掷的冲力道。这一招败中犹可取胜，何况他如今还是处在上风的。结果，果然把对方的金钵毁了，飞刀穿钵而出。

那个少年正在朝着他们跑来，飞刀穿过金钵，余势未衰，俨如一道银虹，精芒电射，恰恰飞到少年的面前。少年赞道：“好功夫！”把手一招，把那柄飞刀接到手中。

齐世杰认定这少年是番僧的帮手，但此时亦已顾不及宝刀落入他的手中了。他必须在这少年即将来到的片刻之间，先把大吉法师击得一败涂地。于是他在一破了对方的金钵之后，立即便展开空手入白刃的擒拿法，抢夺大吉法师的另一件宝物，那根坚逾金铁的竹杖。

大吉法师做梦也想不到纯金铸造的金钵竟然会被他的飞刀穿过，这霎那间，不禁吓得呆了。说时迟，那时快，齐世杰已是扑到跟前，他本能地用竹杖一拨，反打对方穴道。给齐世杰一托杖身，双指一嵌，就把他的竹杖夺了过来。

就在此际，只觉微风飒然，一条人影已是从大吉法师身旁掠过，旋风也似的绕到他的背后道：“两位暂且住手——”

齐世杰只道这少年必然是番僧的帮手，如何肯听他的说话，反手就是一掌。

不料一掌挥出，只觉空荡荡的没有可以着力之处，原来那少年用的是四两拨千斤的手法，双掌未交，只是随着掌风轻轻一拨，就把齐世杰的掌力拨过一边。

借力打力的道理并不难懂，一般学过相当武功的人，多少也会使用的。不过用得恰到好处，好像这个少年一样，当真达到四两拨千斤的境界，那可就难到极点了。

齐世杰本来是早就对他有所防备的，不料这一招六阳金刚手仍然给他拨开，这才不禁大吃一惊，知道是真正遇上了劲敌了。

少年笑道："你的龙象功好像还未发挥，不必客气!"

齐世杰双眉一轩，说道："好吧，兄台既然定要较量在下，那我也只能恭敬不如从命了。"口中说话，双掌已是划了一道圆圈，以阴阳双撞掌的招式，向那少年猛击过去。这一招他不但把龙象功发得淋漓尽致，而且加上了六阳掌的威力。

原来他起初见这少年年纪比他还小，虽然知道他是番僧的帮手，却也不忍取他性命。心里想道："反正我已把这番僧打败，如今只是我和这少年单打独斗，那又何必下重手伤他?"他用六阳手应敌，已经是有点害怕那少年给他打得筋断臂折。哪知照面一招，方始知道这个少年的武功只有在他之上，决不在他之下。此时他哪里还敢轻敌，即使这个少年没叫他用龙象功，他也是非用不可的了。

少年又再赞道："好功夫!"他知道齐世杰这一掌已经不是可以用借力打力的手法化解，当下，双掌如环，似封似闭，飞快地转了三个圈圈，只听得"波"的一声，掌风激荡之下，齐世杰不由自己地退了三步，那少年的身形也禁不住晃了两晃。

少年取出他刚刚接下来的齐世杰那把宝刀，齐世杰只道他要利用自己的宝刀反来伤他，吃了一惊，只好也把刚刚夺过来的那个番僧的竹杖应敌。

不料这少年忽然倒转刀柄，递过去给他，刀锋向着自己。

齐世杰怔了一怔，喝道："你这是干什么?"

少年笑道："请你把这根竹杖换回来给我。各自物归原主，想你不反对吧?"

齐世杰把竹杖交了给他，换回自己的宝刀，那少年立即把竹杖抛还大吉。大吉法师和他叽哩咕噜地说了几句话，好像斗败了的公鸡一样，垂头丧气地跨上坐骑，独自走了。

少年说道："这个和尚是我的朋友，但他不是你的对手，请你看在我的份上，莫留难他。"

少年的态度倒是颇为诚恳，这几句话的口吻哪里像是对待敌人，反而像是和朋友情商一样。假如有一个不知底细的人在旁边听了，一定以为他们是本来相识的。

但这几句话听在齐世杰的耳中，那感受却是完全两样了。

"你我素昧平生，怎的却叫我看在你的份上，这不分明是挖苦我吗？"齐世杰心想。

挖苦还在其次，眼前的形势却显然是那少年占了上风的，齐世杰自忖，单打独斗？只怕也未必打得过这个少年，他有什么办法不放过大吉法师，少年又何须向他求情，要是这个少年和大吉法师联手的话，他的性命恐怕也未必保得住！

但也正是因此，齐世杰又不禁觉得有点奇怪了。

他虽然听不懂少年和大吉法师说的印度话，但也知道是这少年叫大吉法师走开的。

少年为什么不要大吉法师帮手呢？有了大吉帮手，岂不是更可以稳操胜券？难道他不知道大吉法师是要取齐世杰的性命，他和大吉法师不是一伙？又或者是他自恃武功，不屑于要败军之将相助。

齐世杰想不明白，唯有苦笑说道："我和这位大和尚本来没有冤仇，只是他要取我的性命，我才被逼应战。他肯罢手，我为什么还要留难他？"

少年怔了一怔，说道："你和他既没冤仇，为何他要取你性命？"

齐世杰冷笑道："你不是他的朋友吗？嘿嘿，他取不了我的性命，你来取也是一样，不必再说风凉话儿，更无须明知故问了。"

少年哈哈一笑，说道："原来你以为我也要取你的性命的，怪不得你刚才这一招如此厉害。"

齐世杰说道："难道你不是么？"

少年笑道："你猜错了。我不是想要你的性命，只是想见识你的武功。不知你肯不肯赐教？"

齐世杰双眉一轩，说道："你要比试什么？我纵然打不过你，只要你划出道儿，我一定奉陪！"

少年哈哈笑道："不必这样客气，也不必说得这样严重。我看你的剑法甚为奇妙，我自愧孤陋寡闻，你这剑法属于何家何派，我一点也看不出来。拳脚上的功夫，咱们算是比过了。如今我只想领教你几招剑法，不知你可肯答应？"

齐世杰道："哦，原来你把宝刀还我，就是要和我比剑法的。那我还怎能不从命呢？"

少年说道："好，那就不必客气，请赐招吧！"

齐世杰不敢怠慢，宝刀抡圆，一招"冰河解冻"，向那少年的左肩劈去。他这一招劲力暗藏，正是深得冰川剑法的精髓。那少年目注刀锋，身形却是纹丝不动。眼看他的刀锋堪堪劈到，离额角不过三寸之际，这才右腕倏翻，一招"春云乍展"疾迎上去。

这一招拿捏时候恰到好处，他是特地让齐世杰的宝刀劈到面前，亦即是齐世杰的招数已经使老，手臂放尽，不易再行变化之时，方始突然横截他的手腕的。

若然换了另一个人，换了另一种剑法，少年这照面一招，可以逼使对方非撒剑不可！

但冰川剑法却是和任何剑法都不相同，那少年不想伤害齐世杰，一剑削出，怕他不知厉害，正想喝他"撒刀"之际，忽地感觉一股无形的劲力，竟然把他的剑尖荡得稍稍歪过一边。

原来齐世杰这一招"冰河解冻"藏有三重劲力，正是如同冰川下面，暗流汹涌一般，层冰解冻，潜力一层赛过一层。第二重劲力一发，第三重劲力跟着来到。

饶是这少年武学深湛，此时也不禁心头一凛："原来他这剑法的奥妙，还在我的估计之上。幸好我未开声叫他撒刀，否则可真是笑话了。"

不过这少年也真了得，齐世杰此招虽然大出他的意料之外，却也还是克他不住。在这间不容发之际，只见他略一晃肩，已是身移步换，他的身子便似轻飘飘的随着齐世杰的刀风直晃去似的。

齐世杰禁不住也赞了一个“好”字，陡地一声大喝，又是一刀劈下。这一招仍然是把宝刀使出剑法，加上了龙象功，威力比前一招更加强了。

少年随着刀风一飘一闪，剑起处，刷、刷、刷连环三剑，似左似右似中，一招之内，同时攻击齐世杰上中下三路要害，剑法之奇诡迅捷，实是难以形容。

齐世杰第一次碰到如此厉害的剑法，不能不也略有顾忌，当下只好回刀护身，不敢全力出击。

这一战真是棋逢敌手，将遇良材，那少年把剑法展开，剑式矫如神龙，身法轻灵如彩蝶，忽虚忽实，忽徐忽疾，乍进乍退，倏上倏下，每一招都暗藏着几种变化。齐世杰用龙象功透过刀锋要和他硬碰之时，他就用黏、卸两字诀化去；但当齐世杰以为他是虚招之时，他又突然把力量用实，令到齐世杰防不胜防。

齐世杰不禁倒吸一口凉气，心里想道：“天外有天，人外有人，这两句老话当真说得不错。我幸得奇遇，两年间学成了几种武林绝学，只道纵然不足与当世的一流高手比肩，在江湖上料想也难逢敌手了。哪知一出冰窟，就碰上了如此劲敌。这个少年，年纪比我还轻，武功可是比我高明得多了。”他哪知道这个少年的奇遇比他更多，学说比他更博，年纪虽轻，武学的造诣当世的一流高手也难以与他相比。

齐世杰不甘落败，当下改变打法，刀中夹掌，把六阳手的威力加上了龙象功，和冰川剑法配合，这才和那个少年扳成平手。

那少年不识冰川剑法，对他的以刀代剑的剑法暗暗称奇；齐世杰对他的剑法，也不由得有点诧异。不过，他之所以诧异，却并非由于不识对方剑法。恰恰相反，是由于对方的剑法，有几招他竟是有“似曾相识”之感，这才引起诧异的。

“奇怪，他这几招剑法我是在哪里见过的呢？”忽地瞿然一省，齐世杰想起来了。原来这“似曾相识”的几招，是他见冷冰儿使过的。那次在魔鬼城边，冷冰儿以天山剑法接连击败连甘沛与释湛之时，齐世杰虽然中了魔鬼花之毒，神智正在逐渐模糊，但由于那几招使得特别精妙，他还是留下印象的。

“难道他是天山派的弟子，天山派的弟子又怎能与坏人一伙？他的‘剑意’和冷女侠所使的天山剑法的‘剑意’似乎也不尽相同，不，是相同的少，不同的更多。看来恐怕这只是我的胡乱猜疑而已。”

心念未已，那少年的剑法忽地也是跟着他变了。

少年的剑法本是瞬息百变的，此时忽地变得招式好似笨拙非常，而且越来越慢，慢吞吞地东一指、西一划，剑尖上就好像悬着一块石头。

但对齐世杰来说，这一下可是更难应付了。

原来少年此时所使的剑法实是拙中藏巧，时而柔如柳絮借力打力；时而猛若洪涛，骤然压至。齐世杰冰川剑法中暗藏的潜力，竟然被他克制得难以发挥。

齐世杰突然想起师父在他冰川剑法练成之时，对他说过的一番话：“剑法中最上乘的境界是重、拙、大三字，冰川剑法固然奇妙绝伦，但他必须练到由巧变拙之时，方始能够说是大功告成。”这番话他当时颇感费解，直到练成了桂华生留下的武功秘笈之时，方始懂得一些，但还未曾全懂。如今见了这少年的剑法，这才有更深的领悟，心里也越发吃惊了。

齐世杰身兼三家之长，一旦对武学奥义多了几分领悟，不知不觉就把一己的体会用了出来。只循“剑意”，信手发招，击、刺、撩、抹、崩、删、劈、剁，无不恰到好处，使到疾处，冰川剑法的威力已是给他发挥得淋漓尽致，饶是那少年功力深湛，不觉也感到丝丝寒意。心里想道：“此人悟性真高，和我交手不过百招，剑术的境界已是又进一层。”

但饶是如此，齐世杰也不过只能勉强扳回平手，丝毫也占不了上风。

少年剑法再变，似是随意所之，应快则快，应慢则慢，瞬息之间，前一招轻如柳絮，后一招重若泰山。真当得上是：慢中快，巧中轻，行云流水，稳捷轻灵。齐世杰感到的那股无形压力。也是越来越重了。

齐世杰心灰意冷，跃出圈子，说道："你的武功远胜于我，我不是你的对手，要杀要剐，任凭尊便！"

少年插剑入鞘，走到齐世杰面前，伸出手来。齐世杰不知他要做什么了。

哪知这少年竟然只是和他握手，握住他的手摇了两摇，丝毫没有用上内力，那态度就像和老朋友久别重逢那么亲热！

"你太客气了！"那少年说道："其实你的本领不弱于我，只是你和大吉法师先打了一场，不免吃了点亏。我占了你的便宜，怎敢言胜？说起来我还要多谢你呢！"

齐世杰莫名其妙，说道："你多谢我什么？"

少年说道："你的剑法纵然不能说是天下第一，却是我所见过的最奇妙的剑法。多谢你肯赐招，使我得益不少。"齐世杰苦笑说道："你和我开玩笑了。这话应该颠倒过来说才对。我从你的高招之中获得不少益处才是真的。"

少年哈哈一笑，说道："我不懂说客气话，那就算是咱们相互切磋，彼此得益吧。如今你相信我是并无恶意，愿意和我交朋友了吧？"

齐世杰仍然不敢相信，但对这少年已是有了几分好感，拒绝的话是说不出来了。

正当他不知说些什么才好之时，那少年又再问道："对啦，我还未请教你的高姓大名呢？"

齐世杰怔了一怔，说道："你当真尚未知道我的姓名？"

少年说道："我知道以兄台的武功，自必是中原一位成名侠客。但可惜我僻处西陲，平生从未踏足中原，是以请恕小弟孤陋寡闻，实是未知尊姓大名。"

齐世杰忙道："我不是这个意思，其实我在中原也不过是个无名小卒。”

少年诧道：“那你为什么以为我一定会知道你的名字？”齐世杰道：“你不是那位大吉法师的朋友吗？他没有告诉你我的名字？”

少年这才恍然大悟，笑道：“原来你到如今，还一直以为我是和大吉法师早有约会，约会在此处对付你的。是吗？”

齐世杰道：“要是我猜错了，请你莫要见怪。”

少年说道：“你我一见如故，我不妨老实告诉你，我和大吉法师虽然勉强说得上是朋友，其实却是无甚交情的。他为何和你作对，我真是半点不知。”

齐世杰信了几分，但仍忍不住问他：“请恕小弟多问，什么叫做‘勉强算得上是朋友’的朋友？”

少年说道：“我和这位大吉法师，只是七年前曾经见过一面。但我知道他是天竺两大神僧之一的奢罗法师的大弟子。奢罗法师是我尊敬的武学宗师之一，是以刚才我怕你伤了他的性命，才冒昧插手替他求情的。”

齐世杰道：“原来如此。那么那位连老大呢，不知兄台是否和他相识？”

少年说道：“哪一位连老大？”齐世杰道：“就是和大吉法师同在一起的那个连甘沛。”说至此处，方才想起，顿了一顿，继续说道：“这个姓连的家伙在我和大吉法师交手的时候，悄悄溜走。或许你没有遇见他吧？”

少年说道：“刚才我是没有见着他，以前也从未见过。不过你说的这个连甘沛，我却是听过他的名字的。我知道他是个阴狠的小人。小弟纵然不肖，也不至于有这样的朋友。”

齐世杰释然于怀，连忙赔罪：“请恕小弟无知，以小人之心，度君子之腹。”少年笑道：“这算不了什么，假如易地而处，换了我是你的话，我也难免有这个怀疑的。那么，小弟冒昧攀交，兄台想必不会见拒了。”

齐世杰哈哈笑道：“我能够结识你这样一位武功高强，仁心侠骨的朋友，正是求也求不到的呢。对啦，我还未曾请教兄台的高姓大名呢。”随即告诉了自己的姓名。

那年少未曾通名，却先苦笑起来。

齐世杰怔了一怔，说道：“兄台何故发笑?”

那少年没有回答他的问题，却先说出自己的名字：“我叫唐不知。”听得这样古怪的名字，齐世杰更是不禁为之一愕了。

少年笑道：“是不是，我知道你一定觉得好笑，天下哪有这样古怪的名字的。对吗?”

齐世杰心想：“江湖上的人物，不愿让陌生人知道自己的名字，那也是常有之事。我和他究竟还是刚刚相识，他有所顾忌，亦在情理之中。不过，他诚心与我结交，看来似不假。”便道：“名字不过是个记号，兄台的名字虽然有点特别，那却反而易记。”

少年说道：“实不相瞒，我究竟姓甚名谁，我自己也不知道。我确切知道的只是：我是汉人。西域通称汉人为唐人，故此我以‘唐’为姓，名字呢，那只好叫做‘不知’了。”面上挂着似是自嘲的笑意，笑得颇有几分苍凉意味。

齐世杰不觉心中一动，说道：“请恕我冒昧多问，兄台何以连自己的姓名都不知道?”

唐不知道：“我是个孤儿，从小不知父母是谁。”

齐世杰呆了一呆之后，暗自想道：“他的身世，倒和我的表弟相似。不过天下决没有这样凑巧的事的。而且，据冷冰儿所说，表弟失踪之时，不过十一岁，失踪了七年，如今当是十八岁。十八岁的少年，哪能有这样深厚的武功?假如他一直在天山的话，或许还有可说。但十一岁的时候，他已离开，那时他的武功基础无论如何也还是薄弱的。我有二十年的武功底子，又在魔鬼城得到旷世难逢的奇遇，也还比不上他，难道他也有相同的奇遇?何况这少年看起来虽然比我年轻，但似乎也有二十岁出头的了。”他想到几种不可能是他表弟的理由，疑心迅即消散。

“请恕我不知，挑起唐兄身世之痛。”齐世杰对他抱歉，对他的身世也不便再追问下去了。

唐不知淡淡说道：“这算不了什么，身世飘零之苦，我也早已惯了。请恕我多嘴，我也想请问齐兄，你老远的从中原来到回疆是为了什么？”

齐世杰不觉又是心念一动，说道：“实不相瞒，我是想找寻一个人。”

唐不知道：“你要找寻什么人，可否让我知道？我在回疆生长，说不定可以帮你的忙。”

齐世杰道：“我正想向你打听，你知道杨炎这个人么？他也是个孤儿，自小给人带来回疆的。”

唐不知似乎觉得很奇怪的样子，愣了一愣，说道：“原来你要找寻杨炎？”

齐世杰喜道：“唐兄这样说，一定是知道他了？”

唐不知道：“不错，我知道有一个人叫做杨炎，他本是天山派的弟子，七年前忽然莫名其妙地失了踪的。你找的是不是这个杨炎？”

齐世杰大喜道：“正是这个杨炎。唐兄，你和他是相熟的朋友吧？”

唐不知道：“我只能说我认识他。至于是否算得朋友，那我就不知怎样说才好了？”齐世杰觉得他这答复有点古怪，但此际亦已无暇推敲其中含义，连忙问道：“那你可知道他现在在什么地方吗？”

唐不知道：“齐兄，请恕我要向你打听清楚一件事情。”齐世杰道：“请问。”

唐不知道：“你为什么要找杨炎？”齐世杰道：“他是我的表弟，我是奉家母之命，找寻他的。”

唐不知道：“你们是姑表还是姨表？”

齐世杰道：“家母是他嫡亲姑姑。”

唐不知道：“请恕冒昧，令堂贵姓？”

齐世杰不禁为之一愣，心想：“此人难道有神经病不成？”但看唐不知的态度可是甚为认真，一点也没有开玩笑的模样。于是只好哈哈一笑，说道：“家母是杨炎的姑姑，当然是姓杨的了。”

唐不知道："如此说来，杨炎是真的姓杨的了？"

齐世杰这才猜到了几分，当下庄容说道："杨炎当然是真的姓杨，他的父亲是冀州一位颇有名气的武师，名叫杨牧。"

唐不知似乎吃了一惊，说道："你说什么。他的父亲是、是——"

齐世杰重复说道："他的父亲、我的舅舅，是冀州名武师杨牧！"

唐不知呆了片刻，说道："但我听到的却是另一种说法！"

齐世杰道："什么说法？"唐不知道："有人说孟元超大侠才是他的父亲，当今一位最负盛名的青年侠客孟华是他哥哥。"

齐世杰叹了口气，说道："我也知道有这一种说法。怪不得你一再追问我，他是否真的姓杨了。"正是：

相逢不相识，家世费疑猜。

第五回　离合无常欣巧遇
恩仇剖析破愚蒙

真假杨炎

唐不知道："如此说来，这种说法是假的了。但何以会有这种假的说法呢?"

齐世杰长叹一声，说道："家丑本来不便外扬，但唐兄既然和我的表弟相识，这件事情迟早也要对他说的，那也就不妨告诉唐兄了。杨炎的母亲，她，她……"

唐不知道："她怎么样?"声调急促，关心的程度，显然已超过普通的朋友。

齐世杰心想："看来此人和炎弟不仅只是相识，可能是有很深厚的交情的。"

"她在未婚我的舅舅之前，曾经和孟元超有过一段私情。后来就是因为这件事情，和我的舅舅离婚的。也许因此，孟元超要认他做儿子吧?"齐世杰考虑再三，终于说出来了。

唐不知呆了片刻，说道："杨炎是孟元超的私生子吗?"齐世杰道："这倒不是。他是云紫萝和我的舅舅结婚之后生的，确实是我舅舅的嫡亲骨肉。但孟华可就真的是私生子了，他是云紫萝婚前就身怀六甲的。云紫萝是我那位离了婚的舅母的名字。"

唐不知不觉变了面色，半晌才说道："如此说来，那位名满天下的孟元超孟大侠岂非是个坏人?"

齐世杰道："话也不能这么说，在大的事情方面，孟元超还是可以当得上大侠的称号的。不过，在这件事情上，当然他是私德有亏了。”

要知齐世杰的母亲“辣手观音”杨大姑在他弟弟婚变这件事情上，是极为偏袒弟弟的，在她的心目之中，云紫萝是败坏杨家门风的“淫妇”，孟元超则是弄得她的弟弟家破人亡的“奸夫”。云紫萝已死，她对孟元超自是更加痛恨。齐世杰受母亲的影响，对孟元超能够有这样的“评价”，已经算是好的了。

唐不知道：“那么你的舅舅现在何处？”齐世杰道：“我不知道。有人说他已经死了，但还不知是真是假。”

说至此处，似乎觉得对杨炎的身世已经谈得太多，便道：“唐兄，你还有什么要问的吗？”

唐不知颓然说道：“没有了。多谢你相信我，初相识就告诉我这许多事情。”意态殊为萧索。

孟元超是名满天下的大侠，武林中人提起他十九都是表示尊敬的。齐世杰只道他是因为知道了孟元超的“丑事”以致神态有异，并没想到其他原因。

齐世杰道：“唐兄既然没有别的要问，那么现在可以告诉我有关杨炎的消息了吧？”

唐不知没有立即回答，他凝视远方，似乎是在想什么，过了好一会子方始说道：“我不知道。我知道的只是从前的杨炎。如今是否还有杨炎这个人，我都想找别人告诉我呢！”一副心神不属的样子。

齐世杰大为失望，心想：“你既然不知道，何必问我这许多有关杨炎的事情！”

不过他虽然觉得唐不知有点怪，但还是对他有几分好感的，心里埋怨他的话自是不愿说出口来。当下说道：“他失踪了七年，据我所知，天山派有位冷女侠在这七年中从没间断地在寻找他，也没打听到他的下落。难怪唐兄不知道了。唐兄，你要上哪儿？”

唐不知似乎很注意听他这番说话，听了之后，苦笑说道：“我自号‘不知’，你问我到哪里去，我也只能用我的名字作回答：连我自己也不知道。”

齐世杰道："既然如此，那咱们只好就此分手了。"

唐不知忽道："且慢！"齐世杰道："唐兄有何指教？"唐不知道："我也要向你打听一个人的消息。"齐世杰道："是谁？"唐不知笑道："还是杨炎。你刚才说你相信他还在人间，何所据而云然？"

齐世杰道："我这只是猜测而已。"

唐不知道："猜测也得有点根据，齐兄要是认为我还配做你的朋友的话，请恕我多问一句，你是否找到了什么有关寻找杨炎的线索？"

齐世杰暗自想道："看来他也是很想找到杨炎的，要是他愿意和我作伴前往鲁特安，那就更有把握对付段剑青这小子了。"

"不错，我是找到了一条线索。你知道段剑青这个人吗？"齐世杰道。

唐不知道："我知道他和杨炎一同到过天山习艺的，他怎么样？"

齐世杰道："他曾经收买杀手，两次三番要暗杀我。刚才和大吉法师一起的那个连甘沛，就是受他指使，要来杀我的人之一。"

唐不知道："原来大吉法师与你为难，由来乃是如此。但段剑青为何要暗杀你呢？"

齐世杰道："他是怕我找到杨炎。"

唐不知道："你怎么知道？"

齐世杰道："有一个和他们同谋害我的人，名叫窦健刚，后来在一次偶然的机会中，我救了他的性命，是他告诉我的。"当下将自己在魔鬼城的遭遇，简单扼要地说给唐不知知道。

唐不知道："这个窦健刚知道杨炎的下落么？"

齐世杰道："他不知道，但他知道另一个人的行踪，要是找到了这个人，就等于找到了一条寻觅杨炎的线索了。"

唐不知已经猜到几分，但仍然问道："这个人是谁？"

齐世杰道："就是段剑青！"

唐不知道："段剑青现在何处，你可以告诉我么？"

齐世杰道："据窦健刚从连甘沛口中得到的消息，段剑青前些时候是在鲁特安旗。只盼现在他尚未离开。我的表弟很可能就是和段剑青同在一起，所以我现在赶着要往鲁特安旗。唐兄，要是你没有别的紧要事情，不如……”

他正想劝说唐不知和他作伴，同往鲁特安旗，话犹未了，唐不知已是再问他道：“段剑青当真是在鲁特安旗，你没听错？”声调急促，显然他比齐世杰还更关心此事。

齐世杰说道：“这个地名是我重复问了窦健刚两遍的，绝对没有听错！”

唐不知道：“好，那么我先走了，咱们后会有期！”说到一个“走”字，身形疾起，说到最后一个字，声音已是从山坳的那边传来，背影也看不见了。

齐世杰大叫道：“唐兄，你往哪儿？”一面叫，一面拔步追踪，可是却已听不见他的回答，山路迂回曲折，拐了几个弯，更不知道他是从哪个方向走了。

齐世杰定了定神，心里想道：“这个人真怪，听他一再查问段剑青下落的口气，料想他多半也是要跑去鲁特安旗的。但为什么不愿意和我作伴呢？”

这个少年走了不打紧，但走了这个少年，还有谁人可以带他走出通古斯峡呢？他不禁大为后悔，为什么刚才没有想起先向这个少年问路。

一阵山风吹来，齐世杰蓦然想起：“连甘沛的坐骑被我击毙，他受我掌力所震，伤得虽然不重，但料想也走不快的。说不定我还有可能在这峡谷里找得着他。与其在这里后悔，我为什么不去撞一撞运气？”

明知这个希望甚属渺茫，他也只能试一试了。

齐世杰是否能够找到人带他走出通古斯峡，暂且按下不表。先说那个自称唐不知的少年，离开齐世杰之后的遭遇。

他好像发狂似的飞跑，胸中似有一股郁闷之气无从发泄，但却又是一片茫然，不愿意去想任何事情。

他一口气也不知跑了多少路，不知不觉跑到一条山涧旁边，绿荫掩映之下，流水淙淙，他方始有了一点清凉的感觉，回头一看，没有发现齐世杰追来，他也就不知不觉地停下脚步了。

他把脑袋浸入清凉的山泉之中，“热烘烘”的脑袋渐渐冷静下来，重新恢复清醒。洗掉了面上的尘垢，水中的影子可比齐世杰刚才看见他的那个模样年轻多了。

“别人在我这个年纪，恐怕还是一个不识愁滋味的少年。为什么我只有十八岁，就受到这许多命运的折磨。”他看着水中自己的影子，不禁喃喃自语。

喝了一口清泉，吐出一股郁闷之气，他不由自己地在心中苦笑道：“我自号‘不知’，要是什么都不知道，那倒好了！唉，冷姐姐，我的义父，孟华，甚至我的师父，这些人我都是把他们当作亲人的，我知道他们也都是疼爱我的，但为什么，他们都要骗我，都要骗我呢！”

“为什么要骗我，为什么要骗我？”他几乎忍不住就要大叫出来。

幸好他没有叫出来。

就在此时，忽听得脚步声响，这少年抬头一看，只见有一个人正在向着他走过来。他不觉怔了一怔，这个人他是从未见过的，但不知怎的，却是有几分“似曾相识”之感。

心念一动，他再看一看水中自己的影子，这才不禁哑然失笑，原来他这几分“似曾相识”之感，是因为这个人的面貌和他约略有两分相似。

由于两分相似，他不觉对这个人有点好感，正想问他，那个人却先开口了。

“请问兄台是否姓齐，大名世杰？”

少年怔了一怔，说道：“你怎么知道我是齐世杰。”

那少年大喜道：“啊，你果然是我的表哥，表哥，我找得你好苦！”

少年诧道：“我是你的表哥？你是谁？”

那人说道：“好教表哥得知，我正是杨炎！”

少年定睛看他，半晌说道：“什么，你是杨炎！你真的是杨炎！”那个自称杨炎的少年见他如此平静的发问，并没如想象那样露出骤然惊喜的神情，倒是有点感觉意外。但转念一想："齐世杰曾经上过连甘沛的大当，两年前连甘沛冒充向导，几乎将他害死。他在魔鬼城被困两年，如今方得死里逃生，也难怪他要小心提防了。"

可是他却并没有怀疑眼前这个少年不是齐世杰，虽然他觉得齐世杰似乎比他想象的还更年轻。

由于段剑青并没有见过齐世杰，这个自称杨炎的少年，从段剑青口中听到的有关齐世杰样貌的描绘，乃是间接从连甘沛口中听来的，是以在他心目之中，自是不能塑造出明确的形象。他只知道齐世杰是个长得颇为俊秀的少年，那么看起来比真实的年龄要轻一些，那也不足为怪了。

不过令得他错认了人的最主要原因，还是因为他是在通古斯峡遇上这个少年。

段剑青是得到了齐世杰在通古斯峡出现的消息，才叫他赶来谋害齐世杰的。这条路一向极少人行，这个少年腰悬长剑，而且一看就知他的内功很有根底，除了齐世杰还能是谁？

他认定了眼前这个少年是齐世杰之后，便大着胆子说道："表哥，你我从来没有见过面，也难怪你不敢轻易相信我的说法，但我是有凭据的。"

少年说道："哦，你有什么凭据，证明你是杨炎？"

"杨炎"说道："我出生时，有个胎记，我想姑母是应该知道的。姑母叫你来寻找我，想必亦已告诉了你吧？"

少年说道："什么胎记？"

"杨炎"捋高衣袖，露出左臂一粒红痣。说道："表哥，你该相信我了吧？"

少年哈哈一笑，说道："不错，我知道杨炎左臂是有一粒红痣，但可惜我已经知道了你不是杨炎，而我也不是齐世杰！"

"杨炎"大吃一惊，说道："那你是谁？"

少年冷冷说道："你问我是谁？我记得我有个名字，恰巧和你相同！"

"杨炎"呆了一呆，失声叫道："你说什么？"

少年说道："我说，我恰巧叫做杨炎，而且我也恰巧有这么一颗红痣！你要不要看看?”只见他左臂上果然也有红痣，比“杨炎”的更为鲜明。

假杨炎大惊之下，倏地跳将起来，伸指便向真杨炎胸口的穴道点去。

他知道杨炎的武功必然不弱，是以一出手就用上了雷神指功夫。雷神指是他家传的绝学，经过了和段剑青交换武功，在这门武学上又有所增益，已是更胜前人，是以他虽然只练到四五分火候，出指亦已带起一股热风。

两人面对面地站立，本来伸手就可触及对方。假杨炎心想纵然点不着对方穴道，雷神指的威力亦可伤及对方。先下手为强，后下手遭殃，在这样情形之下，他当然是不管成败如何，也要和真杨炎一拼的了。

杨炎似乎完全没有防备，胸口的“璇玑穴”竟然给他一指戳个正着。“璇玑穴”乃是人身死穴之一。假杨炎想不到这一下如此轻易到手，倒是始料之所不及，这霎那间，不禁大喜如狂。

只听得“咕咚”一声，一个人倒了下去。

但倒下去的却并不是真杨炎！

原来正当假杨炎大喜如狂，忽觉触指之处，如戳败革，他还未曾笑得出声，就给一股突如其来的反弹之力，震得变成了四脚朝天了。

杨炎笑道：“你这门点穴功夫，确也有点邪门。但可惜你一来练不到家；二来你运气太差，偏偏碰上了我，我刚好懂得挪移穴道的功夫。”他用内力震倒假杨炎之后，胸口也有点火辣辣的感觉，当下运气三转，这才恢复如初。

“你这厮为什么要冒充我，快说!”杨炎喝道。

假杨炎料想难逃一死，硬着头皮冒充好汉，闭着嘴巴不说话。

杨炎冷笑道：“你不说我也知道，是段剑青指使你来的，是不是?”

假杨炎道：“你既然知道，何须问我?”

杨炎冷冷说道：“好，那我就不问你了。你高兴在这里躺多久就躺多久吧。”说罢，果然便即走开。

这一下又是大出假杨炎意料之外，心想："难道这小子是和我开玩笑不成!"他可不相信杨炎会这样轻易放过他，但杨炎却是真的径向前走，头也不回。

假杨炎忽地大叫道："杨少侠，请你回来。你要知道什么，我都愿意告诉你!"叫声凄厉，就像受伤的野兽。

原来此时他正在忍受着痛彻心肺的折磨。

原来他给杨炎以少阳神功震荡他的奇经八脉，此时方始开始发作。少阳神功本是天山派的正宗内功，杨炎糅合了天竺的奇门武学，减了几分"王道"，却增几分"霸气"，一旦发作，假杨炎只觉体内如有千百条小蛇乱窜乱噬，痛楚之处，当真胜过世上任何一种酷刑。

杨炎嘴角挂着冷笑，缓步走回他的身边，说道："这是你请我回来，可不是我逼迫招供。"假杨炎哪里还敢辩驳，只能顿首哀求，"是，是。小祖宗，求你饶了我吧。你想知道什么，我都愿意告诉你。"说话上气不接下气。

杨炎轻轻在他身上拍了一下，痛苦登时减了许多，不过仍然不能动弹。

"你叫什么名字，为何要冒充我?"

"我叫欧阳承，我有个伯父叫欧阳冲，段剑青曾经拜过他做师父。段剑青说我长得有点和你相似，是以他把有关你小时候的事情都告诉我，又按照他想象中你长大了的形貌为我修饰化装，并且给我'种'上这颗红痣。他的本领远胜于我，若不依从，他定必会杀了我。他叫我冒充你来骗齐世杰。"

杨炎哼了一声，说道："他为什么要你骗齐世杰?"

欧阳承说道："他知道齐世杰正在找你，他不愿意你们表兄弟会面。"

杨炎说道："段剑青现在什么地方?"

欧阳承怕杨炎逼他带路去找段剑青，不觉有点踌躇，不知是说真话的好还是说谎话的好。

杨炎冷笑道："其实他在什么地方我已经知道，我就是要试一试你是否说谎。"

欧阳承一听，倒是松了口气，心里想道："他若然真的已经知道，那就多半用不着我给他带路了。"于是实话实说："段剑青如今是在鲁特安旗。"

杨炎从他口中，证实了齐世杰所得的有关段剑青的消息不假，于是说道："好，总算你没有说谎。死罪可免，活罪难饶，我就让你在这里自生自灭吧。"

欧阳承这一急非同小可，叫道："杨少侠，我已经对你说了真话了，你为什么还不放我？你是侠义道，说话可得算数？"

杨炎笑道："第一、我这个'侠'字，是你封给我的；第二我可并没有答应过你什么，这是你自己愿意说的！"好像很为这番捉弄开心，笑得颇有几分邪气。

欧阳承身上的痛苦经杨炎那么轻轻一拍之后，虽然业已大为减少，但还是未曾消失的。一急之下，全身骨节，又如受了针刺一般，疼痛难熬。而且他不能动弹，也不知什么时候，穴道方能自解。

惊怒交并之下，欧阳承忍不住破口大骂："杨炎，你这小子，你自以为是英雄好汉，嘿嘿，在我眼中你不过是个无耻懦夫！"

杨炎毕竟是个十八岁的少年，沉不住气，回过头来冷笑说道："我并不自以为是英雄好汉，但'无耻懦夫'的称号，似乎是应该移赠阁下，更为适当！"

欧阳承正是想引他对骂，哈哈大笑三声之后方始说道："我的无耻，不过是要冒充你这小子罢了。你的无耻，却是冒认仇人做你的父亲！哈哈，认贼作父，这是古往今来，谁都认为最无耻的事情！你不知道羞愧，我也要替你羞愧！"

杨炎铁青着脸，缓缓走了回来，冷冷说道："好，你要骂什么尽管骂吧！"欧阳承只道杨炎是要回来杀他，谁知杨炎竟然叫他再骂，倒是颇出他的意料之外。

原来欧阳承自忖在这样情况之下，杨炎弃他而去，他是必死无疑，与其在临死之前多受痛苦的折磨，不如激怒杨炎，让他把自己一剑杀了的痛快。

于是欧阳承又再骂道："不错，你的武功比我高，可惜你的武功只敢用来欺负比不上你的人！你要是有一点血性，为什么不敢去惹孟元超！嘿嘿，你知道孟元超是你的什么人吗？他是你母亲的奸夫！他毁了你真正的生身之父，让你一世蒙上来历不明的私生子的羞辱，可笑你非但不敢找他报仇，还要认他为父！这是为了什么，是因为孟元超的武功比你高是不是？是因为孟元超在江湖上有大侠的虚名是不是？哼，哼，我骂你是无耻懦夫，难道是骂错了吗？”

他不知杨炎是否在听他的说话，脸上仍是木然毫无表情。

他脸上没有表情，心中却是如受针刺，比欧阳承身上的痛苦，还更难受。要知他自从齐世杰的口中得知自己的身世之后，虽然明知齐世杰决不会乱造谣言，但在内心深处，还不“愿意”相信这是真的。也正是由于这种复杂的心情，他这才有意让欧阳承骂他。虽然他非常不愿意听，却又忍不住不听。

欧阳承越骂越凶，许多污言秽语都骂出来了。不过他所骂的事却是和齐世杰告诉他的事实完全一样的。

欧阳承骂了一通，已是有气没力，见杨炎仍是毫无反应，忍不住说道：“小子，你到底有没有羞耻之心，干嘛不杀我灭口？”杨炎这才冷冷说道：“你骂完了没有，对不住我可要走啦！”

欧阳承这一骂耗了不少气力，疼痛更是难当，尖声叫道：“你为什么不杀我，为什么不杀我？”

杨炎说道：“我没说过要杀你，也没说过饶你。我说过的只是让你自生自灭！”

欧阳承最怕的正是求生不得，求死不能，见杨炎要走，连忙换上一副谄媚的笑容，说道：“杨少侠，我知道你是想要报仇的。不过，你的武功虽高，要杀孟元超恐怕还是不易，但只要你肯放我，我倒可以助你一臂之力。我的武功虽然不济，但可以替你出谋划策，俗语说得好：斗智不斗力，你有我这么一个军师，无论如何也要比你匹马单枪报仇更有把握！”

话犹未了，杨炎已是拂袖而起，冷冷骂了一声“无耻”，便即走了。

欧阳承一计不成，又生一计，叫道：“你不敢相信我的说话是不是？好，那么你反正是要去找段剑青算账的，只要你找得到他，大可以向他问得明白。不过你虽然知道段剑青是在鲁特安旗，鲁特安旗这么大，要找到他还是不容易的。你要不要我帮你的忙?”

这次杨炎连一句回答都没有，脚步走得更加快了。

欧阳承大急之下，突然想起有一个人或许可以打动杨炎的心，连忙把吃奶的气力都使出来，叫道:“喂，喂，你要不要知道冷冰儿的消息?她如今正有性命之危，等人救她!除了我没人知道她的下落!”心想:“冷冰儿那样疼他，料想他不会不理她吧。”怕的只是杨炎走得远了，不知有没有听见。

果然不出他的所料，杨炎在他目力仅仅可及之处停下脚步，缓缓地转过身来了。在这个世界上，杨炎只有三个最亲近的人，一个是义父缪长风，一个是师父唐经天，还有一个就是冷冰儿了。由于年纪相差不远，他和冷冰儿情如弟姐，感觉上自是更为亲近。而且冷冰儿曾经在段剑青手中救过他一次性命，他也不能忘了冷冰儿这笔恩情。

他回来得更快，转眼就到了欧阳承身旁，说道:“你说的到底是真是假?”

欧阳承松了口气，说道:“我怎敢骗你，你武功这么好，若然我骗了你，你什么时候都可以杀我!”

杨炎心里想道:“对付这等奸猾狡诈的无耻小人，我也得用旁门左道的法子治他。”当下冷笑说道:“谅你也不敢说谎。”一捏欧阳承的下巴，欧阳承不由自主地张开了嘴，杨炎把一颗药丸塞入他的口中，逼他吞了下去。

药丸气味腥臭，欧阳承难受得直想作呕，却又呕不出来。大惊问道:“你给我吞的是什么东西?”

杨炎淡淡说道:“没什么，只不过是一颗一年之后方始发作的毒药。”

欧阳承道:“我已经愿意帮你的忙，为什么你还要害我?”

杨炎继续说道:“你不用担心，要是你对我说的是真话，一年之内，我自然会把解药设法交到你的手上。这是一种古怪的慢性毒药，在未到发作的时候，对身体是毫无影响的。

“但假如你是骗我，那就当然没有解药给你啦。嘿嘿，一年之后，毒发之时，你就会知道，你现在所受的痛苦，比较起来，简直算不得是什么痛苦了。”

欧阳承听说一年之后方始发作，稍稍宽心，说道：“但我怎知道你说话算不算数，到时如果你不把解药给我——”

杨炎说道：“假如一年之后，你毒发身亡，叫我也不得好死。你相信了吧？”

欧阳承见他发了毒誓，这才放心，说道：“不过你这说话还有一个漏洞，请恕我多心，我要和你先说清楚，才能把冷冰儿的消息告诉你。”

杨炎说道：“好，你还有什么不放心，尽管说吧。”

欧阳承道：“我把冷冰儿的消息告诉了你，你可得立即解开我的穴道，放我逃生。否则，你让我在这里饿死，而非毒死，你岂非不必应誓？”

杨炎笑道：“哦，原来你是想到这个‘漏洞’，好，你划出的道儿，我都答应就是。说吧。”心里则在暗笑：“还有一个漏洞，你可未曾发现呢。”原来他逼欧阳承吞下的那颗“药丸”，乃是他在自己身上搓下的污垢。一年之后，当然不会有什么毒发身亡的事，他也无须去把“解药”给他，反正只要他不是中了这颗药丸毒死的，杨炎的“毒誓”不过是个玩笑而已。

不过欧阳承得他发下的毒誓，却似吞下了一颗定心丸，于是放心说道：“实在不放心，冷冰儿如今是在段剑青的手中。”

这次轮到是杨炎大吃一惊了，连忙问道：“她怎会落在段剑青的手中的？”

欧阳承道：“你恕我无罪，我才敢讲。”

杨炎说道：“我早已答应了你，你以前所犯的过错，我概不追究。”

欧阳承道：“是我做段剑青的帮凶，骗冷冰儿上当的！”杨炎恍然大悟，说道：“你冒充我，骗她相信，然后你暗中害她？”心想：“我和冰姐姐隔别七年，也难怪她受这奸徒的骗了。”

欧阳承点了点头，说道：“不错，我奉了段剑青之命，是想暗中害她，不过，结果却是害她不成，反而几乎害了自己。”当下把那日如何冒充杨炎去骗冷冰儿，如何假装带冷冰儿去找段剑青，最后如何割断山藤害她，却仍然给冷冰儿逃脱等等事情，老老实实说给杨炎知道。

杨炎说道："如此说来，冷冰儿后来怎样，你是不知道的了？"欧阳承道："后来的事情，我不知道。不过据我猜想，冷冰儿逃脱之后，必定仍然回去找罗曼娜的。只怕多半仍是逃不脱段剑青的手心。"

杨炎问道："还有谁在看管罗曼娜？"

欧阳承道："还有我的一个堂兄，名叫欧阳继。他的武功可远远在我之上。纵然她能打胜我的堂兄，也不容易把罗曼娜带下雪峰。假如再碰上段剑青回来，那就更难逃走了。"

杨炎说道："段剑青去了哪里？"欧阳承道："他去找罗曼娜的父亲罗海去了。"

杨炎不禁再问："如此说来，他们如今恐怕都是未必在那雪峰之上了？"

欧阳承道："我也不知段剑青跑去勒索罗海会有什么事情发生，假如他勒索不遂，自必还会回到那座雪峰。不过，你先找到罗海，无论如何，也可以得到有关段剑青和冷冰儿的消息了。"

杨炎又再问清楚那座雪峰的坐落和罗曼娜的住址之后，说道："你还有什么要告诉我吗？"

欧阳承道："我知道就是这么多了。请——"

杨炎不待他把请求的话说出来，立即起身就走。

欧阳承大惊叫道："喂，喂，你说过的话——"

话犹未了，只听得呼的一声，一颗石子飞来，恰好打在欧阳承胸口的"璇玑穴"，"璇玑穴"本是人身死穴之一，但奇怪的是，欧阳承非但没有死，反而突然有了轻松之感，全身血脉畅通，不知不觉就站起来了。

欧阳承呆了一呆，如梦初醒，这才知道杨炎业已替他解开穴道。原来杨炎急于要走，故而在百步之外，反手掷石，替他解穴。好像背后长着眼睛一样，打在相应的穴道上，竟是不差毫黍。他能够用内力反震来封闭对方的穴道，这种功夫已经是古怪之极，飞石打穴，打的还是死穴，居然能够立即令人血脉畅通，这种解穴的功夫，更是匪夷所思了。

欧阳承呆定之后，又喜又惊，喜者是自己这条小命总算是拾回来了，惊者是杨炎的武功如此古怪，只怕段剑青也未必是他对手。

他怀着患得患失的心情，暗自想道："不如我回去先找大哥，把碰上杨炎的事情告诉他，叫他帮我设法应付。假如罗曼娜还在他的手中，那就更妙，我们可以把罗曼娜收藏起来，等待事情的结果。万一这小子杀不了段剑青，反而被段剑青所杀，我替他保全了罗曼娜，也可以将功赎罪。这小子当然是要去罗海那儿先找段剑青，不会先去救罗曼娜的。"他哪知道他打的只是一厢情愿的"如意算盘"，罗曼娜早已给冷冰儿救出去了。

好像有毒蛇啮着他的心。

杨炎心急如焚，施展绝顶轻功，兼程赶路，走得飞快。走的虽然不是捷径，却已早在欧阳承之前，走出了通古斯峡。

走出幽暗的峡谷，满眼又是灿烂的阳光。

可是杨炎的心头，却还是布满云翳。

欧阳承那些说话，就像毒蛇一样啮着他的心。他咬了咬牙，恨恨说道："不错，他是一个无耻小人。但他也说得对，不杀孟元超，我怎能够抬得起头来！"

他急于去救冷冰儿，心里可也有点恨冷冰儿："义父和孟元超是好朋友，他不愿意我知道本身来历，那也罢了。冷姐姐，你说过你是最疼我的，为什么你也要帮同孟华骗我！

"嗯，段剑青倒没有骗我，他早说过孟华不是我的兄长，我是真的姓杨，不是姓孟。

"不错，这个曾经谋害过我，如今又在谋害冷姐姐的大坏蛋我是非找他算账不可的！不过念在他说过真话的份上，我可不一定非要杀他不可，好，我先找到他废掉他的武功，然后再去找孟元超报仇！"

他胡思乱想，心似乱麻，却不知他所想念的冷冰儿此刻正是走来通古斯峡。

杨炎不过十八岁，对一般人来说，十八岁正是春花灿烂的年华。

古往今来，诗人词客，总喜欢以花拟人。其实花和人固然有许多地方相似，也有很不相同的地方。

风刀霜剑严相逼，黛玉伤春葬落花。花和人相似的是：很少不惧风霜的欺凌，但只要经受得起严寒，花会开得更香，人会活得更好。

不相同的是：风刀霜剑之下绽开的蓓蕾，花朵总是迟开；但自小遍历风霜的孩子，却大都是早熟的少年。

杨炎正是这样，有和他的年纪太不相称的复杂感情。爱得强烈，恨也恨得阴沉。

在这方面，年纪比他大了将近十年的齐世杰，倒是和他颇为相似。

和杨炎一样，他也在思念着冷冰儿。对冷冰儿的感情，或许不尽相同，但同样是深沉的思念。

和杨炎一样，他也在仇恨段剑青，想要亲自找段剑青算账。

最大的不同是，他并不恨孟元超，虽然对孟元超亦无好感。

除了感情方面，还有一个不同的是：他们目前的处境。

杨炎已经走出了通古斯峡，大有希望可以任由自己的性子，快意恩仇。

齐世杰却还在幽暗的峡谷之中彷徨，找不到出路。不管是他所恨的人还是他所爱的人，见得着的希望都很渺茫。

齐世杰在通古斯峡迷了路，唯一的希望只是希望找得到他那个“老向导”连甘沛，逼他做自己的真正向导。他想，连甘沛的坐骑已经被他击毙，人也受他掌伤，虽然伤得不重，但总不能那么快走出峡谷。

可是他在谷中胡乱寻找，找了两天，和他作伴的仍然是只有他自己的影子，在荒凉险峻的峡谷中，连野兽也没碰上一只。

干粮已经吃完了。

干粮吃完还不打紧，偶尔还可打下空中的飞鸟充饥。要命的是水囊也干瘪了。渴比饥更难挨，当务之急，不是找人而是先找水源了。

在这峡谷之中，水源不是没有，但要取得足够的食水，却是极为麻烦。原来这是寸草不生的荒谷，偶尔可以发现有水珠从石罅之中渗出，待它凝聚一滴滴的掉下来，可要等待个老半天，方能收集不过普通茶杯一杯之量。

这日齐世杰在九曲十八弯的峡谷之中信步所至，希望能够碰上他的“老向导”连甘沛。不知不觉到了中午时分，人没找着，水源也没发现。他是清早从石罅之中渗出的水珠滴了几滴入口，就不耐烦再等下去。这几滴水珠不过仅能润一润他的喉咙，此时早已嘴巴里干得冒烟了。

正当他彷徨焦急之际，忽地听得仿佛有流水潺潺之声。齐世杰精神一振，连忙伏地听声，确定了方向之后，便去觅那水源。

眼睛一亮，果然发现了一条山涧。而且在山涧旁边，他还发现了一个人。

这个人是大吉法师，他正在用他那个穿了一个小洞的紫金钵盛水来喝。

他本以为大吉法师那天跨上了坐骑，是应该早已逃出了峡谷的，想不到还能够碰上了他。不过只是他一个人，他那匹马可不见了。

原来大吉法师这次也是靠连甘沛作向导才敢到通古斯峡来的，失去了连甘沛，他也就像齐世杰一样，找不到出路。他内力深湛，可以忍受饥渴，他那匹马可抵受不起，三天没有水喝，已是奄奄待毙，不能再骑了。大吉法师只好抛弃了它，自己来找水源。

大吉法师发现了齐世杰，这一惊更是非同小可！

“好小子，你竟然冤魂不息，缠上我啦！好呀，你不肯放过我，我唯有与你拼命！今日不是你死，便是我亡！”大吉法师跳将起来，金钵的水泼了满地，横杖当胸，摆出迎敌姿态。

齐世杰笑道：“大和尚，我不是来找你的麻烦的，只要你不想杀我，我为何要与你拼命？”

大吉法师松了口气，说道：“你为何还在这里？”齐世杰道：“我迷了路。”大吉诡道：“他怎么不带你出去？难道你没有和他交谈，就把他杀了？”

齐世杰知道大吉说的这个"他"就是假名"唐不知"的那个少年，当下说道："我和他说过，不过他已经走了。"

大吉法师更为惊异，说道："你们既然曾经交谈，那么你们应该知道彼此是谁了，怎的他还会独自走呢？"

齐世杰心中一动，连忙说道："大吉法师，我正想问你，你这位朋友是谁？"

大吉法师道："他连姓名都没有告诉你么？"

齐世杰道："说是说了，不过他说他叫'唐不知'，我想这多半是假名吧？"

大吉法师道："你有没有把自己的真名实姓，先告诉他？"齐世杰道："一罢手不斗，我就向他通名了。我又不是什么奢拦人物，何须对他隐瞒实姓真名。"

大吉法师道："他知道你是齐世杰之后，还是自称'不知'么？"齐世杰道："是呀，他说他是个孤儿，是以不知自己身世。"

大吉法师哈哈笑道："唐不知，唐不知，他以前或许不知，见了你是应该知道了，怎的还说'不知'，倒是把我弄得也糊涂了！"

齐世杰道："他到底姓甚名谁，赶快告诉我。"他急于知道，目光似有棱角地盯着大吉法师发问，把大吉法师吓得登时不敢发笑。

"你跑来回疆，为的是找什么人？"大吉法师反问他道。

齐世杰道："大和尚，你这是明知故问了吧？我不相信你那伙伴连甘沛还没告诉你，我要找的是我的表弟杨炎。"

大吉法师缓缓说道："那个自称'唐不知'的少年，就正是你要找寻的表弟杨炎！"

齐世杰大吃一惊，失声叫道："他是杨炎。此话当真？"

大吉法师道："我何必骗你？实不相瞒，那天我就是恐怕疏不间亲，所以他一和你交手，我就急急忙忙逃跑的。"

原来那日他打不过齐世杰，恰值杨炎来到，他知道杨炎和齐世杰是未见过面的表兄弟，是以在危急关头，只能请杨炎替他抵挡一下。但心想他们始终会知道彼此是谁的，一旦他们说开之后，只怕他们表兄弟就要联手转过头来对付自己了。

齐世杰呆了片刻，叫道："既然他是杨炎，为什么他不肯认我，为什么他独自跑开？”

大吉法师道：“你问我，我怎么知道？”

齐世杰双眼火红，说道：“好，那你把你知道的有关杨炎的事情都告诉我！”

大吉法师不知齐杨之间曾经闹过什么事情，以致杨炎不肯认亲。见齐世杰好像发狂似的盯着他问，不觉心里有点害怕，暗自想道：“前天我和这小子交手之时，曾经声言要杀他的，我可不敢相信这小子就肯如此轻易地放过了我。他问出所以然来，只怕就要施辣手了。”

怯意一生，登时动了三十六着走为上着的念头，施展缓兵之计，说道：“你是来找水源的吧？坐下来先歇一歇，喝够了水，我再尽我所知，告诉你好不好？”

齐世杰嘴里正干得冒烟，心中异常烦躁，一半原因也是由于缺水而起，听他提起一个“水”字，不觉瞿然一省，面对着清凉的山水，如何还能忍耐，便道：“好，我喝了水，抹一把脸再来问你。”

他把脑袋浸入山涧里，一阵清凉的感觉有说不出的舒服，忽地发现水中已不见有大吉法师的倒影，抬起头来，只见大吉法师拔步飞奔，此时已在转入一个山坳。

齐世杰匆匆忙忙喝了几口涧水，便跑去追。大声叫道：“你若是不肯把杨炎的事情告诉我，那也罢了。咱们都要找寻出路，作个伴也好一些！”

大吉法师冷笑道：“你们汉人有句俗话：‘明知不是伴，事急且相随。’要是你认识道路，或许我会事急相随。如今你是自身难保，我用不着倚靠你，干嘛还要和你作伴？”冷笑声中，他跑得更加快了。

齐世杰的轻功本来在他之上，但一来起步较迟，二来地形复杂，到他转过峡谷之时，大吉法师早已不知跑到哪里去了。

大吉法师躲过了齐世杰的追踪，正在胡乱找寻出路之际，忽听得蹄声得得自远而近。

“难道是连甘沛不见我出峡谷，他在附近牧场买了马匹，又再回来找我？若然如此，还算有点良心。”他抱着喜出望外的心情，急忙迎上前去。

蹄声在他面前戛然而止，这霎那间，大吉法师和那骑者都是不觉“啊呀”一声叫了起来。

来的不是连甘沛，是一个妙龄女子。他认识这个女子，这个女子也认识他。原来正是跑来通古斯峡找寻齐世杰的天山女侠冷冰儿。

大吉法师吃惊未已，冷冰儿已在冷笑喝问：“真是人生何处不相逢，想不到一别数年，又在这里碰上你这位大和尚。哼，真人面前不说假话，大和尚，你跑来这里干什么？”

大吉法师怒道：“凭你这小丫头也配审问我么，贫僧云游四海，喜欢上哪儿就上哪儿。你来得这里我为什么不能来得？”

冷冰儿哼了一声，冷冷说道：“你不说我也知道！”

大吉法师倒是不觉一愣，说道：“你知道了什么？”

冷冰儿道：“好，我就替你说出来吧。你是杨炎约你来的，为的是要谋杀齐世杰！我说的是也不是。”

大吉法师哪知她说的这个“杨炎”和他日前碰上的杨炎根本就不是一个人，听了不禁一惊，心想：“她猜的虽然没有全对，但看来她知道的也是当真不少了！”

冷冰儿之所以有此猜测，亦非无因而至。原来大吉法师虽然是神僧奢罗法师的大弟子，位居同门之长，但赋性却与乃师不同，非但未能勘破色空，名利得失之心且还甚重。昔年他在拉萨作布达拉宫的客座“经师”之时，曾与当时清廷派驻拉萨的大内高手卫托平过从甚密，互相利用。那次天竺两神僧率领众弟子上天山与天山派的老掌门唐经天“切磋武学”，就是受他的鼓动的，而在他背后策划此事的人也正就是卫托平，以便和卫托平偷袭天山派的计划配合的。那次卫托平的阴谋虽不成功，但天山派所受的损害亦已不少。这件事情的真相天山派后来也知道了。后来段剑青逃下天山，也曾有人发现他是与大吉法师同行。

冷冰儿尚未知道骗她的人是冒牌杨炎，在她的心目中，杨炎已是死心塌地甘为虎作伥的段剑青一伙，而大吉法师又是和段剑青一伙的。故此当她一踏入通古斯峡，便碰上大吉法师之时，自是不免猜想他是杨炎约来，谋害齐世杰的了。此际，她见大吉法师面色大变，越发相信自己的猜测不错，便即喝道："你们把齐世杰怎么样了？不说出来，我决不放你过去！"

大吉法师冷笑道："你要找齐世杰，大可以自己去找，与我何干？"冷冰儿怒道："你敢说你不是来谋害齐世杰的么？"

大吉法师心想："莫非连甘沛已是被她所擒，不然她怎么会知道来这里找寻齐世杰？"一来他以为冷冰儿已经知道若干事实；二来他也还不怎样把冷冰儿放在心上，于是傲然说道："不错，我是听说齐世杰得了桂华生的武功秘笈，曾想与他一较武功。但我可没有杀他。我只知道他如今是和杨炎一起。我是看在贵派与那烂陀寺曾有渊源的份上才告诉你，你可别再啰唆！"

他自以为说得已经很够客气，不知冷冰儿听了却是越发惊怒。齐世杰碰上真杨炎一事从大吉法师口中说出，听入她的耳中，只道齐世杰已经上了"杨炎"的当了。

刷的一声，冷冰儿拔出剑来，喝道："杨炎把他骗到什么地方了？"

大吉法师不禁无名火起，哼了一声，冷笑说道："你的师父对我也不敢如此无礼，莫说我不知道，知道也不告诉你。你想怎样？"

冷冰儿冷冷说道："你知道也好，不知道也好，总之我是要着落在你的身上，替我把这两个人找来，否则，……"

大吉法师冷笑道："否则怎样？"

冷冰儿道："否则你可休怪我不放你走出这条峡谷。"她哪知道大吉法师正是因为走不出这条峡谷而烦恼，他听了冷冰儿的话，不觉心中一动："这丫头来得正好，我何不将她擒了，逼她带路。她既然敢来，料想也会识路出去。"

冷冰儿见他神色不定，当是暗加戒备，冰魄寒光剑扬空一闪，再加催问："你在打什么鬼主意？我可没工夫等你，你到底说是不说？"

大吉法师陡地喝道："凭你这小丫头也胆敢欺我！"青竹杖抖起劲风，斜斜一指，闪电般地就朝冷冰儿的右肩井穴打来。冷冰儿曾在天山见过他的本领，识得他的厉害。剑光闪闪，划了半个弧形，把上盘中盘全都护住，剑峰反削，这一招是天山剑的起手式，名为“云锁天山”。大吉法师攻不进去，当的一声，剑杖相交，溅起火星，各无伤损。但奇怪的是，在火星溅起之时，一股透骨沁肌的奇寒之气竟是随之而起，饶是大吉法师内功深厚，也不禁机伶伶地打了一个冷颤。

冷冰儿削不断他的竹杖，也是吃惊不小，心里想道：“幸亏师父把这把宝剑给我，要是换了普通的青钢剑，只怕今天非得吃亏不可！”

大吉法师虽然打了一个冷战，但他的内功到底不是那个假杨炎可比，寒气沁肌，不过仅能令他的功力稍受点影响而已，运气一转，便即无事。可是他在骤吃一惊之后，却不由得蓦地想起连甘沛告诉他的一件事来，当下退开一步，神情是又喜又惊地问道：“臭丫头，你手中这把剑敢情就是冰魄寒光剑吧？”要知冰魄寒光剑乃是武林中人梦寐以求的异宝，大吉法师见了，能不动心？

冷冰儿道：“算你眼力不错，你既然识得此剑，还敢逞强？”大吉法师一声冷笑，喝道：“你把冰魄寒光剑双手奉上，我倒可以饶你不死。”大喝声中，已退而复上，一招“横扫千军”，又打来了。

冷冰儿一个盘龙绕步，剑招亦已从起手式的“云锁天山”变成了“推窗望月”，剑势平推出去。

这一招看似平平无奇，内中却藏着极厉害的后着。大吉法师的竹杖横里一扫，用的力道比前更加刚猛，未曾碰着，一股劲风就把冷冰儿的剑锋荡开。不料冷冰儿居然不退反进，趁着对方的扫荡之势，借力打力，剑尖轻轻一点杖头，倏地自下反弹而上，上刺大吉法师面门。

大吉法师左手拿起金钵一挡，挡的方位不正，按说冷冰儿以快剑疾攻，这一剑乘暇抵隙，还是可以刺着他的。但眼看剑锋堪堪指到他的面门之际，却忽地好像被一股无形的潜力牵过一边。说时迟，那时快，大吉法师已是一招“平沙落雁”，竹杖猛地劈下，敲击她的手腕，大声喝道：“撒剑！”

原来大吉法师的金钵虽然已被齐世杰刺穿钵底，磁性减弱几分，但也还是有吸铁的功能的。好在冷冰儿的冰魄寒光剑并非金属，不至于被他吸入钵中。但大吉法师以龙象功旋转金钵，发挥出来的那股相当强烈的吸力，对非金属的兵器，也还可以引过一旁。

“当”的一声，冰魄寒光剑和大吉法师的青竹杖又一次碰个正着。这一次大吉法师已经用上了龙象功，震得冷冰儿的虎口隐隐发麻，连忙一个“细胸巧翻云”倒纵出去，不过冰魄寒光剑可还是在她的手中。

这一下双方都是吃惊不小。冷冰儿那一剑刺不着他固然是始料之所不及，大吉法师吸不动她的剑，加上了龙象功，也还不能令她“撒剑”，更是惊奇。蓦然一省，想道：“听说冰魄寒光剑乃是万年寒玉炼成，怪不得我的金钵对它无效。不过龙象功也克她不住，这丫头的功力纵然比不上那姓齐的小子，倒也不可小觑了。”

但试了这招，大吉法师亦已知道冷冰儿的功力虽然不弱，但自忖还是可以胜她一筹，于是把龙象功全力发挥，狠狠抢攻。金钵护身，竹杖猛打，来势之烈，端的有如狂风暴雨。

冷冰儿眼看抵挡不住，蓦地剑法亦是为之一变。变得奇幻之极，而且剑上发出的奇寒之气也是越来越浓。原来她已是把冰川剑法使出来了。

冷冰儿学成了“冰川剑法”，这还是第二次拿来应用，起初不大纯熟，渐渐熟而生巧，当真像是冰川一样，往往表面看来似是平平淡淡的一招，内里却暗流汹涌，威力之大，难以想象。使到疾处，但见寒光一片，剑气千重，把大吉法师的青竹杖紧紧裹住。四面八方，都是冷冰儿的影子，不过半支香时刻，冷冰儿已是反客为主，从下风扳成平手，又从平手而抢占上风了。

冷冰儿最初用天山剑法打不过大吉法师，这并不是因为天山剑法不及冰川剑法，而是内中另有缘故。

第一，大吉法师见过天山剑法，虽未洞悉其中奥妙，但对一个在武学上有深湛造诣的人，曾经见过的剑法，总是比较容易应付一些。冰川剑法却是他从未见过的，冷冰儿使的每一招都是他始料之所不及，往往表面看来极为平淡的一招，当他应付时，便觉得奇幻无比。

第二，冰魄寒光剑本来就是要用冰川剑法配合，方能发挥最大威力的。剑上发出的奇寒之气越来越浓，饶是大吉法师内功深厚，也是感觉如坠冰窟，着实有点难熬。无可奈何，只好一面抵挡冷冰儿的剑招，一面默运玄功，抵御这股刺骨侵肌的寒气。

他本来是在功力上胜过冷冰儿的，如此一来，变成了一心二用，此消彼长，连这点便宜也占不到了。不过他的龙象功能耐久战，青竹杖和紫金钵也都是武林异宝，冷冰儿在急切之间也还是胜他不得。

再度相逢疑似梦

齐世杰失去了大吉法师的踪迹，正在到处胡乱寻找之后，忽地隐隐听得似有兵器碰磕之声。不觉大奇："什么人在这峡谷之中打斗，难道是我听错了么?"几乎疑心这是像魔鬼城风中怪声那样的幻觉，但既然听到了这种似是兵器碰磕的声音，就像是在沙漠中被困的旅人，发现了远处有绿洲一样，哪怕只是海市蜃楼的幻相，也不能不去查察一个究竟了。循声觅迹，终于给他找到了冷冰儿和大吉法师正在打斗的那个地方。

刚才他是不敢相信自己的耳朵，如今他是不敢相信自己的眼睛了，他揉揉自己的眼睛，呆了片刻，这才猛地失声叫道："冷女侠，冷女侠，你，你怎的也来了这儿?"

就在此时，冷冰儿正在把一把冰魄神弹向大吉法师洒去，冰弹一发，冷气寒光，凝聚如网。

大吉法师骤吃一惊之下，根本就没想到她这冰魄神弹并非普通的金属暗器，本能地拿起嵌有磁石的紫金钵一挡，想把她这"暗器"吸入钵中。哪知不挡还好，他这一挡，冰弹碰着金钵，立即炸裂，冰气寒光，迅即弥漫空际，转眼间凝结成一层好像有实质的东西，似是一张无形的网撒了下来，把冰魄神弹的威力发挥得更强更快!

这霎那间，大吉法师只觉得全身麻木，血液都好像要凝固了。他情知再打下去，自己必将束手就擒，趁着还能勉强支持之际，急忙一咬舌尖，强振精神，把残余的功力都运到杖端，跃将起来，狠戳过去。同时左手的金钵也向冷冰儿劈面掷来。这一下疯狂反扑，乃是他毕生功力之所聚，成败系于一击，端的凶恶无比。

齐世杰禁不住慌忙叫道："冰河倒挂，飞瀑潜流！"这是冰川剑法中化解功力在己之上的敌手强攻的两招精妙招数。话犹未了，只见冷冰儿果然是已经使出了这两招冰川剑法。齐世杰松了口气，心里想道："她这两招虽然不及桂华生大侠刻在冰窟石壁上的精妙，但对付大吉的强攻，相信已是足以破解有余。"心念未已，只见大吉法师的竹杖果然已是脱手飞出，掷出的紫金钵也没打着冷冰儿，滚下山坡去了。

大吉法师面如死灰，叫道："齐世杰，你来杀了我吧。"

齐世杰却道："冷女侠，请你看在我的份上，放过这位大和尚吧！我答应过一位朋友，不杀他的。"原来他是想起了自己对杨炎许下的诺言，同时也想起了杨炎和冷冰儿的关系。不过目前还未到细说的时候，是以他也暂缓把杨炎的名字说出来。

冷冰儿对大吉法师，虽无好感，但一来彼此师门有着深厚的渊源，二来大吉也尚未算得是大奸大恶之辈，她本来亦是无意杀他的。于是听了齐世杰的话，便把冰魄寒光剑插入剑鞘中，冷冷说道："如今用不着你替我寻人了，看在齐小侠的份上，就放过你吧。"

大吉法师想不到齐世杰竟会为他求情，当下拾起了竹杖和金钵，向齐世杰施了一礼，说道："施主的这番恩惠，老衲记下了。"也不知他说这两句话是什么意思，说罢，便即走了。

齐世杰得与心上人意外相逢，欢喜无比，此时亦已无暇思索大吉法师说的是什么意思，便即上前与冷冰儿相见。

两人意外相逢，一时间都不知从何说起。

半晌，齐世杰说道："冷女侠，我正想到鲁特安旗找你，想不到你先到这里来了。"冷冰儿道："我也是特地来找你的。"说罢，不觉脸上一红。

齐世杰道："你怎么知道我在这儿？"冷冰儿不觉一怔，心里想道："难道他还没有碰上杨炎？"于是说道："你先告诉我，你又怎么会知道要到鲁特安旗找我的？"

心念未已，只见大吉法师的竹杖果然已是脱手飞出，掷出的紫金钵也没打着冷冰儿，滚下山坡去了。

齐世杰道："此事说来话长——"

冷冰儿道："好，既是说来话长，那就请你从头说起吧。啊，对啦，我还未曾向你道贺呢。刚才多蒙你指点我的冰川剑法，想必你已经在魔鬼城中，得到了桂华生夫妇留下的武功秘笈了吧？就从这事说起好不好。"

要知道冷冰儿自从出生以来，遭受过两个最大的打击，一个是段剑青的负心，一个是她待杨炎有如姐弟，"杨炎"竟然要谋害她。对段剑青她是早已绝望的了，对"杨炎"的"失望"则还是新近的事，因此也更感到痛心。也正是因为害怕在新的创伤之上又再加深创伤之故，此际她实在是怕问齐世杰和杨炎有关的遭遇，纵然不能避免提及杨炎，她也不愿意先提。

齐世杰本来就想把碰上杨炎的事情告诉她的，但一想事情若非从头说起，确实也难说得清楚，同时他也想把这个"最大的喜讯"留到最后说可能令冷冰儿得到更大的惊喜，于是便改变原来的主意，应冷冰儿之请，先从魔鬼城中的奇遇说起。

"说起来，我也得多谢你两年前的指点，我真的是在魔鬼城中因祸得福，而且是如你所说，得遇'仙缘'了。"他把在冰窟中碰上迦象法师，又找到了桂华生夫妇留下的内功心法和冰川剑法，以及其后怎样因地震而脱困，脱困之后，碰上窦健刚、连甘沛，和大吉法师这一些人的事情，原原本本地告诉冷冰儿。最后说道："冷女侠，这冰川剑法本来应属贵派所有，你如今又得了冰魄寒光剑，这剑法我是更应该还给你了。"

冷冰儿道："这是你几乎丧了性命才得到的，我怎么无功受禄？"

齐世杰道："要不是两年前你救了我的性命，我早已死在魔鬼城了，还能够得遇什么仙缘？冷女侠，我看大家都不必有世俗之见，也不必再客气了吧？"

冷冰儿笑道："好，你既然这样说，那就请你先破除一个太过俗套的客气称呼。"

齐世杰怔了一怔，随即笑道："是啊，咱们虽然只见过一次面，但却是患难之交，什么少侠、女侠之类的称呼，的确是非但俗套，而且反显得生疏了。我或许比你痴长几岁……”

冷冰儿的一句话，引出他一番充满感情的“议论”，倒是有点始料之所不及。她察觉了齐世杰爱慕她的心意之后，心头有如小鹿乱撞，又喜又惊，又是有点甜丝丝的感觉，连忙打断他的话道：“好，那我叫你齐大哥，你叫我的名字好啦。齐大哥，多谢你的好意，冰川剑法之事慢慢再说，你的故事说完没有？”

齐世杰本来是想提出和她结拜兄妹的，说到最后那句话时，心头不觉也是有如十五个吊桶七上八落，生怕冷冰儿拒绝，难以落台。不料冷冰儿已是先叫他“大哥”了。虽然未算正式结拜兄妹，亦已算得是达到了他的愿望。他想起两年前冷冰儿对他冷若冰霜，如今却已愿意叫他“大哥”，心头也是不禁感到甜丝丝的，暗自想道：“冷冰儿不愧是人如其名，冰雪聪明。她一定是猜到我的心意，为了避免太过着迹，所以才打断我的说话。”其实还有一个原因他想不到，要知女人的年龄本来就是秘密，冷冰儿看起来比齐世杰还年轻，其实是比齐世杰长一岁的。当真结拜的话，那就不是兄妹相称，而是姐弟相称了。

不过冷冰儿的心中虽然充满柔情蜜意，却也不无有点失望，说道：“原来你是从窦健刚口中打听到段剑青的消息，因而猜想我可能也在鲁特安旗的。”

齐世杰感觉她的神情有点特别，说道：“不错。你在想些什么，你以为是谁告诉我的？”冷冰儿本来想说：“我还以为是你碰上了杨炎才知道的呢。”因为她知道“杨炎”虽然不会对齐世杰讲出真话，但也有可能是从他的口中说出自己是身在何方的。一个可能是他与段剑青那班人布下陷阱，要把齐世杰引到鲁特安旗；另一个可能是齐世杰识破他的阴谋诡计，逼他讲出自己的消息。但如今她的推想已经落空，她原来的想法也没勇气说出来了。

“没什么，我只是想要知道，在这通古斯峡，你除了碰见大吉法师和连甘沛之外，可还碰见过什么人吗？”冷冰儿道。

齐世杰道：“你不问我，我也要告诉你。冷姑娘，你找到了杨炎没有？”

“杨炎”这个名字，终于说出来了！

冷冰儿心头一震，讷讷说道：“没、没有。你、你这么说，敢情你、你已经见过他了？”

齐世杰道：“不错，正是在两日之前，在这通古斯峡，我碰上了他！不但碰上了他，还和他交过手呢！”

冷冰儿颤声道：“那么他呢？是你、你把他杀了么？”

在她的意念中，齐世杰碰上杨炎的结果，只有两个可能。一个是齐世杰被他所骗，但若然如此，杨炎就该和他一起。一个是像自己的遭遇一样，杨炎害人不成，但齐世杰识破了他的毒辣心肠之后，可不能像她那样饶了杨炎了。如今齐世杰说是已经碰上杨炎，但又不是同在一起，当然是最后一种可能更大了。虽然她痛恨杨炎的误入歧途，不肯学好，但无论如何，她是不忍听见杨炎毁灭的消息的。

正当她怀着极度惊疑不定的心情之际，只听得齐世杰已经哈哈大笑起来。

冷冰儿不觉有点恼怒，说道：“你笑什么？”

齐世杰笑道：“莫说我没有理由杀他，就是想要杀他也杀不掉。”

冷冰儿道：“为什么？”

齐世杰道：“他的武功比我高明得多，他不杀我已经好了，我如何能够杀他？”冷冰儿大为诧异，说道：“什么？他的武功比你还好？”

齐世杰笑道：“我和他交过手，这还会假的？说来惭愧，我虽然练成了龙象功，又学会了冰川剑法，但论内功，论剑法，我都是远不如他。不过，也难怪你不敢相信，要不是我已经确实知道是他，我也不相信算起来今年不过十八岁的杨炎，会有那么好的武功！”

冷冰儿不住摇头，说道：“无论你怎么说，我都不能相信。他，他决不可能有这样好的武功！”

齐世杰说道：“为什么你敢说得这样斩钉截铁！”冷冰儿道：“因为我也曾经和他交过手！”

这次轮到齐杰世诧异了，说道：“你怎么也会与他交手？难道他对你也隐瞒他的身份?”

冷冰儿道:“他没有隐瞒,他一给我制伏,就慌不迭地说出自己是杨炎了。”

齐世杰道:“这是怎么回事,冷姑娘,请你先告诉我吧!”听罢冷冰儿所说。齐世杰道:“你碰上的这个杨炎一定是假的!”

冷冰儿惶惑异常,说道:“假的?杨炎自小跟我,我也看不出什么破绽,你又没有见过那人,怎么知道他是假的?”齐世杰笑道:“道理简单不过,我已经见过了真的杨炎,你碰上的那个当然是冒牌货了。”

冷冰儿道:“你怎么知道你碰上的那个就不是冒牌货?他拿什么来证明他是真的杨炎?”

“我根本没有问他要什么证明。”

“那么你只凭他一句话,他说他是真的杨炎,你就相信他了?”

“他也从没对我说过他是杨炎!”

冷冰儿道:“那你怎么知道他是杨炎?”

齐世杰道:“就是刚刚给你打跑的这个大吉法师告诉我的。”这时他才有空暇把怎样碰上杨炎以及怎样从大吉法师口中问出真相的事情说给冷冰儿知道。

冷冰儿仍是半信半疑,说道:“我碰上的那个杨炎,他可是有证明的。他左臂有颗红痣,对杨炎小时候的事情,也说得并无差错。”

齐世杰笑道:“那个人既然是段剑青一伙,有关杨炎的事情,段剑青还不会告诉他吗?用人工来‘种’一颗痣,也不是什么难事。”

冷冰儿不作声,似乎是在用心思索。

齐世杰继续说道:“你说你没有发现他的什么破绽,我看恐怕不见得吧?你再仔细想想。比如说,两个人纵然面貌可能相似,性情也总不会一样的。”

冷冰儿点了点头,说道:“不错,我碰上的这个杨炎,和我所熟识的杨炎小时候的性格,简直判若两人!”

齐世杰笑道:“这不就对了吗?俗语说江山易改,本性难移。

这句话虽然不能说是全对，也不能说是全错。他纵然因为误交匪人，近朱者赤，近墨者黑，但善良的本性总不至于就变得那么样的极端邪恶狠毒。他若是真的杨炎，他怎能千方百计地来谋害你？”

其实这番道理，罗曼娜也曾和冷冰儿说过，不过没有如齐世杰说得这样透彻罢了。

冷冰儿也并不是糊涂的人，只因有了先入为主之见，以致心中纵有疑云，也相信那人是杨炎了。

此时她心中的迷雾已给齐世杰拨开，不能不相信齐世杰的话了。她叹了口气，说道：“其实我也希望我碰上的那个是冒牌货。要是你碰上的那人是真杨炎，那当然最好不过了。但我可还有疑问——”

齐世杰道：“什么疑问？”

冷冰儿道：“依你所说，他已经知道你是他的表哥了？”齐世杰道：“不错。”

冷冰儿道：“他知道你正是在历尽艰辛找寻他么？”

齐世杰道：“说来好笑，我还曾向他打听杨炎的消息呢。”

冷冰儿道：“那他为什么不肯和你相认呢？”

齐世杰道：“我也弄不明白。我本来想约他作伴的，他突然就离开我了。”

冷冰儿道：“他知道我在找寻他么？”齐世杰道：“我也已经告诉他了。”冷冰儿低下了头若有所思，久久不语。

齐世杰道：“你是因此还在怀疑他不是杨炎么？嗯，我倒想起一事来了。”

冷冰儿道：“什么事情？”

齐世杰道：“我想起他当时的神色，他知道你已经找寻了七年，神色似乎显得颇为激动。”

冷冰儿道：“依你看他为什么会激动呢？”

齐世杰道：“当然是为了感激你对他这份有逾于姐弟之情了。嗯，我敢断定他是真的杨炎，这也是原因之一。不像你碰上的那个假杨炎，却是要谋害你的。你还有什么怀疑么？”

冷冰儿忽地叹了口气，说道：“你碰上的是真杨炎，我已经毫没怀疑。不过，有一点则恐怕你猜错了。”

齐世杰道：“猜错了什么？”

冷冰儿道：“他不是在感激我，他是在心里恨我。”

齐世杰吃了一惊，说道：“这怎么会？”

冷冰儿道：“你已经把他的身世之隐，说了给他知道吧？”

齐世杰道：“当时我并不知道他是杨炎，自是直言无忌地对他说了。你觉得我这样做是做错了么？我想咱们总不能瞒他一辈子的，迟早也要告诉他。”

冷冰儿叹道：“你不懂得杨炎。他自小就是个情感丰富的孩子，容易冲动，甚至流于偏激。他知道了自己的身世隐秘后，一定会怪我不该隐瞒他的。不是不能告诉他，而是想选择适当的时机告诉他，我们以前也曾想过由他的义父告诉他的，如今他突然从你的口中知道自己的来历，所受的震动自是可想而知。而且你和他说的话，恐怕、恐怕，……”说至此处，似乎觉得有点为难，不知怎样说下去才好似的。

齐世杰道：“恐怕什么？”冷冰儿道：“没什么。这件事来得太突然，你又不知他是杨炎，我也不能怪你留不住他。当务之急，咱们还是商量怎样去找寻他吧。你和他说过的一些什么话，我不想知道了。”

她好像是在思索怎样去找寻杨炎，说至此处，就没再说下去，齐世杰也没说话。两人的神色都有点不大自然。

默默无言地走了一会，齐世杰忽道：“冷姑娘，你和两年前好像不大相同了。”

冷冰儿道：“怎样不同？”

齐世杰道：“两年前我想你是不会对我这样吞吞吐吐说话的。”

冷冰儿噗嗤一笑，说道：“不必绕着圈子说话，你是说我两年前对你毫不客气，是吧？”

齐世杰道：“两年前也许你还对我怀有几分敌意，如今你已经肯把我当作朋友，我当然是高兴的。不过在这件事情上，我倒是宁愿你像两年前一样，不客气地指出我的错处。冷姑娘，咱们还是继续刚才的话题吧，你是不是恐怕我和杨炎说错了什么话，伤了他的心？”

冷冰儿道：“也不全是因为这样。”言下之意又不啻已是默认如此。

齐世杰不觉沉不住气，说道：“我不过告诉他一些事实。”冷冰儿道：“对待相同的事实，也有不同的看法。而且你知道的事实和我知道的事实恐怕也未必相同，比如说——”

齐世杰道：“比如说什么？”冷冰儿道：“比如说她的母亲和孟大侠这件事情，你以为孟大侠——”

齐世杰道：“孟元超或许可以算得是个英雄人物，但在这件事情，无论如何，总不能说是他对了！”

冷冰儿道：“为什么？”

齐世杰道：“无论如何，他不该私恋有夫之妇。”

冷冰儿道：“有关他们的事情，都是令堂告诉你的吧？”

齐世杰道：“我相信我妈总不会骗我？”

冷冰儿道：“但我知道的和你知道的却有点不同。”

齐世杰道：“怎样不同？”

冷冰儿道：“据我所知，云紫萝（杨炎之母）并非背夫私恋，她是早在认识你的舅父杨牧之前，就和孟元超是一对恋人的。”

齐世杰道：“那她为什么要嫁给我的舅父？”

冷冰儿道：“孟元超在准备和她结婚的前夕，忽奉师父之命，召他到小金川去。后来他在小金川不幸遇难的消息传来，云紫萝有孕在身，你的舅父当时以侠义道的面目出现，假意为了保全她的声名，向她求婚。云紫萝是受了他的欺骗才嫁给他的。后来方始知道孟元超在小金川战死的消息乃是谣传。”

齐世杰道：“这些事情，你是怎么知道的？”

冷冰儿道：“是杨炎的义父、缪长风缪大侠告诉我的。我更相信缪大侠决不会说谎。”

齐世杰默然不语，半晌说道：“我想家母也不会编造谣言的，可能她并不知道这些事实。不过，听你的口气，你对我的舅父似乎很是不满？”

冷冰儿道：“岂止不满，在我看来，你的舅父根本就不是和我们一条路上的人!"

齐世杰道:"何所见而云然?"

冷冰儿道:"你不知道他是清廷的鹰犬吗?"当下把她所知道的有关杨牧的几件恶行说给齐世杰知道,问他:"这些事情,令堂也没有告诉你吧?"

齐世杰面红耳热,低声说道:"没有。"

过了一会,他方始抬起头来,说道:"我很惭愧,我觉得我配不起和你交朋友。"

冷冰儿笑了起来,说道:"杨炎还是杨牧的儿子呢,我对他不是如同弟弟一般吗?我的师祖还收他作关门弟子呢!父亲的过错尚且无须儿子承担,何况你和杨牧只是舅甥。嗯,咱们还是商量怎样去找杨炎吧,你可知他去了何处?"

齐世杰心头稍稍轻松一点,说道:"他是听见我说段剑青可能是在鲁特安旗之后,就离开我的。"

冷冰儿忽地想起一事,大喜说道:"这就对了,那人一定是他!"

齐世杰道:"什么人?什么事?"

冷冰儿道:"段剑青在捉了罗海的女儿之后,曾到鲁特安旗意图威胁罗海,给一个不知名的少年打跑。我们左猜右想,猜不出是谁有这本领,如今想来,此人定是杨炎无疑!"齐世杰大为兴奋,说道:"不错,以他的武功能够打败段剑青并非奇事,一定是他,一定是他!我在这峡谷里被困几天,原来他早已到了鲁特安旗了。"

冷冰儿道:"你愿意和我一起到鲁特安旗吗?"齐世杰道:"我本来就是要到罗海那儿访寻你的,只因在这峡谷之中迷失道路,若蒙不弃——"冷冰儿脸上一红,嗔道:"你不识路,我作你的向导就是。江湖儿女,结伴与行,事属寻常,什么嫌弃不嫌弃的,说得那么严重!"

齐世杰傻笑道:"是。我不会说话,你莫见怪。"冷冰儿噗哧一笑,说道:"那就走吧,你还在想些什么?"

齐世杰道:"我想起两年前你对我说过的一番话。"

冷冰儿道:"我说过哪些话,我都记不清了。"

齐世杰道：“你叫我回家乡去，不要再找杨炎。”

冷冰儿道：“要不是你已经碰上杨炎，我现在也是这样想法。”

齐世杰讪讪道：“你是不愿意他有我这个表哥？”

冷冰儿道：“不是。我是不愿他跟你回家。”底下的话她没有说出来，但齐世杰已经知道她心里想的是什么了。

这也正是他担心的事情，冷冰儿对他舅父不满他是知道了的，关系并不重大。但要是对他的母亲不满，关系可就大得多了。这担心可并非过虑，他想了想冷冰儿的话语，再想一想她两年前说过的那些话，心里已然明白：“她不愿意我带杨炎回家，为的当然是不愿意他受我母亲的教导了。唉，妈妈在江湖上有个绰号叫‘辣手观音’，在她的心目之中，我妈纵然不是如与舅舅那样的坏，恐怕也是恶名昭彰的了。”

虽然冷冰儿说过父亲的过错与儿子无关这类的话，但想到冷冰儿对自己的母亲殊无好感，心头却是不免有个疙瘩了。

冷冰儿此刻也是在想：“一错不能再错，虽然齐世杰远非段剑青可比，但他是个孝顺儿子，什么都要听他母亲的话，我怎么能够和他相处下去？”

二人各怀心事，却不知还有另外一个人在怀着鬼胎。这个人是大吉法师。

他躲在山上，居高临下，远远跟踪，识得出路之后，抢在他们前头，逃出了这条峡谷。他也想到鲁特安旗去找段剑青，一计不成，再生二计。他可未曾知道段剑青已给赶跑。齐冷二人则只是一心去寻觅杨炎。

那么杨炎此刻还在不在鲁特安旗呢？正是：

悲欢离合人难料，世事无常变化多。

第六回 怅触梦痕愁不寐
可堪尘路复多岐

杨炎中了毒针

此际杨炎正在鲁特安旗的草原上踽踽独行。

冷冰儿在想念着他，他也在想念着冷冰儿。

不错，他的心里是在怨恨冷冰儿，但这怨恨正是基于对冷冰儿那份纯真的情感的。在他的心目之中，无论如何，冷冰儿也还是他最亲切的人。

草原视野广阔，一座好像擎天玉柱的雪峰已经映入他的眼帘了。

杨炎就是要上那座雪峰去找寻冷冰儿的。他可并不知道他正在踏着冷冰儿踏过的脚印。

远处传来草原牧人的歌声，这是好客的哈萨克人在草原上最喜欢唱的一首民歌：

圣峰的冰川像天河倒挂，
你听那流冰浮动轻轻地响——
像是姑娘的巧手弹起了东不拉。
她在问那流浪的旅人：
你还要攀过几座冰山？经历几许风砂？
咿啦——
流浪的旅人呀，
草原的兀鹰也不能终日盘旋不下，

你们尽是走呀，走呀，走呀！——

要走到哪年哪月，才肯停下你们的马？

杨炎并不是第一次听见这首民歌，但却从没像这次的深受感动。

因为他觉得自己像是在人生的旅途上摸索前行的旅人，而在以前，更确切地说，在他未曾知道自己身世之隐以前，他是没有这种感觉的。他不知不觉哼起这首民歌的后半段，这后半段是“旅人”的口答，好客的哈萨克人是只唱前半段的。

“姑娘呀，多谢你的好心意，

只是我没办法回答。

你可曾见过荒漠开花？

你可曾见过冰川融化？

你没有见过？没有见过！呀！

那么流浪的旅人哪，他也永不会停下！”

可是在他哼完这后半段歌词的时候，他的脚步却不知不觉地停下来了！

是为了好客的牧人邀请么？是受了歌词的感动么？是为了疲倦么？

都不是！只是他不能再走了。

突然他感到一阵晕眩。

杨炎试一运气，只觉胸口隐隐作痛，璇玑穴、瑶光穴、风府穴几处重要的穴道，如受针扎。试一举步，只觉脚上好像悬着千斤巨石，走一步都要费很大的气力，当真是有寸步难行之感。

杨炎不禁心中苦笑：“我还以为可以攀登那座雪峰呢，如今莫说攀上雪峰去找冷姐姐，就是想去找刚才那个唱歌的牧人，恐怕也走不到他的目力可及之处了。唉，想不到段剑青的喂毒暗器竟然这么厉害！”

原来那天晚上，他虽然打败了段剑青，却也中了段剑青的三枚毒针。

他追踪段剑青，恰好在罗海的家中碰上。他用金刚掌力把段剑青的剑拗断，本来再加一掌，段剑青不死恐怕也得重伤的，但在那一刹那，他却不忍下此辣手，心想：“段剑青纵有千般坏处，对我总是说了真话。而且他也曾教过我读书识字。”就因这一念慈悲，他的第二掌没有再劈下去，改用擒拿手法，意欲废掉他的武功，保留他的性命。

就因这一念慈悲，从金刚掌改为擒拿手法，稍缓须臾，便给了段剑青一个反击的机会。

段剑青所用的暗器正是韩紫烟当年用来伤害迦象法师的那种独门暗器——毒雾金针烈焰弹。以迦象法师的功力，当年尚且禁受不起，其厉害可想而知。

假如杨炎在中了暗器之后，便即躲到僻静的地方去，运功自疗，尚可无事。他却不知这种暗器的厉害（当时中了三枚毒针，只是微有麻痒之感）。仍然去追赶段剑青，待到发觉追赶不上的时候，方始回过头来，准备上欧阳承告诉他的那座雪峰去救冷冰儿的。

当年迦象法师中了这种毒针，又给段剑青用毒药充作解药骗他服下，他从回疆走到西藏的魔鬼城，大约走了半个月，就走不动，结果变成了半身不遂。

杨炎前往那座雪峰，大约要走五百里路。若在平时，以他的脚力，最多两天，当可走到。结果是走了三天，尚未走得一半路程，就走不动了。

那牧人的歌声已经听不见了，他走的方向正是和杨炎所在之处相反的方向。杨炎已经是没有希望得到他的帮忙了。

天色也渐渐黑了，草原上的白天有如炎夏，晚上却似寒冬，冷风吹来，杨炎不觉感到有点凉意了。

不但感到凉意，渐渐连半边身子，也感觉麻木了。

想起了迦象法师当年的遭遇，杨炎不觉打了个寒噤：“难道我也要变成他那么样，落得个半身不遂。”

不过他也有一点感到安慰的是：“段剑青给我打了一掌，他也中了我一枚天山神芒，受的伤料想也绝不会轻。我虽然不能攀登那座雪峰，他也无法回去加害于冷姐姐了。”

他的心情稍稍放宽，反正无法再走，索性把一切思虑暂且抛开，即行盘膝静坐，默运玄功。他自小练天山派的正宗内功，其后又得奇遇，兼获异人所授的一门正邪合一的内功心法，若论功力之纯，比起当年的迦象法师已是不遑多让。

气纳丹田，精神好了一些。不过也只是能够阻止毒气蔓延，侵入心房而已，要想祛除毒质，谈何容易？运功半个时辰，麻木的感觉是减轻了，但仍然使不出气力。

“可惜我身上只有天山神芒，没有天山雪莲炮制的碧灵丹，否则只要吞服一颗，用不着三天，我就可以恢复原来功力。”想起了功能祛除百毒的碧灵丹，他不禁又想起冷冰儿来了。

那年冷冰儿带他下山，目的地正是他如今所在的鲁特安旗，当时孟元超、孟华父子正在帮罗海抵御清兵，冷冰儿带他下山，为的就是让他和父兄相会的。

下山之时，他的师父、天山派的掌门人唐经天把五颗碧灵丹装在一个小小的玉瓶之中，给冷冰儿带在身上，以防万一。他的师父是非常爱护他的，可惜就没防备到他和冷冰儿会在途中失散。那时他不过是十一岁的孩子，唐经天自是不放心让他携带那样珍贵的药物，一切都交给冷冰儿照顾他了。

天山的特产，唐经天只是让他随身携带了几枚天山神芒。天山神芒是一种生长在天山绝顶的芒刺，坚逾金铁，制作暗器，可以当作打穴的透骨钉用，却比金属所制的透骨还更轻便。他气力小，用这种暗器最适合不过，故而他的师父让他带备防身。

这次他重到鲁特安旗，天山神芒也曾派上用场。那晚他碰见段剑青，一见面就是先用一枚天山神芒把段剑青射伤的。他之所以特别选择这种暗器来打段剑青，内中是含有一层用意的，是要替死去的师父惩戒叛徒，故而用本门独有的暗器。

可惜天山神芒虽有用处，却比不上碧灵丹的功用。尤其是此际他正需要这种祛毒灵丹的时候。

不过他之从碧灵丹想到了冷冰儿，倒不是单纯惋惜自己身上没有携备这种灵丹，而是另有一种怨愤。

“当时冷姐姐是已经知道孟元超不是我的父亲的，孟华也不是我的哥哥的，她不把真相告诉我那也罢了，却还故意骗我欢喜，说是和我去会父兄。那时我是多么渴望能够见到从没见过面的爹爹啊！哼，冷姐姐，你枉说疼我，你这不分明是帮孟元超来欺骗我么？”

正自胡思乱想，忽听得急骤的蹄声，冲破了夜晚草原的寂静。来的似有数骑之多。杨炎不禁又惊又喜，心里想道：“这么晚了，他们还在赶路，想必是有要紧的事情急着去做，多半不会是普通的牧人了。”要知倘若能够碰上一个好客的牧人，虽然不能给他解毒，但最少可以供给他吃的东西和住的地方，让他可以安心疗毒。

他没料到会在中途突然毒发，事先没有准够的食粮，如今已是只剩下一块麦饼，食水更是早喝光了。没干粮还可以挨饿，没水喝可是难挨。

但假如来的不是好客的牧人而是坏人的话，那就更糟糕。

正当他打不定主意，要不要出声呼救的时候，蹄声已是自远而近，那些人说话的时候也听得见了。

最先听到的是一个女子的声音：“冷姐姐现在恐怕已经到了通古斯峡了，但我倒是有点为她担心了。”

“咦，怎么她也有一个冷姐姐，她说的这个冷姐姐是谁？”杨炎一颗心禁不住卜卜地跳，不知不觉就想挣扎起来，看一看这个也有一个冷姐姐的女人是谁。

跟着一个年轻男子的声音说道：“冷女侠的武功那么好，你担心她什么？”

“冷女侠？”杨炎一颗心跳得更厉害了：“够得上称为冷女侠的人不是冷冰儿姐姐是谁？啊，原来她早已脱险，还跑到通古斯峡去找寻我了。但她怎能知道我会在通古斯峡的呢？奇怪，这两个人的声音，我也似曾相识，好像是在哪里听见过他们说话似的？是在什么时候，什么地方的呢？”

他正在找寻遥远的记忆，那个女子已是又在说话了：“我倒不是担心她碰上段剑青，我是担心她找不见齐世杰。通古斯峡九曲十八弯，极易迷途！”

那男子笑道：“冷女侠为了找寻杨炎，据我所知，她已经走过几趟通古斯峡了，你还怕她迷途？”

听见自己的名字从这个人口中说了出来，杨炎这才瞿然一省，登时想了起来：“原来是桑达儿和罗曼娜。据欧阳承所说，罗曼娜是给段剑青捉了去，囚禁在那座雪峰之上的。如今罗曼娜都已经脱了险，冷姐姐当然更不会有事了。他们说的那个赶往通古斯峡的冷女侠，一定是她无疑。但她却去找齐世杰做什么？”

不错，来的正是罗曼娜和桑达儿这对夫妻，和他们同行的，还有罗曼娜的父亲罗海及罗海的侍卫长沙辽。

杨炎心念未已，只听得罗曼娜已在说道：“杨炎这个阴狠奸毒的小子，冷姐姐见不见着他也罢。齐世杰是她心上人，她这次到通古斯峡，可说是完全为他而去，要是找不着，冷姐姐可就不知有多失望了。我还担心她未曾找着齐世杰，齐世杰先已着了杨炎的暗算呢！”

“怎的我竟变成了‘阴狠奸毒的小子了？’”杨炎初时一听，不觉有点莫名其妙之感，但随即想了起来：“对了，罗曼娜是和冷姐姐一同在那雪峰之上，欧阳承假冒我暗算冷姐姐的，想必她亦已知道。但她却不知那个人是假的。”

不过他仍是感到伤心：“原来冷姐姐是为了齐世杰而去，并非是为了找我！可笑前几天我还把她当作唯一的亲人，她的心上早已经没有我了。嗯，就算有吧，那也是比不上齐世杰了！”性情容易激动的杨炎，忽地有了莫名其妙的对齐世杰的妒忌了。

他正在挣扎着想爬起来，却又不想接受他们的援救了，于是紧紧咬着牙关不作声。但他在突然失望之余，本来就是浑身乏力的他，不觉身子一软，又倒下去了，触动伤处，不由自己地发出呻吟。

罗海正在问她女儿：“这个齐世杰是什么人？杨炎不是孟华的异父弟弟吗，他又是怎么一回事情？”忽地听得有人呻吟之声，不觉一怔。

罗曼娜道：“咦，那边好像有个人，咱们过去看看。”这晚月色很好，罗海还怕看不清楚，叫沙辽亮起火摺。杨炎那晚与段剑青交手，衣裳被段剑青的毒雾金针烈焰弹烧破了几个窟窿，还染上了段剑青的血污，此时又是卧在地上，衣衫沾满污泥，加上他的病容憔悴，一看之下，就像是个垂死的乞儿。

“咦，这人好像是受了伤的！喂，你是什么人？”罗曼娜走到杨炎身边发问。

杨炎咬着牙根，心里想道：“原来他们早已知道我的身世的。我可不能告诉他们我是杨炎！”

罗海说道：“看他这个样子，一口气都好像快要接不上了，还怎能回答你？赶紧先救治他吧！”

罗曼娜道：“对，女儿真是糊涂了。他又冷又饿，先给他一点吃的东西，让他精神好些，再给他治伤。”

当她说话之际，桑达儿已是把杨炎扶了起来。火摺点着杨炎的脸孔，罗曼娜定睛一看，不觉“噫”了一声。桑达儿却是比较粗心，没看出这个叫化子模样的少年样貌有什么特别，问妻子道：“曼娜，你怎么啦？是不是觉得这个人有什么可疑？”他用的是他们瓦纳族的方言。但杨炎却也是懂得七八成的。

罗曼娜虽然觉得此人依稀相识，但心里想道：“冷姐姐已经证明和段剑青在一起的那个小贼是杨炎了，这个人当然不会再是杨炎。”于是说道：“没什么，我看这个人长得颇为俊秀，不像是个乞儿。”杨炎知道她没有认出自己，这才放下了心上的一块石头。

桑达儿把水灌给他喝，跟着割碎肉脯喂给他吃，问道：“觉得好一点吗？”

杨炎解了饥渴之苦，不觉精神一振。他不能不说话了：“多、多谢你们。”其实他还可以说得更响亮的，为了掩饰，只好仍然装做有气没力。

沙辽轻轻替他脱下上衣，见他胸口瘀黑，不禁吃了一惊，说道：“这人倒没有受到什么外伤，但却似中了毒。”

此时桑达儿亦已发现他腰间悬有佩剑，于是问道：“你愿意告诉我们你是什么人，又是因何受了伤的吗？”

罗海跟着说道：“我们不是想要盘问你，但知道你受了什么伤，也好设法替你医治。”

杨炎说道：“我是来收购药材的汉人，途中遇上强盗，也不知他们是用什么暗器打伤了我。”敢从万里之遥，来到回疆的商人多数都是会点武功，当然也都是佩有刀剑的，是以杨炎这样回答，倒也没有什么破绽。

沙辽是个武学行家，看了看杨炎的伤势，说道："这人中的是喂毒暗器，可能是透骨钉或梅花针之类的东西，隔着一层布抚摸都觉得手烫，他中的毒可不轻哪！"

罗海说道："咱们可没备有什么药品，怎么办？"

罗曼娜忽道："他只是中了剧毒，没有别的严重内伤吗？"沙辽说道："不错。"罗曼娜道："好，那我倒有解毒的药。"

桑达儿诧道："曼娜，你怎的会有什么解药？解药必须对症才能解得。你又不知他中的是什么毒，这可不是当要的啊！"罗曼娜笑道："你曾经上过天山，却忘记了有一种用天山雪莲炮制的碧灵丹能解百毒么？"

桑达儿道："你有碧灵丹，我怎的不知道？"

罗曼娜道："是冷姐姐在雪峰上给我的。我给他们在食物中下了毒，不知是什么毒，但只是使不出气力，大概是无关性命的毒。不过冷姐姐却不放心，她给我服了半颗碧灵丹，剩下的半颗让我收藏起来。她说宁可备而不用，免得临事周章，我服了半颗碧灵丹，第二天就可以跟她下雪山了，这半颗碧灵丹对我已是没有用处，正好借花献佛，救治此人。"

说罢，不待杨炎发言，便即把那半颗碧灵丹塞入他的口中，逼他吞了下去。说道："可惜只有半颗碧灵丹，不知是否能够替你把毒质驱除净尽，但无论如何，总可以保得住你的性命了。"杨炎刚才还在想起冷冰儿那年带了一瓶碧灵丹和他下山之事，想不到他想得到的东西就已经到了口了。而且正是得自冷冰儿的碧灵丹。

他心中一热，情不自禁地就滴下泪珠。这几滴眼泪，一半是为追忆当年往事，一半是为了感激罗曼娜而流。

罗曼娜笑道："你的性命已是无须忧虑了，还哭什么？"

杨炎说道："听你们说，这半颗药丸可是珍贵得很的。我和你们可是素不相识，你却肯把这样珍贵的药物救我性命，我怎得不感激你的大恩。"他虽然不肯吐露真相，这番话却是由衷之言。

罗曼娜道："你知道我为什么要救你吗？一来固然是因为救人

杨炎服下罗曼娜取出的碧灵丹，心中一热，情不自禁地滴下泪珠。

一命，胜造七级浮屠，二来也因为你是汉人。”

杨炎愣了一愣，说道：“为什么因为我是汉人，你就要救我？”

罗曼娜道：“因为我最好的朋友是汉人，我曾经受过汉人朋友的大恩，他们也曾救我的性命的。而且——”说至此处，不觉笑了起来，说道：“而且，你真的有几分像是我多年之前认识的一位汉人小朋友，虽然我知道你决不会是他！”

当罗曼娜这样说的时候，罗海和沙辽不知不觉地也向杨炎注视。罗海忽地说道：“我想问你一件事情，不知你肯不肯告诉我。”

杨炎说道：“恩公想要知道什么，在下若有所知，自当奉告。”

罗海说道：“汉人中有个段剑青，前几天也曾到过这里的，你可知道这个人吗？”

杨炎无法不说谎话：“我从没听过这个名字。这个姓段的是你们的朋友吗？”

罗海说道：“不是。这个人是个坏人。”

杨炎佯作一惊，说道：“原来这人是坏人吗。恩公，你问我与他是否相识，是不是疑心我——”

罗海忙道：“你别多心，汉人和其他人都是一样，有好人也有坏人，而且好人也总是比坏人多的。我信得过你，要是你认识他的话，你也一定不会是他的朋友。”

弦外之音，不是朋友，反面就是敌人。杨炎不禁心头一跳，想道：“难道他们已经猜着我是谁了？”

果然罗海接着问道：“你可以告诉我，你是从哪里来的吗？”杨炎说道：“我已经告诉了你们，我是从汉人的地方来的了。”

罗海说道：“我是想问你‘最近’从什么地方来？”沙辽跟着说道：“我们想要知道的是前几天你有没有到过鲁特安旗的首堡？”（首堡是一个“旗”的政治中心，相当于汉人地方的县城或比县高一级的府城。不过“首堡”大多数是没有城墙的。而首堡也多是一族格老所在之地。）

杨炎说道：“我没有到过那个地方，前几天我是在青罗图布。”青罗图布在巴纳族聚居之地的东面。鲁特安旗的首堡是在西面，东西方向正是相反。

罗海不觉有点失望，但也不禁哑然失笑，暗自想道："我也太过妙想天开了，那天晚上我未见其人，只闻其声的那个少年，当然不会是他。"杨炎说道："不知恩公何以有此一问？"

罗海说道："没什么，在鲁特安旗的首堡，我曾经受过一个汉人的恩惠，但可惜他却不肯让我见着他的面。我听你的声音，倒有几分和那个人相似。"

杨炎笑道："这位姑娘刚才说我的相貌有几分像她小时候的一个朋友，如今你老人家又说我的声音像是你的一位恩人，我倒真是沾了他们的光了。"

罗曼娜笑道："别这么说，一个人固然应当知恩报恩，但也无须一定报与施恩于己之人，比如说今晚你得到我们的帮助，将来你也帮忙碰上危难的人，这也就是报答了我们了，你说对吗？"

杨炎不禁肃然起敬，说道："姑娘说得不错。"

罗曼娜笑道："所以你就是完全不像我们任何一个熟识的汉人，我们也应该帮你的忙的。"

罗海说道："对啦，你遭此不幸，在这里又是举目无亲，要是没有别的地方好去，不如和我们一起到鲁特安旗的首堡如何？"杨炎说道："多谢好意，我受你们的恩惠已多，不敢再拖累你们了。"

罗海说道："你们汉人有句常说的话：四海之内皆兄弟也，这句话我觉得说得真好。你用不着和我们客气。"

杨炎说道："不是客气，我现在有气没力，就是想跟你们走也走不动。"

罗海说道："今晚你好好歇息，明天一早起来，说不定你已经好了。那时我们可以给你找一匹坐骑。"

杨炎说道："你们晚上赶路，想必是有紧要的事情，若然要你们照顾我这个病人，那就免不了要耽搁你们的行程了。你们对我好，我很感激，可不能再麻烦你们了。"

罗曼娜道："反正我们今晚也要歇宿的，你就在我们的帐篷里过一晚吧。明天怎么样明天再说。"

当他们父女说话之时，沙辽已经架起帐幕。杨炎只好接受他们的好意，进去睡觉。

他心神不定，思如潮涌，但却装做呼呼熟睡。

罗海父女和沙辽却是未能入梦。

罗曼娜道："爹爹，你怎的会疑心那个少年就是此人?"罗海没有直接回答女儿，却对沙辽道："沙辽，那晚你是见过那个人的，你看是不是有点相像?"

沙辽说道："我只见到他的背影，很难说像是不像，不过身材倒好似差不多。"

罗曼娜笑道："段剑青这小贼武功非同小可，那个人可以打败段剑青，岂会被寻常的强盗所伤?"

罗海笑道："其实我只是觉得这样凑巧的事世间罕有，如你所说，他既有几分像小时候的杨炎，声音又像那晚打败段剑青的少年，是以我不禁好奇，多问他几句而已。并非真的疑心他就是那个人的。对啦，你提及的那个齐世杰，他和冷女侠的事情，你还未曾告诉我呢。咱们还是换过一个话题吧。"

罗曼娜道："对他们的事情，我也是所知有限。不过，听冷姐姐的口气，她是很喜欢这个姓齐的少年的，虽然她不会对我明言。"

罗海道："但不知那个姓齐的小伙子对冷女侠如何?"罗曼娜道："那还用问，那个齐世杰对她当然更是一见倾心了!"

罗海道："你怎么知道?难道冷女侠会告诉你?"罗曼娜不禁噗嗤一笑，说道："爹爹，你好糊涂，女儿家的心事，用不着从口里说出来的。"

罗海道："你弄错了，我问的是那位男儿家的心事。冷女侠是否已经知道他的心事，对你说了?"

罗曼娜更是笑得弯下腰来，说道："爹爹，我说你才是缠夹不清呢。从冷姐姐的口气之中，她起初说她已是心如古井，不想齐世杰为她而惹烦恼，你听这样的口气，还不是暗示她已经知道了齐世杰对她是一见倾心了么?"

罗海道："她起初是这样说，那么后来又是怎样说呢?"

罗曼娜笑道："爹爹，你真是打破沙锅问到底，她已经急不及待地赶往通古斯峡了，她如今的心事如何，难道还不明白?"

罗海哈哈笑道："我就是希望冷女侠能得到美满姻缘，所以不厌其详地问你。你这么说，我就放心了。”

罗曼娜微喟说道：“是啊，冷姐姐人品好、武功好、相貌也好，就是际遇不好。要是她找不到如意郎君，老天爷也未免太不公平了。”

桑达儿笑道：“她这一去通古斯峡，不就可以找到如意郎君了么？你也不用咒诅老天爷了。”

他们用哈萨克话交谈，杨炎装作熟睡，全都听在耳中。哈萨克话他是听得懂的。

按说他与冷冰儿情如姐弟，应该比罗曼娜他们更加感觉高兴的，但不知怎的，他却有着莫名其妙的妒忌。心里想道：“原来冷姐姐到通古斯峡，并不是为我，欧阳承冒充我，她就相信我已经变成了坏人，齐世杰不过和她见了一次面，她却完全相信，甚至一见倾心！唉，冷姐姐都不能相信我，我还能相信谁？”

罗曼娜跟着告诉父亲，冷冰儿怎样救她脱出魔掌的经过，本来她已简略说过一次的，不过这次说得更加详细。杨炎想要知道的许多事情，也都已从她的说话之中知道了。

不知不觉已是约莫三更时分，罗海说道：“咱们明天还要赶路呢，大家也该睡了。”

就在此时，忽听得健马奔驰践踏在草原上的蹄声，来得有如暴风骤雨。

沙辽的职务本来是罗海的侍卫长，此刻虽然不在军中，也没忘记本来的职务，发觉草原上有午夜飞骑，不禁眉头一皱，说道：“三更半夜，来者恐非善类，待我出去看看是什么人？”

罗海尚还不以为意，说道：“多半是打夜猎的人，不必大惊小怪。”

急促的蹄声来得有如暴风骤雨，沙辽刚刚掀开帐幕，那一人一骑，已是到了五十步的距离之内。桑达儿和罗曼娜跳在沙辽身旁，桑达儿看见只是一人一骑，放下了心，想道：“即使是强盗，只有一人，也不怕他。”

这晚正是农历十四，月亮又大又圆，草原又是一片平坦，了无遮蔽，五十步之内的距离，看得几乎如同白昼。桑达儿不把单人匹

桑达儿闻言大怒，飕的一箭就射过去，但欧阳继一掌劈出，将箭的准头荡歪，这枝箭已伤不着他了。

马放在心上，罗曼娜看见这人，却是不禁大吃一惊。

“这人是和段剑青那小贼一伙的，我虽然不知道他的名字，可认得他！”罗曼娜连忙和桑达儿说道。

罗曼娜一出声，那人登时也听出她的声音了。

这个人不是别人，正是那个假冒杨炎的欧阳承的堂兄欧阳继。

罗曼娜是见过他而不知道他的名字，杨炎则是未见过他，却知道他的名字的。心里想道：“据欧阳承所说，他这堂兄武功胜他十倍，冷姐姐也不过仅仅能够胜他。桑达儿加上沙辽，恐怕也打不过他，我功力未曾恢复，怎么办呢？”

心念未已，只听得欧阳继已在哈哈大笑，说道：“想不到咱们还能碰上，你的丈夫是保护不了你的，跟我走吧！”桑达儿已经取出弓箭，闻言大怒，飕的一箭就射过去。

欧阳继一掌劈出，掌风呼呼，把桑达儿这枝箭的准头荡歪少起。差之毫厘，虽然这枝箭几乎是贴着他的额角飞过，却已伤不着他了。

他本以为单凭劈空掌力就可以把这枝箭打落的，想不到桑达儿的箭法和臂力都是出乎他的意料之外，不禁也是一惊，当下不敢怠慢，忙即快马奔来。桑达儿的第一枝箭刚刚坠地，他已是到了三十步之内了。强弓硬弩，射远不射近，桑达儿纵有连珠箭的绝技，此时亦已无能为力了。

罗曼娜人急智生，尖声叫道：“冷姐姐，你快出来！”

欧阳继曾败在冷冰儿的剑下，他也正是因此，想赶往鲁特安旗的首堡给段剑青报讯的，闻言不禁一惊。

不过，他毕竟是个老江湖，一惊之后，随即想道：“这丫头倘若当真是在这儿，她早已听见我的声音，哪还有不立即出来之理？”但他还是有点顾忌，当下一勒马头，取出一捆绳索，振臂一挥，在二十步之内把绳圈抛出。

草原上的猎人惯用绳圈猎兽，欧阳继亦精此技。不过他此时使用绳圈，却是另有作用的。

长绳抛出，挥成一个圈圈，套住帐篷中间的支柱。大喝一声“起！”在他这股刚猛异常的力道之下，那根木桩果然给他拔了起来，整个帐幕也揭开了。

帐幕揭开，罗海冲了出来，杨炎滚过一边。

欧阳继的打算是：倘若真的发现冷冰儿的话，他立即拨转马头就跑。

此时他虽然尚未看清楚杨炎是什么人，但只要不是冷冰儿，他已是无所畏惧了。要知他练的是雷神掌功夫，而冷冰儿的冰魄寒光剑则正是雷神掌的克星，故此莫说他不知道在罗海后面滚出来的这个人是杨炎，即使知道，他也不会像冷冰儿那样的忌惮。

他不知道杨炎，罗海则是他认识的。一见罗海，登时又得了一个歹毒的主意。“我先捉了罗曼娜的父亲，何愁她不就范?”

主意打定，欧阳继飞身下马，迎着罗海扑去。

沙辽对主人最是忠心，哪容他去伤害，连忙也扑过去。抢在桑达儿的前头，拦在罗海身前。

两人同时挥掌，“蓬”的一声，碰个正着。

沙辽本是哈萨克族中有数的武士，但欧阳继的雷神掌功夫乃是三大邪派武功之一，沙辽用的正常武功，怎么抵挡得。

双掌相交，“蓬”的一声，沙辽只觉如受火烙，登时倒在地上。幸好欧阳继的雷神掌还没有段剑青那样厉害，段剑青的雷神掌有毒，他则尚未练成毒掌功夫，沙辽功力不凡，不至于丧命。不过要想爬起身来，却非一时三刻之内所能的了。

欧阳继亦已无暇理会沙辽，抢上去就抓罗海。罗海手提五石强弓，劈头打他。欧阳继意欲生擒，不敢用雷神掌伤他，但虽然如此，只听得“卡刷”一声，罗海那张弓还是给他抓裂。他正要再抓罗海的琵琶骨，就在此时，杨炎忽地滚到他的身边，挡住他的去路。

欧阳继一瞥之下，见杨炎满身污泥，衣裳褴褛，只道他是马童。于是举脚便踢，喝道：“滚开!”哪知杨炎虽然使不出气力，上乘的武功还是在的。欧阳继不踢这脚还好，一踢之下，登时给了杨炎一个借力打力的机会。

欧阳继一脚踢来，杨炎已是把手掌挡在胸前，轻轻一带，欧阳继立足不稳，一个筋斗跌出数丈开外。

可惜杨炎使不出自己的气力，借力打力，最多只能把对方所发的八成力道还之对方之身。由于欧阳继以为他是一个马童，一个马童自是不配作他的对手的。故此他非但没有使出真力，甚至本意还不想取杨炎的性命，只是随随便便踢出一脚，心想："活不活得成，那就要看你的造化了。"踢出之时，他还以为这个马童多半是活不成的。

由于他没有使出真力，以他的武功，这一摔当然也不可能把他摔伤。不过他虽然一个鲤鱼打挺便即翻起身来，心中亦已惶惑不已。

"真是邪门！"他心里想道："我怎的会摔这一跤？难道这个马童竟是深藏不露的高手？但他若有真实本领，我又怎能避免受伤？"本来他是懂得"借力打力"这门功夫的，但因先入为主之见，无论如何，他也不能相信一个马童会使这门功力。加上没有受伤，他甚至以为根本不是这马童"弄鬼"，而是自己失足的了。

说时迟，那时快，桑达儿已经赶到，手中已是拿了一把月牙弯刀，拼命和他缠斗。罗海跟着拔出佩剑，也加入了战团。桑达儿学过天山派的武功，虽然只是入门功夫，也还能够抵挡个三招两式。

欧阳继不怕打伤桑达儿，用三虚七实的打法，绊住罗海，真正的攻势则是指向桑达儿。虽然他没使出雷神掌，时间稍长，桑达儿已是险象环生。

杨炎在地上滚动，装作惊惶失措的模样，叫不成声，胡翻乱滚，却故意向他们那边滚过去。

待得距离近了一些，杨炎偷偷取出一支天山神芒，夹在双指中间，用力弹出。天山神芒不过三寸多长，坚逾金铁。欧阳继哪想得到他有这种厉害的暗器，待到感觉微风飒然，躲避已来不及。手腕被天山神芒射个正着。

杨炎本来是想射他掌心的劳宫穴的，可惜气力不够，不能随心所欲。暗暗叫了一声可惜。要是射中劳宫穴的话，欧阳继的雷神掌功夫就将前功尽废，非得再练十年，不能恢复了。

杨炎气力不足，天山神芒不过刺入他的手腕少许，仅仅皮肉之伤。但因来得合时，却是救了桑达儿一命。他这一掌，桑达儿本来已是无法招架的。

欧阳继拔出天山神芒，大怒喝道："是谁偷施暗算，有胆的出来！"杨炎当然不会告诉他，而且他要站起来也不能够。

草原是没有屏障可供藏匿的，欧阳继眼观四面，没发现有新来的人，那么发暗器的就只可能是杨炎、罗曼娜，或者沙辽了。

欧阳继知道罗曼娜不会使用暗器，而且她也没有这样大的手劲。

他虽然觉得杨炎有点"邪门"，但因刚才跌倒没有受伤，自难相信这个"马童"能有什么真实的本领。是以他虽然对杨炎有点怀疑，但认为最大可能的偷发暗器的人，还是那个受了伤的沙辽。

沙辽是哈萨克族有名的武士，刚才和他对了一掌，功力确实也是不凡。他只不过凭着雷神掌的功夫才能伤他而已。以沙辽的功力，纵然是在受伤之后，要发这枚暗器，亦非难事。

不但他这样想，罗海、罗曼娜和桑达儿都这样想。

欧阳继拔出天山神芒，喝道："你既不敢出头，待会儿老子再找你算账，如今先原物奉还！"一个甩手箭的打法，把天山神芒向沙辽射去。

沙辽卧在地上，感到全身发热，但气力尚未完全消失。发觉暗器打来，他身子侧翻，拾起一块石头一挡，居然给他挡住了那支天山神芒，"叮"的一声，坚逾金铁的天山神芒，插在石上。

沙辽自己当然明白这暗器不是他发的，但他也不敢疑心乃是杨炎。杨炎身中剧毒，这还是他首先发现的，决不会有假。虽然有那半颗碧灵丹给他救命，但他服下了碧灵丹也还不过几个时辰，无论如何，纵是第一流高手，也不能就有本事伤得了这个武功高强的妖人。

但不是杨炎又是谁呢？沙辽猜想不透，惶惑异常，只好把天山神芒拔出，偷偷藏入怀中。

欧阳继受的伤虽然不重，但毕竟有点影响，桑达儿和罗海联手斗他，急切之间，他更是难以得手了。而且他心中也在害怕，恐怕有暗器再来偷袭。

为怕夜长梦多，蓦地他又得了一个主意，突然飞身斜掠，改向罗曼娜扑去。

他是要用快刀斩乱麻的手法，把这个不懂武功的娇娃先捉起来。心想："我真糊涂，果子也该先拣软的来吃，何必现钟不打反炼铜!"刚才他是想擒住罗海来迫罗曼娜就范，罗海是一族之长，对他来说，捉了罗海，好处自是更多；但现在一想，捉了罗曼娜同样可以胁逼罗海，故此他就改了主意了。

罗曼娜站立之处和杨炎此际所在之处，距离也比较远。他斜掠出去抓罗曼娜，心底里着实也是有点顾忌，顾忌这个他认为是"马童的小子"，"恐怕有点邪门"的。

说时迟，那时快，旋风似的几个起落，欧阳继已是摆脱了桑达儿的缠斗，扑到了罗曼娜跟前。

罗曼娜学过天山派的内功心法，但那不过是扎根基的入门功夫而已。可用作对敌的武艺，她是丝毫不懂的。

杨炎发了一枝天山神芒，已是把他在这几个时辰中逐渐凝聚起来的一点内力消耗殆尽，无论如何，他是不能再发一枝天山神芒射到那么远了。

正当杨炎又惊又急之际，忽听得欧阳继喝道："什么人？滚出来!"

杨炎诧异之极："难道当真有人在附近埋伏？"

心念未已，只听得"嗤"的一声，果然是暗器破空之声。暗器是枚石子，声音来处，少说也在百步开外，但转瞬就打到了欧阳继面前。

欧阳继这一惊非同小可，未知对方深浅，竟是不敢去接，连忙躲过一边。

刚刚躲开，便即听到似是女子的笑声。

罗曼娜大喜叫道："是冷姐姐吗？你回来了？"

话犹未了，那个女子已是现出了身形。来得这样突然，就像是地上钻出来的。原来那女子穿着一身黑色的衣裳，在欧阳继未曾来到之前，早已伏在乱草丛中，故而欧阳继没有察觉。

可是这个女子却不是冷冰儿。

罗曼娜在失望之中又不禁哑然失笑："冷姐姐此时恐怕是才赶

到通古斯峡，怎能这样快又赶回来？我真是一厢情愿了。”

欧阳继一看，不是冷冰儿，他心上的一块大石头可是放了下来了。

“你这小丫头也要和我作对？”欧阳继冷笑说道。

“小丫头”打大魔头的耳光

这个女子看来稚气未消，大约只有十七八岁年纪，一头秀发披肩，两颗眼珠黑漆明亮，月光之下，显得更加清丽脱俗。格格笑道：“第一、我不是丫头，第二、凭你这点本领，也不见得是什么‘奢拦’（江湖术语，了不起的意思）人物，为什么我就不能和你作对？”

欧阳继心想：“大概是个刚刚出道，在家被父母师长宠坏了的，不知天高地厚的雏儿。”见她活泼可爱，倒也不怎样动怒，说道：“听你的口气，你的本领是很好的了？”

少女说道：“很好不敢说，好与不好是要有比较才能定出高下的。我的本领不敢说是很好，但总要比你好些！”

欧阳继道：“你为什么要和我作对？”

少女说道：“你又为何要和这位姐姐作对？”

欧阳继道：“我的事不用你管！”

少女说道：“那我的事也不用你管，你既然可以不问情由就来欺侮这位姐姐，那我也可以喜欢和你作对来和你作对！”

欧阳继不禁微有怒气，说道：“你这个不识死活的小丫头，我轻轻一捏就可以捏死了你！”

少女说道：“嘎，你居然还敢骂我！你要捏死我，你知道我想怎样？”

欧阳继道：“你想怎样？”

少女说道：“我可不愿像你这样穷凶极恶，动不动就要害死别人。你骂了我，我只想打你几记耳光！”

欧阳继怒极反笑：“小丫头口出狂言，你要打我耳光，那就来试试看吧！”

他见过这少女掷石的本领，虽然知道她的武功不弱，但无论如何不能相信自己会给她打着的。心里还在盘算要不要用雷神掌伤她。“小小年纪，有此本领，已是不易。她的父兄或者师长多半是武林中的成名人物，我不如留点情分，将她擒了就是。”欧阳继心想。

这少女果然说打就打，欧阳继心念未已，只听“啪”的一响，脸上就给她打了一记清脆玲珑的耳光。

欧阳继本是有所准备的，但不知怎的，休说反击，连躲也躲不开！

欧阳继大怒之下，使出雷神掌功夫，呼呼呼连劈三掌。连躺在二三十步开外地上的杨炎也感到热气吹来。

但雷神掌连那少女的衣角都未沾上，欧阳继的脸庞却又是被她打着了！

只听得噼噼啪啪的掌声，欧阳继已是给她打了四记清脆玲珑的耳光！跟着又是那少女银铃似的笑声：“怎么样，我说过要打你的耳光，就能打你的耳光。你不服气，可以再来！”

欧阳继给她打得脸上好像开了颜料铺，一块青，一块紫，口角淌出鲜血，门牙也掉了两根。哪里还敢“再来”？莫说“再来”，这霎那间，他简直是给吓得呆了。这少女的本领比他高出太多，要跑恐怕也跑不掉。他捧着坟肿的脸孔，恨不得地上有道裂缝钻进去，不知怎样才好。

杨炎躺在地上，没看见她打人的手法，但听了这四记清脆玲珑的音响，却是不禁心中一动。

“她打欧阳继的这四记耳光，倒有点像是落英掌法，但落英掌法，乃是我的师祖所创，从不传与外人的。她当然不会知道。不过上乘武学，原有共通之处。她能够使出相似的掌法，那也不足为奇。”杨炎心想。

心念未已，只听得那少女已在喝道：“你是不是想再吃耳光？既然不敢再来，还不给我快快滚开！”

欧阳继正是巴不得她有此一骂，听得“滚开”二字，登时如蒙大赦，赶快跨上坐骑，一溜烟地跑了。

罗海怒气未消，喝道：“这位女侠慈悲为怀，我可不能让你走得这么容易!”大喝声中，曳起五石强弓，嗖、嗖、嗖，连珠箭向欧阳继追射。

当真是弓如霹雳，箭似流星。欧阳继的马跑得快，罗海的箭来得更快，喝声未毕，箭已射到他的后心。

欧阳继曾经轻而易举地打落过桑达儿的连珠箭，欧阳继欺负罗海年老，心想他的箭法再好，气力再大，总不能胜过年轻力壮的桑达儿，桑达儿尚且奈何不了自己，自是更不把罗海放在心上了。当下，他听得箭声，头也不回，反手便是一掌。

哪知姜是老的辣，罗海的连珠箭竟是从他意想不到的方位射来。他本是听声辨向，反手一掌，向左后方劈出的，以他的本领，这股劈空掌力，原也可以把罗海的第一枝箭打落的，不料就在他的劈空掌刚刚发出之际，陡地只觉劲风飒然，另一枝箭已是射到他的右肩。

原来罗海的连珠箭法比起桑达儿更加奇妙，他的箭法早已到了炉火纯青之境，不但射得准，而且在几乎同一时间射出的三枝箭，劲道的大小又各有不同。他的第二枝箭是后发先至。

这一下从意想不到的方位射来，登时把欧阳继闹得个手忙脚乱。

要知他的劈空掌力虽然强劲，但方向弄错，却是难以抵挡哈萨克族第一神射手罗海射来的强弓硬弩。

幸亏他还算见机得早，百忙中掌缘略偏，劈空掌力稍稍回旋，把罗海的第一枝箭荡歪少许，这才避过利箭穿透琵琶骨之危。

但避过了第一枝，第二枝却避不开了。这枝箭发来是罗海首先射出的，先发后至，好像算准了时间似的，此时方始恰好射到。欧阳继的劈空掌力却已是强弩之末，只听得“卜”的一声，左臂给射个正着。

说时迟，那时快，第三枝箭又射到来。欧阳继受了伤，莫说已来不及再发劈空掌力，即使能够发出，自忖亦是无法抵挡。不由得倒抽一口凉气，暗暗叫声“苦也!”只能抱着万一的希望，希望这枝箭不是射中自己的要害了。

但说也奇怪，正当他心惊胆颤之际，只听得“嗖”的一声，那枝箭竟然是贴着他的左肩射过，居然没有伤着他的皮肉。以罗海的神射本领，他本来以为这枝箭无论如何也会射着他的。

本来三枝箭都可能射着他的，如今只是中了一枝，左臂的箭伤亦非要害，已经是不幸中之“大幸”了。这霎那间，欧阳继当真是有如死里逃生之感。

他生怕罗海的连珠箭会继续射来，连忙忍住疼痛，快马加鞭，逃出射程之外。

何以罗海的第三枝箭竟会大失准头呢？原来不是罗海的箭法失灵，而是有人暗中助了欧阳继一臂之力。

这个暗中帮助欧阳继的人，不但欧阳继没有想到，罗海和杨炎等人，也是做梦都料想不到。

这个人竟然是刚刚打了欧阳继四记耳光的那个少女。

罗海在射出第三枝箭之时，她把衣袖轻轻一拂，罗海的五石强弓被她这轻轻一拂，几乎掌握不平，射出去的箭，这就失了准头。

转眼之间，欧阳继已逃得无影无踪。罗海惊诧之极，定睛望着那个少女，不知怎样问她才好。

那少女却似猜着他的心意，冷冷说道：“我已经打了他的耳光，答应饶了他的！”言下之意，好像还在怪罗海不该令她失信于人似的。

罗曼娜沉不住气，说道：“他是害得我几乎丧命的妖人，姑娘，你可以饶他，我们实是难以饶他！”

少女仍然是那副冷冷的口气，说道：“这是你们的事情，我管不着。你们有本领，尽可以以后自己找他算账！”

罗海父女虽然讨了个没趣，但无论如何，这个少女总是他们的救命恩人，只好上前道谢。

少女忽地说道：“你知道我为什么要帮你们的忙吗？”

罗曼娜道：“这妖人作恶多端，姑娘想必早已知道。”少女摇了摇头，说道：“我根本不知道他是谁。”

罗海说道：“侠义中人，路见不平，拔刀相助，这也是常有之事。不过在姑娘虽然是份所当为，我们还是非常感激你的。”少女又摇了摇头，说道：“我不是侠义道，我只是高兴做什么就做什么，我也并不觉得今晚之事是我份所当为。”

罗曼娜忍不住问道：“那你是为了什么？”

少女这才微笑说道：“罗曼娜姐姐，我早已听说你是回疆的第一美人，我是特地来看你的。要是你给这妖人害死，我怎么还能够看清楚你的容貌呢？”

罗曼娜生平受人如此赞美，也不知多少次了。听得少女这么说，虽然觉得她有点特别，也不怎样奇怪，当下笑道：“姑娘，你客气了。你也美得很呢。说老实话，我一向以为自己长得还不难看的，见了你我可是自愧不如了。对啦，姑娘，我们还未曾请教你的芳名呢。”

少女第三次摇头，并不通名道姓，却冷冷说道：“你口里说的不是老实话，其实是故意奉承我的。我可不喜欢你说谎话骗我。若然真的要说老实话，这‘自愧不如’四个字，应该是由我来说才对。”

罗曼娜又碰了钉子，可不知和她说些什么才好了。既不便再奉承她，也不好意思承认自己比她长得美，心里想道：“人的相貌是父母所生，美不美有什么要紧，何须多费唇舌争论？”

她是这样想法，这少女却不是如此想法。她见罗曼娜没有回答，忽地又是微笑说道：“罗曼娜，你知道我要来看你的时候，我是怎样想的吗？”罗曼娜呆了一呆，说道：“你怎样想，我怎能知道。”

少女道：“好，你不知道，那我告诉你吧。说老实话，我也是颇以自己的容貌自负的。我心里在想：要是罗曼娜当真长得比我还美，我就一剑把她杀掉！”

当真是俨如石破天惊，此言一出，罗海父女和杨炎等人不禁都是吓得呆了。

少女笑过之后，继续说道：“你果然名不虚传，长得比我想象的还美。我本来要杀你的，但你的美貌却令我见犹怜，所以你不用害怕，如今我不想杀你了。”

罗曼娜松了口气，说道：“多谢姑娘。”不料那少女格格一笑，又再说道：“但我平生说过的话，可是一定要做到的。虽然你长得太美，令到我见犹怜，狠不起心，下不了手，但你的脑袋我可以不要，也还得留下你的一点东西，作为纪念。”

罗曼娜忙道：“本来我该报答你的，姐姐，你要什么，我送给你，只要是我拿得出来的东西。”

那少女道：“不用你送，我自己会取。”话犹未了，只见白光一闪，罗曼娜头上的一缕青丝，已是给她割了下来！

这一下突如其来的动作，吓得躺在地上的沙辽也倏地跳了起来！

他正在喝道：“妖女，休得——”他只道这个女子是要伤害罗曼娜，但“休得伤害我家小姐”这句话只说得两个字，那少女已是纳剑入鞘，沙辽亦已知道小姐只是被她削去头发，并没受伤了。

少女笑道：“我是效法曹瞒（即曹操）行事，割发代首。不过他割的是自己的头发，我割的是你的头发而已。曼娜姐姐，你失了一缕青丝，不心疼吧？”

罗曼娜惊魂未定，哪里还能说出话来？

沙辽紧张过度，站立不稳，这口气一松，不觉又卧倒地上了。心里对刚才骂她“妖女”，倒是不禁有点感到歉意。

那少女忽地又走到他的身边，突然举脚向他踢去。

沙辽大惊之下，连忙一个“懒驴打滚”闪躲她的飞脚，但还是给她的脚尖碰着身体。

沙辽只道她是要杀自己以报辱骂之恨，不料那少女的脚尖碰着了他，却是丝毫也不用力，便即收回。沙辽是个武学行家，知道少女脚尖正是触着他的穴道，只要轻轻用一点力，便可要了他的性命，自然知道这少女是脚下留情了。

少女笑道：“你的武功很不错啊，是受了那厮的雷神掌之伤吧？”

沙辽这才明白，她是来试一试自己的受伤是真是假的，便道：“不错。”

少女说道：“我吓了你一跳，也该给你一点赔礼才对。这里有颗丸药，能治雷神掌之伤，你吞下吧！”

沙辽心想这少女若要杀他，易于反掌，无须下毒。于是坦然地吞下她给的那颗药丸，不过片刻，只觉遍体清凉，果然舒服许多。气力虽未恢复，却是可以站起来了。

此时已是东方现出鱼肚白的时候，少女眼光一瞥，发现杨炎瑟缩在一个角落，指着他问道："这肮脏的小子好像不是你们的人吧，他是谁?"

杨炎说道："我是个小叫化。"少女说道："哦，你是小叫化?那你何以和他们一道?"

罗海怕杨炎吃亏，于是替他圆谎："我见他冷僵在地上，特地叫他进我们的帐篷烤火的。他已经几天没有吃过东西，饿得走不动了。"

少女说道："原来如此，倒是可怜。不过有你做善长仁翁，倒也不用我施舍他了。对不住，我可要走啦!"

众人巴不得这个喜怒无常的"妖女"走得越早越好，谁也不敢挽留，霎眼之间，这少女已是去得无踪无影。

桑达儿吁了口气，说道："这姑娘也真怪，不知她是正是邪。曼娜，刚才我真是为你担心呢!"

罗曼娜道："初时我以为她是冷姐姐，叫错了她。不料她虽然不是冷姐姐，本领却似乎比冷姐姐还要高明，无论如何，她总算是咱们的恩人。"

桑达儿道："当然我们也还是要感激她的。不过，纵使她的本领怎样高明，无论如何，也不能和天山侠女的冷姐姐相比!"

罗曼娜道："这个当然，冷姐姐是真正的侠义道，这女子是正是邪，我们可还不敢断定呢!"

杨炎忽地插嘴问道："你们说的可是天山女侠冷冰儿么?"

罗曼娜诧道："你也知道冷女侠?"

杨炎道："我踏进回疆以来，听过许多牧人提及她。"冷冰儿这几年足迹踏遍回疆，到处帮过牧民的忙。杨炎这么一说，众人也就不觉得奇怪了。

杨炎又问："天山派的掌门唐经天唐大侠，你们想必也认识他吧？我虽然不是武林中人，但在中原的时候，我亦已听过他的名头，听说他是当今天下武功第一大侠。"

桑达儿道："我们曾在天山住过，有幸见过唐大侠的金面。不过唐大侠在半年前已经去世了。"

杨炎心头一痛，不觉失声说道："啊！唐大侠已经去世了！"蓦然省起自己的身份不能让他们知道，于是连忙加一句道："这样一位好人，早死真是可惜！"他听闻第一个恩师的噩耗，伤痛之余，心中又是不禁感到一片茫然。

罗海虽然觉得刚在一场惊恐过后，杨炎就问这些与己无关的事，不免有点奇怪，但也只道他是出于崇拜英雄的好奇心，绝对想不到他是唐经天最得意的关门弟子的。当下说道："唐老掌门年逾七旬，也不能说是早夭了。"他不知杨炎是故意说错，以免他们起疑的。

桑达儿见沙辽已经受了伤，不想多说闲话，便道："天色已经大亮了，咱们该起程啦。"

罗海似乎有点踌躇，望了望杨炎。

杨炎说道："小人多蒙相救，如今已是好得多了。请各位不必为我操心，我只是一个小叫化的身份，纵然强盗再来，我也不会有什么危险的。各位还是赶紧离开这个是非之地吧。"

罗海担的正是这个心事，他本来要把杨炎带走的，但此际沙辽已经受了伤，再要照顾一个病人可就难得多了，且马匹也不够用。但他有言在先，若把杨炎抛开不理，岂非失信于人，为德不卒？

听得杨炎这样说，罗海这才少了一些顾虑，于是带着几分歉意说道："我也想不到会碰上这场意外的灾难，你留在这里养好身体再来找我们也好，这几两银子你留在身边使用吧。"当下把几锭碎银和一包干粮送给杨炎。

沙辽试试伸拳踢腿，气力已经恢复几分，勉强可以骑得马了，不过倘若要他与杨炎合乘一骑，照顾杨炎，他还是做不到的。

他跨上马背，说道："小兄弟，你病好了记得来找我们。你到了鲁特安旗的首堡，随便请一个人带你去见格老就行。"

杨炎佯作吃一惊的神气，说道："你，你们是——"罗曼娜微微一笑，说道："我的爹爹是哈萨克族的格老。"

杨炎装出十分惶恐的样子，说道："原来恩公乃是格老，请恕小人不知。”

罗海笑道：“格老和寻常人也是一样，我对你照顾不周，实是惭愧得很，你不必放在心上。”

罗海等人走了之后，杨炎继续练功，盘膝静坐，行凝聚真气的大周天吐纳之法。

他得了罗曼娜所赠的半颗碧灵丹，此时所中的毒已经消了一大半，默运玄功，不过一个时辰，气血已是畅通，奇经八脉，只余任督二脉尚未通解。

就在此时，忽又听得蹄声得得，自远而近。杨炎暗暗吃惊，心里想道：“千万莫要是那欧阳继去而复来。”

要知他此际虽然已经好了七八成，但奇经八脉尚未完全通解。还是不能运用内功和强敌交手的。倘若勉强运用的话，势必前功尽废，纵然能够打败敌人，他也要落个半身不遂了。

那匹马来得很快，转眼就到他的面前。

来的不是欧阳继，却是那个走了不过两个时辰的少女，去而复来了。

杨炎怕她看出自己是在运功，忙把双腿伸开，装作一副懒洋洋的神态靠着一块石头，一面拿出干粮咀嚼。

少女双眼盯着他，忽地说道：“真人面前不说假话，你到底是什么人?”

杨炎说道：“我不是早已告诉了你吗，我是一个小叫化。”

少女冷冷说道：“你真的是小叫化，我看你这个小叫化可有点古怪!”

杨炎说道：“姑娘说笑了，我是一个普普通通只会向人讨饭的叫化子，有什么古怪?”

少女哼了一声，说道：“我看你是真人不露相，露相非真人吧!”

杨炎说道：“姑娘，什么真人假人，我可不懂。”

少女说道：“你不懂？那我问你，会使雷神掌的那个强盗，是谁先把他打伤的?”

杨炎说道：“我只看见你打他的耳光，在你未来之前，那几个哈萨克人可都不是他的对手。真的他是先已受了伤的吗?”心里则在想:“难道她的眼睛真有那么厉害,我暗中发出一枝小小的天山神芒,她躲在百步之外的乱草丛中也看得见?”

心念未已,只听得那少女已在冷笑说道:“你在装蒜,昨晚在场的总共就只那么几个人,我已经知道不是他们所为了,那不是你还能是谁?”

原来这个少女在打了欧阳继四记耳光之后,已经发现他的跳跃不灵,是足部业已受了一点伤的,否则欧阳继虽然不是她的对手,她这四记耳光自忖也难以打得这么顺利。

起初她还怀疑是沙辽,但在试了沙辽的功夫之后,已知沙辽的功夫虽然不错,但还是没有能够打伤欧阳继的本领。不过她还未曾怀疑到杨炎身上。

她走了一程,越想越是起疑,忍不住又再回来,盘问杨炎。

杨炎衣衫褴褛,中毒之后,脸色又是一片肿黄,看模样真有点像小叫化。他矢口不认,这少女倒是有点捉摸不透了。

少女眼光中充满怀疑的神色,盯着杨炎也不觉心里有点发毛。半晌,少女问道:“如此说来,你是不懂武功的了?”杨炎笑道:“要是我懂得武功,也不用做叫化子来讨饭吃了。”

少女忽地冷冷说道:“好,你说你不会武功,那我就让你真的不会武功!”

她把一个“懂”字改为“会”字,杨炎怔了一怔,尚未弄清楚她的意思,忽见少女翠袖轻舒,伸出纤纤素手,一抓就向他抓了下来!

她这一出手,杨炎可就登时懂了。

原来她这一抓竟是向着杨炎肩头的琵琶骨抓下来的!以她出手之疾,劲道之强,倘若抓琵琶骨一被捏碎,多好的功夫也要废了!

距离如此之近,莫说杨炎毒伤未愈,即使没有受伤,也是决躲避不开!除非出手招架。

但杨炎倘若出手招架,给这少女识穿还在其次,更要命的是,他刚才练功正是练到最紧要的关头停下来的,奇经八脉尚未完全通解,比如为山九仞,功亏一篑,他若然运功相抗,势必前功尽弃!

即使能躲过琵琶骨被捏碎之灾，内功亦将化为乌有！和琵琶骨被捏碎不同的只是：琵琶骨被捏碎，从此就不能再练武功，终身成了废人。而由于硬拼的关系，内功化为乌有之后，还可从头再练。但那么一来，少说也得再用十年工夫了。二者的结果，其实是差得不多！

怎么办呢？这霎那间，杨炎心念电转，是抵抗还是不抵抗？心念未已，那少女的指尖已经碰着了他肩头的琵琶骨了！

"我越想越觉得那小伙子有点古怪！"沙辽在归途中和罗海说道。

"有什么古怪？"罗海说道。

"我怀疑他是懂得精深武功的人！"

罗海笑道："武功他是懂一点的，但决不能说是高明，否则他也不会被强盗打伤了。"

罗曼娜却似乎给沙辽的话引起疑心，问道："何以你认为他懂得高深的武功？"

沙辽说道："我怀疑他曾在暗中助了咱们一臂之力。"

桑达儿笑了起来，说道："他一直躺在地上，怎能助咱们一臂之力？"

沙辽说道："我受伤的时候，那妖人正向主公扑去，当时的形势可说危险之极。但不迟不早，那小伙子就在这个时候滚出来，滚到那妖人的面前。"

罗海瞿然一省说道："不错，我记得那妖人好似还踢了他一脚。幸亏他阻了那妖人一阻，桑达儿才能及时赶到和我联手。否则恐怕等不到那女子来救咱们，我已经伤在那妖人手下了。"

沙辽说道："对呀，试想那妖人何等本领，那小伙子被他踢了一脚，怎的却也没有受伤？"

罗海沉吟一会，说道："当时我看得不清楚，或许那妖人没踢着他也说不定。"

沙辽说道："纵然如此，他的胆子之大，也是大得有点出奇。"

罗曼娜道："我也想到一个可疑之处。那妖人向我抓来的时候，不知怎的，忽然却又窜开，本来我是决难避开他这一抓的。"

桑达儿道："这一点倒易解释，那妖人当时不是大骂有人暗算他吗？随后那女子就跑来了。想必是那女子发的什么暗器，打中了那个妖人。"

沙辽说道："发暗器的恐怕未必就是那个女子。"

罗海笑道："你们恐怕是因为不喜欢那个女子，所以宁愿相信是那小伙子暗中相助咱们吧？"

罗曼娜道："那女子救了咱们，我虽然不喜欢她也还是感激她的。不过我却怀疑，咱们这次能够脱险，并不全是她的功劳。"

桑达儿道："无论你们怎么说，我总不能相信是那少年所为。他受了毒伤，全靠你那半颗碧灵丹方能保全性命的。岂能在重伤之下还有本领暗算妖人？沙辽，你是验过他的伤的，这总不假吧？"

沙辽说道："是呀，他受的伤的确很重，所以我才怀疑不定。"罗海笑道："你们既然疑神疑鬼，不如回去向他问个明白。"

罗曼娜道："他既是有心暗助咱们，问他他也是不肯说的。算日子冷姐姐这两天也应该回来了，咱们还是赶快回鲁特安旗等她吧。"

其实罗海也不过说说而已，经过昨晚一场惊吓，他心中犹有余悸，欧阳继虽然被他射伤，他还是恐防欧阳继再来，会在途中碰上的。何况还得担心欧阳继尚有党羽呢。当然是早日回去的好。

冷冰儿回来了

他们兼程赶路，幸喜一路无事，第二天就回到了鲁特安旗的首府。

那女子给沙辽的解药倒是甚具灵效，起初他骑马也有点吃力，经过了两日奔驰，反而精神奕奕，差不多恢复如初了。

大家松了口气，回到罗海的格老府中。

出乎他们意料的是：在出来迎接他们的人众之中，竟然有冷冰儿和一个他们从未见过面的少年在内。

罗曼娜喜出望外，赶忙抢上去和冷冰儿拥抱，说道："冷姐姐，你回来了！"冷冰儿道："我料想你们一定回到这里的，所以我就和他直接来这里了。我们也是今天早上，才刚刚来到的。对啦，你们还未见过面，待我给你们——”

罗曼娜格格一笑，说道：“不用你介绍了，这位想必是齐大哥吧？”冷冰儿脸晕轻红，说道：“不错，他正是齐世杰。”

罗曼娜笑道：“齐大哥，你知不知道冷姐姐恐怕你上杨炎的当，更怕你在通古斯峡受到暗算，不知为你多着急呢！”

齐世杰心头一跳，说道：“我的确是在通古斯峡迷了路，多亏冷姑娘找着了我，方能重见天日。”

罗曼娜道：“难得你们一起到来，这次无论如何可要多住一些时候了。对啦，再过一个月，又是我们这儿的刁羊大会的日期了，你和冷姐姐一定要参加哟！”

齐世杰莫名其妙，说道：“什么叫做刁羊？”

冷冰儿脸上的一抹轻红变得如同饮醉了酒的朱颜酡些，嗔道：“曼娜姐姐，闲话少说，说正经的，我可还有紧要的事情问你们呢！”

坐定之后，罗曼娜问道：“齐大哥你也已经找到了，还有什么紧要的事情？”

冷冰儿道：“杨炎来过这里或者来过你家没有？”罗曼娜道：“是有一个人来过这里，他帮我爹爹赶跑了段剑青这个小贼。但这件事情你不是已经知道了的么？”

冷冰儿道：“我要问的是这个人后来有没有再来过？我怀疑他是杨炎！”

罗曼娜道：“没有来过。怎的你会有此怀疑？”

冷冰儿道：“因为我现在已经知道杨炎的武功不在段剑青之下。以前我碰上的那个‘杨炎’是假冒的。我想他即使不再来这里，也应该到过你的家里找我。”

罗曼娜道：“啊，我本来就对那个‘杨炎’有点疑心，果然他是假的！”

但跟着罗曼娜又道：“即使如此，那个人也不见得就是杨炎吧？你们在通古斯峡，完全得不到杨炎的消息吗？”

齐世杰道：“我已经碰上他了。但可惜当面错过。是以我希望他再来这里找冷姑娘。”

沙辽心念一动，说道：“我们在路上倒曾碰上一个很奇怪的少年！”冷冰儿连忙问道：“真的吗，他是怎么个模样？”

罗曼娜笑道：“说起模样，他倒是有一两分像杨炎小时候样子，但可惜这人不会是杨炎的。”

冷冰儿道：“你怎么知道他不是？”

罗曼娜道：“他是一个贩卖药材的商人，路上碰上强盗，被强盗伤了的。你想，他倘若是杨炎，而杨炎的武功又真的如你所说那样高强，他岂能被强盗所伤。”说至此处，忽地想起沙辽的话，语气顿改：“不过，不过——”

冷冰儿道：“不过怎样？”

罗曼娜道：“不过这只是我的看法，你知道我是不懂武功的。据沙辽说，他却怀疑这个少年是个身怀绝技的人呢！”

冷冰儿连忙再问沙辽何所见而云然。

沙辽把他们在路上所谈论的有关那个少年的几个疑点说了出来，最后说道：“那妖人中了暗器，他把暗器拔出来射我，可能他以为是我暗算他的，故而如此。”

冷冰儿道：“那暗器呢？”沙辽说道：“幸亏我没给射中，那暗器我也拾起来了。”

冷冰儿道：“快拿出来给我看！”

沙辽拿了出来，说道：“我正想向两位请教，这是什么暗器？我从来没有见过这样奇怪的暗器！”

冷冰儿一见这个暗器，不觉呆了！

齐世杰也怔了一怔，说道：“我也从来没有见过这种暗器。冷姑娘，你认得吗？”他已发觉冷冰儿的神情有点特别了！

冷冰儿蓦地失声叫道：“是杨炎了，一点不错，是杨炎了！”

齐世杰又惊又喜，忙问：“你怎么知道？”

冷冰儿道：“这是天山神芒，只是天山派弟子才有的暗器！我记得最后那次我和杨炎下山之时，他是随身携带了几枝天山神芒的！”

罗海又是替他们欢喜，又是有点自惭，说道：“早知他是杨炎，我们不该把他留下的。”

冷冰儿道："格老，你莫自责，这怎么怪得你？我知道他的脾气，他不愿意泄露自己的身份，就是你再劝他，他也不肯和你们一起回来的。"

桑达儿道："他答应过伤好之后来找我们的。只是没有约好确实的日期。"

冷冰儿道："那就不知要等到什么时候了。嗯，他受的什么伤，伤得重吗？"虽然她知道杨炎能够用天山神芒打伤欧阳继，料想不致伤得太重，毕竟还是放心不下。

罗曼娜道："据沙辽说，他似乎是中了喂毒暗器，不过我给了他半颗碧灵丹，分手之时，我见他的面色已经恢复红润了。"冷冰儿稍稍安心，说道："他中的一定是段剑青这小贼的暗器，以他的武功底子，有半颗碧灵丹，大概是可以无妨的了。不过我还是想早日找到他。"

罗海说道："这个当然。沙辽，你的伤怎么样？"沙辽说道："我的伤早已好了，冷姑娘，齐少侠，我带你们去找。"

冷冰儿道："好，那就马上动身吧，只是辛苦你了。"

罗曼娜笑道："咱们亲如家人，客气话不必说了。只盼你们找着杨炎，早早归来，莫误了刁羊之会。"

冷冰儿明知杨炎不会在原来的地方等待他们寻找，但还是抱着一线希望。纵然找不着，也有蛛丝马迹可寻。

沙辽带领回到那晚架设帐篷的地方，果然连个人影也没见着。

草地上唯见斑斑血迹，也不知是那妖人流的还是杨炎流的。

冷冰儿道："沙大叔，你已经尽了心了，请先回去吧。"要知沙辽是罗海的侍卫长身份，他们不知何时才能找到杨炎，自是不能让他离开太久。

沙辽本来还要继续帮他们寻找的，冷冰儿道："这一带我很熟悉，沙大叔你不用为我们操心了。"沙辽一想，要是找不着的话，自己也帮不了他们什么忙，只好听从冷冰儿的话回去。

在原地找不到杨炎虽然早已在冷冰儿意料之中，但见到了碧血黄沙，她却是不能不又有点担心起来了。

她担心的是杨炎纵然毒伤已愈，功力只怕也还未能恢复，万一又碰上了段剑青那怎么办？

可是在这无边无际的大草原，她却不知要向哪一方寻找。

忽地隐隐听得有歌声随风飘来。

那是她熟悉的歌声。是好客的哈萨克人最喜欢唱的一首民歌：

圣峰的冰川像天河倒挂，
你听那浮冰流动轻轻地响，
像是姑娘的巧手弹起了东不拉。
她在问那流浪的旅人：
你还要攀过几座冰山？经历几许风砂？
……

冷冰儿大喜叫道："麦罕，麦罕！"不过一会儿，只见一个牧人模样的哈萨克少年，骑着快马，旋风也似跑到他们面前。

冷冰儿笑道："麦罕，你的歌越发唱得好了！"原来麦罕是这个草原上著名的歌手，也是冷冰儿相识多年的朋友。

麦罕似乎比她还更喜出望外，说道："冷姑娘，什么风把你吹来的？我们都在惦着你呢！昨天我们还在说不知你什么时候再来，想不到今天你就来了。这位是——"

冷冰儿道："他叫齐世杰，是我的朋友。"

麦罕说道："齐大哥，你是冷姑娘的朋友，也就是我们的朋友。我有新酿的葡萄酒，请你们务必到我家里尝尝。"

冷冰儿道："你的情意比葡萄酒更甜，我们心领了。麦罕，咱们是好朋友，不说客气话，我有一桩紧要的事情待办，你可以帮我的忙吗？"

麦罕说道："冷女侠，你帮我们的忙太多了，你要我做什么，我都可以答应。"

冷冰儿道："我只想向你打听一个人。"麦罕说道："是什么人？"冷冰儿道："这两天，你可曾碰见一个汉人在草原经过？要是你没碰上的话，请你帮我向这里的牧人打听。"

麦罕说道："不用向别人打听，我在前天就碰见过汉人，而且不只一个，是两个！"

冷冰儿又喜又惊，连忙问道："两个？这两个汉人是什么模样？

年轻还是年老?”

麦罕说道:“当时正下着雨,那两个汉人跑得很快,面貌我看得不清楚,我是从服饰上分别得出他们是汉人的。匆匆一瞥,他们的年纪看来和这位齐大哥大约差不多,总之决不会是老年人。”

冷冰儿一听,不觉更是吃惊了。

齐世杰也是不禁有点暗暗吃惊,连忙问道:“你看他们是在追逐吗?”

麦罕道:“是有点像。”其实他对汉语只是一知半解,他看见那两个汉人,一前一后,好像赛跑似的,就以为像这样的情形,大概就是齐世杰所说的“追逐”了。

冷冰儿道:“他们跑的什么方向?”

麦罕说道:“是向西北方。那边有一座山,当时我是在离开山脚不远处碰上他们的。他们可能是想跑上山避雨。”

冷冰儿道:“好,多谢你了。要是我们找着那个人,回头再到你家喝酒。”她一面说一面跑,说到“喝酒”二字,她和齐世杰已是在麦罕目力所及的范围之内,变得一片模糊。麦罕好生惊异,心里想道:“怎的汉人都跑得这样快!”

他们一直跑到山边才放慢脚步。此时天色已是渐近黄昏了。冷冰儿内力不及齐世杰悠长,跑了约莫两个时辰,不禁已是有点气喘。

齐世杰道:“歇一歇吧。”

冷冰儿摇了摇头,她没有说话,但忧形于色,齐世杰无须听到她的言语,亦已知道她在担心什么了。

“不会这样巧的。”齐世杰安慰她道:“也许是另外的人。”冷冰儿喘息稍定,一面走一面说道:“前天正是杨炎离开罗海那一天。”

齐世杰道:“其中一个虽然可能是杨炎,但另外一个就未必是段剑青了。”

冷冰儿道:“你怎么知道不是?”

齐世杰道:“他们不是说段剑青是给杨炎打跑的吗,他怎么还敢去招惹杨炎?”

冷冰儿道："他知道杨炎中了他的喂毒暗器，初时不敢招惹，但在算准了毒发之后，他当然就敢招惹了。而且假如不是段剑青这个小贼，杨炎又何须要躲避他。"

齐世杰道："纵然真是段剑青，你又焉知不是杨炎去追拿他？杨炎服了碧灵丹，中的毒应该早已解了。"

冷冰儿道："碧灵丹也不是仙丹，何况只得半颗。或许他的毒已解了，但功力恐怕是未能这样快恢复的。"

齐世杰道："听沙辽所说，那晚段剑青似乎也是受了伤的，他的功力也不见得就能够这么快恢复。"

冷冰儿叹口气道："但愿如你所言。但一天找不着杨炎，我总是放心不下。"

其实齐世杰何尝不也担心，他甚至比冷冰儿更多一层恐惧。因为段剑青的武功他虽然未曾目睹，却是曾有耳闻。他记起了师父迦象法师圆寂之时，曾对他言道："你虽然已学会了那烂陀寺的内功心法，又得了桂大侠夫妇的武学真传，但要想胜过段剑青这个小贼，只怕也还不易。"是以要他苦练三年，才能去找段剑青报仇。师父的话他是不敢不信的，心里想道："我如今只练了两年，与杨炎相较，虽然比不上他，相差也不很远。如此看来，恐怕杨炎能够胜过段剑青的也是有限的了。段剑青这小贼不仅已得恩师的全部真传，而且还得了韩紫烟那妖妇的毒功秘笈，他受杨炎之伤，多半不如杨炎所受的毒伤之甚。"

天色阴暗，又下起小雨来了。齐世杰本来想劝冷冰儿稍歇片刻的，此时也不敢再劝了。点了点头，说道："你说得对，为了预防万一，还是早点找着杨炎的好。"于是两人冒雨上山。

雨越下越大，冷冰儿发现山上有座破庙，心念一动，说道："听麦罕所说，炎弟被段剑青这小贼追赶那天，也是下着雨的。假如他们斗个两败俱伤，说不定就会在这破庙之中。"她把设想当为事实，就好像是看见杨炎那天真的被段剑青追赶似的。

齐世杰心里暗暗好笑："哪里有这样一厢情愿的巧事。"但却说道："不错，咱们去碰碰运气吧。即使找不着他，也可以借这破庙避过一场大雨。"

他们是否能够碰上这样“巧”的运气，在破庙中找到杨炎呢？请恕作者卖个关子，暂且按下不表。回头先说杨炎的遭遇。

那少女去而复来，立心试一试杨炎是否真的不懂武功，一抓向他肩头的琵琶骨抓下。

琵琶骨若给抓碎，杨炎的武功就要被她废了。躲避已经躲避不开，运功相抗的话，纵然能免碎骨之灾，只怕也将前功尽废。怎么办呢，心念未已，那少女的指尖已经触及他的琵琶骨了！

这霎那间，杨炎突然作了个大胆的决定，把仅次于生命之灾作一赌注。他将业已凝聚的真气散去，仍然装作丝毫不懂武功的模样。

那少女的武功已是到了收发随心的境界，指尖触及他的身体，发觉丝毫也没反弹之力，连忙把手缩回。

“你果然没有骗我，真的不懂武功！”少女说道。不觉心中倒是有点歉意，笑道：“吓了你一跳，给你一锭银子吧！”

杨炎拾起银子，说道：“多谢姑娘。有这样好的财气，你不妨多吓我几次。”

少女哼了一声，说道：“你这小无赖，胆子不小，但可真没出息。”转瞬之间，已是去得远了。

杨炎抹了一额冷汗，移开所枕的石头，想道：“幸亏没给她发现我所藏的佩剑，要不然她再试一次我不给她捏死，也得给她吓死。”

定了定神之后，细想她刚才的手法，不觉又是暗暗纳闷：“奇怪，怎的她抓琵琶骨的手法，和恩师傅传给我的龙爪手也似同出一源？难道当真有那么样的巧事，这个不知是正是邪的‘小妖女’，和恩师所要寻找的那个人竟是有甚牵连？”

他把散去的真气重新凝聚，继续运功疗伤，到了中午时分，奇经八脉已经尽都打通，功力恢复了八成以上了。

不知怎的，他倒是有点希望那少女再来找他。“要是她再来的话，就该轮到我给她一点厉害尝尝了。”杨炎心想。

抬头看看天色，像是大风雨要来的预兆。草原上杳不见人。

杨炎的心头也像天一样沉暗。

“我要去哪里呢？唉，天地虽大，何处是我容身之所？”越想心思越乱，但觉一片迷茫。

他的第一个恩师，天山派的老掌门唐经天已经死了，他的义父缪长风虽然说是“定居”天山，但他性喜浪游，一年之中，倒是有三百天以上不在天山的。尤其在这秋高气爽的日子，上天山去，十九见不着他的义父。

不错，天山上还有一个人是他深深挂念的，那是和她情如姐弟的冷冰儿。但如今他对冷冰儿也是有几分怨恨，心里想道：“此际，她在通古斯峡大概已经找着了齐世杰了，料想她也不会这样快就回天山的。而且她一定要阻挠我去向孟元超报仇的，我的事情还未干出来，就跑去见她做什么？”

那么先到柴达木去找孟元超报仇吗？尽管他有这个念头，但却不知怎的，心中也是矛盾非常。不愿意特地去找孟元超张扬其事，只盼能偶然碰上。

那么回到他从来没有到过的家乡去吧，他可又不愿意。生身之父是生是死都未知道：“我贸贸然跑回家乡认亲，除了给人耻笑之外，那还有什么意思？”

什么地方似乎都不适宜他去，他只有茫然不知所之地信步而行了。

大地苍茫，风雨来了！

狂风刮面如刀，大雨打在他的身上竟然有点火辣辣的作痛。是他初愈的身体禁不起暴风雨呢？还是他的心头隐痛在发作呢？

在暴风雨中他有几分“痛快”之感，好像风雨能够冲刷他心中的郁闷。但在这样毫无遮蔽的草原上遭受风吹雨打，纵即是武功极好的人也是不好受的。

也不知是白天还是黑夜，草原上已是一片沉暗了。他也不知不觉地跑到一座山边。山上有树木，在山上避雨，总比在草原过这一晚好些。

这座山不算峻峭，但在大雨下却甚难行。不过这也难不了杨炎。他施展绝顶轻功，冲风冒雨的就跑上山去。

正当他想找一处树木茂密之处躲避风雨的时候，忽然发现山头若隐若现的有点火光。

走近去看，原来那是一座破破烂烂的山神庙，虽然破烂，却还可以聊避风雨。

庙中有两个人烤火，他们正在谈话。由于雨声很大，他们的声音也特别提高。杨炎本来无意偷听他们的谈话，但听了开头一句，他却好似着了定身法的呆住了。

从后墙的窟窿看进去，一个是年约三十来岁的汉子，一个则是年约二十七八岁的少年。

年纪较大的那个汉子叹道："世杰师弟恐怕早已遇难了，却累咱们受苦！哼，咱们也找了将近一年了，这苦不知还要受到几时！"

"原来他们是齐世杰的师兄，大概是世杰的母亲久不见儿子回家，又派遣徒弟出来找寻他的。我要不要告诉他们有关世杰的消息呢？"杨炎心想。

年纪较小的那少年说道："宋师兄，咱们虽然受苦，但师姑找不着侄儿，又失了亲生的儿子，心里一定比咱们更为难受。你当然知道她的脾气，要是咱们得不到一点讯息就回家去，非给她重重责骂不可！但我倒不是怕给她责骂，而是有点可怜她这个孤独的老婆婆。"听到这里，杨炎方始知道这两个人是他父亲的徒弟，并非姑母门人。正是：

夜雨空山流浪客，山神庙里遇乡亲。

第七回　不认亲人徒自苦 感怀身世有谁怜

师父还在人间

年纪大的那个汉子哼了一声，说道："咱们的师姑号称辣手观音，你倒怜悯起她来了！辣手观音，平生从不受人怜悯，要是给她知道你说过这样的话，恐怕她非但不领你的情，还要赏你老大的耳刮子呢！"

年纪小的那个说道："就因为她老人家生性好强，晚景落得如此凄凉，又不能向人诉说，我才觉得她格外可怜。"年纪大的那个冷冷说道："胡师弟，你倒真是一副软心肠。你忘记了当年你也曾经见过师娘受她折磨之事而深感不平么？依我说，她今天落得这般田地，正是自作自受！"

年纪小的那个低声说道："我没有忘记。"

他的师兄谈起往事，似乎甚为愤慨，继续说道："想当年，师娘肚子里怀着孕，却给她加上莫须有的罪名，在寒冬腊月，赶出门去。要不是她赶跑师娘，杨炎也不至于生下来就不知道谁是父亲，她也不至于为了找这个侄儿，反而赔上自己亲生的儿子了！

"师娘后来在小金川战死，恐怕和产后失调也不无关系，推源祸始，都是她造成的过失。她害了别人，也害了自己，这不是自作自受么？

"哼，要说她可怜，师娘才更值得咱们可怜呢！胡师弟，不知道你怎么想，在我的心中，云紫萝虽然给咱们的师父休了，我可还是始终把她当作师娘的!”

杨炎在墙外听见这番说话，不觉呆若木鸡，心中如受刀绞，想道:“原来我的娘亲曾经为我吃过这许多苦头！齐大哥为人总还算不错，想不到他竟有那么一个手段狠辣的母亲，亏她还好意思要找我回去。”

心念未已，只听得年纪小的那个叹了口气，接下去说道:“在师兄弟中我年纪最小，师娘对待我有如亲生儿子一般，我可说是由她一手抚养长大的，怎能忘了她的恩德？在我的心中，她不仅是我的师娘，还是我的养母。遗憾的是：我今生再也无法报答她的恩义了。

“那年她被师姑赶出家门，我背后不知流了多少眼泪，也曾切齿痛恨过师姑。但后来年纪渐渐大了，偷听大人的议论，方始知道这也不能完全责怪师姑，当年那件事情，本来就是一个误会!”

他话犹未了，他的师兄又在冷笑道:“胡师弟，我看你还未曾完全知道事情的真相呢。与其说是误会，毋宁说这是师父一手造成的陷师娘于不义的误会!”

他的师弟怔了一怔，说道:“师兄，此话怎讲?”

师兄说道:“你先说你知道了一些什么?”

师弟说道:“听说师娘和孟元超本来是一对恋人，早就有了婚姻之约的。后来谣传孟元超已在小金川战死，她才嫁给师父。”

师兄说道:“但师娘嫁入杨家之后，可没有丝毫行差踏错。后来虽然知道那是谣传，她和孟元超也从没有暗中来往。”师弟说道:“这些我都知道。”

师兄继续说道:“那你知道师父那一次为什么要假死骗人吗?”

师弟说道:“是不是为了害怕孟元超?”师兄道:“那只是师父后来为了替自己辩护，制造的借口。”

师弟说道:“那么真相到底如何?”师兄说道:“他是为了要败坏孟元超的名声，我甚至怀疑师姑赶师娘出门，此事亦已早在他意料之中。师娘无依无靠，还能不去寻找孟元超吗?”

师弟说道:“师娘的父亲本来就是义军头领，在孟元超未到小金川之前阵亡了的。小金川有师娘父亲的许多朋友，她到小金川去恐怕也未必就只是为孟元超。”

师兄说道：“不错。但如此一来，等于是师父逼使他们相会，这可就有了陷害孟元超的借口了。”

师弟说道：“这对师父有什么好处?”师兄哼了一声，说道：“师弟，你是真糊涂还是假糊涂，难道你不知道孟元超是朝廷的钦犯?”

师弟呆了半晌，说道：“师父、师父的用心不会，不会如此恶毒吧？他也一直没有做什么官，而且如今死活未知，咱们做徒弟的，似乎，似乎——”

师兄说道：“不错，做徒弟的本来不该在背后议论师父的过错，我只是替师娘不值，因为你是师娘最疼惜的弟子，我才和你说。也或许那只是我的胡猜，你不必放在心上。”

师弟叹了口气，说道：“世上有许多事情，是非本就难明。谁叫咱们是做徒弟的呢，师父纵有千般不是，总是咱们的师父。”可是在他语气之中，不啻已经默认师兄的“猜测”是符合当年事实的了。

杨炎知道了自己的身世之隐，这些都是齐世杰未曾告诉他的，听罢心情不禁大为激动，暗自想道：“爹爹不会像他们所说那样卑鄙的，爹爹纵有不是，孟元超的不是必定更多！不管如何，他总是我的生身之父！”

他这样想，其实在他心底深处，亦已开始感到是否应该找孟元超“报仇”一事，有所怀疑的了。至少他已经知道父亲未必都对，孟元超未必都错。不过这一点朦胧的意念，就像冰山一样，十分之九埋在心底，他可不敢让它“浮上来”。迷糊中忽听得年纪轻的那个又在问他师哥道：“宋师哥，有件事我一直想问你，自从那年师娘在小金川战死之后，师父也从此在江湖上销声匿迹，你可知道他老人家是死是活?”

这正是杨炎最想知道的事情，登时好像从梦中醒来，不知不觉又再聚精会神地听下去。

只听得那个被称为“宋师哥”的汉子说道：“我相信师父还活在人间!”

师弟问道："你怎么知道？"

师兄说道："大约七八年前，有一次我在川陕路上走镖，听得江湖朋友说道，说是孟华曾经碰见过咱们的师父。"

师弟说道："此事我也曾经听人说过，但听说孟华知道师父不是他的生父，已经把师父杀了！"

师兄道："对你说话的是什么人？"

师弟说道："是一个什么贝子家中的教头。"师兄笑道："原来是这么一个身份，那就无怪他要造孟华的谣了。"

师弟说道："告诉你这件事情的又是什么人？"师兄说道："是一个和义军有关系的人，名字我不能告诉你。不过这人不但和孟华相识，也是咱们三师哥和四师哥的朋友，我相信他是不会说谎的。"

师弟说道："但这件事也是七八年前的旧事了，你怎么知道他现在还活着？"

师兄说道："还有一件事可作旁证，咱们的大师哥不是已经当上了御林军的一个不大不小的官儿了么？"

师弟说道："这怎么能证明师父活在人间？"

师兄笑道："你心肠很好，就是脑筋不会转弯。不错，大师兄的本事是比咱们要高明一些，但凭他那点本事，也还不够在御林军当差的。御林军是皇帝的亲军，一个普通武师，只凭本事，也不能混进去的。那还不是靠着师父的面子？师父虽然没有做官，但他和御林军的首脑人物可都有交情，这件事你或许不知，我是知道的。"

师弟笑道："师兄，你'拐'的这个'弯'也未免拐得太远了吧？"

师兄说道："算了，信不信由你，我不想把更多的事情告诉你了。"

师弟忽地问道："师兄，你觉得大师哥去做官好不好？"师兄愣了一愣，反问他道："你觉得怎样？"

师弟说道："我不欢喜大师兄做官。不过话说回来，要不是他当上官儿，也不会保荐咱们进震远镖局顶替他。"

师兄似乎颇有感触，说道："咱们同门六人，想不到如今变化如此之大。大师兄当了官，二师兄在家乡做雄霸一方的土豪，三师兄和四师兄却去投奔了义军，只有咱们两个最没出息，做了混饭吃的镖师，几年来从未受过重用。好不容易今年才出京城，却是替师姑跑腿，并非保镖。”

师弟笑道：“师兄，你怎的那么多牢骚。我倒宁愿替师姑办事，不愿替富贵人家保镖。”

师兄说道：“我是两者都不愿意，但谁叫咱们不像二师哥那样有钱，又不像三师哥四师哥那样去造反呢？只能替人家跑跑腿了。不过，我也并非乱发牢骚，我一直疑心一件事情。”

师弟问道：“什么事情？”师兄说道：“两年前咱们曾经和三师哥暗中有过一次晤面，我怀疑这件事情大师哥已经知道，告诉了总镖头。所以总镖头不敢重用咱们。”

师弟说道：“大师哥若然起疑，他大可以叫总镖头把咱们赶出镖局，甚至令咱们入狱他也有办法。宋师哥，可能是你多疑了。”

师兄说道：“你还不懂得大师兄的为人，他是最要面子，咱们又并没有做出什么，他为了顾全自己的面子，自是不便把他保荐的人赶出镖局，只能叫总镖头冷落咱们。”

师弟笑道：“要是你怀疑的是事实，我倒庆幸咱们能够为师姑跑腿了。在这里虽然辛苦一些，胜于在京师提心吊胆。”

师兄道：“这也说得是。假如不是总镖头不敢重用咱们，他就不会买师姑的面子随便让咱们离开多久就是多久了。但我受师姑的气受得比你多，纵然在这里胜于在京师被人冷落，我也还是不甘心为她挨风抵雨。”

师弟笑道：“师兄，你看开点吧。师姑纵然不好，世杰师弟自小和咱们的交情可是不错，难道你不愿意把他找回来么？”

师兄说道：“我就是为了世杰才肯替师姑跑腿的。嗯，雨声好像小了很多，大概快要停了。”

师弟说道：“停了就好，咱们可以放心睡一觉，明天好赶路。嗯，这场雨下得好大，要是还不停止，路就更难行了。”

师兄苦笑道：“明天，明天还不是和今天一样？咱们根本就不知应该到什么地方寻找，只能像没头乌蝇一样，在冻窗上盲目乱撞。”

师弟安慰他道：“总胜于被大雨困在荒山好些。或者，说不定会有奇迹出现呢。”

师兄忽地“咦”了一声，说道：“胡师弟，你听听，外面好像有人！”

原来杨炎听得父亲尚在人间，心情大为激动，呼吸也不知不觉粗重了些。大雨一停，就给这两个人发觉了。

杨炎只好不再隐瞒，抖抖索索地走近庙门，说道：“我、我见这里有火光，我、我想……”

那姓胡的笑道：“你想进来烤火是不是？”

杨炎装作畏畏缩缩的样子说道：“我可以进来吗？”那姓宋的师兄盯了他一眼，问道：“你是什么人，来了多久了？”

杨炎说道：“我是个小叫化，以为山上可以避雨，谁知雨越下越大，我又冷又饿。后来雨势较小，我看见这里的火光，就连忙走来，刚刚来到。两位大爷，请你们做做好事，让，让，我——”

杨炎衣裳破烂，身上沾满污泥浊水，一副瑟缩的模样，活脱像是个饥寒交逼的小叫化。那姓宋的师兄再也没有疑心，笑道：“这破庙也不是我们的，你当然可以进来。”

那姓胡的师弟心地更好，连忙说道：“真可怜，这场大雨把你淋坏了，快进来烤火吧。我们这里还有一点吃的东西。”

杨炎在火堆旁边蹲下，接过他递来的糌粑，装作饿坏的样子送入口中大嚼，含含糊糊地说些多谢的话。

那姓胡的道：“你会喝酒吗？”杨炎说道：“不知道。但只要是能吃能喝的东西，我都能够吞进肚子里的。”要知他是叫化子的身份，叫化子讨的是冷饭残羹，酒是难得有人施舍的。故此只有这样说法，方才合乎他的身份。

那姓胡的师弟不觉笑了起来，说道：“喝点酒可解寒气，你不必客气，就把这葫芦里的酒喝了吧。醉了也不打紧。”杨炎接过葫芦，说声“多谢大爷”，果然一点也不客气就把葫芦里的酒喝个干净。

忽听得有人说道：“好酒香，我可以借光烤个火吗？”说话的声音不大，却震得他们的耳鼓嗡嗡作响。

杨炎暗自想道："这个人的内功倒还不弱，但有这样功夫的人，决不会无缘无故炫露。莫非是段剑青的党羽，冲着我来的？"

杨炎对他这手功夫虽然不敢小视，也还不致吃惊。宋胡二人可是不禁暗暗吃惊了，连忙说道："朋友请进！"

只见一个豹头鹰目的魁梧汉子大踏步走进庙门，约莫四十来岁年纪，相貌甚是粗豪，手里提着一根三尺多长的铁烟杆，两边太阳穴微微坟起，一看就知是个内家高手。他的这根铁烟杆沉甸甸的，看在内行人眼里，一看也知是可以用作点穴脉的奇门兵器。

"你们不嫌我这个不速之客吧？"这汉子口里说着客套话，却已大剌剌地坐了下来，在烟锅里装满烟草，"兹哒，兹哒"的就抽起烟来。

姓宋的师兄说道："大家都是汉人，难得异乡相遇，请问朋友高姓大名？"

那人哈哈一笑，说道："你们不知道我，我可知道你们。你们是震远镖局的宋鹏举和胡联奎吧？嘿，嘿，两位大镖头，幸会，幸会！"

宋鹏举越发吃惊，说道："不错，我正是宋鹏举，他是我的师弟胡联奎。大镖头三个字不敢当，我们只是震远镖局做跑腿的小镖师。请恕我们眼拙，不知在哪里曾经见过尊驾？"

那人笑道："你们没有见过我，只不过我知道你们罢了。我不但知道你们，京城各大镖局稍为有点本领的镖师，大概我都能够说出他们的姓名来历。"

宋鹏举道："原来都是江湖上的朋友，要是没有什么不便的话，请示尊姓大名，也好有个称呼。"

那人缓缓说道："对别人我或许有点顾虑，但我是特地来和你们两位相会的，岂敢隐瞒？小姓郑，贱名雄图，令师兄想必曾经和你提及过我的名字吧？"

"郑雄图"这三个字听入宋鹏举耳中，不由得面上变了颜色，呆住了。

原来杨牧门下有六个弟子。宋鹏举排行第五，胡联奎排行第六，他们的大师兄闵成龙本是震远镖局的副总镖头，三年前保一支镖曾被一个独脚大盗所劫，这个独脚大盗就是郑雄图。闵成龙之所以改行做官，固然是因为做官更能享受荣华富贵，但未始不也是因为那次失镖受挫之故。

不过这件案子后来由于有得力的人物斡旋，郑雄图把货退回七成给震远镖局，震远镖局为了顾全面子，也就秘而不宣了。宋鹏举心想："经过那次的劫镖退镖，这姓郑的多少也算得和我们的镖局有点交情，料想不至于和我为难吧?"便道："原来是郑舵主，幸会，幸会。可惜我们的酒已经喝光了……"

话犹未了，郑雄图已是哈哈一笑，截断他的话道："喝酒你们还怕没机会吗？实不相瞒，我正是要来请你们喝酒的。只不知你们喜欢吃'敬酒'还是喜欢吃'罚酒'?"

宋鹏举面色大变，霍的一下站了起来，说道："郑舵主，你这话是什么意思?"

郑雄图笑道："宋大镖头，你就别装糊涂了。快把所保的'红货'拿出来吧！我只要财物，不要性命。嘿、嘿，这就是'敬酒'了。倘若你们一定要吃'罚酒'，哼，哼，那就对不起你们，我是财物也要，性命也要了!"

宋鹏举沉声说道："郑舵主，你的耳目虽然灵通，但这次却是弄错了!"

郑雄图冷冷说道："你别以为我和你们的镖局有过交情，那次我是被逼退镖的。如今我已无须卖任何人的面子了，我首先就要劫你们的镖出一口气。"

宋鹏举道："我说的不是这个意思。"

郑雄图道："好，反正我也不急。那你说吧，究竟是什么意思?"一副羊在虎口，不怕他们跑得出掌心的神气。

宋鹏举道："不错，我们是震远镖局的镖师，但这次可并非保镖。我们寻找一位师弟才到回疆的。"

郑雄图冷笑道："你们骗得谁来？震远镖局的镖师远走回疆，保的不是'重货'还是什么？你最小的师弟就是这位胡联奎，还有什么师弟?"

宋鹏举道："是另一位师弟，是我们师姑的儿子。我这师弟出道未久就来回疆，他的名字或许你不知道，但我们师姑的名字想必你会知道的！”

他不把师姑抬出来也还罢了，一抬出来，郑雄图的口气可就更加硬了，冷笑说道：“你以为辣手观音的名头就可以吓倒我的？我不管你们这些缠夹不清的家事，你是找寻师弟也好，是保镖也好，你说没有红货，那就脱光了衣服，乖乖地让我搜！”

宋胡二人岂能受这侮辱？一听之下，几乎气炸心肺！

两人不约而同地霍地站起来，齐声说道：“郑舵主，多谢你的好意了，可惜我们不会喝酒。敬酒也好，罚酒也好，这酒还是留给你自己喝吧！”

郑雄图冷冷说道：“我有个脾气，说过的话，决不收回。既然你们不肯接受我的好意，这杯罚酒，你们不喝也得喝下！”

说至此处，忽地侧目斜睨，盯着杨炎说道：“这小子是什么人？”宋鹏举道：“是个不相干的小叫化。”胡联奎道：“小兄弟，你快走吧！”郑雄图喝道：“不许走出庙门，滚过一边！”

杨炎应道：“是，大爷。”走到一个角落，靠着墙蹲下来，笑嘻嘻道：“大爷，你们敢情是要打架么？我最喜欢看人打架。”

郑雄图虽然觉得杨炎的举动有点奇怪，却也并不把他放在眼内，心里想道：“或许当真是个不知死活的傻小子。”

当下慢条斯理地吸了口烟，这才站起来道：“好，你们师兄弟并肩子上吧！”

宋鹏举道：“是你要劫镖，虽然我们这次不是保镖，也得按本镖局走镖的规矩。”原来由于震远镖局是镖行领袖，亦即是最有地位的镖局，故此它订下了一条独特的规矩：必须先礼后兵，劫镖的强盗先动手，他们的镖师才能动手。

郑雄图哼了一声，说道：“哪来的这多多臭规矩，好吧，我也没工夫和你们客气，你们既然不肯交出红货，我就自己搜了。”说罢，缓缓地向宋鹏举走近，左手还提着那根烟杆在吸着烟，一副不把他们放在眼内的神气，突然就向宋鹏举抓下来。

宋鹏举一个吞胸吸腹，脚步不动，身形挪后五寸。呼的便是反手一招。

这一下避招还招，拿捏时候，恰到好处。杨炎暗暗赞了个“好”字，心里想道：“果然不愧是我爹爹亲手调教出来的弟子，他这一招杨家六阳掌的功夫，使得似乎比齐世杰表哥还要更纯熟。”

心念未已，只见郑雄图喷了口烟，烟雾迷濛中他又是一抓抓下。这次宋鹏举可避不开了。“哼”的一声，衣裳被抓破一角。

胡联奎连忙上来帮助师兄，喝道：“你捣什么鬼，想要暗箭伤人么？”

郑雄图笑道：“你这初出道的雏儿，是毒烟不是毒烟，难道你闻不出来？我烟瘾大，你凭着什么规矩，不许我吸烟？”

杨炎躲在角落，迎着随风飘来的袅袅轻烟，深深吸了口气，心里想道：“这强盗说得不错，果然没有毒的。他喷烟迷人眼目，虽然有点取巧，但宋胡两位师兄以二敌一，也扯了个直，不能说是他占便宜了。”

郑雄图口中说话，手底丝毫不缓，连进几招。跟着哈哈一笑，说道：“你们不是我的对手，还不赶快亮出兵刃？我倒想见识见识你们杨家所传的刀中夹掌的功夫呢？”

宋胡二人似乎亦已知道不是他的对手，不待郑雄图把话说完，果然都把佩刀拔了出来。但他们以二敌一，还要动用兵刃，可不好意思发话了。当下闷声不响，双刀齐出，双掌翻飞，夹攻这个名震江湖的独脚大盗。

只听得“当，当”两声，两把百炼精钢打成的朴刀砍在郑雄图这根烟杆上溅起了点点火星。郑雄图身形滴溜溜一转，他们的双掌也打了个空。

郑雄图纵声笑道：“拳脚对拳脚，兵刃对兵刃，这也是我的规矩！”笑声中一个“怪蟒翻身”，铁烟杆刷的一个“盘打”，荡开了宋鹏举的钢刀，倏地就转到胡联奎背后，狠下杀手。

也是杨炎估计错误，他见过齐世杰的武功，齐世杰的武功是和他不相上下的，他只道宋胡二人是齐世杰师兄，纵然不如齐世杰，也应该相差不了多少。最少，无论如何，也不会很快落败。故此他打定了主意，不到最后关头，不加援手。这一来是为了不愿意暴露身份，二来也是为了顾全宋胡二人的面子。他还以为宋胡二人可能还有绝招，留在后头，未必打不过这个大盗的。

哪知他的估计完全错误。

就在这霎那之间，郑雄图一个“倒踩七星步”，手起杆落，“横江截浪”，一片金铁交鸣之声响过，宋胡二人的钢刀被他打落。郑雄图一招左右开弓，手法快到极点，宋胡二人来不及跃开，已是“卜通”一声倒在地上。原来郑雄图的这根烟杆，不但可以当作棒使，而且还可以用作判官笔来点穴道。

杨炎这才不禁一惊，想道：“这强盗其他功夫不算怎的，点穴的功夫可是好生了得！”

宋胡二人忙用本门的内功心法运气冲关，哪知不运气还好，一运气之下，全身有如针刺一般，痛苦难当。他们不肯失了面子，只好咬紧牙关抵受。

郑雄图把二人点倒，哈哈笑道：“对不起两位大镖头，我可要剥光你们的衣裳搜啦！”宋鹏举又惊又怒，他不甘受辱，便想自断经脉而亡。可是他运气冲关尚且不能，要想自断经脉，哪里能够办到？只是徒增痛苦罢了。

正在郑雄图要去羞辱他们的时候，杨炎忽地站了起来，伸了一个懒腰，懒洋洋地说道：“这位大爷，你别白费劲了。”

郑雄图回过头来，喝道：“小叫化，你这话是什么意思？”

杨炎说道：“他们所保的红货，藏在我的身上。”

郑雄图哈哈笑道：“幸亏我有先见之明，原来你果然是他们的伙计。”

杨炎说道：“你弄错了，我并不是镖局的伙计。只是我受过他们恩惠，得人钱财，与人消灾，他们要我代为保管一个小小的盒子，我还能不答应么？”

宋胡二人好生惊诧，心里想道：“这小叫化倒是好人，但他的谎话又能瞒得了这盗魁多久？”

郑雄图道：“你得了他们什么恩惠？”

杨炎说道：“他们请我喝了酒，还答应给我二钱银子。”

郑雄图道：“好，我也请你喝酒，给你二两银子。把那盒子交给我吧。”

杨炎作出又惊又喜的表情，说道："哈，二两银子，你这话可是当真？"

郑雄图道："当然是真的，快拿来！"

杨炎向他走近，说道："白花花的银子遮了眼睛，我只能不讲义气了。不过，你可别要我喝酒，我的酒已经喝得够了。你的什么敬酒、罚酒，我更加害怕。"

郑雄图是个江湖上的大行家，当然早已看出了杨炎形迹可疑，不过是不把他放在眼内罢了。当下喝道："少说废话，你已经知道我的罚酒滋味，要是胆敢戏弄于我，你也非得喝下罚酒不可！"

杨炎说道："大爷，你别吓我——"忽地叫道："哎呀，不好，我、我要呕了！"把口一张，一股酒浪向郑雄图迎面喷去。

这一下大出郑雄图意料之外，饶是他闪避得快，也给溅得满头满面，虽然酒浪不会伤人，那股臭气可是难堪，几乎令他也要作呕。

杨炎苦着脸说道："我早说过我不能喝酒的，你说了个酒字，我就忍不住——"

话犹未了，郑雄图已是大怒喝道："好小子，你要找死！"张开蒲扇般的大手，立即就向杨炎一把抓去。杨炎佯作给他吓得跌倒地上，却恰好避开他这一抓。一个懒驴打滚，滚到墙边。心里想道："用什么办法来对付他，才可以令他知难而退呢？"

郑雄图越发起疑，喝道："好小子，我倒要看看你有什么本领逃得出我的掌心。"

杨炎躲在墙角，瑟缩一团，装作害怕的样子，等待他再扑过来，准备用天山神芒伤他。但不知怎的，郑雄图却停下了脚步。

辣手观音到了

就在此时，忽听得一个冷峭的声说道："谁要找死？哼，哼，我倒要看他有什么本领逃得出我的掌心？"听声音似乎是个上了年纪的妇人。

说时迟，那时快，那个人已是声到人到，果然是个年约五十开外的老婆子。

声如其人。这老婆子的声音冷酷之极，人也冷酷之极。脸形削瘦，颧骨高耸，那一脸煞气，令得纵横黑道的独脚大盗也禁不住打了一个寒噤。

宋鹏举和胡联奎是给郑雄图用重手法点了穴道的，但他们虽然说不出话来，在这妇人踏进庙门之际，却也禁不住喉头作响，咿咿哑哑，发出了好像惊喜交集的声音。

那满脸煞气的婆婆盯了郑雄图一眼，冷冷说道："我道是谁胆敢欺负我杨家的门人，原来是你郑大舵主!"

郑雄图提起铁烟杆，作出准备迎敌的姿态，说道："想不到在这里能够碰上辣手观音杨大姑，真是幸会，幸会!"

杨炎这才知道，来的这个老婆婆原来就是他的嫡亲姑母。这霎那间，他的心情真是复杂之极，想起母亲曾经受过她的凌辱，不觉抱着一点幸灾乐祸的心情，希望假手这个盗魁令她也受一次折辱。但想到这个女人无论如何总是自己的嫡亲姑母，又不禁有点为她担心："她年纪已大，不知是否打得过这个盗魁?"

心念未已，只听得辣手观音杨大姑已在发话，她一声冷笑，说道："实不相瞒，我是因为发现你追踪我杨家的弟子才特地也来跟踪你的。我早就知道你不怀好心的了，却还想不到你这样大胆，居然敢打伤他们，还不把我这个老婆子放在眼内！嘿、嘿，你自己说吧，你是愿意自己了断，还是让我替你了断?"所谓"自己了断"就是要逼郑雄图自杀的意思。

郑雄图乃是黑道上数一数二的人物，平时也是气焰凌人惯了的。他虽然明知杨大姑号称"辣手观音"，这"辣手"二字决非浪得虚名，但他怎能忍受得了杨大姑这股气焰。

他怒极气极，反而大笑。杨大姑喝道："你笑什么?"

郑雄图道："我笑武林之中不知自量的狂妄之辈!"

杨大姑道："呀，你是说我不知自量?"

郑雄图道："不敢。但郑某人自从出道以来从未向人低过头、屈过膝，我倒要看看有什么人能够逼使我自行了断?"

杨大姑道："哦，这么说你是要和我动手了?"

郑雄图道："阎王老子我也不怕，辣手观音的辣手也未必就能要得了我的性命！”

杨大姑淡淡说道：“好，那你就来试试看吧！”

只听得“蓬”的一声，双掌相交，声如郁雷。郑雄图给她的掌力震得接连退了三步，方能稳住身形。左手的铁烟杆截出，根本连她的衣角都未曾沾着，就给双掌相激起的一股劲风荡开了。

杨大姑冷笑说道：“烟杆点穴的功夫还勉强可以，大摔碑功夫你可还得再练十年！”

冷笑声中，杨家的六阳掌已是使将起来。招里藏招，式中套式，每一掌发出，都暗藏着这六种不同的奇妙变化。片刻之间，只见四面八方都是杨大姑的影子，郑雄图的身形，已是完全在她的掌势笼罩之下。

杨炎放下了心上的一块石头，暗自想道：“姑姑这辣手观音的绰号，果然是名不虚传。她这六阳掌功夫比起齐世杰表哥狠辣多了。”

郑雄图拼命抵挡，兀是只有招架之功，毫无还手之力，渐渐连招架也感到困难。他一咬牙龈，就想施展一招最狠辣的点穴功夫，和身扑上去，与杨大姑同归于尽。

杨大姑好似知道他的心意，非但不闪，反而欺近他的身前，竟然迎着他的铁烟杆，伸手就抓。

郑雄图暗自欢喜，心里想道：“你这恶婆娘如此小觑于我，这正是我求之不得的事！”当下对准杨大姑掌心的“劳宫穴”呼的一杆戳出。劳宫穴乃是人身大穴之一，倘被戳穿，多好武功也要变成废人。

哪知他一杆戳出，却似戳进了一团棉絮之中，丝毫也使不上劲。说时迟，那时快，杨大姑的右掌已经向他当头拍下。郑雄图连忙扔开烟杆，双掌抵御。

刚才好像碰着一团棉絮，此时的感觉则是完全两样。他双掌拍出，就像碰着了铜墙铁壁一般！

只听得又是一声郁雷似的声响，比刚才更加骇人。连躲在墙角的杨炎，都给震得耳鼓嗡嗡作响。

郑雄图好像皮球一样抛了起来，他也委实顽强，居然哼也不哼一声，只见他一口鲜血喷了出来，已是一个鹞子翻身，脚尖着地，立即跑出庙门。

杨大姑冷笑道："你能够跑出百步开外，算你本事!"话犹未了，只听得庙门外传来一声撕心裂肺的惨叫，随即听见好像石头滚下山坡似的腾腾声响。

原来郑雄图已是给她的掌力震得五脏六腑都翻了过来，果然还未跑到百步开外，就支持不住，滚下陡削的山坡。不用说，当然是一命呜呼了。

她无暇理会杨炎，先去察看两个师侄的伤势。

郑雄图的点穴手法另有一功，杨大姑运用本身真力给宋胡二人推血过宫，通解被封闭的穴道，约莫过了半支香的时刻，方始能够把他们的穴道解开。

宋鹏举知道她的脾气，首先说道："师姑，我们本领不济，失了你老人家的面子了。"

杨大姑哼了一声，说道："你们知道就好，以后可得更加勤奋练功。"宋鹏举胡联奎齐声答了一个"是"字。杨大姑骂了他们两句，这才放缓和语调说道："郑雄图好歹也算得黑道上有数的人物，你们的大师兄尚且不是他的对手，我也不能太过怪责你们了。你们现在觉得怎样?"

宋鹏举不敢作声，胡联奎说道："胸口似乎还有点隐隐作痛。"

杨大姑说道："我早料到了。郑雄图的烟杆点穴，能伤奇经八脉，我都不敢让他点着，你们当然是难免受伤的了。嗯，说起来我也托大了些，不该来得这样迟的。延误了点穴的时间，如今，如今……"

宋鹏举吃了一惊问道："师姑，我们是受了内伤么?"杨大姑说道："不错。好在未过两个时辰，否则只怕就要落个半身不遂了。如今——"

胡联奎跟着问道："如今怎样?"杨大姑似乎比较疼爱他，说道："小猴儿，有师姑在这里，你害怕什么?如今你们暂时只能在这里养伤的了，但也不要紧，最多躺个三天。我给你们先服下一颗小还丹。"

胡联奎放下心上的石头，吞下了小还丹，说道："师姑，幸亏你老人家到来救了我们这两条小命。我们可真是想不到你老人家也会来的。"

杨大姑道："世杰的下落，你们可打听到没有？"

胡联奎道："对不住你老人家，这一年来，我们从西藏找到回疆，跑过的地方也很不少了，兀是打听不到有关师弟的消息。"

杨大姑哼了一声，说道："我早料到你们这两个饭桶是不济事的了，所以我才亲自出马。杨炎的消息呢？"

宋鹏举道："更加无人知道。"

杨炎心里想道："要不要告诉她我就是她的亲侄儿呢？"此时杨大姑方才开始注意及他，说道："这，这小伙子是什么人？"

胡联奎道："是一个小叫化。昨晚风雨很大，我们见他可怜，让他进来避雨的。"

杨大姑道："恐怕不是寻常的小叫化吧？"

宋鹏举道："这我们可就不知他的来历了。"

杨大姑道："嗯，小叫化，你刚才的那个胆子可是真不小啊！"

杨炎说道："做人应该知恩报德，两位大爷给我东西吃，又给我喝酒，还让我烤火。我没办法报答他们，只好大着胆子替他们用缓兵计，拖着那个强盗，拖得一时就是一时。好在你老人家来得快，我现在想起来方始知道害怕。"

杨大姑盯了他一眼，说道："你总算是帮过我这两个师侄的忙，我也不查究你是什么人了。就当你真的是小叫化，这一锭银子给你，你走吧。"说罢，朝着杨炎扔出一个五两重的元宝。

杨炎装作眉开眼笑地伸手去接，手掌触着元宝，忽地"哎哟"一声，跌了个仰八叉，元宝滚过一边。

原来杨大姑在扔出元宝之时，稍微用上一点内力，这点内力，不会伤人，但却可以试出杨炎是否懂得武功。

杨大姑道："怎么啦，你没摔伤吧？"

杨炎苦着脸道："你老人家手劲好大，还好只是擦损了一点皮肉。"杨大姑道："原来你果然不懂武功。那还不快拾起银子快走！"她哪知道杨炎是故意摔这一跤的。

杨炎拾起银子，正自踌躇，不知是否应该把齐世杰的消息告诉了她才走，就在此时，忽听得一个银铃似的声音笑道："你这小叫化倒是财星拱照，走这样快干嘛？"

正是那个行径古怪的少女。

不知怎的，杨炎看见了她，心里又是欢喜，又是有点不安，暗自想道："这小魔头突如其来，不知又有什么花样？"

一个是衣裳华美艳丽如花的少女，一个是满身污泥衣裳褴褛的小叫化。但这个少女和杨炎说话的口气却好像是碰见了老朋友一般。

这种违背常理的事情看在杨大姑眼内，自是不禁起了疑心了。

"哦，你们是相识的么？"杨大姑盯着那少女问道。

少女说道："昨天我才施舍他一锭银子。"

杨大姑淡淡说道："姑娘，你倒是阔绰得很啊，施舍给一个小叫化也是一锭银子。这是为了什么？"

少女说道："彼此彼此，你也并不吝啬呀。我昨天给他的那锭银子还没有你送给他的这锭银子重呢。你又是为了什么？"

杨大姑道："我的事情你管不着！"

少女说道："那你何必问我是为什么？我更是不喜欢别人多管闲事的。"

杨大姑号称"辣手观音"，几曾受过人如此抢白？不觉面上盖满乌云，但以她的身份，却又不便为这样的小事发作。

虽然没有发作，脸色可是难看得很了！

那少女却是笑靥如花，眼角也不瞧她一下，面向着杨炎说道："你这个人也真有点古怪，我把你当作普通的小叫化，只怕当真是走了眼了！"

杨炎心想："我不说你古怪你倒说我古怪！"装作一副瑟缩可怜的样子苦笑说道："我有什么古怪，小姐，你别和我开玩笑了。"

少女说道："还说没有古怪，那为什么总是有古怪的事情跟你一起？当然是因为先有你这个古怪的人才会惹出那些古怪的事。"

杨炎说道："小姐，我不明白你的意思，我惹了些什么古怪的事了？"

少女说道：“第一、每次见到你总是有人给银子与你；第二、和你在一起的人总是有人受伤；第三、每次碰见了你，同时也就会碰上了一些倒霉的事情，不是碰上强盗打劫，就是碰上泼妇骂山门！”

杨大姑这一下气可大了，忍不住就瞪着那少女说道：“你，你骂谁是泼妇？”

少女淡淡说道：“我又没有说你，你若自己认为是个泼妇，那可与我无关！”

杨大姑道：“你这不知天高地厚的小丫头，我不屑与你计较，你的父母是谁？”

少女说道：“好呀，我没骂你泼妇，你倒骂起我是丫头来了。你问我的父母干嘛？”

杨大姑道：“看你的样子，大概是学过几天武功的，否则也不会这样欢喜惹事生非，我要你的父母好好管教你！”

少女说道：“你的丈夫是谁？”这句话问得甚是突兀，但弦外之音还是一听就听得出来的。她是说杨大姑的丈夫没管束妻子。和杨大姑要她父母管教她的说话正好是针锋相对。

杨大姑沉声说道：“我的丈夫早已死了，你问他干嘛？”

少女缓缓说道：“原来他早已给你气死，这就怪不得了！”

杨大姑气得几乎说不出话来，指着她道：“你，你，你——”

那少女笑道：“我怎样啦？”

杨炎也觉得她有点过分，说道：“雨已停了，我可要走了。姑娘，你肯不肯做件好事？”

少女说道：“你想我做什么好事？”

杨炎说道：“实不相瞒，正如你的所料，昨晚我们曾经碰上强盗。这两天我接连碰上强盗，虽然强盗不会打劫叫化子，我也真是给强盗吓怕了。姑娘，你的本事很好，你肯不肯送我下山？反正你也要走的，是不是？”

少女噗嗤一笑，说道：“你不是害怕碰上强盗，你是害怕我碰上恶人。不过，你劝我走，我倒是想劝你不要走。”

杨炎说道：“为什么？”少女说道：“你不想看热闹么？我知道

你是很喜欢看热闹的，对不对？否则那天晚上，你也不会那样大胆了。”

杨大姑强忍住气，说道：“这里有什么热闹可看？小丫头，我劝你还是早走的好！”底下本来还有两句话的，她没说出来。“否则我忍不住气，可有你的苦吃！”不过她虽然没说出来，杨炎和那少女也不会听不出她的话中之意。

少女笑道：“我本来要走的，你这么一说，我就偏不走了！”

杨大姑自视甚高，虽然号称“辣手观音”，她的辣手可不能用来对付无名之辈。但此时给这少女气得七窍生烟，却是忍不住说道：“野丫头，你是存心气我的是不是？你再胡说八道，我不管你是谁家女儿，可要替你的爹娘管教你了！”

少女笑道：“昨晚有个强盗也是凶巴巴的说要管教我，你猜结果怎么样？”

杨大姑哼了一声，说道：“怎么样？”

少女慢条斯理地说道：“也没怎么样，不过给我打了他四记耳光！”

杨大姑不由得勃然大怒，阴沉沉地说道：“女娃儿，你知道我是谁？”她猜想这个少女的父母或师长多半是在武林中有点名气的人物，否则不会如此放肆，若然所料不差，这个少女纵然不知道她是谁，“辣手观音”的名头，料想她的父母师长也应和她说过。

不待她自报姓名，那少女已是笑道：“我当然知道你是谁，要不然我也不会到这里来了！”

这一回答倒是有点出乎杨大姑意料之外，不由得起了疑心，说道：“是谁差遣你和我捣乱的？”少女冷冷说道：“普天之下，没有人能够差遣我！”

杨大姑道：“你知道我是谁，居然还敢来惹我，胆子倒真是不小，不过我却想问一问你，是为了什么原因，你要特地来惹我生气？”

少女说道：“这话应该颠倒过来说，是你先惹我生气的。不过这点小节我也不和你争辩了，你问我为何要来找你，我倒可以老实地告诉你。”

杨大姑道："好，那你说呀！怎么还不说？"少女说道："我是怕你受不了！"

杨大姑哼道："我生平不知经历了多少大风大浪，凭你这个黄毛丫头，说几句不知轻重的话，就能令我受不了么？快说！"

少女缓缓说道："我听说你有个绰号，叫做什么'辣手观音'，是么？"

杨大姑道："是又怎样？"少女说道："我就是冲着你这个绰号，才特地来瞧一瞧的。"

杨大姑心道："原来她是慕名而来。"语气不觉缓和几分，说道："那么你现在已经见过我了，何以不走？是不是还有什么话要和我说。"

少女叹口气道："我见了你好生失望！"

杨大姑诧道："你失望什么？"

小妖女戏弄杨大姑

少女说道："人的名儿，树的影儿。我本来以为一个人的绰号应该是比她原来的名字更贴切的，谁知一见之下，你这个'辣手观音'呀——"说至此处，摇了摇头，方始继续说道："观音二字是谈不上了，那'辣手'二字，我虽然未曾领教，看来也只是浪得虚名！"

杨大姑少年之时，本来是个颇富艳名的女子，大凡一个年轻时候曾以美貌为人羡妒的女子，在年华老去的时候，越发喜欢听人称赞她"驻颜有术"的（尽管事实不是如此）。而她平生又以手段高强自负，是以她知道人家称她为"辣手观音"，虽然表面上装作不高兴，其实却是其辞若有憾焉，其心则实喜之的。

这个少女当面对她嘲讽，可说是她生平从来没有碰过的事。而这也正是犯了她的大忌。

本来已经是一肚皮子气的杨大姑，气上加气，终于给气得爆炸了！

"黄毛丫头，岂有此理，你不赔礼，我非赏给你老大的耳刮子不可！"杨大姑大怒骂道。

少女非但不赔礼，反而笑道：“我正是要见识你辣手观音的辣手，很好，那就看看是谁能够打谁的耳光吧？”

杨大姑气怒之下，也顾不得什么身份了，反手一掌就打少女的耳光。

少女的身形一飘一闪，仿佛凌波微步，体态轻盈，恰到好处地避开了杨大姑这一掌，嘴里笑道：“你打不着我，我可要打你了！”五指并拢，轻轻一拂，忽合忽舒，宛如春花葳蕤，姿势美妙之极！

杨炎在旁边看得心旷神怡，好像忘记了这少女是打他姑母似的，不知不觉地竟然给这个少女喝起彩来。

杨大姑是个武学的大行家，一见少女如此招式，也是不由得大吃一惊。要知她号称“辣手观音”，正如少女所说：“人的名儿，树的影儿”，岂能幸致。故此尽管她的本意不是想取这少女的性命，只是要打她一记耳光，还未算得是施展“辣手”。但在她掌势笼罩之下，江湖上的成名人物能逃出她的掌底的恐怕亦属寥寥无几。如今这少女不但能够迅速避开，而且迎着她的掌势立刻拂她的腕脉，拿捏时候之妙，当真是妙到毫巅！杨大姑还看得出来，她这一拂，看似轻描淡写，功力实是不凡，倘若腕脉给拂个正着，一条手臂恐怕就要变成残废了。

杨大姑本来是一点不把这少女放在眼内的，此时却哪里还敢有丝毫轻敌？

眼看那少女的五指就要拂着杨大姑的腕脉，电光火石之间，杨大姑已是倏地移形易位，双掌齐出，这次可是用上“金刚六阳手”的杀手绝招了。郑雄图刚才就是在她这一招之下被击得重伤毙命的。

杨炎看得出来，这一招杨大姑已是用上了七分阳刚力道！这少女的功力或许是在郑雄图之上，但能够抵挡得住如此刚猛的杀手绝招吗？

心念未已，只见那少女的身形已是轻飘飘的随着掌风闪过一边，蓦地一个肘底穿掌，斜飞拍出。掌势中途突然一变，化掌为抓，抓向杨大姑肩头的琵琶骨。

这一下似乎颇出杨大姑意料之外，但她身经百战，虽慌不乱，本来她是向着那少女扑去的，此时身形突然凝住不动，喝道："好狠的女娃儿!"反手也是一抓!

那少女是算准她要闪一闪方能反击的，她也知道以杨大姑的武功，自己这一抓决不会那么轻易地就抓着她的琵琶骨，但只要逼得她闪一闪，自己就可以反夺先手，稳操胜券了。不料她打的如意算盘，还是算得不准。杨大姑本领之高，比她的估计还要高出一筹，居然已是到了能发能收、随心所欲的境界。闪也没有一闪，便即凝住身形，立施反击。

高手搏斗，哪容毫黍之差，这少女一抓抓过去，正好碰上了杨大姑的反击，杨大姑用的是大擒拿手法，若然双方碰上，少女的五只指头，只怕就得给她拗折。

杨炎看得大吃一惊，此时他就是想要出手暗助这少女亦已来不及了。只听得"蓬"的一声，两条人影倏地分开。原来在这危险瞬息之际，少女亦已倏地变招，又再化抓为掌，横掌如刀，一招"斜切藕"斜削下去。这一"手刀"，仍然是对着杨大姑的琵琶骨。

少女使出阴招，杨大姑倘若仍用擒拿手法，指力不如掌力，非得两败俱伤不可。她可能拗断那少女的一两只指头，但她的琵琶骨也难保不给对方拍碎。杨大姑怎肯和一个无名小辈拼个两败俱伤。心念一动便即将计就计和这少女硬拼一掌。双掌相交，"蓬"的一声响，杨大姑和这少女都是恰好同时退了三步，便即稳住身形。

杨炎看得心惊胆战，此时方始松了口气，心里想道："姑姑果然不愧是号称辣手观音！但看来这个少女大概也不会输给她的。"原来在他心底深处，还是对这少女更关心一些，但却也不愿看见任何一方受伤的。

表面看来，双方同时退了三步，似是旗鼓相当。但少女出掌在先，杨大姑是被迫防御，打成平手，论功力还是她稍胜一筹。

少女笑道："你的功力还过得去，但号称辣手，却是未免稍嫌夸张。怎么样，你还要不要赏给我'老大的耳刮子'?"口气已是比刚才略见缓和，但一副老气横秋的样子，就像长辈嘉奖小辈一般。听得杨炎想笑又不敢笑。

杨大姑一听，可是心头火起了。

她自视甚高，给这少女扳成平手，已是羞愧难当，更哪堪这少女用这种口吻和她说话。

“哼，你这女娃儿知道害怕了么？给我磕个头赔罪，我就不打你的耳光！”杨大姑喝道。

假如杨大姑肯说两句好话，这少女本来亦已准备罢斗的。她的性情比杨大姑更为好胜，如今听得杨大姑这么一说，她如何还肯善罢甘休？

“我只说你的功夫还过得去，你以为我当真怕你不成？”少女冷笑道：“我本来要打你四记耳光，你磕一个头我可以少打你一记耳光。你愿意磕几个头？快说！”

杨大姑给她气得几乎炸了心肺，喝道：“野丫头，你是不想活了！”大喝声中，一招“排山运掌”狂击过去，已是用上了九成内力！

少女给她的掌风荡得衣袂飘飘，却已是速而复上。掌法一变而为绕身游斗。但见她身似行云，步如流水，瞻之在前，忽焉在后，瞻之在左，忽焉在右，轻灵飘忽，美妙之极。杨大姑掌力虽然刚猛，打不到她的身上，亦是无奈她何。

转眼之间，少女已是转守为攻。只见四面八方，幻出千重掌影，俨如落英缤纷，春花葳蕤，看得人眼花缭乱，却又感到心旷神怡。

杨炎越看越是惊奇，想道：“她这套掌法和恩师交给我的那套‘落英掌法’，虽然并非完全一样，掌理却似同出一源。难道真的那么巧，她和恩师要我寻访的那个人是有甚渊源的么？”

杨大姑被逼转攻为守，她的功力在这少女之上，少女的掌虽然瞬息百变，却也难以攻得进去。

不知不觉斗到百招开外，双方都是感到越来越吃力了。这少女的奇招妙着，竟是层出不穷，身法是忽徐忽疾、乍进乍速，深得慢中快、巧中轻，行云流水，稳捷轻灵之妙。掌法是忽虚忽实，时而柔如柳絮，借力打力；时而猛若洪涛，骤然压至，令得杨大姑也感到有防不胜防之苦！

殊不知杨大姑固然感到有“防不胜防”之苦，那少女也感到有“难以为继”之忧。

她的功力毕竟是稍逊一筹，虽然业已尽力避免硬碰硬接，但在掌风激荡之下，呼吸亦已为之不舒。心里想道：“再打下去，我的气力不加，只怕就未必打得过她了。”她好胜心切，于是趁着还能保持先下手的时候，越发加紧进攻。

杨大姑本来可以采取持久战的打法，和她对耗内力，稳操胜券的。但正如俗语所说：“当局者迷，旁观者清。”她给这少女虚虚实实、瞬息百变的掌法攻得眼花缭乱，心里不禁越来越是吃惊，看不出那少女的攻势其实是在掩饰自己的气力不足，是以也就根本没想到胜负的关键是在于以己之长克敌之短了。

还有一层，是由于杨大姑的身份，造成她非吃亏不可的。她是成名了几十年，江湖上人见人怕的“辣手观音”，给这少女与她缠斗到百招开外，已是感到羞愧难当。要是继续采取守势，不知到什么时候方能反守为攻，她怎能在两个师侄的面前失掉这个面子？

杨大姑给攻得沉不住气，一咬牙根，呼呼呼连劈三掌，大步跨上，与这少女抢攻。

少女巴不得她来抢攻，笑道：“很好，你是想快点吃我耳光了吧？”笑声中身形飘闪，越转越快，四面八方都是她的影子。杨大姑给她转得头昏眼花，心中暗暗叫苦。但此时她想退回守势的地位亦已不能了。

杨大姑在大感眼花缭乱中，忽地有个奇异的感觉，眼前这个少女，竟然似乎有几分像是一个她熟悉的人。

将近二十年前的一幕往事，突然出现她的心头。

她把弟妇云紫萝赶出门，但为了保全杨家骨肉，却不许云紫萝把儿子带走。那时她还未知道云紫萝的大儿子孟华并非她弟弟的亲骨肉的，也未知道云紫萝那时是有孕在身的。

云紫萝不愿舍弃亲儿，与她柳林对掌。终于因为肚中怀着杨炎的缘故，打不过她，孟华给她抢去。后来几经转折，孟华在她死后多年，方始得与亲生之父相认。

廿年前往事蓦上心头，也不知是否由于心理作用，杨大姑忽然觉得眼前这个少女，竟是依稀有几分云紫萝当年的影子。更确切地

杨炎眼见大姑危急，暗中弹出一颗泥丸。

说是“神气”相似。

令她有这种奇异的感觉的原因，还不仅是因“神气”相似，而是这少女的掌法，如此飘忽、如此轻灵的掌法，也是和云紫萝当年对付她的掌法相似，虽然招式并不一样。

云紫萝那次与她柳林对掌，元气大伤。云紫萝后来在小金川战死，敌众我寡，固然乃是主因，但元气损伤，产后失调，未始不也是原因之一。

杨大姑虽然号称“辣手观音”，每当想起云紫萝之死，也不禁有点内疚于心：“我然不杀伯仁，伯仁由我而死。”觉得对云紫萝这件事情，是自己做得过分了些。

如今她被这少女逼得手忙脚乱，这少女虚实莫测的掌法，倔强冷傲的神情，仿佛就是当年的云紫萝。

廿年前往事，蓦上心头，杨大姑不觉心里叹了口气：“我纵横江湖大半生，不知多少成名豪杰也曾败在我的掌底，如今竟然打不过一个黄毛丫头，唉，莫非这是我做错了事的报应？”

高手搏斗，岂容乱了心神？本来已经处于劣势的杨大姑，此际气沮神伤，就更加给了对方得有寻瑕抵隙的机会了。

“好，看是谁吃谁的耳光？”少女一声冷笑，冷笑声中，四面八方都是她的影子，掌势已是把杨大姑的身形完全笼罩。

闪电般的一掌就向杨大姑面门拍下。

掌势飘忽之极，杨大姑在她掌势笼罩之下，眼看已是避不开她这记耳光。

大大出乎杨大姑意料之外，只听得这少女轻轻哼了一声，她这一掌，掌锋几乎是在杨大姑的鬓边擦过，却没打着杨大姑。

以这少女的武功之强，她又是蓄意要打杨大姑的耳光的，这一掌怎么会打空呢？

原来杨炎早有准备，他捏了一颗泥丸，藏在掌心。此时眼见杨大姑危急，一颗泥丸就轻轻弹了出去。

虽然他不喜欢这个姑母，但杨大姑毕竟也还是他的姑母。他怎能让姑母受这奇耻大辱。

这少女虽然早已怀疑杨炎懂得武功，却想不到他的武功精妙如斯，更想不到他会在这个时候突然出手暗助对方。

泥丸恰恰打着少女的虎口。比绿豆还小的一粒泥丸，登时化为粉屑。

杨炎并没用上内力，但少女给这颗泥丸恰好打着手少阳经脉的汇聚之点，却是禁不住轻轻一颠，这一掌就打歪了。

双方动作都是快到极点的，杨大姑还未知道发生什么事情，反手一掌就向少女斜劈过去。

杨大姑当然更是做梦也想不到一个肮脏的小叫化子有本领能够助她。她反击少女的这一掌乃是出于防御的本能。她倒不是想取这少女的性命，但在情急拼命的情形底下，这一掌当然也是用了全力，使出平生本领的。

手掌还未打到少女身上，掌风已是震得少女身形不稳。由于变生意外，这少女骤吃一惊之际，已是无法防御对方闪电般的反击。杨大姑刚才假如是给这少女打着，不过是打一记耳光而已，如今假如这少女被杨大姑打个正着，只怕就要命丧她的掌下了。

杨炎如何能让这少女丧生，一颗小小的泥丸又是轻轻弹了出去。

这颗泥丸打着杨大姑膝盖的环跳穴。

杨大姑一个踉跄，非但打了个空，而且险些跌倒。

少女笑道："不必多礼，既然你是有心赔罪。那就行了。我不打你的耳光啦！"

说话之际，一个倒纵出了庙门，在庙里的人还听得见她银铃似的笑声，影子却看不见了。

杨大姑刚才那一下脚步踉跄，是有点像是要下跪的姿势的。

少女故意把她的"失足"当作是"赔礼"，把她气得啼笑皆非。

但此时她惊魂稍定，想起刚才之险，不禁犹有余悸。以她的性格，倘若当真给这少女打了一记耳光的话，她非得自尽不可。

想到自己等于是从鬼门关上逃了回来，少女说话气她，倒不算是怎么一回事了。

此时她当然亦已知道替她保全颜面的人，是这个肮脏的"小叫化”了。

但这个小叫化帮了她，却也帮了那个少女。这霎那间，她不觉一片茫然，不知是感谢这个小叫化的好，还是斥骂这小叫化的好。

她定了定神，瞪着杨炎道："你，你究竟是——"

杨炎拍拍身上的灰尘，站起来说道："你不必管我是什么人，我只告诉你一个消息。"

杨大姑怔了一怔道："什么消息？"

杨炎缓缓说道："你的儿子是齐世杰吧？他并没有死，你到鲁特安旗找他吧！"

说话虽然很慢，人却走得很快。说到最后一个字，声音已是从半里之外传来了！

杨大姑是个武学的大行家，听得出杨炎用的是"传音入密"的上乘功夫。这门内功她虽然也会，自问却是尚不如杨炎。

杨炎刚才两次发出泥丸，暗器手法的精妙，虽然亦已足以令得杨大姑惊异不已，但比较来说，练暗器的功夫还是要比练内功容易得多的。

一个年纪似乎还未到二十岁的小叫化，内功上的造诣居然胜过她练了几十年功夫的杨大姑，这更是令她不仅"吃惊"，而是"震惊"了！

她不由得倒抽一口冷气，暗自想道："这次可真如俗话所说：八十岁老婆婆倒绷孩儿，是我走了眼了！这小叫化的武功足可以和当世的一流高手并驾齐驱，他、他是什么个来历呢？"

宋鹏举和胡联奎二人此时亦是方始如梦初醒，定下神来。宋鹏举说道："师姑，你的六阳手真是神妙无比，打得那个小丫头慌忙逃走，令得弟子大开眼界。不知还要练多少年才能练得到你老人家一半的功夫。"

虽然不无讨好师姑的成分在内，这番话可也是他的真心说话。说到杨家"金刚六阳手"功夫，他的师父杨牧本来就不如姐姐。而杨大姑有生以来，恐怕也是以刚才这一战最为吃力，逼使她不能不把六阳手的功夫发挥得淋漓尽致的。

想不到拍马屁拍到马脚上，杨大姑沉下了脸瞪他一眼，说道：

"少说废话，好好躺下养伤吧。"

胡联奎道："师姑，那小叫化虽然不知道是什么人，但料想他也不会胡乱说谎话的，他说出世杰师弟的下落，咱们倒也不妨姑且相信他的说话，到鲁特安旗去打听打听。"

杨大姑道："不错，这小叫化的话是可以相信的。不过你们还得养两天伤。"

宋鹏举道："师姑，不如你先到鲁特安旗去找师弟吧，我们的穴道已解，不敢再劳你老人家操心了。"

杨大姑又是狠狠瞪他一眼，说道："你好糊涂，你们好歹是我的师侄，我不替你们操心？谁替你们操心？你们伤未愈，我岂能抛下你们？要是再碰上郑雄图这样的恶对头，你们对付得了吗？再说这两天你们自己能够自己照料自己吗？为了一个儿子，不顾两个师侄的死活，这样的事情，你以为是我应该做的吗？不是看在你尚在病中，我老大的耳刮子赏你！"

"不错，天下哪有不想念儿子的母亲？但反正我已等了两年多了，再等两天，算得了什么。少说废话，乖乖地给我躺下来养伤吧！"杨大姑最后说道。

宋鹏举给她一番斥骂，心里倒是不觉有点热乎乎的，暗自想道："师姑外表虽然凶恶，心肠倒是很热。我只道她一向讨厌我，想不到她会把我当作子侄看待。"当下不禁热泪盈眶，说道："多谢师姑。"

杨大姑皱眉道："这么大的人还流眼泪，不害臊么？叫你少说废话，你怎么又不听话了。"说罢不再理会他们，独自站在门口，凝眸远望。

只见她一副茫然的神色，似乎是在想着心事。

她是在想念自己的儿子么？宋鹏举是这样猜忖她的心事的。找了两年，如今方始听见儿子的消息，但告诉她这个消息的却又是个来历不明的小叫化，她能够不患得患失，又喜又惊么？

但这次宋鹏举却猜错了。

这次她在想的倒不是她的儿子，她想的是云紫萝，是那个小叫化。"奇怪，在这小叫化的身上，也似乎有云紫萝的几分影子，他，他是什么人呢？何以我会觉得与他竟似有几分相识？”当然她还是不敢怀疑这小叫化就是云紫萝的儿子的。

杨炎跑出了山神庙，他也在想着一个人。

“那个行事古怪的女子，此际恐怕已经跑到山下了吧？她的轻功不逊于我，恐怕是追不上她了。”不知怎的，他虽然有点害怕见到这个喜怒无常的“小女魔头”，却还是希望再见到她。

他只道再也见不到那个少女了，不想心念未已，忽地眼睛一亮，在他的前面，坐在一块石头上的，不正是那个少女是谁？

少女侧目斜睨，脸上似笑非笑的神气好像在说：“我早知道你这小子会追我来的！”

杨炎有点尴尬，硬着头皮走上前去作了个揖，说道：“姑娘，我，我……”他想解释刚才用泥丸打她之事，一时间却不知怎样措辞方始适当。

少女“噗嗤”一笑，说道：“你怎么啦？嘿，嘿，想不到你这小叫化倒是很会骗人，说什么不懂武功，我都给你骗过了。哼，你的武功好得很啊，是谁传授你的。”

杨炎说道：“刚才之事，请姑娘你，你莫……”“见怪”二字尚未出口，那少女又笑起来了。

少女笑道：“刚才你暗中帮了辣手观音的忙，也帮了我的忙。虽然你打我在先，但总算帮我避过辣手观音的一招杀手。我不是气量狭窄的人，就当是扯了个直吧。”

杨炎如释重负，说道：“难得姑娘是明白人，请恕冒昧，我叫杨炎，请问姑娘贵姓芳名。”

少女仍然是那副似笑非笑的神气，说道：“你想和我交朋友么？”

杨炎面上一红，说道：“不敢高攀，不过，不过，咱们萍水相逢……”

少女笑道：“总算有点缘分是不是？不过我和你可还不能算是朋友！”

杨炎面上更红，走开说道：“我知道。我冒犯了姑娘，姑娘不见怪我已经好了。”

少女说道：“我不是这个意思。你别忙着走！”

杨炎停下脚步，说道：“姑娘有何指教？”

少女说道：“刚才的事，我早已说过不和你计较了。你帮了我，也帮了辣手观音。我不沾你的情，也不记你的怨。目前我虽然不把你当作朋友，也并不把你当作敌人。但你应该知道我的脾气！”

杨炎怔了一怔，说道：“我不懂姑娘的意思。说老实话，你的脾气我也还是摸不清楚的。”他说的倒是如假包换的“老实话”。

本来杨炎虽然不是擅于辞令的人，也还不能算是言辞笨拙之辈。只因这少女问得突兀，他也只能答得似乎是老实得近乎笨拙了。

少女不禁又是“噗嗤”一笑，说道：“好，你说了老实话，我也和你说老实话。我最喜欢找武功高强的人比试，可惜我碰上的所谓高手，包括辣手观音在内，似乎都是言过其实，浪得虚名。难得碰上了你，我非得和你比试不可！”

杨炎说道：“姑娘，你的武功我是自愧不如，用不着比试了。”

少女笑容一敛，板起脸孔说道：“刚才我还夸你老实，原来你并不老实。你是因为我避不开你那颗泥丸，心里瞧不起我是不是？你口里说‘自愧不如’，心里定是在说：这丫头无自知之明，我只好帮她说出来了。”

杨炎连忙说道：“我绝对没有这样想法。”

少女说道：“那么你干嘛不和我比试，不和我比试就是瞧不起我！”

杨炎叹口气道：“那么咱们点到即止吧，姑娘你划出道儿！”

少女说道：“你拔出剑来！”

杨炎吃一惊道：“还要比兵刃？”

少女说道：“你不是说我划出道儿的么？从你打我的那颗泥丸，我知道你的内力远胜于我，比拳脚我非吃亏不可。你若是有意思想和我交上朋友，大概你也不愿意占我的便宜吧？所以非得比剑不可！”

一番“歪理”，说得杨炎倒是不好推辞了，只好拔剑出鞘，说道："姑娘，请！"

少女说道："且慢，比试之前，我要和你先说清楚。我虽然并不是把你当作敌人，但兵刃上没长眼睛，我的脾气又是除非不比，要比就非比个真章不可的。所以假如你存心让我的话，吃了大亏你可别要怪我！"

杨炎摇了摇头，说道："何必如此？"

少女双眉一皱，说道："我说过的话决不更改。你意欲点到即止，那是你的事情。"杨炎苦笑道："没办法，那我只好舍命陪君子了。"

少女格格笑道："这句江湖套语你用错了，我可不是君子，看来你也不是什么君子。"

杨炎禁不住也给她逗得笑了起来，说道："当然当然，一个小叫化子怎配称为君子。"

少女继续说道："比试结果，要是你赢了我，我就把名字告诉你。要是我赢了你，你就得把你的师父是谁告诉我。"

杨炎说道："要是打成平手呢？"少女说道："那就得看你了。"杨炎不觉又是一怔，说道："看我什么？"少女说道："你赢了我或只和我打成平手，我都愿意把你当作朋友。要是你也愿意把我当作朋友的话就告诉我，不愿意就不告诉我。好么？"

杨炎说道："好，姑娘划出的道儿，小叫化遵命。请！"一个"请"字刚刚出口，只见青光一闪，那少女果然毫不客气的一剑就刺过来了。

她反手拔剑，飞步出招，几个动作一气呵成。姿势美妙之极，而动作之快，更是难以形容。

但令得杨炎惊诧的不仅是她的身手敏捷，也不仅是她的剑招狠辣而又美妙。而是她这一招虽然看不出属于何家何派，但自己却也似曾相识。

百忙中杨炎本能的用了一招与这少女相似的剑法，剑尖颠动，划了一道弧形，把少女的剑封出外门。少女也禁不住轻轻"噫"了一声，似乎对他的这招剑法亦是似曾相识。

"你这剑法是谁教的？"少女口中说话，手底丝毫不缓，刷刷刷又是连环三剑。

杨炎莫说不愿意便即回答，就是想要回答，亦是无暇分神说话。当下心念一动："我且先看看她的全盘家数"，一个吸胸凹腹，略一晃肩，轻飘飘的随着那少女的剑风直晃出去。

少女好像蓦然省起，笑道："对，我还未曾胜得了你，就要逼你说出师承，那是早一点了！"笑声中剑光霍霍展开，招数更狠！

杨炎移形易位，滴溜溜一个转身，剑尖一挑，随手划了两个圈圈，少女剑上的劲道被他这么一带，登时身不由己的也跟他转了一圈，那三招凌厉之极的剑招就这么样给杨炎化解开了。

少女不禁更加奇怪："这小叫化的剑法怎的又突然间变得我全不相识了？他的所学也是真杂！噫，看来可能是我猜错了。"

原来杨炎因为不愿让她看出那路剑法的来历，是以在接了见面一招之后，已是改用他自小练习的天山剑法。

他用的是天山剑法中"大须弥剑式"的三招精妙剑法，第一招名为"春云乍展"，第二招"大漠孤烟"，前两招是攻击的招数，第三招忽地变为守中寓攻的"三转法轮"。

"大须弥剑式"取佛经"须弥藏于芥子"之义，变化深不可测，用于防御武功比自己高明的强手，更是最妙不过。杨炎武功本来比这少女略胜一筹，但可惜这"大须弥剑式"由于太过深奥，他是小时候看师伯钟展练剑之时偷学的，虽然后来也曾禀明他的师父，得到他的师父——天山派的前任掌门人唐经天指点，但唐经天认为他天资纵然聪颖，亦不宜太过躐等，是以虽加指点，只不过是由于喜欢这个最小的关门弟子，随便指点几招，避免他吵闹而已。当时年纪大小，他对师父所说的奥义，自是未能完全领悟。

此际隔了七年，杨炎的武功已是远非昔日可比，所谓一理通、百理融，当年只是得到唐经天略加指点的"大须弥剑招"，他已是可以触类旁通。

但"触类旁通"，究竟也还是和得自名师亲授有点距离的，何况这又是七年之后的第一次应用。

但尽管如此，那少女三招凌厉之极的剑招，突然给他轻描淡写地化解开去，已是不禁暗暗吃惊。

说时迟，那时快，杨炎所划的剑圈已是向她当头罩下。少女身形在剑势笼罩之内，不论跃高伏低都是躲避不开。

杨炎正待喝声“撒剑”，那少女忽地一招“夜叉探海”，剑直如矢，投入杨炎所划的剑圈之中，杨炎倘若剑圈一合，那就是两败俱伤的局面。少女的右腕可能被他割掉，他的五指也会给少女削断。

这一招变化的奥妙精微之处，杨炎尚未能完全领悟，他当然不想伤这少女，也不想自己被这少女所伤；百忙中无暇思索，只好变招斜窜。

如此一来，那少女也登时摆脱了给他带动的那股劲道，又再反客为主了。

杨炎暗暗叫了一声：“可惜！可惜我对大须弥的剑式未能练到随心所欲的境界，要是有我师伯当年的一半纯熟，只这一招三转法轮，就可以把她的剑绞出手去，焉用怕她抢攻。”

少女复夺先手，可是得理不饶人。一口剑指东打西，指南打北，似虚若实，似拒还迎。轻灵飘忽，如风吹柳絮，如水送浮萍。哪里还能让杨炎再有反击的机会。

天山剑法本来是只有在少女这路剑法之上，决不在她这路剑法之下的。但杨炎这七年来改学别派武功，对天山剑法已是疏于练习，小时候所练的天山剑法，也是还未学全的，“三板斧”一过，他可真是有点像是黔驴技穷，无法应付这少女飘忽之极的攻势了。

少女笑道：“你还有别的本领没有？若然没有，我劝你还是赶快认输的好。我说过的，我的剑上可没长着眼睛！”她口中说笑，剑上可是认真得很，每一招几乎都是指向杨炎的要害！

话犹未了，她刷的一剑刺来，突然就指到了杨炎的咽喉，杨炎倘不变招，已是无法化解。

无暇思索，杨炎倏地剑锋一转，招数和少女所使的一模一样，登时两把剑搭在一起。

少女说道：“对啦，你还是用你熟悉的剑法吧！下一招我用云横秦岭，你用雪拥蓝关！”

杨炎本来不想听她的话，但在她凌厉的剑势催迫之下，却是不知不觉地果然使出了那一招“雪拥蓝关”。

辗转攻招，倏忽过了将近百招，两人使的剑法差不多一模一样，就像同门拆招似的。正是：

折招疑是曾相识，莫道无情却有情。

第八回　鸳鸟亦为同命鸟
　　　　亲人怎变陌生人

老人的恨事

缠斗中两把剑再次搭在一起。

杨炎振臂一挥，抽剑回来闪电再刺。

那少女也是如此。二人本来面对面相斗的，此时大家同时向前迈步，挥剑刺出。忽然变成了并肩御敌的姿态，两柄长剑同时指向前方。

杨炎哈哈一笑，说道："看来咱们只应该是朋友，不应该是敌人了。"

少女不觉脸上一红，在他的笑声中也只能纳剑归鞘了。她退后几步，说道："不错，像这样子打下去，再打三天也分不出胜负。"

"好，那么我可以走了吗?"杨炎明知她一定还有下文，却故意这样问她。

果然少女说道："怎么，你不愿意把我当作朋友吗?"

杨炎说道："这场比剑，好像注定了我们该是朋友。但我只怕我这个小叫化高攀不上。"

少女嗔道："你再油嘴滑舌，我可不理你了!"说罢转身。

杨炎可是当真有点害怕她走，说道："小叫化不敢了，请问姑娘有何指教。"

少女这才回过头来，说道："比试之前，我划出的道儿，你总该还记得吧?"

杨炎说道:“是哪一条?”

少女说道:“要是打成平手,你愿意把我当作朋友,就把你的师父是谁告诉我。”

杨炎说道:“我可以告诉你,不过我现在一想,我好像有点吃亏。”

少女说道:“什么地方你觉得是吃亏了?”

杨炎说道:“你只肯告诉我你的芳名,而我的姓名则已是告诉你的,你说我是不是吃亏了点儿?”

少女说道:“那么你要怎样?”

杨炎说道:“我把我的师父是谁告诉你,你也得同样地把你的来历告诉我。”

少女说道:“好,那我先告诉你我的姓名,我姓龙,名叫灵珠。至于师承来历,待你告诉我,我再告诉你。”

杨炎说道:“哦,你姓龙,名字叫做灵珠?”少女说道:“怎么,这名字有什么奇怪?”她已经注意到杨炎脸上似有一丝惊异的神色。

杨炎说道:“没什么,你这个名字很好听。”

少女知他言不由衷,哼了一声,说道:“别油嘴滑舌,我不要你讨好。只问你答不答应?”

杨炎说道:“为什么要我先告诉你?”

龙灵珠嗔道:“我已经让了一步,你还要怎地?要是什么都得我先告诉你,岂不变成好像是我在求你做朋友了?这个亏我更吃不起!”

杨炎笑道:“龙姑娘,你多心了。好吧、好吧,这点小亏我吃得起,就由我先告诉你吧。”

可是他却没有继续说下去。眼珠像是定了似的,凝神注视龙灵珠。

龙灵珠不觉又是粉脸微泛轻红,嗔道:“你说要告诉我,何以却还不说?”

杨炎忽地吐出两个字来:“真像!”

龙灵珠怔了一怔,说道:“什么真像!”

杨炎说道:“你很像一个人,尤其这副好像撒娇的神气最像?”

龙灵珠道："是什么人，是你的女朋友？"

杨炎说道："这个人我从来没有见过的。"

这一回答，大出龙灵珠意料之外，她呆了一呆，当真像是生气起来了，说道："我和你说正经话，你却和我开玩笑。"

杨炎忙道："姑娘，我说的也是正经话呀。请你把话听完了再骂我好不好。"

龙灵珠道："好，那你解释给我听听，那个人你没见过，又怎知我是像她？"

杨炎说道："我见过她的画像。"

龙灵珠道："那你又怎知道她撒娇的神气和我最像？"

杨炎说道："画像上的那个女子，就正是画她撒娇的模样的。"龙灵珠道："哦，有这样的怪事，那女子是谁，画师又是谁？"

杨炎说道："我只回答你后一个问题。画师是我的一位师父。不过他虽然实际上是我的师父，却不许我叫他师父的。他要我叫他做师祖。更喜欢我叫他做爷爷。"

龙灵珠道："你这师父也真怪，他是亲自传授你的武功的，是不是？"杨炎说道："当然是了。否则我怎会说他实际是我的师父。"

龙灵珠道："那何以他要你叫他做师祖？"

杨炎说道："我不知道。"

龙灵珠道："你说他是你的'一位'师父，那你究竟有几位师父？"

杨炎说道："我有两位师父，第一位师父其实更有资格做我师祖的，不过他却要我做他的关门弟子。"

龙灵珠道："你的第一位师父是谁？"

杨炎说道："是天山派的前任掌门。"

龙灵珠吃了一惊，说道："原来你是天山派唐大侠唐经天的关门弟子，怪不得武功如此高强了。我对武林人物虽然所知无多，但也常常听人谈及他是当今武林中的泰山北斗。唯一可以和他分庭抗礼的大概只有一位武林公认的天下第一剑客金逐流了。不过，金逐流虽有天下第一剑客之称，若论武学上的造诣，恐怕还不如他。刚才你与我比试，最初所用的剑法大概就是天山剑法吧?”

杨炎说道:“不错，是天山剑法中的大须弥剑式。”接着苦笑道:“可是我用天山剑法，却还是比不过你。”

龙灵珠道:“这不是天山剑法比不过我，依我看来，好像是你练得不够纯熟之故。不知说得可对?”

杨炎说道:“龙姑娘，你真是好眼力，说得一点不错。实不相瞒，这是我小时候学的，学的也只是一鳞半爪，如今已经是丢荒了七年了。”

龙灵珠道:“那我倒有点不明白了，你既然得到这样一位明师，为何又改投别人门下?”

杨炎说道:“那是因为我小时候碰到一件意外的事情，被逼离开天山的，此事说来话长，慢慢再告诉你。”

龙灵珠道:“你说的那幅有几分像我的女子画像，我猜想大概不是唐经天画的吧?”

杨炎说道:“是我的第二位师父，不，他要我称他为师祖那位爷爷画的。”

龙灵珠道:“我不管你们的称呼，我只要知道你的第二位师父又是何人?”

杨炎说道:“他和你同一个姓，也是姓龙。”

尤灵珠不觉也是面色一变，连忙问道:“哦，他也姓龙。那么，他画的那个女子，又是他的什么人?”

杨炎好像隐隐猜到几分，脸上现出一副迷茫的神色，不知不觉又在凝神注视面前这个少女，竟似有点看得呆了。

七年前的往事泛上心头。

那年冷冰儿带他下山，前往鲁特安旗找寻父兄，途中碰上清兵，他被一个军官捉了去。

那年他虽然只有十一岁，由于自小练武，武功已经颇有根基，等闲十个壮汉也近不了他的身子。但那个军官的本领却比他不知高明多少，捉住了他，就要逼他为徒。

杨炎当然不肯依从，那军官道:“你不依从也得依从，除非到我死的那天，否则你是非跟定我不可的了。”

那军官高鼻深目，相貌似是西域的胡人，不过说的汉语倒相当流利。他捉了杨炎，便即脱下戎装离开大队，强逼杨炎跟他西行。

他们经过了大漠荒沙，走过了重山叠岭，过了也不知多少个月时间，走到一座大山脚下。

山峰高耸入云，看来似乎比天山的最高峰还高，山上沙川遍布，景色也和天山颇为相似。后来他才知道这座大山乃是喜马拉雅山，高耸入云那座山峰是天下最高峰——珠穆朗玛峰。他们当时所经之处是喜马拉雅山的北部，已经是西藏和印度交界的地方了。

一晚他们在山上过夜，杨炎趁他熟睡之际，悄悄溜走。不料还没走得多远，就给那人发觉追来。

杨炎钻进一条冰胡同，那条冰胡同地形狭窄，杨炎是小孩子钻得进去，那个胡人可是不能。那胡人又吓又骗，杨炎却是宁愿在雪山上饿死，也不相信他的好话。终于那胡人发了脾气，冷笑说道：“你以为我没办法捉住你吗，我要你乖乖地走出来！”

他拾起一块鹅卵大的石头，握在掌心一捏，捏成无数碎石子，就把石子当作弹丸，打入冰胡同里面。

他的暗器手法奇妙非常，每一颗石子都是从杨炎的头顶飞过，但刚一飞过，便即掉过了头反射回来。

学过武功的人躲避危险乃是出于本能，杨炎不知不觉地向后直退。

眼看他就要退出那条冰胡同了，那胡人得意之极，哈哈笑道：“看你这小鬼头能逃得出我的掌心？”

哪知杨炎性格顽强之极，那胡人不说这话还好，一说，可就等于提醒杨炎了。

杨炎叫道：“好，我宁愿给你用石头打死，也不跟你！”这次他非但不后退，反而向前跑了。

两枚石子刚从前面反射回来，他不啻是向着石弹迎去。这两枚石子可是对准他的太阳穴的。要是给打个正着，不死也得重伤。那胡人想不到他性格如此倔强，此时想要另发石弹，把原来那两颗石弹打落，亦已来不及了。

但就在此时，忽听得有人斥道："用这等狠辣的手段，欺侮一个小孩子，你还要不要脸？"

只闻其声，未见其人。但在那人斥骂声中，两颗石子已是在杨炎面前跌了下来。

这晚天空一轮皓月，地上冰川交映，看得分明。

但奇怪的是，杨炎却看不见是什么东西把那两颗石子打下来的。

不过当那两颗石子在他面前跌下来的时候，他的脸上却沾了几滴水珠，还有一片未曾溶化的薄冰落在他的手心。杨炎这才恍然大悟，原来那人用以打落石弹的"暗器"竟然是一团冰块。

此时那个人亦已现出身形了，是一个长着三绺长须，年约六十左右的老头。

杨炎不由得又惊又喜，心里想道："怪不得师父常说天外有天、人外有人，天下奇才异能之士不知多少，只是不为人知罢了。看来这个老爷爷的武功也似乎不在我的师父之下。"

杨炎都看得出这个老人的武功非同小可，那胡人是个武学大行家，当然更是吃惊了。所以他刚在回骂："什么人胆敢——"一看见自己所发的石弹被那老人用冰块打落，底下的话可是他自己没胆说出来了。俗语说以卵击石，形容不堪一击。如今这老人用薄的冰块击石，和以卵击石也差不多。但"不堪一击"的却不是"卵"而是他的石子。这胡人自忖，自己再练十年，决计也达不到这个境界。

他话未说完，就吓得连忙逃跑了。此时杨炎方始钻出冰胡同。

那老人摸摸他的头，说道："好孩子，你受惊了。"

杨炎的回答却也出乎那老人意料之外，他未曾道谢，却先问道："你怎么知道我是好孩子？"

老人哈哈笑道："我最喜欢倔强的孩子，你像我少年时候一样。少年时候，我亦是纵然自知不敌，也决计不肯向恶人低头。"

杨炎这才说道："老爷爷你真好，给我赶跑了那个恶人。"

老人问道："你是从哪里来的，叫什么名字？"

杨炎告诉了他，老人说道："原来你是从天山来的吗，那你可不能独自回去了。这里已是西藏的极西之处，和天山相距万里之遥。我知道你练过武功，不是寻常孩子。但你的年纪太小，要是没有一个既懂武功，而又富于在沙漠旅行经验的大人陪你回去，那是无论如何也不行的。”

杨炎说道：“老爷爷，你，你……”他本想请这老人送他回去，但一想老人年纪这么大，不好意思开口了。

那老人却似乎知道他的心意，说道：“你从天山来，知不知道在天山的南高峰，住有一位当今的武学大师，他是天山派的掌门人，姓唐名经天。”

杨炎说道：“你说的这位大师，正是我的师父。”那老人道：“原来你是唐经天的弟子，怪不得胆子这么大。”接着一声轻叹，喟然说道：“要是在二十年前，我一定会把你送回天山去，顺便拜访唐经天的。但如今，唉，如今我是早已不愿意世上知道还有我这个人了。”

杨炎说道：“为什么？”那老人道：“我的心事说给你听，你也不会明白的。要是到了我认为可以告诉你的时候，我自会告诉你的。”

杨炎虽然年纪小，但由于经历过许多灾难，倒是比普通的孩子“早熟”得多，心里想道：“或许这位老爷爷是有什么难言之隐，冷姐姐也曾教导过我，江湖上有许多避忌，对别人的事情多问也是一种避忌。要是我打破沙锅问到底，这位老爷爷就会讨厌我了。”

他没有再问下去，那老人却继续说道：“我不愿意见到别人，别人大概也不喜欢见到我。虽然唐经天可能是个例外，但正因此，我可就更不愿意给他和我添上某些不必要的麻烦了。”

杨炎虽然听不懂他说的意思，但有一点却是懂得的，他是不能送自己回天山去了。“老爷爷，你救了我的性命，我已经感激不尽。我不怕路途艰险，我自己回去好了。”杨炎说道。

那老人摸摸他的头顶，笑道：“像你这样胆子又大，资质又好的孩子，你愿意冒险，我都舍不得让你冒险呢。你说要自己回去，那我问你，你的干粮吃完了怎么办？你走过这条路，应该知道，百里之内没有人烟，乃是经常会碰上的事。”

杨炎说道："我会用石头当作弹子打鸟儿。"

老人说道："你懂得怎样在沙漠找水源吗?"杨炎说道："不懂!"

老人说道："刮大风的时候，你知道怎样躲避流沙吗?"杨炎说道："不懂!"

老人说道："要是你再碰上那个恶人，你跑得掉吗?"杨炎说道："跑不掉!"

老人哈哈笑道："所以我劝你要打消这个念头了，不如这样吧，你留在这里，跟我多学一点本事，长大了你就可以自己回去了。"

杨炎说道："你的意思是想收我做弟子?"

老人说道："你愿不愿意?"

杨炎说道："这敢情好。不过我跟别人学本事，似乎应该禀明第一位师父。"

老人说道："你不必叫我做师父，仍然叫我做爷爷好了。怎么样?你们天山派是不是立有规矩不许门下弟子另拜别人为师。"

杨炎说道："这倒没有，我的一位哥哥，他就是有几个师父，而又是天山派的记名弟子的。"老人说道："这就更好了。你跟我学好了本事，回去再告诉你的师父，料想他不会怪你。"

接着笑道："其实你要拜我为师，我也不能答应。以你的年纪，我只能做你的师祖，不能做你的师父。"

杨炎说道："我的师父年纪恐怕比你还大，有一位冷姐姐，她教我念书，我顽皮的时候，她会打我屁股的，可是论起辈分，她却要叫我一声小师叔。后来一位姓钟的师伯告诉我我才知道，原来在武林所有门派之中，天山派对辈分的规矩是最不注重的。据说一些情形比较特别的弟子，例如我的哥哥就是，即使是在本门，也是各自论交的。"

老人笑道："我不能做你的师父，倒不仅仅是因为年纪相差太大的关系，将来你会明白我的用心的。不过，我虽然不想做你的师父，你不听话我一样会打你的屁股的。"

杨炎说道："冷姐姐都可以打我的屁股，爷爷你当然更可以打我的屁股。这点你不必事先说明，我也懂的，爷爷，我听你的话

老人欲收杨炎为弟子，问道：“你愿不愿意？”

就是。”

做了这个老人的徒弟，他才知道这个老人姓龙，名叫则灵。是一百多年之前，前几代的祖先为了逃避战祸，从中原逃到这中印边境的喜马拉雅山的。他没有和杨炎细说家世，但从他所说的一鳞半爪之中，杨炎亦已可以知道，他们龙家以前在中原可能是很有名气的武学世家。

龙则灵也极少谈到自己的事情，直到他学了七年武功之后，就要下山那天……

龙灵珠听他讲了第二次拜师的经过，脸上的神色似乎有点惊疑不定，可以看得出来，她是极力压抑自己，避免在杨炎面前，显得太过激动。

杨炎心里当然也有疑团，不过和她刚刚相识，又知她的脾气古怪，却是不便马上问她。

龙灵珠呆了半晌，勉强笑道：“原来你这位师父，不，师祖叫做龙则灵，他的姓名倒是有两个字和我相同！”

杨炎笑道：“是呀，这可真是巧合。要不是我知道他没有儿子，我一定会怀疑你是他的孙女儿。”

龙灵珠道：“他有没有女儿？”

杨炎说道：“他只有一位女儿。”

龙灵珠道：“他的女儿是不是跟他一起，为什么你一直没有提她？”

杨炎说道：“她早已离开爷爷了。我是直到下山那天，才听得爷爷说的。听说他们父女分手的时候，他的女儿只有十九岁。”

龙灵珠道：“他画的那幅少女画像，就是他的独生女儿十九岁时候的相貌吧？”

杨炎说道：“你真聪明，猜得一点不错。”

龙灵珠道：“你是直到那天才看见那幅画像？”杨炎说道：“不错。”

龙灵珠道：“为什么到了分手的时候，他才把女儿的画像拿给你看？”

杨炎说道："因为他希望我能够替他寻找女儿。"

龙灵珠道："怎的他会失了女儿?"杨炎说道："我不知道。爷爷只是告诉我，他曾经做过一件事伤了女儿的心，女儿就偷跑了。"

龙灵珠道："他的女儿叫什么名字?"

杨炎说道："爷爷也没有说。他说他这女儿离开他的时候，是发了誓不再回来的。所以很可能已经改名换姓，好让父亲找不着她。爷爷也不愿意我随便找人打听，所以索性连女儿的名字都不告诉我了。"

龙灵珠道："那他叫你怎么寻找?"

杨炎说道："他要我留意有没有武功的家数和我所学的相同的人，要是碰上这样的人，即使不是他的女儿，也一定是和他的女儿有关系的了。或许是徒弟，或许是儿女。"

说到这里，已经是等于告诉龙灵珠，他在怀疑龙灵珠就是他的爷爷希望他能够碰上的"这样的人"了。他留心注视龙灵珠的神色，龙灵珠却凝神望向远方，似乎正在感到一片迷茫。

她没说话，杨炎只好问她了。

"我的故事已经说完了，现在该轮到你说啦!"

龙灵珠如梦初觉，呆了片刻，脸色渐见开朗。好像拿主意，准备告诉杨炎一些什么了。

"好吧，我先告诉你我的师傅是谁，就是我的母亲。我这个姓也是跟我母亲的姓的。"

此言一出，听得杨炎情不自禁的"啊呀"一声叫了起来。

"我明白啦!"杨炎叫起来道。

龙灵珠对他的"失态"，视若无睹，淡淡说道："你明白什么?"

杨炎说道："我懂得爷爷不肯做我师父的用意了。试想假如你是我这位爷爷的外孙女儿的话，你我年纪相若，你却要叫我一声小师叔，那岂不是你大大吃亏?"

他特地兜个圈子试探龙灵珠的反应，龙灵珠却仍然淡淡说道："不错，你的爷爷想得很是周到。只是你的'假设'未免太多了。"

杨炎终于忍耐不住，单刀直入地问道："龙姑娘，到了如今，咱们似乎可以打开天窗来说亮话了吧?”

龙灵珠道:“说什么亮话?”

杨炎说道:“龙姑娘,莫非你,你就是——”

龙灵珠道:“你莫管我是谁,我先给你讲一个故事。”

杨炎说道:“好,我正要听你的故事。”

龙灵珠缓缓说道:“从前有个老人,他的祖先是康熙年间名将年羹尧的心腹武士,后来年羹尧被雍正所杀,他的祖先避祸逃至远方,在中印边境的一座高山隐居,数代单传,传到老人这代,已经有了一百多年从未曾回过中原的了。”

杨炎心想:“怪不得爷爷从没和我谈及他的家世,想必是因为年羹尧帮助清廷,为后世的侠义道所不齿,故而爷爷也不愿意别人知道他的祖先是和年羹尧有关系的了。但这位龙姑娘和我刚刚相识,却肯告诉我,对我倒是当真不错。”想至此处,心里不禁有点甜丝丝的感觉,脸上也不知不觉地现出一点笑容了。

龙灵珠也不知是否看穿他的心事,若喜若嗔的说道:“你在想些什么?你要我讲故事,却又不肯用心来听!”

杨炎面上一红,说道:“我是用心在听呀。我只是想你故事中的这位老人和我的爷爷倒是相似。”

龙灵珠道:“不错。他也是只有一位独生女儿。”

杨炎说道:“后来他们两父女怎样?”

龙灵珠道:“他的女儿长到十九岁那年,来了一位汉人。他的女儿爱上这个汉人。”

杨炎说道:“那不正是天赐良缘吗?难得有个汉人来到喜马拉雅山,他能够来到喜马拉雅山,武功想必也是甚为高强的了。”其实龙灵珠尚未曾告诉他那座山就是喜马拉雅山的。

龙灵珠道:“刚刚相反,这汉人带来了灾殃。结果不但使得老人父女分离,而且祸及自身。”

杨炎吃一惊道:“那汉人是坏人吗?”

龙灵珠道:“善未易明,理未易察。是好是坏,本来就是见仁见智。那个汉人在那老人眼中可能是坏人,在他女儿的眼中则是大大的好人。否则她也不会死心塌地地爱他了。”

杨炎说道：“那么在别人眼中呢？”

龙灵珠道：“我只能够就我所知的故事说给你听，我又没有问过旁人，怎知别人对他是怎么个看法？不过据我所知，我还没有见过第二个像他这样的好人！当然我认为的好未必就是别人认为的‘好’，这只是我的看法。”

杨炎说道：“这汉人是什么来历你可知道？”他从龙灵珠谈起这个“汉人”的时候，不自觉地流露出来的孺慕之情，心中已是更加雪亮。

龙灵珠道：“我不知道。我只知道那个老人说这汉人是个邪派魔头，因此不许女儿和他来往。”

杨炎说道：“他的女儿既然是死心塌地爱上这个汉人，想必不肯听从父亲的话。”

打断女儿情人的腿

龙灵珠道：“不错，他们还是继续幽会。那老人后来发觉，郑重地警告他们，要是那个汉人再来的话就打断他的一条腿！”

杨炎说道：“那汉人没有给他吓倒吧？”

龙灵珠道：“当然没有。那人的脾气比老人还更倔强，第二天晚上又去找他的女儿了。”

杨炎说道：“结果怎样？”

龙灵珠道：“结果那老人当真说得出做得到，他打断了那汉人的一条腿。”

听到这里，杨炎不禁又是“啊呀”一声叫了起来，心里想道：“怪不得爷爷说是后悔做了一件对不起女儿的事情，这件事情他的确是太过心狠手辣了。”

龙灵珠继续说道：“那女儿也是异常倔强，她背起了重伤的情人，说道：‘爹爹，除非你杀了我，否则不管他是生是死，我都跟定了他！’

“老人盛怒之下，斥骂女儿：‘我养育了你十几年，你竟然如此不孝，好，你要跟他，你就别再认我这个父亲！’

“女儿跪下去给父亲磕了三个响头，说道：‘爹爹，你养大了我，却打伤我愿托终身的丈夫，女儿当然不会记你的怨，但请你恕我也不能报你的恩了。这是我最后叫你一声爹爹，从今之后，我是不会回来的了。爹爹，你自己保重吧。’这时那个被打断了腿的汉人才笑起来。”

杨炎说道：“他还笑得出来?”

龙灵珠道：“那汉人笑道：你现在懂得刚才我为什么不还手了吧？我不是怕你，说到武功或许我比你稍逊一筹，但你要打断我的一条腿是办不到的。我之所以愿意挨打，固然一来因为你是她的父亲，二来我也是要试试她对我是否真心。嘿、嘿，如今我已试出来了，我断了一条腿，她还是爱我，我还能不大大地高兴吗?

“女儿说道：‘我只有比以前更加爱你!’就在那汉人哈哈大笑声中，背起了他，头也不回，就这样离开她的父亲下山去了。”

杨炎叹了口气，说道：“也怪不得那老人说那个人是魔头，这个报复的手段也真够狠。那老人失掉爱女，其实比他更加可怜。”

龙灵珠道：“你就只知道帮那老人。不错，那汉人伤腿而不伤心，当然没有那老人可怜，他也从来不要别人怜悯。但那老人的可怜是咎由自取，那汉人就是遭了他的祸害。”

杨炎说道：“事情已经过去这么多年，父女之间的恩恩怨怨也不该再计较了。龙姑娘，故事中那个老人的女儿就是你的母亲吧?”

龙灵珠道：“是又怎样?”杨炎说道：“我希望你帮忙劝令堂，和她一起回去，见你的外公吧。我敢担保爷爷也不会怪你的爹爹了，要是令尊能够一起回去的话，那就更好。”

龙灵珠道：“你这爷爷是不能见到他的女儿了。”杨炎心头一震，说道：“为什么?”

龙灵珠道：“让我把后半段故事继续说给你听。

“他们逃回中原，在一个僻静的山村隐居。

“我爹爹虽然断了一条腿，但还能够干活。我妈给别人缝衣服，两口子凑合，日子过得倒很不错。我爹常说，他从来没梦想得到可以过这样安静幸福的生活。

“山村里的人当然也是做梦想不到我那残废的爹爹曾是叱咤风云的人物，更没人知道我的妈妈也会武功。

“但可惜这样幸福的日子过不久长，在我十岁的时候，我父亲的一个仇家不知怎的打听到了他的消息，找上门来。不幸的是，我妈那时又正在怀孕。

“那仇家本领极高，结果他虽然给我的父母联手打得大败而逃，但我爹爹因断了一条腿跳跃不灵，却也给他重重打了一掌。十年之前他受的内伤尚未复原，又再加上新伤，当天晚上，便即不治身亡！”

杨炎听至此处，不觉泪盈于睫，想道：“原来她也是自小孤苦伶仃，和我的命运倒是颇为相似。”忍泪问道：“后来你们母女怎样？”

龙灵珠道：“遭遇了这场大祸，妈妈当然痛不欲生。但爹爹死了，对头未除，灾祸随时还会再来，在那个山村自是不能再住下去了。妈妈为了保全我的缘故，只好强抑悲痛，焚化了爹爹的遗体，带了他的骨灰，连夜和我逃亡。

“妈妈因为悲伤过度，那晚的激斗又动了胎气，逃离山村之后，第三天就在途中小产。是个刚成形的男婴。妈这次怀孕，本来希望生个儿子，我也希望有个弟弟的。想不到横祸飞来，一切美好的希望都变成了泡影，妈知道是个男婴，登时就晕过去了。”

杨炎感怀身世，越发悲伤，心里想道：“我妈当年也是怀着孕被逼离家的，唯一不同的，对我来说也是不幸中之大幸的是，我能够从妈妈的肚子里顺利生下来，而他的弟弟则流产夭折。不过是幸还是不幸，那也难说的很，设若我当年亦是流产死了，倒可以少受许多人世的痛苦。”

龙灵珠停止叙述，掏出手帕，替杨炎抹干眼泪，故意“咦”了一声，说道：“我说我的伤心事情，但我都没有哭，你怎么反而哭了？这么大的人，不害臊吗？”

杨炎说道：“我是在想，当时你不过十岁年纪，你妈病倒，那不是更苦了你？”

龙灵珠道：“不错，我当时所受的苦楚，实是难以形容，不过我可不要你可怜我。

“在我妈病倒的时候，我向人乞讨，也做过小偷。想不到爹娘教给我的武功，给我一开头就派上这样的用场。但也幸亏我做小偷的本领比别的小偷高明，从没给人破获，我骗妈妈说是乞讨来的，倒也骗过了她。

“唉，我受了那么多苦楚，却也只不过延长了妈妈的两年寿命。”

杨炎这才明白她刚才所说的为什么他的“爷爷”不可能再见到女儿那句话的意思，不觉既是为她难过，也为“爷爷”难过，失声叫起来道：“怎么，你的妈妈——”

龙灵珠说过不哭，眼角亦已沁出泪珠，半晌，涩声说道：“我好不容易挨到妈妈能够起床，她已经得了痨病，但还是了带我继续在江湖流浪。当然吃过不少苦，还受过许多人欺侮，在这些坏人当中，且还有过一个是颇有名气的‘侠义道’呢，但他已经受到我妈的惩戒，这件事我也不想再提了。”

杨炎心想，怪不得她的性情有点偏激，行事也有几分愤世嫉俗的味道，原来乃是由于幼年的遭遇形成的。受苦受骗太多，以致她对什么人都失掉信心了。

继而一想，自己何尝不也是如此，对亲如姐姐的冷冰儿，自己不也是如今还在心里生她的气吗？龙灵珠好像一面镜子，照见了他的影子。不管是美，是虚幻还是真实的存在，自己的影子总是好像和自己的血肉相连的。是以他虽然隐隐觉得龙灵珠那偏激的性情有点不对，却还是抱着欣赏的心情。他忽然想起龙灵珠刚才说过的“善未易明，理未易察”这两句话，面对着龙灵珠，心头不觉有点茫然之感。

龙灵珠继续说道：“妈妈小产之后，元气大伤，病从来没有好过。拖了两年，终于还是死了。临死时候，她对我说道：我爹爹只有我这个女儿，我也只有你这个女儿，我令得你外公失望，但只盼你不要令我失望。我要你比男子还更坚强！”

说完了，一片静寂，杨炎想要劝她，也不知从何劝起。结果还是龙灵珠勉强笑道：“你怎么比女孩子还更多愁善感？我说过不要你为我伤心的，你怎么又掉下眼泪来了？”

杨炎一声轻叹，说道：“咱们的命运都是一样，我是在惭愧我可还不能像你这样坚强。”

龙灵珠怔了一怔，说道：“你也是自小父母双亡。”

杨炎说道：“我妈在我周岁的时候去世，至于我的父亲，我从来没有见过，也不知他是否还活在人间。”

龙灵珠道：“那你最少还有个希望可以寻找父亲。”

杨炎说道：“莫说这希望甚属渺茫，就算我现在知道他的下落，我也不能就去找他。”

龙灵珠道：“为什么？”

杨炎说道：“像你母亲一样，他也曾受过一个在武林中很有名气的‘侠义道’欺骗与侮辱。我已立下了誓，要是我不能为他报仇雪耻，我也没颜面见他。”

龙灵珠道：“纵然如此，你也还是比我好些。你说过你的爷爷他是十分疼爱你的，最少你还有这个亲人。”

杨炎正是巴不得她把话题引到“爷爷”身上，可没注意到她说这几句话的时候神情的古怪，如嘲如讽，又如羡如妒。

“我的爷爷就是你的外公，他是我的亲人，更是你的亲人。要是你肯和我回去见他，我敢担保他会比疼爱我更多一千倍疼爱你！”杨炎笑道。

杨炎带笑说话，龙灵珠的脸色却是越发冰冷了。

“我爹爹要不是给他打断一条腿，决不会死在仇家手上。爹爹要是能够活着，妈妈也决不会舍我而去。

“天下最亲的人莫过父母，莫说我根本不想认这个外公，纵然我承认他是外公，他也不能比我的父母更亲！”

杨炎说道：“事情已经过去这么多年，又是上一代做错的事，你何必牢牢记住？”

龙灵珠道：“我想起爹爹临终的哀号，想起妈妈在病榻的呻吟，我就不能忘记，这都是拜我那位从未见过面的外公所赐。我不找他算账已是好了，你还劝我认他？设身处地，你能够原谅杀你父母的仇人么？”

杨炎说道：“但你的爹娘究竟不是你外公害死的。”

龙灵珠道：“推源祸始，也等于是给他杀害了！”

杨炎默然无语，想起自己也曾痛恨过当年逼使他的母亲离家出走的那个姑姑的心情，心里想道：“姑姑号称辣手观音，爷爷当然不会像她那样心狠手辣的。但就事论事，爷爷对她一家人的伤害的确是比姑姑逼走我的妈妈更甚。”

但想起爷爷那晚年自疚，恳切盼望一见女儿的心情，他不能不再试一次劝告：“不错，爷爷这件事是做得过分，但你的妈妈都已经原谅他了，为什么你不能原谅他？他今年近七十，来日无多，你怎忍心让一个老年人悔恨终生？”

龙灵珠道：“你且慢大发议论，我只想问你，你怎么知道我妈妈已经原谅了他？”

杨炎说道：“令堂要你跟她的姓，在你的名字中又有一个‘灵’字，想必你也应该猜想得到，她是在思念她的父亲，你的外公吧？”

龙灵珠道：“妈妈是怕爹爹的仇家将来会查出我的来历，故此给我改名换姓的。”

杨炎说道：“但为什么给你改这个名字，我这猜测总也不能说是胡猜吧？”

龙灵珠忽地板起脸道：“你的话说完没有，我可没工夫和你瞎缠啦！”她转过身走了！

杨炎追上前去，说道：“龙姑娘，你说过愿意和我做朋友的，请听——”

龙灵珠打断他的话道：“就因为我把你当作朋友，我才自愿一走了之。否则，哼，哼，你是他如今最疼爱的人，我不能找他算账，就该杀了你让他更加伤心的！你再提他，莫怪我和你翻脸！”她一面说话，一面加快脚步，但杨炎还是如影随形地跟在她的后面。

龙灵珠蓦地回头，冷冷说道：“杨炎，你好不要脸！”

杨炎故意嬉皮笑脸地逗她：“这我倒要请教姑娘，怎的是我不要脸了？”

龙灵珠道：“我已言尽于此，你还老是缠着我干嘛？”杨炎说道：“姑娘，你先别生气，请听我说。我只是想——”

话犹未了，龙灵珠便打断他的话道："我不管你想什么，总之，从今以后，你走你的，我走我的，咱们河水不犯井水！"

杨炎苦笑道："这又何必！"

龙灵珠忽地刷的拔出剑来，喝道："杨炎，你要逼我动手是不是？不错，我是打不过你，但自信也还可以和你拼个两败俱伤，最不济拼不过你的时候，自杀的本事我总会有的！"

杨炎吓得连忙退开几步，说道："龙姑娘，我并非逼你去见爷爷，只想问你一句。"

龙灵珠道："有话快说，有屁快放！"

杨炎说道："龙姑娘，你上哪儿？"龙灵珠淡淡说道："我上哪儿，你管不着！"

杨炎说道："咱们是朋友，难道不可以同行吗？"

龙灵珠冷笑道："我可从来没有听说过，是朋友就必须跟他走的。要是大家谈得投机，就不妨多聚一会，否则就只能各走各的了。普通朋友，不是如此么？你若奢求，那我也只能当你是欺侮我了！"

杨炎禁不住又苦笑道："我的爷爷就是你的外公，咱们只是'普通朋友'么？"

龙灵珠面挟寒霜，冷冷说道："你不提你的'爷爷'也还罢了，既然你忘不掉你的爷爷，那我只好告诉你，从今之后，咱们连普通朋友也算不上！"

杨炎心情一阵激动，说道："只能当作是如同不相识的路人么？"有一句话他藏在心里，不敢说出来的是："咱们可是命运相同的啊！"

龙灵珠咬咬嘴唇，嘴唇在流血，心里也在流血，但却是狠狠地说道："不错，你帮过我的忙，也帮过别人打过，恩怨早已一笔勾销。从今之后，你当作从来没有见过我这个人好了。恕我不识抬举，我走啦！"

杨炎不敢再追，转眼之间，龙灵珠的影子在大草原上变成了一个黑点，终于看不见了。

杨炎则还是呆若木鸡地站在草原上，过了许久，方始如梦醒来，轻轻叹了口气。

“我问她上哪儿，其实我自己也不知道应上哪儿!”杨炎心中苦笑，但感一片茫然。

他曾经想过要去的地方倒是有三处之多的。

第一、是到柴达木去找孟元超“报仇”。但自从在那古庙无意中偷听了宋鹏举和胡联奎的对话之后，在他心底深处，已经开始有点怀疑，怀疑去找孟元超“报仇”一事是否对了。这两个人是他师父的徒弟，不会故意在背后讲师父的坏话的。虽然偷听到的只是一鳞半爪，但他最少已经知道，他的父亲未必都对，孟元超也未必都错了。尽管这点朦胧的意念，就像冰山一样，十分之九埋在心底，他可不敢让它“浮上来”。但“誓必报仇”的念头，却已不知不觉有点动摇了。

他的心情矛盾得很，好像有股压力，抑制住他不要苦苦去想“报仇”的事情。于今他想的是：仇是要报的，但他可不想特地去找孟元超了。他只幻想最好是在一个偶然的机会，让他碰上了孟元超，最好没有第三者在旁，而又“最好”是孟元超如他想象那样，是个“假侠义道”，给他发现“劣迹”，那时他才能够心安理得，毫不踌躇地一剑将他杀掉!

既然目前还不想去柴达木找孟元超，那么上哪儿呢?

第二个地方，是重回天山。师父虽然死了，在天山还有他的义父。

不过他却又不愿意见到冷冰儿。正因为冷冰儿是最疼爱他的人，他发觉冷冰儿是在“骗他”，骗他认“仇人”作父的时候，他就分外难过。

他不能原谅冷冰儿。为了同样的理由，甚至他不能原谅他的义父。

不过他的义父缪长风是个“名士”气味很重的人，最喜欢放浪形骸，独往独来的。而且经常不在天山。虽然义父爱他有如己出，但却是不懂得怎样呵护孩子的。在细心照料他这方面，当然是远远不及好像是他姐姐的冷冰儿的。故此他对义父的抱怨倒是不及抱怨冷冰儿之深，想起冷冰儿的时候较想起义父的时候更多。

此际他又想起冷冰儿了。

不知怎的，忽然有个奇怪的念头心中浮起：冷冰儿和龙灵珠似乎也有几分相似。

相似的是什么地方呢？

童年的记忆不知不觉从心中浮起，有时候冷冰儿在哄他开心的时候，他也能够发觉冷冰儿的脸上是有一股忧郁的神情。

冷冰儿是个外柔内刚的女子，性格和龙灵珠一样坚强。龙灵珠在对他诉说幼年不幸之时，虽然是他比她更为激动，但她的脸上不也是有着那股他所“熟悉”的忧郁神情么？如今再想起来，甚至在龙灵珠“游戏人间”的时候——她戏耍郑雄图、开罗曼娜的玩笑、吓他姑母要打他那号称“辣手观音”的姑母的耳光——在她笑容里，甚至他也能感觉得到她那忧郁的“味道”。

龙灵珠心底的忧郁是怎样来的，他自信他现在是懂得了。

冷冰儿的呢？

幼年时他是不懂的。虽然他比普通的孩子已是“敏感”得多，也曾问过冷冰儿为什么她好像时常不很快乐。（当然冷冰儿不会把真正的原因告诉他。）现在他则是有点懂得了，虽然懂得的不及懂得龙灵珠的多。

七年前那一次她从段剑青的魔手下救出他，他已经隐约知道一点他们之间的关系似是不大寻常。

在听到了罗海父女用哈萨克土话谈及冷冰儿之后，他知道的就更多了，虽然还不是全部。

他知道了冷冰儿曾经受过段剑青的欺骗，而且是最能伤害一个少女的心灵的那种欺骗。他还知道段剑青不但在爱情上欺骗了冷冰儿，甚至几次三番想要谋害她的性命。

他不禁心里极为难过，“为什么我碰上的两个应该可以算得是我亲人的女子，都是像我一样，各有各的不幸。”

他不禁又想起了他小时候对冷冰儿说过的一句话：“姐姐我知道你是瞒住我，你其实是并不快乐的。但我长大了，我一定要设法让你快乐！”

此际他想起这句话，不觉又苦笑了。

他想到了他的表哥齐世杰："为什么当我知道了冷姐姐到通古斯只是为了表哥不是为我的时候，我反而不高兴呢？他们两人要是能够相爱，冷姐姐就可以得到幸福了。我不是希望她能够得到快乐的么？"

多么矛盾的心情！但尽管他也知道这是不该有的矛盾心情，他对冷冰儿还是不能谅解，当他感觉到齐世杰在冷冰儿心中的位置比他更重要的时候，他也禁不住有一种莫名其妙的妒忌心情。

他只是个十八岁的"大孩子"，当然现在还是未能懂得的。这种莫名其妙的妒意，其实也正是由于他幼年的遭遇造成。

他自小失了父母，而且没有朋友。小孩子也是需要有"知心的朋友"的甚至不是父母兄长所能代替。有生以来，只有一个冷冰儿可以算得是他的姐姐而兼朋友的人。再经过了这七年来与爷爷相依为命，离群索居的生活，他对冷冰儿感情上的"占有欲"自是更加强烈了。

他不愿回天山去，那么上哪儿呢？

这第三条路却是他此际想得最多的。

浪荡江湖的苦恼更多，不如还是回去和爷爷作伴吧？但回去又怎样和爷爷说呢？爷爷是那样渴望在有生之年能够再见女儿一面，他忍心把那不幸的消息带给爷爷吗？要是龙灵珠愿跟他回去还好一些，爷爷见不到女儿，见到外孙女儿也可以得到一点安慰。但现在龙灵珠却是痛恨他的爷爷。

他忍心告诉爷爷："这是你一手造成的结果，如今你唯一的外孙女儿也不肯认你了"么？从他爷爷暮年的凄凉心境，他不禁又想起了他的姑母。姑母虽然号称"辣手观音"，内心的寂寞凄凉，怕也是和他爷爷一样吧？

"不，姑姑还是比爷爷好一些的，我虽然不肯认她，她的儿子却不是和龙灵珠一样。表哥是个孝顺的儿子，只要他们母子重逢，表哥什么都会听她的话。他又再发觉他自己心底的一个秘密，就正是因为这个缘故，表哥口口声声是奉了母亲之命找他，由于他不喜欢这个姑姑，因而就连表哥也不想认了。不过，他还是希望齐世杰能够早日见到母亲的，否则他也不会告诉姑母到鲁特安旗去找他了。”

龙灵珠、冷冰儿、齐世杰、义父、爷爷、姑姑……这些人的影子走马灯似的在他脑海中浮转，他心中一片茫然。天地虽大，竟似不知何处才是安身立命之所，也不知是谁才是他最想见的人。

他希望姑母去鲁特安旗寻找儿子，却不知齐世杰已是来找他了，而且是和冷冰儿一起。此际他们二人正在朝着他刚刚离开的那座破庙走去。而他的姑姑也还留在那座破庙之中。

雨已经停了，碧空如洗，空气分外清新。

雨后的彩虹，挂在视野空阔的草原上空，分外美丽。

但齐世杰的心情却是仿佛有如风雨来时的天色，那是令人郁闷的沉暗，而又隐藏着激动。

冷冰儿好像能听得见他的心中轻叹，忽地放慢脚步，轻声问道：“齐大哥，你在想些什么？”“没，没什么。”齐世杰支吾以应。避开她那寒冰利剪般的目光。

但他的脸色却遮掩不住。冷冰儿笑道：“你别瞒我，我看得出你是在想着心事。”

齐世杰苦笑道：“不错，我是有着一桩心事。但只怕说出来你会骂我。”

“我不骂你说好了。”冷冰儿笑道。

“我希望永远走不到那座破庙。”

其实这座破庙已经是在他们眼前，即使是普通人一样走路，也用不着半支香的时刻了。

“为什么？”冷冰儿怔了一怔，问道。

“我怕杨炎当真是在庙中。”“你不希望找着他么？”“我当然希望找着，不过，不过——”“不过什么？”

齐世杰叹口气道：“不过，找着了他，你恐怕就要同他回天山去了。而我，我记得你是曾——”

冷冰儿道：“不错，两年前我已曾和你说过，我不想杨炎跟你回家。但杨炎今年也有十七八岁了，我也不妨由他自己决定。”

“我不是这个意思。你带他回天山，那我呢？”

“你当然是应该回家禀告你的母亲了。你两年没有回家，你的母亲恐怕亦已等得十分心焦。难道你还能跟我们一起上天山么？你要这样，我也不让你这样。”冷冰儿说道。

齐世杰黯然说道：“是呀！所以你应该明白为什么我希望这是一条永远走不完的路了吧？冰儿，你不知道我是多么希望永远和你在一起。”

少女的心是最敏感的，冷冰儿怎会不知道呢？这次是轮到她避开齐世杰的目光了。她望向天边，天边的彩虹已经消失。

齐世杰不觉得又再叹了口气，说道：“彩虹易散。冰儿，这几天是我有生以来过得最快乐的日子，但只怕是像彩虹一样。”

冷冰儿能够说些什么话来安慰他呢？

齐世杰这番深情的说话，像是春风吹开她的心扉。

枯木逢春也会发芽，枯萎了的少女的心，会不会也是逢春开放呢？

冷冰儿不知道。或许更正确地说，是她不愿意知道。她知道的是，这几天她也是过得很快乐。而此际她也是有着和齐世杰一般的惆怅心情。

她知道她必须说一句话，只须说三个字就可以尽扫阴霾，令得齐世杰化惆怅而为狂喜。但这将是她一生中最重大的决定，她还没有决心说出那三个字。

她不喜欢齐世杰吗？不是。她是因为另外一些原因，最主要的原因是因为齐世杰有一个外号“辣手观音”的母亲，令她没有勇气说出那三个字。

另外一个原因，她虽然知道齐世杰是个好人，但“好人”却未必就一定是“好伴侣”。比如说，拿孟华来和齐世杰相比，就似乎还有一段距离。当然齐世杰将来也有可能达到孟华那样的“高度”，甚至超过孟华。但那还要时间来考验。

一错不能再错，故此纵然她也喜欢齐世杰，却不能轻率从事了。

齐世杰见她没有说话，目光中更加流露出失望的心情。但虽然没有说话，彼此却都感觉得到对方心的颤动。

和那座破庙的距离更近了。冷冰儿忽地现出又惊又喜的神情，说道："世杰，你听，庙里好像有人说话。咦，好像是个女的！"

齐世杰也听见了那女人说话的声音了。

他陡地"啊呀"一声，就像一枝离弦的箭，飞快地跑进破庙。

母子重逢

"辣手观音"杨大姑在这破庙已经耽了两天，宋鹏举和胡联奎的伤亦已差不多痊愈了。她正在和两个师侄说话，齐世杰旋风似的冲进去，把她吓了一跳。打了个照面，这霎那间母亲和儿子都欢喜得呆了。

"啊，世杰师弟，当真是你！"宋胡二人不约而同地跳了起来叫道。

"妈！"齐世杰这才叫得出声。

"啊，杰儿，让我仔细看看。啊，果然是我的杰儿！杰儿，这两年你去了哪里，为何音讯全无？"杨大姑喃喃问道。

胡联奎和齐世杰的交情最好，忍不住也抢着问道："师姑和我们刚刚想要到鲁特安旗去找你的，想不到你就来了。师弟，你是从鲁特安旗来的吗？"

齐世杰怔了一怔，说道："你们怎么知道我是在鲁特安旗？"胡联奎正想回答，冷冰儿亦已踏进这座破庙了。宋胡二人不禁又是一呆。

冷冰儿已经听到了齐世杰和母亲的对话，知道了在她面前这个女人就是名震江湖的"辣手观音"了。虽然她对"辣手观音"殊无好感，但无论如何，她总是齐世杰的母亲。尽管在这霎那，她不觉心头如坠铅块，往下一沉。但还是为他们母子重逢而感到高兴的。她不想打扰他们母子此际重逢的喜乐，于是先不说话，悄悄地站在一旁。脸上带着笑容，分享他们的高兴。

齐世杰道："妈，这两年的事情说来话长。慢慢我再告诉你。妈，我先要——"他正要把冷冰儿介绍给他母亲，杨大姑已是先问儿子："这位姑娘是——"

冷冰儿上前叫了一声"伯母"，说道："我姓冷，名叫冰儿。"

齐世杰道：“这位冷姑娘是天山派的弟子，是我两年前，踏人回疆就结识的第一位朋友。这次我得到她很大的帮忙。”

杨大姑淡淡地说道：“是吗？”回过头，问冷冰儿道：“你这个姓是很少见的。请问冷铁樵和你是怎么个称呼？”

冷冰儿道：“正是家叔。”

冷铁樵是柴达木义军的首领，也正是清廷所要通缉的第一号“钦犯”。杨大姑的脸上登时盖满乌云，不说话了。

“杰儿，你不是说有许多事情要告诉我吗？那就挑最重要的先说吧。”杨大姑不再理睬冷冰儿，回过头再问儿子。

齐世杰正在大喜悦中，可还没有觉察到母亲神情的变化，说道：“对，对，我是有一件最重要的事情先问你们，是谁告诉你们我在鲁特安旗的。”

胡联奎道：“是一个小叫化。”

冷冰儿不禁又惊又喜，一时也顾不得在“辣手观音”面前是否“失态”了。抢着发问：“哦，是个小叫化！他叫什么名字？”

胡联奎道：“这小叫化曾经帮过我们的忙，但他却没有说出自己的名字。”

齐世杰道：“这小叫化是不是如此这般模样？”

胡联奎听了他所描述的样貌，点了点头，说道：“一点不错。原来这小叫化果然是你的朋友，怪不得、怪不得——”

话犹未了，杨大姑已打断他的话头，问儿子道：“这小叫化是什么人？你怎样认识他的？”

齐世杰也问母亲：“妈，是他把我的消息告诉你的吧？”

杨大姑道：“不错。他这样清楚你的行踪，看来你们的交情似乎不浅？”

齐世杰笑道：“何只不浅，我和他本来就应该是比好朋友更亲的。妈，你猜猜这小叫化是谁？”杨大姑怔了一怔，从儿子的口气，她已是隐约猜到几分，本来她应该高兴的，但想起那小叫化对她的态度，心里却是有点不大舒服，于是先不说破，反问儿子：“我没工夫和你猜谜，快告诉我那小叫化是谁？”

齐世杰道：“妈，说出来你一定高兴，这小叫化就是你要我找寻的杨炎表弟呀!”

大出他的意料之外，他的母亲非但没有高兴的表示，脸色反而更加难看了，她哼了一声，说道:“想不到我费尽心力要找回来的侄儿会对我这样，真是令我痛心!”说罢，长长叹了口气。

齐世杰莫名其妙，问道:“妈，表弟怎样对你?”

杨大姑道:“我为了他，不惜让我独生的儿子离开了我，我自己这一大把年纪，也甘冒风雪流沙之苦，亲自跑来回疆找他，他见了我，却竟然不肯认我这个姑母!”

齐世杰道:“或许他尚未知道你是他的嫡亲姑母?”

杨大姑道:“他已经知道我是谁的。否则他也不会把你的消息告诉我了。”

齐世杰道:“妈，你先别生气，让我弄清楚了再说。胡师兄，你刚才说过那小叫化曾经帮过你们的忙，这是怎么一回事情?”

胡联奎正想说话，杨大姑却道:“且慢，我也想先弄清楚一件事情。你既然找着了杨炎，为什么不和他一起回家，如今却又要和这位冷姑娘再去找他?”

齐世杰道:“当时我还未知道他是表弟。”

杨大姑道:“他知道你是他的表哥。”

齐世杰道:“这个，这个……”杨大姑斥道:“什么这个那个，你老老实实对我说，不许为他遮瞒!”

齐世杰讷讷说道:“我、我已经把这次出来是为了找寻表弟的事情告诉他了。”

杨大姑道:“你说清楚你的表弟是名叫杨炎没有?”齐世杰道:“说清楚了。”

杨大姑哼了一声道:“这你也该清楚了吧，他根本就不想把我们当作亲人。哼，哼，真是一个没有心肝的小，小……”不知是否突然省起，觉得在“外人”面前骂自己的侄儿乃是违背了“家丑不可外扬”的古训，说了两个“小”字，不好意思再骂下去。

齐世杰也怕母亲骂出“畜牲”二字，连忙说道:“表弟并非没有心肝，他对我是很好的。还曾经帮过我的忙呢!”当下把在通古斯峡碰上杨炎的事情，简略地说给母亲知道。杨大姑忽地问道:

“当时他是独自一人还是有另外的人和他一起?”齐世杰道:“只他一人。”

杨大姑道:“另外那个人恐怕是躲在附近,你没发现吧?”

齐世杰道:“不会的。那个天竺和尚早已跑了。他还陪我走了一段路才分手的呢。妈,你因何有此一问?你怀疑什么人和他一起?”杨大姑道:“不错,我是怀疑有一个小妖女和他一起!都是为了那个小妖女的缘故,他才不肯认亲!”

齐世杰怔了一怔,说道:“什么小妖女?”

杨大姑道:“联奎,你告诉他吧。”提起那“小妖女”,她显然气犹未消,在一旁揉着胸口听胡联奎说。

胡联奎道:“是这样的。前天我和宋师哥在这庙中避雨,最初来了一个江湖的独脚大盗,……”他倒是直话直说,把郑雄图前来“劫镖”,那“小叫化”曾经暗中帮过他们的忙一事,先说给齐世杰知道。杨大姑皱了皱眉头,说道:“无关紧要的事情少说一些,早点言归正传!”

胡联奎道:“是,是。后来师姑赶跑了郑雄图,却又来了一个年纪很轻的女子,这女子,这女子……”

齐世杰道:“胡师哥说的也不算题外之话,杨炎表弟帮过我的忙,又帮过他们的忙,可见表弟非但心肠不坏,而且还颇有侠义之风呢。那女子后来怎样?”

胡联奎道:“那女子也不知什么缘故,她忽然提出要和师姑比武。”

齐世杰吃了一惊,说道:“妈,你和她动手没有?”

杨大姑道:“我岂能容得一个黄毛丫头在我面前放肆,当然我是要‘教训’她了。”

齐世杰道:“妈,你打伤了她吧?”心里想道:“听妈的口气,这‘小妖女’大概是表弟的女朋友。妈打伤了她,故此表弟就不肯认亲,赶着给那‘小妖女’治伤去了。”

他哪知道,他猜想的适得其反。

杨大姑黑起脸孔不说话。

齐世杰把眼睛望着胡联奎,胡联奎只好继续说道:“那小妖女当然不是师姑的对手，不过，不过……”

齐世杰道：“不过什么？”

胡联奎不敢把师姑开头落败，险些给那“小妖女”打了耳光的事情说出来，但又觉得若是把真相隐瞒一半，对那“小叫化”未免又不公平，是以神色颇为尴尬。

杨大姑也怕他不知轻重，在外人面前说出来，于是接过话头说道：“不错，那小妖女当然不是我的对手。不过我也只是想打她几记耳光，稍为惩戒惩戒她的。谁知你那表弟、我的亲侄儿，他、他竟然……”

齐世杰越发吃惊，连忙问道：“他怎么样？”心里着实有点害怕，害怕表弟一时情急，和他的母亲也动了手。

杨大姑道：“杨炎竟然暗中帮那小妖女的忙，让那小妖女跑了。要不是他阻我一下，我岂能容得这小妖女逃出我的掌心？”

齐世杰松了口气，当下也无暇去问杨炎是怎么样的“阻”他母亲一下了，说道：“那小妖女没受伤吧？”

杨大姑道：“我本来就不想打伤她的。”

齐世杰更加宽心，笑道：“妈，谁叫你在江湖上有那么大的名头，那小妖女虽然不知天高地厚，但也不见得就是坏人，可能她就是因为你的名头大大，才特地慕名而来，找你比试一下的。”

杨大姑道：“你还替她分辩，你没见过她那妖里妖气的样子，说出的话又有多么气人！”

齐世杰笑道：“大人不计小人过，妈，你既然‘教训’了她，也就算了。而且就算那妖女对你不住，表弟也还是可以原谅的了。”

杨大姑哼了一声道：“他目无尊长，你还要我原谅他？”

齐世杰道：“宰相肚里好撑船，何况是自己的亲侄儿呢。妈，我看表弟也不是存心和你作对，不过那女子是他的好朋友则可能是真的。那女子一跑，当时他又可能以为她是受了伤，故此才匆匆跑出去追她的。对啦，妈，我还没有问你，表弟把我的消息告诉你，这是在你和那‘小妖女’动手之前还是之后？”

杨大姑道：“是在他赶出去追那‘小妖女’之时。”

齐世杰笑道：“是吧，他在那么匆忙的时候还没忘记要先告诉你，可见他并不是‘全无心肝’的。至于他何以不肯认亲，一时间我也想不明白。不过他的身世比较复杂，或许是他尚未能完全相信咱们的话也说不定。妈，你就原谅他吧。”

杨大姑虽然没有说出另外那一半真相，但想起杨炎毕竟是先帮了她的忙然后才帮那“小妖女”的忙的，要不是多亏杨炎，她已经给那小妖女先打了耳光了，不觉心中有愧，便故作宽宏大量地说道：“当然，他是我的侄子，是杨家唯一承继香烟的根苗，不管他变得如何，我还是要找他回家的。我不怪他，要怪也只能怪那妖女！”

齐世杰知道杨炎的性情，心里想道：“表弟的性格恐怕比妈还更倔强，假如那女子当真是他的好友，妈一定要怪责那个女子，表弟恐怕也不肯要她原谅。”

他正想劝他母亲，杨大姑已是又再说道：“少年人血气方刚，戒之在色。古往今来，不知多少英雄好汉由于迷恋女色，以致误入歧途，人所不齿。尤其咱们身家清白的人。更犯不上和江湖上那些‘来路不正’的坏女人沾在一起，我可以原谅你的表弟，但你必须以你的表弟作为鉴戒！”说话之时，有意无意地望了冷冰儿一眼。要知在她心目之中，冷冰儿是以前小金川“匪首”冷铁樵的侄女儿，正是属于“来路不正”这类的。

冷冰儿当然听得出她是指桑骂槐，但看在齐世杰的份上，她只好暂且哑忍。

齐世杰却未听懂母亲的意思，心里只是想道：“妈正在气头，要她原谅那个‘小妖女’恐怕未是时机，且待她气消了再劝她吧。好在她已经肯原谅表弟了。”于是说道：“妈，那么咱们去找表弟吧。”

杨大姑道：“怎知他和那‘小妖女’跑到哪儿，你先跟我回家吧，以后再设法找他。”

齐世杰道：“再来一次可不容易。妈，我倒想有个地方，可以试一试去找表弟。”

杨大姑道：“什么地方？”

齐世杰道：“据我所知，表弟在失踪之前本是天山派唐老掌门的关门弟子，我想他多半会回转天山的。咱们去求一求天山派的新掌门唐嘉源，请他帮咱们劝一劝炎弟回家，好吗？”

杨大姑冷冷说道：“一来我不惯求人，二来我和天山派从无来往！”

齐世杰笑道：“妈，你怎的这样善忘，我不是已经告诉了你吗，这位冷姑娘就是唐嘉源夫人的弟子。请她代为说话，岂不正好？”

杨大姑道：“你为什么这样着急要去天山？”

齐世杰怔了一怔，说道：“妈，你不希望早日找到表弟么？”

杨大姑忽地冷笑道：“我看你所以不愿意跟我回家，找寻表弟还在其次，最紧要的是你舍不得和这位冷姑娘分手吧？”

这几句话倒是说中了齐世杰的心事，但他可想不到母亲会这样“明刀亮斫”的当着冷冰儿的面直说出来，他不禁面上一红，登时呆了。

杨大姑转过了头，淡淡说道：“冷姑娘，我求你高抬贵手！”

冷冰儿“刷”的一下面色变得雪白，涩声说道：“伯母，你这话是什么意思？”

杨大姑缓缓说道：“伯母不敢当。我不知道我的儿子和你是什么交情，我可不敢和你攀亲道故。你有一个名头极大的叔叔，我们只是规矩矩的百姓人家。因此我才逼不得已，要请求你冷姑娘高抬贵手，放过我的儿子！”

齐世杰惊得失声叫道：“妈，你，你怎能这样，这样说话——”

杨大姑道：“你们嫌我说的话还不够清楚吗？好，那我说得更明白些。冷姑娘，我希望你今后不再和我的儿子来往。杰儿，我要你立即跟我回家！”

冷冰儿一咬嘴唇，脸上的神色比杨大姑更冷，说道：“齐夫人，我和令郎不过偶然碰上，只为了大家都要找寻杨炎，方始一路同行，本来就不是朋友，更谈不上什么特别交情。既然夫人怀疑我是有意高攀，我自问还没那么下贱，如今我就马上离开此地。夫人，你可以放心，我是不会再见你的儿子的了！”

说到“离开”二字，她立即拂袖而去。最后那两句，声音已是从百步之外传来了！

齐世杰呆了一呆，蓦地冲出庙门，叫道：“冷姑娘，你等等我，你等等我！”

也不知冷冰儿有没有听见他的呼唤，不过她却没有停下来，反而脚步跑得更加快了。

杨大姑厉声喝道：“回来！要是你不回来，就永远不要回家见我，我没有你这个儿子，你也别认我这个母亲！”

齐世杰幼年丧父，杨大姑是母兼父职，将他抚养成人的。廿多年来，母子相依为命，“听母亲的话”，对他来说，早已成为天经地义一般的习惯了。

他拖着沉重的脚步，好像一头失掉灵性的家畜，只习惯于接受主人命令的家畜，一步一步，走回这座破庙。

杨大姑放下了心上的一块石头，脸上也才开始露出一丝笑容。这是满足于自己做母亲的威严还能够保持得住的笑容。虽然隔别两年，毕竟还是她的儿子。这儿子毕竟也还是听母亲的话。

可是当她一接触到儿子的目光之时，她脸上的笑容不知不觉的顿然消失了。

不错，儿子是听了她的话回来，但这次的“听话”却和以往的听话大有分别！

齐世杰失魂落魄似的站在母亲面前。

好像面对着的是个陌生人，他定着双眼，看他母亲。那失掉神采的眼睛，目光，却令得杨大姑感到寒意！

不止感到寒意，在儿子冰冷的目光之中，她还感觉得到儿子心头的怨愤。

不错，儿子还是听她的话，但此际站在她面前的儿子却也像是个陌生人了。

过去，她责骂儿子，儿子总是心悦诚服地听她的话的。为了害怕母亲气恼，他还会想出一些母亲喜欢听的说话哄她。

而现在——

现在竟是像对着陌生人一样，一声不响，只有充满怨愤的目光！

杨大姑一生不知经历过多少风浪，而且是失意者多，如意者少，但从无一次感觉得如此难过。

过去她仗着倔强的性格，什么为难的事情，结果她都对付得了，从没流过一滴眼泪。

但这次她却是没有把握了。她知道，要平复母子感情上的裂痕，要比克服强敌难过不知几十百倍！

她几乎要掉下泪来，好不容易才能忍住。柔声说道："杰儿，你听我说……"

齐世杰突然爆出一阵狂笑："妈，不管你说什么我都听你的。我是你的最听话的儿子，你可以满意了吧？哈、哈、哈、哈、哈、哈……"

这笑声比哭还更难受，笑声越来越响，似哭非哭，似笑非笑。每一下"笑声"都好像一支利箭穿过杨大姑的心。杨大姑不觉也呆了。

胡联奎和齐世杰交情最好，连忙叫道："师弟，你要哭就痛痛快快地哭一场吧！"

他比杨大姑此际要稍为清醒一些，知道师弟要是不能发泄出来，只怕就要疯了。

齐世杰果然失声痛哭起来。

宋鹏举待他哭了一会，劝道："大丈夫何患无妻，那位冷姑娘虽然才貌双全，也不见得没有比她更好的闺女。据我所知，师姑本来想和你说濠州刘武师的女儿，还有石家庄周大侠也有意思提亲，把他的三小姐许配给你。刘家周家这两位小姐，在武林中可也是数一数二的才貌双全的女中豪杰。"

齐世杰对他的劝告好像视而不见，听而不闻。但哭声亦已有点嘶哑，虽没停止，却已不如刚才响亮了。

杨大姑冷冷说道："你哭够了没有？大丈夫流血不流泪，幸亏这里没有外人，否则你不害羞我也替你害羞！我作了什么孽，养出你这样没出息的儿子！"

天色早已黑了，只是在黑暗中还看得见齐世杰的泪光。

杨大姑以为没有"外人"，却不知外面有人偷听。

那人躲在庙后面的一棵大树上，借着星月的微光隐约看得见破庙中的情景。

他是杨炎。

茫然不知所之的杨炎本来不想回来这里的，但不知不觉还是走回来了。

是为了想再见一见亲人？是为了期期可能在这里破庙之中见到他的冷姐姐？是为了要探听父亲的生死存亡之谜？还是为了一些别的什么？

他不知道。也许这几个目的都是他想过的，但在心底深处，他又没有勇气去探索究竟。

可惜他来迟了一步，冷冰儿已经走了。

他见到的只是一场杨大姑造成的母子之间的悲剧，他听到的只是齐世杰的哭声。

虽然没见到冷冰儿，但是怎么一回事情，他则已完全明白了。

他本来是有点妒忌齐世杰的，此际却是不禁深深为他难过了。

当然他更为冷冰儿感觉难过。“我发过誓要令冷姐姐得到幸福的。这次我以为她已经可以自己找到幸福了，想不到好事多磨，竟是落得如斯结果！但我又有什么办法帮她的忙呢？”

是的，纵然他练成了绝世武功，但对这样的局面，他也丝毫没有力量扭转。他恼怒这个姑姑，但他能够把这个姑姑打一顿来强逼她要冷冰儿做媳妇吗？

问题的关键是在齐世杰身上，除非齐世杰能够坚强起来。但偏偏齐世杰又要做一个听话的儿子。

齐世杰的哭声停止了。

杨大姑道：“杰儿，你哭够了，好好地睡一觉吧。明天一早，咱们还要赶路呢。什么事情，回到家里再说。你要知道，我都是为了你的好。”

齐世杰呆呆地望着母亲（胡联奎早已把松枝点燃了，他正在和宋鹏举互相帮忙，替对方换敷最后一次的金创药），过了好一会子，忽地说道：“妈，我只想问你一句话。”

杨大姑道：“好，你说吧。”齐世杰道：“你说一切为了我的好，我想问你，那位冷姑娘又有什么不好?”杨大姑道:“我不是说冷姑娘不好……”齐世杰道:“那你为什么逼她走?逼她发了誓不再和我见面?”

杨大姑继续说道:“不是她不好，不过你应该知道，冷铁樵是她叔父!”

齐世杰道:“冷铁樵是她叔父又怎么样?”

杨大姑道:“冷铁樵是朝廷的头号钦犯，你不知道吗?”齐世杰道:“我不管冷铁樵是什么人，我只是和冷姑娘交朋友而已。”

杨大姑道:“你以为你这位冷姑娘不会跟她的叔父走上一条路吗?据我所知，她也曾帮过以前在小金川那班人和朝廷作对的。”

齐世杰道:“当今也不知有多少侠义道在反抗清廷，咱们纵然不是侠义道，难道也要和清廷一个鼻孔出气。”正是:

佳偶难求鸳梦破，母兮不谅碎儿心。

第九回　忘情挥泪空遗怨
铸错无心枉自伤

父亲尚在人间

杨大姑面色一沉，说道："你忘记了咱们的家训吗?"齐世杰道："孩儿没有忘记。"杨大姑道："念出来给我听听。"

齐世杰道："专心练武，洁身自好。不当公差，不做强盗。不过——"杨大姑道："还有什么不过?"这次齐世杰没有给母亲吓倒，仍然继续说道："不过冷铁樵他们可不是普通的强盗啊!"

杨大姑道："正因为他们不是普通的强盗，所以更加不能沾惹。"

齐世杰道："孩儿并没违背家训。"杨大姑道："你还要强辩?"齐世杰道："家训只说'不做强盗'，可并没说不许和强盗做朋友。何况认为冷铁樵是强盗的只是清廷，江湖上的英雄豪杰都认为他们是义军的。而且纵然你把冷铁樵当作强盗，他的侄女儿最少现在还不是的。"

杨大姑道："不管她现在是也好，不是也好，她总是受到嫌疑的了。无论如何，我不能让她做我的媳妇!"

齐世杰道："我们根本尚未谈婚论嫁，我自问也配不上她，岂敢有此妄念。但只是和她来往也不行吗?"

杨大姑道："不行!"齐世杰呆若木鸡，咬着嘴唇，似乎想说什么却说不出来。杨大姑柔声说道："杰儿，我是为你的前程着想，有一件事情你还未知道呢。"

齐世杰茫然道："什么事情。"杨大姑道："是有关你舅父的事情，他还活在人间，这次我来回疆之前已经和他见过面了。"

杨炎躲在庙后面那棵大树上偷听，听到这里不觉心头一震，弄得树叶沙沙作响。幸亏刚好有一阵风吹过，杨大姑没有发现。杨炎连忙镇摄心神，留心听里面说话。

杨大姑继续说道："所以我叫你和我回家再说，寻找杨炎事情可以暂搁一搁，你明白我的意思么?"

齐世杰道："妈，你的意思是先把发现表弟的消息告诉舅舅，然后让他亲自去找表弟?"

杨大姑道："不错，只要做父亲的找到儿子，做儿子的总得听父亲的话。那时就不怕那小妖女迷惑你的表弟了。"

杨炎不禁心中苦笑："这'小妖女'非但没有迷惑我，对我稍假辞色她都不肯呢。不过假如我的爹爹真的要我和她断绝往来，我听不听爹爹的话呢?"他自问自答："当然不听！尽管事实上我盼望与她来往也盼不到，但要我像表哥那样'听话'我是做不到的。"他心潮一阵翻腾，迅即又归平静。因为齐世杰已在说话了。他把自己的事情暂且搁过一边，凝神听表哥说话。

齐世杰听见舅父生存的消息自是感到意外的喜悦。但这意外的喜悦，却抵消不了他心头的愤懑。

他忍不住再问母亲："舅父还在人间，我当然是高兴的。不过，这和我的前程有什么关系？和冷姑娘又有什么关系?"杨大姑道："关系大着呢，你知道你的舅舅现在是做什么吗?"

齐世杰道："我怎能知道，妈，还是你爽快告诉我吧，他做什么?"

杨大姑道："他现在是大内卫士，是皇帝身边的亲近的人呢！不过，说给你听不打紧，你可千万别泄漏出去。你的舅舅不愿意给江湖人物知道。"齐世杰吃了一惊，说道："舅舅做了大内卫士?"

杨大姑道："这有何不好？总比冷铁樵做强盗头子好得多！"齐世杰道："要是给侠义道知道，只怕连我也要感到面上无光的呢！"杨大姑道："胡说。谁叫你像那些人一样想法！"

躲在庙后大树上的杨炎，看到大姑面色一沉，对齐世杰说："你忘记咱们的家训吗？"

齐世杰好像没有听见母亲的话，仍在喃喃自语："他为什么要做大内卫士？他为什么要做大内卫士？"

杨大姑道："他非做大内卫士不可，这是给孟元超逼出来的！孟元超抢了他的妻子，还不肯放过他！他武功不及孟元超，除了做大内卫士，还有什么更好的办法躲避孟元超寻仇？"

这番话说得躲在外面偷听的杨炎一片迷糊，父母当年的恩怨他未悉底蕴，谁是谁非，一时之间实是难以分辨。他毕竟还只是个十八岁的大孩子啊！要是他一直在天山还好一些，但这七年来他却是离群索居，和他的"爷爷"相依为命的。他的"爷爷"是个失意的老人，而且本来是个属于邪正之间的人物。"善未易明，理未易察。"他不禁大为惶惑了。

由于未明底蕴，他听了杨大姑的言语，心里虽然觉得父亲做了大内卫士总是不好，但也不禁有点同情父亲，暗自想道："爹爹是给孟元超逼出来的，我给爹爹报了仇，那时再劝他不要当这大内卫士，料想他会听我劝告。"想是这样想，心情的激动却无法平静下来，他手指颤抖，几乎连树枝也抓不牢了。只听得杨大姑继续说道："我已经和舅舅说好，要是找到你回家里来，他可以给你谋个差事，即使当不上大内卫士，在御林军做个军官总可以的。"齐世杰脸上刷地变色，说道："什么，你要我也做清廷的鹰爪。"杨大姑斥道："胡说八道，什么鹰爪？练武的人，除了做强盗，只有三种出身：一是做镖师，一是设馆授徒，一是当军官。当军官是正途出身，你不想做军官难道想做强盗？"

齐世杰道："妈，你要我做官，那不是你自己也违背家训？家训说过：不当公差，不做强盗的！"

杨大姑哼了一声，说道："你怎的这样糊涂，大内卫士和御林军军官岂是'公差'可比，公差是捕快之流，比起大内卫士差十万八千里呢！"齐世杰道："我想'家训'既然小小的公差都不可以担当，大内卫士当然更是不能做了。"

杨大姑道："你这是误解'家训'，你要是不相信我的话，可以回去问你的爷爷。"齐世杰道："明天我不会跟你一起回家！"

杨大姑大怒道："你、你、你，你这不孝畜牲，你三岁死了父亲，我把你抚养成人，如今我这一大把年纪，还亲自出来找你。找到了你，你却不要我这个母亲了。”

齐世杰道：“妈，你说得太重了，孩儿并非、并非，……”

杨大姑怒气冲冲地抢着说道：“好，你既然并非不认母亲，为何不跟我回家？我替你安排了锦绣前程，为何你又不听我的话？你不听我的话，我就不要你这个儿子！”

宋鹏举道：“师姑，你别气坏了身子，让我劝劝师弟。”杨大姑道：“我早已给他气坏了，今天非得好好教训他一顿不可，……”看样子，她是“意犹未尽”，还要再骂儿子的，不知怎的，忽然收了骂声，望向外面，蓦地喝道：“谁躲在外面偷听，给我滚出来！”

原来杨炎禁不住心情的激动，双手牢牢抓着树枝，树叶簌簌摇落。这次树叶是无风自落，当然是瞒不过杨大姑了。

杨炎给她陡然喝破，不觉心头一震，跌下树来。

身体刚刚着地，立即听得暗器破空之声。杨炎一觉脑后风生，反手一弹。

虽然是在心情激荡之际，他那超卓的武功本能的还是发挥了出来。这一弹就像他的背后长着眼睛一样，弹个正着，透骨钉倒飞回去。

就在此时，发生了一件杨炎意想不到的事情。

另一棵树上，也突然跳下一个人来。

黑夜之中，又在匆忙之际，杨炎自是无暇去辨认这个人。这个人是背向着他而且是戴着蒙面巾的。

蒙面人如箭离弦，从树上一跳下来，登时窜进破庙。

杨炎此时只有一个心思，赶紧离开此地。

是为了不愿意再见到这个令他讨厌的姑母，还是为了躲避齐世杰呢？

他不知道，或许两个原因都有。

他是曾想过，反正自己也帮不上表哥的忙了，与其见了表哥不知说些什么话好，不如躲避为佳。

但还有另外一个更大的原因，他要赶快找寻冷冰儿。

在他心中的位置，比起齐世杰，冷冰儿更是他的“亲人”。

知道了冷冰儿遭遇的不幸，他可以躲避齐世杰，却必须放弃躲避冷冰儿的念头了。

“冷姐姐此际不知心中如何悲苦，除了我还有谁能安慰她?”杨炎心想。

此时他倒是有点庆幸另外有个人打岔了。杨大姑母子要对付这个人总得耽搁片刻吧？那就不怕他们追上自己了。

齐世杰的本领他知道得很清楚，姑母的本领他也曾目睹。他们母子两人联手，除非是碰上了天下第一剑客金逐流，否则杨炎也不知道当今之世还有何人胜得过他们。而这个蒙面人当然不会是天下第一剑客金逐流。

故此杨炎倒是一点也不为他们母子担心的。

于是他飞快跑下山去，跑了一程，忽觉指头隐隐麻痒。

杨炎这才瞿然一省，心道：“想不到姑母还会使用喂毒的暗器，她也不知道我是谁，就用这等狠毒的暗器，怪不得人称辣手观音。”好在他的指头没破，血液未曾中毒，一发觉后，在山涧洗干净手指，稍为默运玄功，让真气直透指尖，不过片刻，麻痒之感便已止了。

知道了他那个号称“辣手观音”的姑母还会使用喂毒暗器，他更加不用担心了。

如今他担心的只是找不到冷冰儿。

杨炎可没想到，那枚喂毒的透骨钉，并非他的姑母所发。

刚才发暗器打他的是那个蒙面人。那个蒙面人比杨炎先来，但正当他要暗算齐世杰的时候，杨炎亦已来了。

蒙面人捏了一把冷汗，幸好杨炎不是和他躲在同一棵树上。这晚无星无月，杨炎的全副精神又放在偷听杨大姑母子的对话，根本就没想到，就在他的身边，竟然还躲藏着另一个武功和他相若的高手。

蒙面人未曾见过齐世杰的本领，虽然他亦听得好几个人说过，说是齐世杰的本领甚为了得，但那些人的本领都是远不如他，是以他并不把齐世杰放在心上。

但杨炎的武功他是领教过的，对杨炎不能不有几分忌惮。也正是因为忌惮杨炎的缘故，他迟迟不敢动手。不过在杨炎的行藏给“辣手观音”喝破之时，他可不能不出手了。这不仅是因为他不知道自己的行藏是否亦已给“辣手观音”识破，而且是因为害怕杨大姑与杨炎姑侄相认，那时自己更加讨不了好。

当然他也估计得到，他发的喂毒暗器未必伤得了杨炎，但他还有另外一个如意算盘，趁着杨炎尚在惊惶失措，他先跑进那座破庙，以迅雷不及掩耳的手法，把杨大姑随便抓着一个作为人质。

还有一件杨炎意想不到的事，庙子里面也发生了意外的事情。庙里庙外，两件意外的事情是同时发生的。

正当杨炎发现那蒙面人之际，庙子里的齐世杰一口鲜血吐了出来。

以齐世杰的内功造诣，本来即使是被铁锤击着胸口也不会吐血的，但此际他被母亲所逼，心头上所受的创伤比任何压力都更难受，泪是流不出来了，血怎能不吐出来。

杨大姑正要出去察看，忽见儿子吐血，这一惊非同小可，忙道：“杰儿，你怎么啦?”

话犹未了，那蒙面人已是出现在门前。人未到，暗器先发，两枚喂毒的透骨钉一打杨大姑，一打齐世杰。

母亲保护儿子仍是出于本能，杨大姑虽然是在惊惶之中，应变仍是快如闪电。

她头也不回，反手便是一掌。

她的金刚六阳手功夫乃是武林一绝，这一掌更是她数十年心血之所露，在杨家原有的六阳手基础上精益求精，钻研出来的。看似轻描淡写的一掌，其中奥妙无穷。

只见那两枚透骨钉好似陷入漩涡，在半空中停了一停，忽地掉转了头，倒飞回去。原来杨大姑这一掌同时发出两种力道，刚柔并济，互相牵引，又互相激荡。

双方动作都是快到极点，那蒙面人旋风也似的扑进来，正好迎着那两枚掉头倒飞的透骨钉。

杨大姑喝道：“原物奉还，给我躺下!”

那蒙面人居然不接不闪，也没躺下。

两枚透骨钉打在他的身上，衣裳也没穿破，就跌下地了。他恍如未觉，脚步丝毫不缓。

杨大姑本以为在她这么刚猛的掌力之下，透骨钉反震回去，不在他的胸口穿出两个窟窿才怪，哪知结果竟是如斯！

这一下，那人固然是有点吃惊，心里想道："辣手观音果然并非浪得虚名，我可不能太过轻敌了！"杨大姑则是吃惊更甚，心里想道："这人的功夫似乎比那小妖女还更了得，这回我恐怕是要糟糕了！"

她是个识货的大行家，当然知道对方用的是"沾衣十八跌"的上乘内功。这种功夫练到炉火纯青之境，不论是人是物，沾衣即被震开。此人只能令透骨钉跌下，不能反震飞回，距离炉火纯青的境界还差一截。但虽然如此，杨大姑已是自愧不如。

但尽管自知不敌，杨大姑为了保护儿子，也非拼命不可。说时迟，那时快，那人已是冲到她的面前，一声冷笑喝道："且看是谁辣手！"

大喝声中，蒙面人拳掌兼施，恍如铁斧开山，巨锤凿石。

杨大姑身随步转，横掌如刀，轻轻一削。金刚六阳手本是以刚为主，以柔为辅，她这一掌削出却似毫不着力。

"行家一出手，就知有没有。"她这么轻描淡写的一掌使将出来，那蒙面人倒是不能不为之心头一凛了。

原来看似轻描淡写的一掌，其实却是能伤奇经八脉的。蒙面人要是和她硬拼的话，杨大姑可能立毙在他掌下，但他的手少阳经脉被伤，只怕也要变残废。

这蒙面人三十岁尚还未到，正是来日方长，自以为前程似锦，怎肯和一个将近六旬的杨大姑拼命。纵然把她打死，自己折了一条手臂也是得不偿失。

于是他一个移形易位迅速闪开，冷笑说道："老乞婆，想拼命么？可惜以你这点道行，只怕还是有心无力！"口中说话，手底丝毫不缓，几句话的功夫，一口气攻出了十七八招。每一招都是见好即收，稍沾即退，使得杨大姑无法施展两败俱伤的打法。要不是杨大姑的掌法绵密异常，早已被他乘虚而入。

剧斗中杨大姑忽觉对方的掌风隐隐带有一点血腥气味，心中一惊，突然感到一阵晕眩。“不好，原来这厮练的是毒掌功夫。”连忙暗运真气，护着心头。但她本来就不是那人对手，此际分神二用，如何还能抵敌？

只听得“嗤”的一声，杨大姑的左边衣袖给那人一抓撕破，露出了光秃秃的臂膊。还幸亏只是露出臂膊，要是给那人撕破别个部位的衣裳，在小辈面前，她更是无地自容了。

杨大姑骤吃一惊，脚步跄踉，眼看就要给那人的掌力震翻。

那人正要跨步进招，忽觉劲风飒然，一股雄浑的力道俨如暗流汹涌，突然袭到。

齐世杰叫道：“妈，割鸡焉用牛刀，让孩儿替你打发这个小贼吧！”

杨大姑大惊道：“杰儿，不可！”连忙转过身来，只听得“蓬”的一掌，如雷震耳，齐世杰和那蒙面人已经硬接了一掌。

霎那间，杨大姑吓得几乎晕倒。那蒙面人她自己都抵敌不了，何况儿子？这样硬碰硬接，只怕儿子不死也得重伤。

哪知定睛一瞧，只见儿子渊停岳峙，纹丝不动，反而是那蒙面人退了一步。齐世杰嘴角还有未抹干净的血丝，但神采飞扬，眉宇间已是隐现英气，和刚才憔悴萎靡的颜容，完全两样！

母亲要保护儿子，儿子也要保护母亲。他吐了一口鲜血，胸中郁闷之气已消一半，此际陡逢强敌，精神不自觉地就振作起来。强敌当前，任何天大的事情，自然而然地都置之脑后了。

那蒙面人虽然未至于给他震倒，这一惊已是非同小可，心想：“我的龙象功已练到了第八重，怎的还比不上他？”

这霎那间，齐世杰也是禁不住一惊，“怎的这厮也会龙象功，和我不相上下？”陡然心念一动，失声喝道：“你，你是段剑青！”

蒙面人道：“是又怎样？”声出招发，立施杀手。这次他没有采取硬拼的重手法，身形滴溜溜一转，齐世杰一掌拍空，他的手臂突然一长，就抓到了齐世杰门面。手法怪异之极，手臂竟似柔若无骨，肩头弯过，从齐世杰绝对意想不到的方位抓来。

他用的是从天竺学来的瑜伽功夫，化为掌法。只道这一抓齐世杰无论如何也躲避不开了。哪知结果还是出乎他的意料之外。

原来齐世杰虽没练过瑜伽功夫，却练过桂华生武功秘笈上的功夫。桂华生的武功源出少林，有一招“龙爪手”是克制蛇拳的，他见段剑青的手臂能够弯曲变形，和蛇拳似有点相类，无暇思索，立即使用这招“龙爪手”一试。

其实段剑青这招把瑜伽功夫变化出来的掌法要比蛇拳高明得多，真正练到登峰造极之时，“龙爪手”是克制不了的。但对方突然使出他不懂的武功，正如齐世杰刚才骤吃一惊那样，他也不能不骤吃一惊的。

“龙爪手”三指拿下，对准他的虎口。段剑青不识其中的奥妙变化，也看得出是极上乘的武功，假如各自施展，只怕胜负实是难料，段剑青可不敢冒这个险。

段剑青不敢冒险，柔若无骨的手臂倏地转弯，改抓为拍。一掌拍出，热风呼呼。连躲在墙角的杨大姑都感觉得难受。她不禁又是大吃一惊，连忙叫道：“杰儿，小心，这是雷神掌！”

段剑青冷笑道：“老乞婆你倒识货，待会儿叫你也尝尝……”但“滋味”这两个字尚在唇边，他可先尝到对方的滋味了。

齐世杰道：“娘莫担心，这小贼的雷神掌练得还没到家！”口中说话，招数早已发出。骈指向前一戳，以指代剑，使出了一招刺穴的剑法，戳入段剑青掌势划成的弧形圈内。

段剑青的雷神掌是和欧阳兄弟交换得来的武功，由于他有深厚的武学造诣，练成的雷神掌早已青出于蓝，莫说欧阳兄弟远不如他，即使他们的先祖欧阳伯和重生，恐怕也比他不上。

他正自心中有气：“你说我练得尚未到家，我倒要看你如何破我？”心念未已，忽觉冷气森森，被齐世杰指尖遥点的那个穴道，竟似乎有一线奇冷的寒气侵了进来。段剑青打了一个寒噤，这“滋味”可是甚不好受，连忙疾退三步。他的内功造诣也确实非同小可，就在这连退三步的瞬息之间，运功消除了寒意。

原来齐世杰以指代剑使的这招，乃是他在冰窟学来的冰川剑法。他的上乘内功也是在冰窟中练成的，使出这招剑法，更具威力。只可惜他没有冰魄寒光剑在手，否则段剑青即使没给冻僵，只怕也得立时便要落败。

齐世杰喝道："天网恢恢，疏而不漏，段剑青，你这小贼三番两次要想害我，……"他口中说话，身形早已向前扑去。段剑青左掌掌心向外，右掌掌心朝内，一招阴阳双撞掌向齐世杰反击。这是那烂陀寺的武功，阴掌阳掌一刚一柔，两股力道会成一道漩涡。

齐世杰一声冷笑，依样画葫芦地也是一招阴阳双撞掌。掌风激荡掌力抵消。两条人影倏地又再分开。这次仍然是齐世杰稍胜一筹，他神色自如，段剑青却已额角沁出冷汗。

"你这功夫是谁教的?"段剑青大惊之下，蓦地想起一个人来，不觉失声叫道。齐世杰一面出招，一面继续说道："你还记得迦象法师吗?你几次三番想要害我，那也罢了。迦象法师是你师伯，你也用诡计害他，欺师灭祖，天理难容!"

段剑青在七年之前骗迦象法师服下毒药，只道这个师伯早已死了，哪知他是躲在"魔鬼城"下面的冰窟，再活多了五年。

段剑青想起迦象法师当时咬牙切齿，誓言化为厉鬼也要报仇的形状，不觉毛骨悚然，颤声说道："原来你的武功是他教的，他已经死了?"

齐世杰喝道："不错，他终于是给你害死了。他传我武功，就是要托我为他清理门户!"

段剑青心神稍定，听了这话，不禁一则以喜，一则以忧。喜者是他的师伯毕竟还是死了。忧者是齐世杰得了迦象法师的衣钵真传，自己又添一个劲敌。

就像夜行人吹口哨那样，段剑青勉强打了个哈哈，给自己壮胆，说道："如此说来，原来你还是我的师弟呢!迦象师伯是给韩紫烟害的，可不能完全怪我。反正如今韩紫烟和迦象师伯都已死了，咱们又何必同门相残……"

话犹未了，齐世杰已是大怒喝道："谁是你的同门?今日不是你死，便是我亡!"

大喝声中，连环三掌拍出，这三掌是他家传六阳手的功夫，但却用上了第八重的龙象功。躲在一角的杨大姑看得又惊又喜，她哪知道儿子是故意使用她所传的掌法来打败段剑青，好给她挽回面子的。

不过，主要的威力虽然是来自龙象功，六阳手的作用亦是不能抹杀，它是变化最为繁复的掌法，配合了龙象功相得益彰。这次段剑青想要避免硬拼，亦已躲避不了，无可奈何，只好又硬接一掌。这一次颓势更显，接连退出六七步方能稳住身形。

段剑青又是吃惊又是气恼，心里想道："要不是上个月我吃了杨炎这小子的亏，齐世杰的龙象功如何能够胜我？如今只怕是打不过他了。"原来他中了杨炎的一支天山神芒，虽然已经医好，功力却还差两分未曾恢复。不过话说回来，即使他的武功完全未打折扣，最多也只是能和齐世杰打成平手的。

段剑青不知道杨炎早已离开，此时想起他来，不觉又是心头一凛。"杨炎这小子莫非是要等我和齐世杰斗得两败俱伤，他方始来趁现成，制我死命？"这么一想，不由得更是胆怯心虚。

但他自恃还有毒掌功夫，心想齐世杰和他硬碰了两掌，多少也该中了毒吧？

正当他踌躇未决，不知是马上逃跑的好，还是等待齐世杰毒发，自己可以仍然按照原来的计划，把他拿住作为人质的好，齐世杰又已和他硬拼了一掌。

这次段剑青用瑜伽功夫巧妙地化解了齐世杰一半掌力，只退了三步。但从他的感觉之中，却已知道齐世杰的功力非但丝毫未减，而且好似越战越强。亦即是说齐世杰根本就没有中毒的迹象。

反而是他自己先发现有中毒的迹象了。在急退三步之际，忽地感到一阵晕眩，险些摔倒。

原来他练的毒掌功夫虽然厉害，却有一个致命的弱点。假如碰上功力比自己更高的敌手，掌上的毒质就有可能伤不着对方反而给对方逼回来的。

幸亏他的龙象功和齐世杰都是练到第八重，他由于一个月前吃了杨炎的亏，也不过打了两成折扣，双方的距离还不算太大。是以虽然中毒，毒势尚还轻微。不过，既已发觉。自己有中毒的迹象，又怕杨炎乘他之危，如何还敢恋战？

他身形一晃，险些摔倒。齐世杰却不知道他的毒掌有那么一个弱点，接战以来，他见段剑青诡异的武功层出不穷，只道他又在用什么诡计，一时之间，稍有犹疑。就这么片刻犹疑，段剑青已是一个倒纵出了庙门，说道："咱们毕竟乃是同门，拼个你死我活，那又何必？"他生怕杨炎在外埋伏，截他去路，冲出庙门，一面乱发暗器，一面飞快逃跑。跑了一程，不见杨炎踪迹，这才松了口气。

母子情深终互谅

齐世杰挂虑母亲，不敢追敌。回过头来，只见母亲面色苍白，好似风中之烛，摇摇欲坠。原来她见儿子得胜，一口气松了下来，已是支持不住了。

齐世杰吃了一惊，连忙问道："妈，你怎么啦？"

杨大姑道："没，没什么，好孩子你总算给我争了口气，咱们的六阳手……"她的脸上虽然挂着笑容，但却越发显得苍白，而且语音断断续续，气喘的声音比她说话的声音还大。

齐世杰把母亲扶稳，说道："孩儿惭愧得很，妈，你教给我的六阳手，本来可以重创那小贼的，可惜孩儿练得尚未到家，还是给那小贼跑了。"

其实这"惭愧"二字本来应该是杨大姑说的，齐世杰知道母亲好胜的脾气，抢先说了出来。用这番说话解除她心头的郁结，胜于给她服一剂去心火而利于宁神益气的补药。只有这样，才能帮助母亲在最短的时间内复原。

儿子的用心，杨大姑在心里当然也是自己明白。她见儿子对她这样体贴，心里不禁感到甜丝丝的，一面咳嗽，一面说道："好孩子，你不枉我一番调教，这、这已经是很难得了。不过，我，我，我明天恐怕是不能，不能回家了——"

齐世杰道："妈，你莫担忧，先歇一会儿。我保管你明天可以回家。"一面说话，一面握着母亲的手，默运玄功，以本身真气输入母亲体内。

杨大姑只觉一股热气循着她的手少阳经脉逆流而上，转瞬之间流遍全身，就像猪八戒吃了人参果似的，八万四千个毛孔，无一个毛孔不舒服。她自身的功力本来不弱，这次又不是给段剑青的毒掌直接打中，只是吸进了点毒气的，心中郁结一消，加上外力之助，不消多久，本身的真气亦已凝聚起来，奇经八脉尽都通畅，那一点毒质亦已化为汗水挥发了。她是个武学大行家，知道儿子这样替她推血通宫，最为耗损真气，想要喝令儿子停止，但在齐世杰那么深厚的真气冲击穴道之下，她根本连话也说不出来。好不容易，等到她本身的真气亦已凝聚之后，她这才能够把手掌抽了出来，说道："够了，够了，杰儿，你、你觉得怎样？"

此时她的脸色已经恢复红润，脸色变得苍白的是齐世杰了。她想到儿子刚经过一场恶斗，便即为她如此耗损真气，而且儿子在恶斗之前，又是吐过一口鲜血的，她怎能不为儿子担忧？

齐世杰道："不碍事。"说了这四个字，便即盘膝静坐，果然不过片刻，他的脸色也恢复了红润。他站了起来，说道："妈，咱们明天可以一道回家了。"杨大姑怔了一怔，说道："你，你愿意跟我回家了吗？"齐世杰道："妈，你跑了这么远的路来找我，我怎能不送你回家？"杨大姑喜出望外，不觉揽着儿子说道："杰儿，你毕竟还是我的好儿子。好，好，你愿意回家，那就好了，那就好了！"

齐世杰轻轻说道："妈，但我求你一件事情。"杨大姑心头一震，说道："你要什么？"

齐世杰道："妈，我求你不要逼我跟舅舅做事。"杨大姑最害怕的是儿子要娶冷冰儿，儿子刚刚救了她的性命，而且又给了她的面子，维持了她做母亲的尊严，要是儿子提出这个要求，她就不知怎么好了。如今齐世杰只求不跟舅舅做事，这虽然也是违背她的意旨，但总比要她答应儿子娶一个朝廷钦犯的侄女儿好些。杨大姑叹口气道："我本来是为你的前程着想，但你既然不愿意，妈也不会勉强你了。"

原来齐世杰并不是不想求他母亲取消不许他和冷冰儿往来的那个禁令，但他害怕母亲倔强的脾气，要是他提出这样要求，恐怕母亲以为他是恃功要胁，一说僵了反而不好，是以不得已而思其次。

不错，他也曾下了决心，不跟母亲回家的。要是没有段剑青伤了他母亲这件事情，他的决心不会更改。但如今既然发生了这件意外事情，做儿子的要保护母亲乃是出于天性，他就不能不护送母亲回家了。否则万一母亲又在路上碰上了段剑青那怎么办？但他的身体可以跟母亲回家，一颗心却还是放在冷冰儿身上。

天色已经亮了，他跟着母亲走出破庙，心中但感一片茫然，翻来覆去地只是在想："冷姑娘此际不知是在何方？也不知她此际是在怨恨我呢还是在思念我呢？"

冷冰儿对他没有怨恨也没有太深的思念，可是她心中的伤痛却非齐世杰所能理解。

冷冰儿跑出那座破庙，心灵好像已经麻木，脑袋也变了一片空虚，只是茫然不知所之地乱跑。什么感觉也没有。

这种奇怪的感受，对她来说倒并不是第一次。八年前她被段剑青推落冰湖，被人救起之时也曾有过这样的感受，以致别人问她的姓名她也答不上来。不过这一次的伤痛却似乎比上一次更深。上一次是初开的蓓蕾遭受风雨摧残，这一次是枯萎的树木已经重新发芽，不料又遭刀斧的斫伐。

她一口气也不知跑了多少路，偶一回头，望不见那座破庙，这才好似从一个恶梦之中刚醒过来，她靠在一块大石上，心在发麻，身子也在发麻，走不动了。

一阵山风吹过，她这才恢复了知觉。

东方已经露出鱼肚白，恢复了知觉的女儿心却蒙上了一片阴霾。

她并没有怨恨齐世杰，也没有强烈的思念。尽管是同样地受到心灵上的创伤，齐世杰毕竟还是和段剑青不同的。

不管怎样，段剑青总是她的第一个恋人，她也的确曾经深深爱过段剑青。她曾经原谅过他的许多过错，直到段剑青犯了不可饶恕的大罪，竟然想要谋杀她的时候，她那少女的幻梦才被戳破，而她对段剑青的强烈的恨也更超过了往日对他那强烈的爱了。

不管是什么样性质的爱和恨，对一个少女而言，如果她未曾有过强烈的爱，恐怕也不会产生强烈的恨。

不错，她对齐世杰是有好感的，甚至也曾希望他们的关系会有进一步的发展的。但毕竟是还未曾有过强烈的爱，莫说这次的过错不在齐世杰，即使是齐世杰应当负责，她也不会恨他。或许她对齐世杰的情感亦已有“爱情”的成分在内，但不过刚刚发芽，也还谈不上刻骨相思。

她伤痛的是接二连三的不幸，是少女的尊严被人践踏，是她感到异样的寂寞，在她遭遇不幸的时候，没有一个可以安慰她的亲人，是她刚刚恢复了“生机”而又遭到无情的打击……此际，她可以不需要爱情但却需要同情，可以不需要爱人，但却需要一个知心的朋友。

山风吹过，冷冰儿但感一片茫然，好像连自己也“失落”了。

段剑青的影子已经模糊，齐世杰的影子也只是像春风轻轻掠过，过去了就过去了，心湖不过微泛涟漪。

“若到江南赶上春，千万和春住。”她并没有这样强烈的感情，是以纵然已经感觉到了“春风”的一丝暖意，她也没有动过念头要赶上春天。

迷茫中另一个人的影子在她心头浮起。

一个人在最伤心的时候往往会想起最好的朋友，许多话不能向父母泣诉的都可以向知己倾吐。此际的冷冰儿就是如此。

此际，引起她强烈思念的人，不是段剑青，也不是齐世杰，而是孟华。往事历历，都上心头。七年前的一幕重新在她的忘记中出现。

她被害不死，在哈萨克的刁羊大会中又碰上段剑青，段剑青引她追上雪山，她险些又遭段剑青的毒手。

像是天上掉下的救星，孟华忽然在她最危急的时候出现。不仅救了她的肉体，也医治了她心灵的创伤。

当然，由于这个创伤太深，伤口直到现在还未愈合。但最少是不会流血不止了。

要是没有孟华这份友谊，鼓舞她求生的意志，她真不知道是否能够活到如今？

“孟大哥和我分手之时，说过要一定再找寻弟弟的，如今却还未见他来。是他已经来过我没碰上他呢？还是柴达木那边有更紧要的事情留着他，五年的时间里面他都无暇抽身，根本就没来过呢？

他和碧漪姐姐想必亦早已成亲了吧？可惜他这杯喜酒我是喝不到了。”冷冰儿心想。她并没妒忌金碧漪，她只是为金碧漪祝福。

此际，又是她心灵上受到创伤的时候了，她是多么希望再见到孟华啊，即使孟华是和金碧漪一起同来——想至此处，她不觉心头跳了一下：“我为什么这样想呢？难道我不也盼望见到金姐姐吗？不，我其实是更盼望见到他们一起来的。”

但她知道世上决不会有接二连三的“巧遇”，上一次她心灵受创的时候，有孟华安慰她，这一次是不可能再盼到孟华了。

孟华的影子变成了另一个人。……

这个人曾经是与她朝夕相共的，但此际在她心中的影子却是甚为模糊。不过这个“模糊”的感觉却不同于她对段剑青的那个“模糊”感觉。对段剑青她是要尽力忘掉他，是要把他的影子抑制下去造成的“模糊”；而对这个人她则是无时不在想念他的。她之所以感到“模糊”，是因为她只知道他童年时候的模样，不知现在的他是什么模样。

她想起的这个人是孟华的异父弟杨炎。

“炎弟今年十八岁了，不知道是否长得像他哥哥？”在她心中这个“模糊”的影子，就正是混合了童年时代的杨炎，和少年时代的孟华的影子。这次她本来是和齐世杰来找寻杨炎的，谁知找不到杨炎，却反而“失去”了齐世杰。此时她已经稍微清醒过来，想起了此行的目的，不由得心中苦笑了。

“那个小妖女不知又是谁呢？听齐世杰母亲的口气，似乎她和炎弟是很要好的朋友？”

想起了杨大姑对那“小妖女”的指责，她不觉有几分欢喜，又有几分伤感：“真想不到杨炎这小孩子也有了女朋友了。啊，他已经不是流鼻涕小孩子，他是十八岁的少年啦。”杨炎在她心目中一直是个小孩子，此际她方始“发觉”他已经长大了。

她想起了罗曼娜告诉她的事情：“杨大姑口中的小妖女，想必就是曼娜姐姐碰上的那个行径古怪的少女吧？那次她也是和炎弟同时出现的，看来他们的交情倒似乎是当真不错。这个小妖女能够令到辣手观音暴跳如雷，也真是个不寻常的女子！炎弟该不会也像齐世杰那样，一切要听他姑母的话吧。要是见到了炎弟，我倒要好好地问一问他，是否真的喜欢那个‘小妖女’？要是真的话，我一定要鼓励他的。”

正当她胡思乱想的时候，忽地看见一条人影疾奔而来。

“是炎弟吗？我是你的——”冷冰儿本来猜想杨炎还在此山，此际突然发现这个影子，轻功是如此超卓，而又一眼看得出不是齐世杰，她就不觉以为是杨炎了。

哪知话犹未了，只听得那人已是哈哈一笑，说道：“我知道你是我的冰儿。怎么，难道你就不认得我了？”

这人不是杨炎，是段剑青。

声到人到。段剑青业已出现在她的面前。

冷冰儿气得发抖，喝道：“你，你还有脸见我？”

段剑青却是嬉皮笑脸地说道：“冰儿，我已经知道你和齐世杰的事情了。你莫伤心，齐世杰不要你还有我段剑青要你。”

怒火如焚，麻木的双腿恢复了活力，冷冰儿立即跃起，把手一扬，喝道：“我要你死！”

段剑青一掌劈出，用的是雷神掌的功夫。七年前他的功力不及冷冰儿，此际则已是比冷冰儿深厚得多，而雷神掌又正是可以克制冰魄神弹的奇寒之气的。一掌劈出，热风呼呼，冷冰儿打出的两颗冰魄神弹在热风激荡之中化成灰濛濛的雾气。

段剑青笑道：“冰儿，你何苦如此牛气？不错，我是曾经对不住你，但杀人不过头点地，如今我是特地向你赔罪来了。”

冷冰儿刷地拨出冰魄寒光剑，喝道：“给我滚开！否则，你若是敢再踏上一步，我，我……”

段剑青笑道：“你要怎样？也许你尚未知道，连齐世杰都不是我的对手呢。你要杀我，那是决计不能的。我虽然对你不起，但过去咱们也曾有过海誓山盟，如今我又特地来向你赔罪，难道你不能重念往日之情？”他口中说话，不仅是踏上一步，而且是踏上三步了。

冷冰儿一剑向他刺出。

虽然段剑青早有准备，但冰川剑法奇幻之极，这一剑竟是从他意料不到的方位刺来。“嗤”的一声轻响，饶是段剑青躲闪得快，左肩已被剑尖碰着。衣裳穿了一个小孔。

冰魄寒光剑乃是天下最奇怪的宝剑。别的宝剑，讲究的是剑的锋利，只有冰魄寒光剑例外，它是凭借奇寒之气伤人经脉。要不是冷冰儿力透剑尖，连他的衣裳都不能刺穿的。如今虽然刺穿了他的衣裳，他的皮肉仍是无损。

但冰魄寒光剑的威力却远胜于冰魄神弹，它是玄冰洞里的万年寒玉炼成的，被剑尖碰着皮肉，登时有一股奇寒的阴煞之气透过段剑青的穴道。

段剑青练过的天竺武功，有一门是可以颠倒穴道的。立即把这股寒气转移到身体的其他部分，然后再运内功把它逼出来。

但饶是如此，段剑青已是不由得机伶伶地打了个冷颤。

说时迟，那时快，冷冰儿又是连环三招。段剑青心难二用，给她攻得手忙脚乱。不过他已经知道了冰魄寒光剑的厉害，不再轻敌冒进，冷冰儿想要再刺着他一剑，却也是不容易了。

段剑青运功三转，身体恢复暖和，便即笑道：“冰儿，原来唐夫人已把冰魄寒光剑传给了你，冰川剑法你也练成功了，真是恭喜你啦！不过纵然如此，你还是胜不了我的。不如咱们重拾旧欢，结为鸳侣。你有天下第一宝剑，我有天下第一武功，咱们夫妻联手，那岂不是更可以天下无敌！”

冷冰儿气得玉容苍白，喝道：“放你的屁，今日不是你死，便是我亡！”段剑青正是要激她动怒，一声笑道：“那又何必！”蓦地使出瑜伽功夫，伸臂一抓，突然就抓到了她肘尖的“曲池”。

冷冰儿虽然狂挥宝剑，但对方这一抓乃是快如闪电的乘虚而入，她已是无法遮拦。冷冰儿不觉心头一凉，只道要糟。哪知竟是出乎她的意料之外，眼看就要给他抓住，段剑青忽地又闪电般地把手缩了回去。

原来还是冰魄寒光剑的特殊性能救了她。

在她狂挥之下，冰魄寒光剑的威力已是发挥得淋漓尽致。冰魄寒光剑的厉害之处，是不用刺着对方，那股奇寒之气就可以伤人经脉的。以段剑青的功力在距离三丈之处可以禁受得起，在距离八尺之内则已是不觉要发抖了。如今他是欺身直进。和冰魄寒光剑的距离不过数寸，他使用大擒拿手法，手掌又是张开的，掌心的劳宫穴一个疏神，就被寒气侵入。奇寒彻骨，这霎那间，他掌心的血液都好像几乎要凝结了。

劳宫穴倘若受伤，真气就会涣散，段剑青如何敢冒此险？

也幸亏他的武学造诣已经练到收发自如的境界，来得快，退得也快。他一缩掌抽身，迅即就跃出三丈之外。依然采取绕身游斗的战术困住冷冰儿。

冷冰儿险些吃了大亏，也连忙镇摄心神，忍住怒气，冷静对付。她以变化莫测的冷川剑法带守带攻，虽然难以脱困，段剑青却也无法攻入她的剑光圈内。但段剑青在把寒气再次逼出之后，蓦地又得了个主意。

得不到的东西往往是最好的东西。当年冷冰儿对他千依百顺，他都不满足，为了一己的私利，竟然不惜对她抛弃，如今冷冰儿对他冷若冰霜，甚至要和他拼个你死我活的时候，他反而是开始感到后悔，非要把她得到手不可了。

当然他的后悔并不是“悟今是而昨非”的那种后悔，而是后悔走错了一步棋。是患得患失的那种“后悔”。

他在冰魄寒光的笼罩之下，越发觉得冷冰儿有一种异乎寻常的“冷艳”的美，“她的美其实并不逊于罗曼娜，早知罗曼娜是烫口的馒头，当年我是应该对她稍留余地的。如今想要她再像从前那样死心塌地地跟我，恐怕是难之又难了。”想至此处，不觉又在暗暗后悔从前的“傻”，和这样的一个世间罕有的美人儿一起，竟然没有想到要“占有”她。

蓦地他想到一个歹毒的主意：“我也真是糊涂了，怎的忘记了韩紫烟留下的那种奇妙的挑情药粉。我要是用武力制伏了她，得到了手也没有味儿。我要她心甘情愿地依从我！待到生米煮成熟饭，那时何愁她不乖乖地跟着我走。”

冷冰儿见他眼神不定，也不怎样放在心上，心里只是在想：“不管你打什么鬼主意，我拼着豁了这条性命，就决不会上你的当。”唉，她哪知道段剑青这种卑鄙阴毒的手段不是拼命就能抵挡的。

这霎那间，她一口气放出了三招七式，冷电精芒，追逐敌手。但段剑青滴溜溜一个转身，却已把一撮药粉藏在指甲缝里。

段剑青笑道："冰儿，你可不可以少想我的坏处，多想一点我往日对你的好处。"

冷冰儿柳眉倒竖，喝道："我要你死！"

段剑青笑道："很好，要死咱们一同死。欲仙欲死的滋味你没尝过吧？那可真是美妙得很啊！"

冷冰儿大怒喝道："无耻东西，看剑！"就在此时，段剑青蓦地转身，对准了她，伸指一弹。

粉红色的烟雾在她面前飞起，冷冰儿大吃一惊，急忙一掌劈出，但段剑青亦在同时发出劈空掌力，粉红色的烟雾虽然在掌风激荡之下消散，药粉却已洒在她的面上，身上，她闭了呼吸，亦难遮拦那一缕缕透进她鼻孔的幽香。

冷冰儿又惊又怒，斜窜三步，喝道："你毒死我，我做鬼也不饶你！"转过身来，挥剑狂攻，竟是同归于尽的打法。

她只道段剑青是用杀人不见血的剧毒药物害她，她要趁着还有一口气的时候，与段剑青拼个同归于尽！最不济也可以在将要毒发的时候，自断经脉而亡。

段剑青笑吟吟地说道："我怎舍得毒死你呢，冰儿，我只盼你回心转意，咱们可以白首同偕！"

冷冰儿咬牙狠斗，但说也奇怪，斗了一会，她忽地有点懒洋洋的感觉，面前虽然是冰天雪地，她却好似置身于杂花生树群莺乱飞的江南，在春风吹拂之下，浑身说不出的舒服。春意上眉头，心头那股强烈的憎恨也是越来越减，似乎杀不杀段剑青也是无可无不可的了。

段剑青仍然采取绕身游斗的打法，脸上那邪恶的笑容也是越来越显。"冰儿、冰儿，你还记得咱们在西湖泛舟，苏堤踏月，孤山探梅的往事吗？几时咱们再同游江南，啊，还有我的家乡大理你还未到过，大理有上关风、下关花、苍山雪、洱海月。风花雪月，几时我与你一同消受？"

柔情蜜意，软语温存，冷冰儿迷迷糊糊的好像时光倒流，面前的段剑青又好像是七年前的那个风流俊俏、令她禁不住情丝暗击的少年了。

她手中的冰魄寒光剑虽然还在不断刺出，但已是越来越慢，越来越不成章法了。

段剑青嬉皮笑脸地踏上一步，又踏上一步……伸出手轻轻向她抓下去了。“冰儿，跟我走吧。咱们去同游江南，同游大理，从今以后，咱们永远在一起，再不分离。在天同为——”

他只道冷冰儿已经迷失理智，不料“比翼鸟”三个字尚未曾吐出唇边，冷冰儿突然又是反手一剑！

不错，冷冰儿是业已被药力迷幻，但仇太重，恨太深，积压在心中的憎恨情绪已是凝结得如同实质，和她的生命纠结在一起了。这种强烈的憎恨不是药力所能完全消灭的。

在这千钧一发之时，她突然恢复了几分清醒。

但可惜虽然恢复清醒，剑招却是软绵绵地发不出力道。

“铮”的一声，冷冰儿的冰魄寒光剑给他弹得飞出手去。

此时冷冰儿想要运功自断经脉亦是力所不能了。

幸亏段剑青不懂得掌握冰魄寒光剑的功夫，虽然由于剑招无力伤不了他，但那股奇寒触体，就已令他不禁陡然一震。

冰魄寒光剑落在地上，冷冰儿身子摇摇欲坠。段剑青再无顾忌了。“冰儿，你命中注定要做我的妻子的，你认命了吧！”

一退复进，眼看他的手指就要抓着冷冰儿了，忽地听得一声大喝：“谁敢欺侮我的冷姐姐！”大喝声中，劲风飒然，袭到段剑青背后。

这次来的可是真的杨炎了。

他人还未到，一枝天山神芒先射到来。

段剑青领教过天山神芒的厉害，如何还顾得及去抓冷冰儿？百忙中只好飞身斜闪。“咔刷”一声，天山神芒射入石中。杨炎却已出现在他面前。

杨炎大怒喝道：“原来又是你这个臭贼，我正要找你算账！”

段剑青叫道：“喂，杨炎，你听我说，你不是要为生身之父洗脱耻辱吗？我可以帮你，帮你——”

杨炎最不愿意听得别人提及他的“家丑”，这一下更加怒不可遏，扑上前去，就是一掌。

段剑青正是要激他动怒，才好以逸待劳。哈哈一笑，说道：“好，你不要我帮你我就杀你！”一个阴阳双撞掌接招，使上了第八重的龙象功。

哪知杨炎虽然动怒，却是毫不心粗气浮。那次他与段剑青打成两败俱伤之后，早已想好了怎样对付他的招数的，他这一掌先发后至，待得段剑青气力用老，他方始轻轻一撄，避其朝锐，击其暮归。

两人功力本来大致相当，但段剑青吃亏的是，昨晚他和齐世杰硬拼龙象功所耗的真力未曾恢复，又被冰魄寒光剑削弱了他的几分功力。即使杨炎未曾想出破他龙象功之法，他亦已不是杨炎的对手了。

双掌相交，无声无息。段剑青的身子却已飞了起来！

段剑青的武功也真个了得，身形刚一着地，一个鲤鱼打挺便翻起来，慌忙逃走，居然还是步履如飞。

本来已经摇摇欲坠的冰冷儿，此时再也支持不住了。恍如花枝乱颤，“嘤”的一声，就倒下去。

杨炎当然是顾不得去追段剑青了。

“冰姐，冰姐！”他失声惊呼，飞快地跑过去扶冷冰儿。

段剑青一走，冷冰儿的恐惧已经消失，那股强烈的憎恨也好像随着段剑青走了。

但段剑青留在她身上的药力可还没有消失。恐惧和憎恨一去，药力又再发作。

杨炎已经长得比她高半个头，一双强有力的手臂抱着她，令她感到无比的舒服。懒洋洋地好似躺在“春风”怀里，神智忽地一阵模糊。

眼前的杨炎幻化成另一个人。

“华哥，华哥……”冷冰儿语细如丝，喃喃说道。像是七年前的一幕又重演了。

杨炎听不清楚她说什么，他只知道冷冰儿叫的不是他的名字，他怔了一怔，叫道："冰姐，你怎么啦。我是你的炎弟，我是你的炎弟呀！"

冷冰儿如梦初醒地张开了眼睛，方始又惊又喜的说道："你当真是炎弟吗？"

杨炎把冷冰儿扶稳，让她坐在地上，他捋起了衣袖，说道："冰姐，你还认得这颗红痣吗？"

此时冷冰儿已经恢复几分清醒，她用不着去验杨炎这颗痣，已经知道面前这个少年确实是杨炎无疑。

虽然是同母异父，但杨炎可长得真是像他的哥哥孟华。

冷冰儿心里那个模糊的影子如今已是变成了有血有肉的真实的人，出现在她的面前了。真实的杨炎和她想象中的杨炎竟是相差不了多少。

"啊，炎弟，真的是你！也真想不到是你救了我的性命！这真是太好了，太好了！你人长大了，武功也大进了！"冷冰儿激动得流出眼泪，他们的手也不知不觉地又握在一起了。

"冷姐姐，你没受伤吧？"杨炎问道。他已经觉察到冷冰儿神色有异，不觉有点担忧。

"我没受伤。"冷冰儿忽地想起一事，不觉问道："炎弟，你到过那座破庙没有？"

破庙里留下她耻辱的记忆，她本来要忘掉这个地方，更不愿意提起杨大姑和齐世杰的。但为了杨炎，她不能不和他说。

因为，不论"辣手观音"是怎么可恶，她总是杨炎的嫡系姑母。而且她是冒了许多危险，万里迢迢地跑来找寻杨炎的。

她想起杨大姑对那"小叫化"的猜疑，但眼前的杨炎却已不是叫化子装扮。那个小叫化是不是杨炎呢？杨炎对自己的身世又已经知道了多少呢？

许多事情她未知道，但她知道杨炎已经长大了，不是她心目中那个孩子了。

"炎弟已经十八岁了，他是有权知道自己的身世了。"她不愿提起和自己有关的事情，但觉得对杨炎的事情——他的身世之隐，她是不该再对他隐瞒下去了。

杨炎呆了一呆，说道："到过了。而且不只一次。我是刚刚从那破庙来的。冰姐，我已知道，知道了……你，你不用再告诉我了。"

他以为冷冰儿要说的是她自己的伤心事，对她的事情，他是无言可以安慰她的，他不愿意挑起她的创伤。

冷冰儿正自不知如何向他开口才好，听了这话，不觉如释重负，说道："原来那小叫化果然是你。"她以为杨炎已经知道了自己的身世，却不知道杨炎是知道了一些，可不知道另一些。

"不错，是我！"杨炎咬着嘴唇说道。

"那么，你知道她，她是你的姑母了？炎弟，她是你唯一的亲人，那你为什么，为什么——"

她正要问杨炎为什么不肯认亲，想要好言劝他，杨炎却已说道："不，不，冰姐，你才是我唯一的亲人。我不怪你以前骗我，真的，我不骗你！我曾经埋怨过你，但如今我已知道，你是为了我的好！我不要这些'亲人'，冰姐，我只要你！"

杨炎本来是个容易激动的人，此时是更加不能抑制心头的积郁了。他说的"这些亲人"是包括他的生身之父在内的。不过冷冰儿当然是不知道的。

此时脉搏的跳动本来已经加剧的冷冰儿，也是更加激动了，她不觉搂着杨炎，说道："炎弟，我也把你当作我唯一的亲人，不过，他们，他们——"她想说的是："不过他们却是你真正的亲人"，但她的话又给杨炎打断了。

杨炎带着几分嘶哑的声音叫道："他们回家去了。冰姐，你怎么啦？你莫伤心，我是特地赶来陪你的！"

冷冰儿不知不觉又流出了眼泪。不过这次的流泪却已不是完全为了自己了，这次的流泪更多的是受了杨炎的感动。

激动的情绪本来就是容易感染的。

杨炎却以为冷冰儿是为了齐世杰的回家而感难过，虽然他不愿意挑起她的创伤，但忍不住要说了："世杰表哥是个好人，冰姐，你莫伤心，为了你的缘故，我愿意帮你去找他……"

他想起的是他的父亲已经做了大内卫士，他想起的是他的姑母也要逼他的表哥去寻出一官半职，要不是为了冷冰儿的缘故，他是决计不肯去见他的姑母的。他的计划是在替他父亲“雪耻”之后才去劝他父亲，此际，他是连自己的生身之父都不愿意去寻找的，何况姑母？

冷冰儿禁不住也激动得叫了起来：“不，不，我发誓不见齐世杰的！并不只是为了他的母亲。唉，炎弟，你不懂你的姐姐。我不要任何人的怜悯……”她心头复杂的情绪怎能向杨炎说得清楚呢？

杨炎说道：“姐姐，我懂得的。我懂得你是和我一样，咱们都不需要任何人的怜悯！”不错，他是知道冷冰儿的内心和他一样的倔强、一样的高傲，他自以为是“懂得”冷冰儿的。但冷冰儿更复杂的感情，却就不是他现在这个年龄所能懂得的了。

冷冰儿感觉得到杨炎掌心的热力，不觉轻轻叹了口气：“你说得对，我不需要任何人的怜悯，只除了你！”她的眼睛望着杨炎，脸上不觉微绽笑容。眼前的杨炎已经不是“小弟弟”了，眼前的杨炎已可逐渐幻化成昔日的孟华。她需要一个知心朋友的同情和安慰，以前她找到了孟华，如今她找到了杨炎。

她的笑容是绽开在满面泪痕之上的，眼泪也仍在不断的滴下来。这比只是单纯的哭，还更令人感觉难过。

杨炎用衣袖轻轻给她抹去泪痕，说道：“姐姐，你答应我不再伤心了吧？你答应我，我会永远陪伴的。”

冷冰儿笑道：“这么大了，怎么还说孩子气的话？”

杨炎叫起来道：“姐姐，你为什么不相信我会永远陪伴你？我说的是心里的话，但我知道你说的却不是心里的话！”

冷冰儿道：“我说的是真话呀，你是还有点孩子气嘛！”

杨炎说道：“那你为什么还在哭呢？你说过不再伤心的。”

冷冰儿道：“对，我是应该为你高兴的。你不必为我担忧。不过我不要你永远陪着我，你也不能永远陪着我的。”

杨炎说道：“为什么不能？”

冷冰儿道：“那个‘小妖女’呢？我不知道她是谁，但你的姑母骂她是‘小妖女’，我就知道她是可以配得起你的。你要永远陪着我，那你怎能还去陪她？”

杨炎说道：“啊，原来你说为我高兴乃是为了这个。”

冷冰儿道：“这还不值得高兴吗？你已经长大成人了，而且还有了知心朋友了。”

杨炎嘶哑着声音说道：“她不是我的朋友，她把我当作仇人的，纵然我想和她交朋友，她心头上的那个仇恨之结我也无法解开！”

冷冰儿吃了一惊道：“你怎么会和她结下深仇？”

杨炎说道：“不是我和她结的仇，是命运的播弄，使得我们非像仇人一样不可。”

冷冰儿道：“我不明白……”杨炎说道：“她的事情，我慢慢告诉你。总之那是一件很悲惨、很伤心的事情。我不想现在就说给你听。”

冷冰儿道：“她是好人吗？”杨炎说道：“我不知道。但我想她虽然邪气十足，却还是个好人的。不过，姐姐，你别要再问她了，好吗？我如今只要你不再伤心！”

冷冰儿叹道：“为什么我所知道的好人总是各有各的不幸呢？她的伤心事你不愿提我也不问你了。但我却不能不想：我的伤心有你安慰，她没人安慰，岂不更加伤心？”

杨炎叹道：“这是命运的播弄，有什么办法？不错，她的命和咱们一样的苦。但我无法解开她心头仇恨之结，更谈不上有办法去安慰她了。姐姐，我只能希望你不再伤心。”

冷冰儿道：“我不会再伤心了，或许我还有些眼泪要流，但不久就要流干的。炎弟，但你劝我不要伤心，你自己可先得别伤心！”

原来杨炎在听到她说道：“各有各的不幸”之时，不由得一面感怀自己的身世，一面为龙灵珠和冷冰儿而感难过。心情一阵大激动，他已是按捺不住，跟着冷冰儿哭出来了。

是爱？是孽？

冷冰儿轻轻替他抹干脸上的泪水，说道：“炎弟，你不许我哭，你怎么反而哭了呢？”杨炎收了眼泪，说道：“冰姐，你还记得我向你发过的誓么？”冰儿怔了一怔道：“什么誓呀？”

杨炎说道："那时我根本不懂得什么叫做伤心，但我知道你并不快乐。我发过誓要你得到幸福，得到快乐！"

冷冰儿不禁噗嗤一笑："我记起来了，是你十一岁生日那天和我说的话！"杨炎说道："不错，那时我是个小孩子，但我说的可不是孩子话！"

"我知道。炎弟，姐姐很感激你！"她的眼眶里不觉又沁出晶莹的泪珠，心中则在苦笑："幸福早已是与我无缘了。"

杨炎似乎知道她的心思，抱着她摇了一摇，说道："姐姐，你不相信我会使你得到幸福？"

眼前的杨炎，越发像是从前的孟华了。冷冰儿不觉也轻轻搂着他道："炎弟，我相信你！"

两人不再说话，冷冰儿神智一阵迷糊，杨炎忽地也感到热烘烘的，有一种从未经验过的心烦意乱的感觉。

原来冷冰儿着了段剑青的暗算，那挑情药十分厉害，还有未抹干净的药粉留在她脸上、衣上，甚至由于她吸进了过量药粉，连呼吸的气息都有着一股足以荡人心魄的幽香。

杨炎正自感到人世的冷酷，此刻他只是对冷冰儿才有真挚的感情。由于他心中本来并无杂念，是以他也丝毫不知要避男女之嫌，还是像从前一样和冷冰儿相拥相偎。

但他毕竟不是小孩子了。他是个十八岁的血气方刚的少年。

同命相怜，更何况激动的情绪本来就是最容易互相感染的。情绪的感染加上药力的迷幻，这霎那间，他们不知不觉地都迷失了理智。

就像山洪突发，杨炎突然紧紧抱着了她，在她的粉脸上吻下去、吻下去。吻干了她脸上的泪水。

他像小孩子一样伏在冷冰儿怀中，两人如饮醇酒，如游太虚。真不知天地之间，除了他们两人之外还有什么，相怜相惜之中，两人获得了生命的大和谐。

千钧一发之际，冷冰儿忽然心头一震："我是在干什么呀？"她用力推开杨炎，把一颗冰魄神弹纳入口中。冰弹入口融化，冷冰儿打了个寒颤，登时清醒过来。杨炎却还在迷迷糊糊地叫道："冰姐，你!”他嘴巴一张开，冷冰儿又是一颗冰魄神弹塞入他的口中。杨炎没练过克制冰魄神弹的小阳神功，突然一阵奇寒，冷得他跳了起来。

冷冰儿是知道他已经练成烂陀寺的上乘内功，料想他不至于受到伤害，才敢把冰魄神弹给他当作“解药的”。但究竟是担着风险，生怕料得不准，见他陡然跳起，不觉大吃一惊，慌忙跟着也跳起来，叫道:“炎弟，你怎么啦?快、快躺下来，让姐姐——”她只道杨炎受了阴煞之气所侵，想用少阳神功为他驱除寒气。

哪知话犹未了，忽听得一人喝道:“无耻贱人，你和这小畜牲干的好事!”

冷冰儿眼光一瞥，认得这个人是她的师兄石清泉，不由得又羞又惊，慌忙躲到大树后面，叫道:“石师兄，你听我说——”

石清泉怒气冲冲地喝道:“贱人，谁是你的师兄?平时装模作样，我还以为你真的是那么玉洁冰清的圣女呢!哼、哼，原来如此无耻，背了人就偷汉子!天山派的脸都给你丢光了!”

原来这个石清泉正是曾向冷冰儿求婚不遂的人。这几年来，冷冰儿很少回过天山，固然是为了找寻杨炎，另一个次要的原因也是为了逃避求婚的麻烦。

石清泉的父亲是名列天山四大弟子中的石天行，成名还在现任掌门人唐嘉源之前。石天行只有这个儿子，对他不免偏于溺爱。而石清泉也确是文武兼资，而且相貌英俊，算得是天山派第三代弟子中出类拔萃的人物。

也许正是由于他自视过高，故而年近三旬，尚未娶妻。冷冰儿一到天山，他就爱上了她。石天行在知道儿子的心意之后，心头那份欢喜可就不用提了，于是便向冷冰儿的师傅——现任掌门夫人提出婚事。

他们父子只道这门亲事必成，哪知却遭冷冰儿的拒绝。

求婚失败，做父亲的除了安慰儿子之外，心中倒是并无芥蒂。但石清泉却认为是奇耻大辱，对冷冰儿含恨在心了。

这次他是由于知道了杨大姑来到回疆找寻杨炎的消息，与及杨牧当上大内侍卫的秘密，是以特来追踪的。他怕杨牧的姐姐辣手观音来找杨炎一事，可能对天山派有所不利。他来迟一步，没碰上辣手观音。却大出他意料之外，在这样的情景之下，碰上了冷冰儿和杨炎。不过他可不认得长大了的杨炎。

心怀宿怨的他，目睹冷冰儿和一个年轻男子如此亲热，怒火登时融融燃起，禁不住便即破口大骂。

哪知他这一破口大骂，骂起了杨炎的怒火，杨炎的怒火比他烧得更旺！

杨炎大吼一声，就跳出去。

“你骂我也还罢了，你凭什么骂冰姐贱人。”

石清泉冷笑道：“干了这样的‘好事’，还不许别人骂么？我偏要骂，她是无耻的小贱人，你是无耻的小畜牲！”

杨炎沉声说道：“跪下来给冰姐磕头赔罪，或许我可以饶你性命！”

石清泉刷的一剑就刺过去，冷笑道：“无耻狂妄的小畜牲，你想杀人灭口？只怕你没有这个本领！哼、哼，你不杀我，我也要杀你，先毙你这小畜牲，再正门风料理那小贱人。”

口中说话，手上的长剑已是接连向杨炎攻出了七八招。

他是天山派第三代弟子中顶儿尖儿的人物，武功委实不弱。杨炎刚刚清醒过来，迷药的药力尚未完全消解，给他攻得连连后退，险象环生。

冷冰儿叫道：“石师兄，你不知道他是谁吗？他正是杨炎呀！”

石清泉怒气更增，冷笑说道：“龙生龙，风生凤，老鼠的儿子会打洞，这小畜牲迟早必是祸根，越早杀掉他越好！你这小贱人不知羞耻，居然还敢为他求情！”

杨炎给他气得几乎疯了，陡地喝道：“且看谁能杀谁？”石清泉正自施展一招极厉害的杀手，忽地感到虎口剧痛，手中的长剑被杨炎一弹，飞上半空。原来杨炎的药力已解，功力业已恢复七八分了。

杨炎一把揪住他，左右开弓，噼噼啪啪打了他几记耳光。盛怒之下，这几记耳光的气力可真不小。石清泉给他打得“哇”的吐了一口鲜血，连同两颗门牙吐了出来。

石清泉可也真是倔强之极，给他打得一佛出世、二佛涅槃，居然还是破口大骂："小畜牲、小贱人，有胆的你们把我杀了灭口，否则你们做的丑事就休想别人不知！"

杨炎大怒道："你以为我不敢杀你！"卡住石清泉的喉咙，用力一捏，石清泉登时张开了嘴巴，舌头吐了出来。

冷冰儿慌忙叫道："炎弟，住手！"杨炎仍然扼住他的喉咙，说道："冰姐，你受他的侮辱还不够吗？不杀他难消心头之气！"

冷冰儿沉声说道："你杀了他，我永远不理睬你！"

石清泉那把青钢剑，刚才给杨炎用弹指神通的功夫，弹得飞上半空，此时方始落下。

杨炎接下这把剑喝道："看在冰姐的份上，暂且饶你这条狗命。但死罪可免，活罪难饶！"说到"难饶"二字，剑光一闪，已是把石清泉的舌头割了下来，冷冰儿想要喝阻，已来不及。

石清泉满面血污，状如厉鬼地狠狠向冷冰儿瞪了一眼，转头便跑。他虽然骂不出声，但那眼光可充满了怨毒！

冷冰儿叹道："炎弟，你也未免太狂暴了，好歹他总是师兄。"

杨炎怒气未消，说道："这样的师兄，不要也罢。不割掉他的舌头，难道还要让他含血喷人！"

冷冰儿苦笑道："你如此一来，恐怕是不能再回天山了。"

杨炎说道："我的恩师已经死了，义父也是在天山的时日少，不在天山的时日多。除了义父和你，我在天山别无留恋，回得去也好，回不去也好，算不了什么。冰姐，只要你我在一起，我就已心满意足。"

假如是在两个时辰之前，冷冰儿会把他所说的话当作是姐弟之情，但如今，在那件做梦也想不到的事情发生过后，冷冰儿却已感觉到一颗少年炽热的心了，这颗心是充满爱意的。

冷冰儿默然半晌，说道："炎弟，你忘了刚才的事吧。以后咱们还是姐弟一般。"杨炎说道："为什么要我忘记？"冷冰儿道："咱们都是受了段剑青这小贼的暗算，做了错事，但幸好尚未铸成大错。"杨炎说道："冰姐，如今我是十分清醒地和你说话，我对刚才的事情一点也没后悔！"

冷冰儿心烦意乱，说道：“炎弟、炎弟，我求求你，求你当作是一个荒唐的梦，最好是立即把它忘了。”

杨炎说道：“我一点也不觉得荒唐。冰姐，你后悔吗？”

冷冰儿看了看站她的面前的这个激情的少年，像是十分熟悉又像是十分陌生的少年，忽地有个奇怪的感觉：在杨炎的身上，有一半像是孟华，有三分像是齐世杰，还有两分却是段剑青的影子。不过这两分并不是现在的段剑青，而是从前的段剑青。是段剑青未曾完全走上歪路之前那略带邪气的影子。孟华的影子最浓，段剑青的影子最淡，但在她心底的深处，或许是她自己也从未想到过的，她不正是喜欢这样的人吗？

这霎那间，冷冰儿心头不觉一片茫然，用几乎只有自己听得见的声音说道：“我不知道。”

杨炎大声问道：“为什么不知道？”

“我不知道。我只知道咱们不能一辈子在一起。”

杨炎像是打破沙锅必须问到底的神气：“为什么不能？”

冷冰儿幽幽叹了口气，说道：“在我的心目之中，你只是我的弟弟。炎弟，你不能仍然把我当作姐姐吗？”

杨炎说道：“我以后也还是把你当作姐姐的，但我也要娶你做我的妻子！”

冷冰儿已经知道他的心意，但亲耳听到他求婚的说话，还是不禁吃了一惊，惶然说道：“不、不，这这，这是不，不可以的……”

杨炎说道：“为什么不可以？咱们虽然姐弟相称，但可不是真正的姐弟。”

冷冰儿道：“你今年十八岁，我已经二十七岁了，比你差不多大了十年。”

杨炎笑道：“十年一弹指，这一点年龄上的差别又算得了什么？人的寿命是无法预知的，说不定我比你更早去世呢！”正是：

情如姐弟忘年恋，是怜是爱未分明。

第十回　怒气难消伤长老
清规数犯叛师门

少年的激情

冷冰儿道："我已历遍沧桑，你只是个初出道的少年！"

杨炎似懂非懂，但却毫不踌躇地便即说道："那有什么关系？你做我的姐姐，做我的妻子，又做我的老师，不更好吗？"

这带着几分孩子气的话，逗得冷冰儿也不禁破涕为笑了。

杨炎喜道："冰姐，你没有别的顾虑了吧？"

冷冰儿摇了摇头，说道："我还是不能答应你。"

杨炎问道："什么理由？"冷冰儿道："你还年轻，不适宜、不适宜——""娶我为妻"这几个字她却是羞于启齿了。

杨炎说道："我也不是要你马上成亲，只要你答应做我的妻子，我可以等你。"

冷冰儿道："炎弟，你对我好，我很感激，不过——"

杨炎说道："别这么多不过了，除非你喜欢别人。但我问过你的，我说要帮忙你和世杰表哥，你又说不，不……"冷冰儿一声苦笑，截断他的话道："别再提他。我虽然不会把他当作敌人，但也决不会和他成为更、更要好的朋友了。"

杨炎说道："着呀。既然你不愿意嫁给他，为何不能答应我？我发过誓要你得到幸福的，你不相信和我一起会有幸福吗？"

冷冰儿道："炎弟，你是不是怜悯我？"

杨炎慌忙说道："不是，不是。我是真正的喜欢你。以前我不知道，现在我是真的知道了。”

冷冰儿道：“你知道只是现在的知道。”

杨炎怔了一怔，说道：“冰姐，你这话是什么意思？”

冷冰儿轻声念道：“少年不识愁滋味，爱上层楼，爱上层楼，为赋新词强说愁。”弦外之音：什么是愁？什么是爱，像杨炎这个年龄，恐怕还不会真正知道的。

杨炎似懂非懂，说道：“冰姐，我可并非一时的心血来潮才求你做我的妻子，我想过了，咱们同样地苦命，为什么不可以把以后的命运也联结在一起？”

冷冰儿道：“我不相信命运。”杨炎说道：“我也不相信的。但我只是打个比方，咱们两个苦命人像是涸辙之鲋那样相濡以沫，可有什么不好呢？”冷冰儿深受感动，半晌说道：“炎弟，你先别逼我，让我仔细想想。”

过了许久，冷冰儿道：“先别谈咱们的事情。炎弟，你把那位龙姑娘的故事说给我听，好不好？”

听完了龙灵珠的故事，冷冰儿泪盈于睫，说道：“想不到这位龙姑娘的命比咱们还苦。我真佩服她的倔强！炎弟，你刚才说得好，涸辙之鲋，相濡以沫。那么这位龙姑娘就比我更需——”

杨炎说道：“我不是已经告诉了你吗，我没法解开她心头的仇恨之结。”

冷冰儿道：“上一代的怨恨是不该连累下一代的，假以时日，她心头的结定会解开。”

杨炎涩声说道：“我可不能凡是苦命的人都爱啊。我只希望和她做个朋友，希望能够帮忙她和爷爷骨肉团圆。但我的心愿也仅止于此了。”

冷冰儿道：“我还想问你，你今后准备上哪儿？”

杨炎茫然说道：“我不知道。我只知道要和你一起。”

冷冰儿道：“天山你是暂时不方便去了。但你不想到柴达木去见你的爹爹和哥哥吗？”

杨炎好像突然被刺了一针似的，叫起来道：“冰姐，我不怪你以前骗我，但如今我已知道自己的身世了，你怎能还说——”

冷冰儿道："不错，孟大侠不是你的生身之父，孟华也不是你的亲生哥哥，但他们对你可——"

杨炎嘶哑着声音说道："冰姐，别提他们了好不好，我有我的主意。"

冷冰儿不知道他对自己的身世究竟知道了多少，心里想道："他对他的姑姑殊无好感，辣手观音纵使对他说了一些什么不利于孟大侠的话，料想他也不会完全相信。如今他的情绪尚未稳定，孟杨两家之事，我也知道得不是十分清楚，且待他的义父回来，由他的义父把全盘真相告诉他吧。"

杨炎说道："冰姐，你没有别的再要问我了吧？那么现在该是你答复我的时候了。你，你愿意——"

冷冰儿说道："我不能马上答应你。我要你先答应我两件事情。"

杨炎说道："冰姐，只要你愿意做我的妻子，别说两件事情，十件我也答应。"

冷冰儿噗嗤笑道："好，咱们击掌立誓，你可别要后悔！"

好不容易才看得见她的脸上绽出笑容，杨炎禁不住亦是心花怒放，笑道："君子一言，快马一鞭。你的炎弟纵非君子，也决不会后悔的。冰姐，你说吧。说什么我都依你，倘若有背誓言，教我——"冷冰儿连忙伸掌封住他的嘴巴，说道："只须有了诚心，我信得过你定能遵守，誓言说不说出来都是一样。"

击过了掌，杨炎说道："谢天谢地，我的冰姐毕竟相信我的诚意了。好，那你说吧，第一件事是什么？"

冷冰儿道："从今天算起，我要你和我分开七年。"

杨炎怔了一怔，说道："什么？咱们分别了七年，方才见面，你又要我等七年？"

冷冰儿道："刚说过的你就后悔了？"

杨炎道："我不是后悔，只不明白你为什么要这样做？"

冷冰儿笑道："我等了你七年，你才回来，你不该也等我七年么？"

杨炎说道："要是在这七年之中，咱们偶然碰上呢？"

冷冰儿道："那你必须躲开我，不许和我说话。"

杨炎苦着脸道："一句话也不许说么？"

冷冰儿笑道："你真像小孩子向大人讨糖吃，得了一颗，又想一颗。好，算是我怕了你，略为放宽，准你说三句话。"

杨炎说道："我真是非常舍不得离开你，不过你定要如此才肯嫁我，我只好依从你了。我杨炎立誓，七年之后才找冰姐。七年之中，倘若偶然碰上，我杨炎每次最多只和你说三句话。冰姐，那你也得答应我，七年之后，不许另生枝节，必须嫁我为妻。"

冷冰儿面上一红说道："我答应你。不过——"

杨炎叫起来道："还有什么不过。"冷冰儿笑道："你先别慌，我不是后悔。不过我要你依从的这一件事只是你必须和我分开七年，别的对你并无拘束，你明白我的意思吗？"

杨炎说道："我不明白。"

冷冰儿道："假如在这七年之中，你另有了意中人，我决不会怪你。"

杨炎说道："你要我把心挖出来你看？我怎能再爱别人！"冷冰儿道："我只是对你不加拘束，也并不强逼你爱别人。"

杨炎苦笑道："冰姐，你好狠心，这七年的日子，我可不知怎样挨了。第二件事又是什么？希望别再这样刁钻才好。"

冷冰儿笑道："这件事情相信是你乐意做的。"脸上在笑心中却在忍受悲酸："炎弟，你以为我真的舍得和你分开七年？我是不得已才这样做啊！只有这个办法，才能叫你慢慢冷下来。"

"我要你找到那个小妖女，同样也是以七年为期。"冷冰儿道。

杨炎道："小妖女？"冷冰儿笑道："对不起，辣手观音口口声声骂你的那位龙姑娘做小妖女，我不觉也跟她这样叫了。不过，她口中的小妖女，可正是我心目中最好的女孩子。"

杨炎也忍不住笑道："那位龙姑娘比我更多邪气，叫她小妖女其实也不为过。不过她可并不是我的。"

冷冰儿道："她是你爷爷的孙女，你的爷爷是你的救命恩人而兼恩师，她不能算是你的亲人吗？"杨炎说道："这倒是的。可在我的心中，我只把她当作一个淘气的小妹妹。"冷冰儿笑道："我知

杨炎痴痴地看着冷冰儿的背影，渐行、渐远、渐杳。

道，那么你这个做兄长的应该去找小妹妹吧？”心中也在好笑：“你知不知道，在我的心中，你也只是一个淘气的小弟弟。”

杨炎说道：“不错，我本来是打算去找她的。但何以要以七年为期，假如过了七年，还是找不着她，那怎么办？”

冷冰儿道：“那你就别来见我！”

杨炎叫起来：“你这不是推翻了前言？”

冷冰儿道：“这两件事情是要你同时做到的，缺一不可！”

杨炎苦笑道：“那我只好依从你了，谁叫我已经和你击掌立誓了呢？好吧，七年就七年！”心想有七年这么长的时间，纵然人海茫茫，要找到龙灵珠，希望应当还是相当大的。

“冰姐，两件事情我都依从你了，怎么样？”

冷冰儿笑道：“还有什么‘怎么样’？不怎么样了！现在就请你遵第一条誓言，离开我吧！”

杨炎说道：“冰姐，你先走吧。我暂时留在这儿。”冷冰儿道：“为什么？”杨炎说道：“我要多看你几眼。”

冷冰儿不禁又是一阵心情激动，她生怕给杨炎看见她脸上的泪痕，头也不回地就走了。

杨炎痴痴地看着她的背影，渐行、渐远、渐杳。“冰姐，你怎的这样忍心，这一别最少就是七年，你也不回头望我一望？”

他怎知道冷冰儿此时的心境比他还更凄酸。

七年，七年的离别，谁知将来会怎么样？

时光的流转该会冲淡少年的激情吧？而这也正是他对杨炎的希望。“要是炎弟找到了那位龙姑娘，经过了七年长的时间，或者他会哑然失笑，失笑自己当初那段孩子气的恋情吧？”冷冰儿心想。

是真的希望如此吗？她不敢这样问自己。但在她作出这样希望的时候，在她的心头则是不禁感到一片茫然的。

这七年其实也可说是对杨炎的一个考验，是不是她的内心深处，希望七年之后，杨炎仍然回到她的身边，遵守他自己的誓言（虽然她并不要他遵守这个誓言），向她求婚呢？

没有人能够知道，连她自己也不知道。

不知不觉已是走下山坡，她才回头一望。虽然明知不会看见杨炎，但杨炎在她心中的影子却是永远不会消失了。

杨炎的影子不觉又变成了孟华的影子。

“如今是该找孟大哥的时候了。”她想。

杨炎说过不会到柴达木去见孟元超父子，那她就必须去了。

虽然她不知道杨炎要杀孟元超，甚至不知道杨炎对孟元超是怀有那么一份莫名其妙的恨意，但最少她已经知道杨炎是不想认孟元超为父，认孟华为兄的。她也知道杨炎是要躲避他们。杨炎这份心情她自信能够理解，其实并非完全理解。

“唉，炎弟，你不知孟元超虽然不是你的生身之父，对你可比生身之父更亲。孟华更是你的一母所生的同胞兄弟，他也曾经找过你三年，他对你的疼爱，只有我最知道！”

“身向南边望北云，风云变幻几浮沉，芳心破碎倍思君！”

冷冰儿情怀惘惘，下山之后，不知不觉，便向南行。

虽然身向南行，却是不禁仍向北方遥望。

极目所及，是无边无际的大草原，当然看不见远在天边的天山。

她是自小没有家的。天山，曾经住了七年的天山，她是早已把它当成自己的第二个家乡了的。

遥望天山，她不禁百感交集，像是被“放逐”的“犯人”，也像是“有家归不得”的“游子”。虽然她尚未被逐出门墙，天山上也还有像是慈母一般盼望她归去的师父。

她不敢想象，石清泉回到天山会怎样地诬蔑她和杨炎！但她可以料想得到，被割掉舌头的石清泉，会更加用笔，用一切其他可能运用的手段，来控告她和杨炎所犯的“罪行”！

对付这样的“控诉”，她将无法自辩，也羞于启齿来替自己辩护。

一个高傲的少女，可以不怕死，但却不能不怕置身于这样难堪的场面。

她只有暂且逃避这种可能发生的场面了。

回过头来，身向南行。她要回到柴达木去。

她在柴达木只住过很少的日子，但柴达木才是她真正的

“家”。

在柴达木有她的叔叔冷铁樵。冷铁樵是义军的首领，一向忙于义军的事情，很少照料她，她自小也不是和这叔叔在一起的。但她知道这个叔叔是十分疼她的，他是她唯一的亲人。

在柴达木还有孟元超和孟华父子。

假如不是把“亲人”局限于只有血统关系的人，那么孟华就更是她的“亲人”。多少年来，她已经是把他当作大哥哥一样敬爱的了。何况他又是杨炎的亲哥哥。

“孟大哥不知什么缘故，直到如今尚未再来回疆？但我知道他是非常记挂炎弟的，我要把找到炎弟的消息告诉他。虽然在这七年当中我必须躲避炎弟，但我还是可以从旁设法，促使他们父子兄弟和好如初。”当然她心目中的“父子”并不是杨炎和他的生身之父杨牧，而是杨炎和孟元超。

其实，她本来是早就该回去的。

唐夫人起初只收她做“记名弟子”，就是准备她可以随时回转柴达木。记名弟子可以不必受那么多门规的约束。

当时她一来由于刚刚遭受情场惨变，不愿重履伤心之地，宁可天山终老；二来她要找寻杨炎，是以她终于一离了柴达木，就是七年有多。从记名弟子正式列入天山派的门墙。

按照门规，她是应该禀明师傅，或者最少也该请人捎个信代为禀告师傅才好回去。但现在她是悄悄地回去，只能拼着师傅的误会甚至责怪了。

她一想到石清泉临走之时的幽毒眼光，就禁不住有毛骨悚然之感！谁知他会掀起多大的风波？

最初她离开柴达木是一种“逃避”，如今她回去柴达木也是一种“逃避”。

不过，她虽然没有仔细想过，但也可以隐隐感觉得到，这一次的躲避，她将会置身于许许多多的义军兄弟之中，她预料得到，她心上的创伤也将比上一次“逃避”上天山恢复得更快。

上一次的“逃避”，她还只是一个不到二十岁的少女，纵然不能说是“温室”的花朵，也是经不起雨打风吹的花朵。

但在经过这七年的磨炼之后，经过了数不尽的伤心磨折之后，她自信纵然尚未能变成傲立雪峰的青松，也可以是欺霜傲雪的梅花了。

可是杨炎比当年的她还更年轻，他可经得起心灵的磨折？

“炎弟的性情那么偏激，要是我在他的身边，或许还可以对他稍加约束。我离开了他，真不知他还会闹出一些什么事情？”

她并不后悔离开杨炎的决定，但她可不能不有点担心杨炎的那副偏激的性情。

杨炎看不见冷冰儿的背影，方始好像从一个离奇的梦境之中醒了过来。是噩梦？是恶梦？还是甜蜜的梦？都有点像，也都有点不像。

但他并不后悔他做的“荒唐事”，包括割掉石清泉的舌头。至于要娶“冰姐”为妻，他当然更加不会后悔。

冷冰儿的背影看不见了，他还是痴痴地想：“冰姐，我一定要等你回来！”虽然，他的心境和冷冰儿并不一样。但也有相同的是：下山之际，不禁有着“天地虽大，我将何之”的茫然之感。

冷冰儿在深思熟虑之后，是已经找到了她的安身立命之所了。他还没有。柴达木他不愿去，天山他不能去。

按照他对冷冰儿许下的诺言，他应该去找寻那“小妖女”。但人海茫茫，却又怎知龙灵珠是在何处，何况还有七年的时光，似乎也不必忙着去找她。

不过想起了龙灵珠，他却不能不想起这七年来和他相依为命的“爷爷”了。这“爷爷”其实是龙灵珠的“爷爷”。

“可惜龙灵珠却不肯认她爷爷，唉，她不肯认爷爷，我只能替代她了。不过，爷爷虽然疼我，在他的心中，我总还是不能替代他的嫡亲的孙女儿的。”

“但无论如何，她不肯认爷爷，我就更加把她的爷爷当作自己的亲爷爷了！”杨炎心想。

可是他虽然想念爷爷，却又怕回去见到爷爷。

“当然不能告诉爷爷，他的孙女儿是这么样恨他。说谎话骗他么？下山不过半年多点，这么快就回去，爷爷一定要怪我不肯为他尽力寻找的。我编造的谎言又能骗得过他吗？”他心乱如麻，怅怅惘惘的独自前行。不知不觉也到了山下了。

日已西斜，晚霞如血。人在大草原上。

天苍苍，地茫茫。但风吹草低却是不见牛羊。

不见牛羊却见人！

正当他惘惘前行对周围一切都不加理会，只是胡思乱想之际，陡听得有人喝道：“小畜牲，给我站住！”这一喝把他的白日梦喝醒，把他从独自一人的世界中唤了回来！

抬头一看，杨炎不禁登时呆了。

面前是两个他还依稀认识的人，一个是他师父唐经天的二弟子甘武维，一个是他师伯钟展的大弟子石天行。而石天行正是石清泉的父亲！

原来唐嘉源既怕辣手观音当真找到杨炎，把杨炎领回家去，这不但对天山派不利，也将令他对孟元超无法交代，又怕石清泉对付不了辣手观音。石清泉那副傲慢的性情他是知道的，很可能在言语中得罪辣手观音，辣手观音就施“辣手”。他可不想在刚刚接任掌门的时候，就闹出祸事来。

是以他请三位师兄联袂下山，接应石清泉。

在他父亲唐经天做掌门的时候，天山四大弟子已经名震武林，成名远远在他之前，这四大弟子按年纪排列是：石天行、丁兆鸣、白健城、甘武维。石丁二人是他师伯钟展的得意弟子，白甘二人则是他父亲的得意弟子，他的大师兄和二师兄。

丁兆鸣由于有另外的事情早已不在天山，故而他只能请“四大弟子”中的其他三位师兄下山。

在石、白、甘三人之中，石天行年纪最长，在唐经天去世之后，他已晋升为天山派的长老之一，论辈分、论职位亦是以他最高，而且他又是石清泉的父亲，因此这次的“三人行”是以他为首的。

他们打听到辣手观音的行踪，兼程赶路追来。但结果还是迟了一天，辣手观音和她的儿子齐世杰早已回家去了。

令他们做梦也想不到的是，他们没碰上辣手观音杨大姑，却碰上了石清泉。

本来石清泉是最先来追辣手观音的，碰上他应该不算得是什么“意外”。

但他们碰上的却是被割掉了舌头的石清泉！

这就不仅令他们大感意外，而且大为震怒了！

是谁有这么大的胆子胆敢如此侮辱天山派的弟子？要知按照江湖的禁忌来说，“杀人不过头点地”，双方动武，死伤难免，被杀者所属的门派，虽然可能要为他报仇，却并不认为是受了侮辱的。但像割掉舌头、挖掉眼睛之类的事，那就可要比被人杀死更令死者的同门难以忍受了，这是对整个门派的侮辱。即使是辣手观音，她的一生虽然杀人无数，也还未做过这样的事的。

起初他们以为是辣手观音，好不容易才弄清楚整个事情的“真相”，当然这“真相”只是石清泉以笔代舌，写出来的“真相”。

“真相”一明，登时把他们气坏。他们怎也料想不到，这个割掉石清泉舌头的“凶徒”，这个侮辱天山派的“魔头”，竟然不是什么邪派妖人，而是本派弟子。而且不是普通弟子，是他们师父最钟爱的关门弟子，是师父临终之际还念念不忘的那个失踪了七年的杨炎。倘若是异派所为，他们还不会这样气恼。本派弟子如此作为，那更是罪不可恕，必须按照门规严惩的了。

白健城叹口气道：“好在师父早死半年，否则如今也会给这逆徒气死！”

甘武维道：“俗语说近朱者赤，近墨者黑，这小畜牲失踪七年，不知交上了什么妖邪之辈。”

他虽然和师兄一样痛骂杨炎，但语气之中，却还未到深恶痛绝的地步，甚且隐隐有几分为杨炎“曲为回护”的。

石天行哼了一声，说道：“恐怕还不仅仅是误交匪人这样简单呢！他的生父杨牧，如今已做了大内侍卫。他失踪了七年，怎知他是去了何处。”虽然话说“怎知”，话中之意则已是猜疑杨炎和他的生父做了一路的。

甘武维是顾念先师，内心希望师兄对杨炎稍为从轻发落的。但在师兄盛怒之下，亦是不敢明言了。因此只能顺着师兄的口气说道：“有其父必有其子，这句圣人的话是没错的。说老实话，当年师父收他做关门弟子之时，我已经觉得很不妥当，只是碍于他义父缪大侠的面子，不便对师父劝谏而已。”

石天行说道：“纵然这小畜牲不是鹰爪，所犯的恶行亦已是罪不容诛。这是咱们本派清理门户的事情，可不能再顾任何人的情分了。”

甘武维不敢再说，只能与白健城同声说道：“这个当然，这小畜牲该当如何处置，请师兄作主。”

石天行是长老身份，有权替代掌门人清理门户，当下便即吩咐白健城把他的儿子送回天山，将事情的经过禀告掌门，他和甘武维立即去找杨炎。

甘武维虽然不想把杨炎置之死地，但对杨炎的“恶行”，他也是极为生气的。不过和石天行比较来说，他却还保持几分冷静，一路走一路想，不禁又起了一个疑心。

审问杨炎

他是知道石清泉对冷冰儿求婚不遂之事的，不禁想道：“冷冰儿一向端庄、冷肃，怎会和杨炎干出那等丑事？说不定是石清泉夸大其辞？杨炎割掉他的舌头，虽然罪无可恕，但还不至于死。”

他不敢代杨炎向师兄求情，只能希望找不着杨炎。

他们到石清泉出事的那个山上去找，按通常的情形而论，已经过了一个晚上，杨炎犯了事应该马上离开的。只因不知杨炎是逃向何方，只能姑且到原来的地方一试而已。

想不到他们未曾上山，在山脚就碰上杨炎了。

石天行冷笑道：“你这无法无天的小畜牲，你也知道害怕了么？你望着我干嘛？你说话呀，说呀！说呀！”

杨炎说道：“石师叔，你要我说什么？”他和石天行本是同辈，但因年纪相差太远，石天行的儿子都比他大得多。他小时候习惯了称呼冷冰儿做“姐姐”，是以也习惯了跟冷冰儿称呼石天行做“师叔”的。天山派前任掌门唐经天是一个脱略形骸、不拘小节的人。对长幼尊卑之礼，一向是不大严格讲究的。

石天行大怒喝道：“谁是你的师叔，你自己做过的事情，你自己应该知道！你居然还敢站在我的面前说话，给我跪下！”

杨炎冷冷说道：“你既然不承认是我的长辈，我为什么还要向你下跪？”石天行气得双眼翻白，刷地就拔出剑来，喝道：“小畜牲，你，你，我毙了你！”

甘武维连忙拦住他，说道：“师兄，本派开宗立派以来，从没出过这等逆徒，一剑将他杀掉，未免便宜他了。清理门户是件大事，小弟之见，似乎应该把他拿回天山法办，以儆效尤。请师兄暂且息怒，让小弟审问他。”

石天行道：“好，那你就审问他吧，问他认不认罪？”

杨炎亢声说道：“我犯了什么罪？”

甘武维道：“石清泉的舌头是不是你割掉的？”

杨炎说道：“不错，是我割掉的！”

甘武维不觉也变了面色，喝道：“你为什么对同门也下得如此辣手？”

杨炎冷笑道：“谁叫他侮辱冰姐，不是看在冰姐的份上，恐怕他早已没有性命回去向你们胡说八道了，岂止只割舌头！”

石天行暴跳如雷，喝道：“是谁侮辱冷冰儿，亏你还有脸皮在我面前胡说！”他把“侮辱”二字误解，继续骂道：“冷冰儿和你情如姐弟，你这禽兽不如的小畜牲，竟和她干出那等丑事！看来她纵然淫贱，尚不至于这样无耻，多半是你这小畜牲不知用什么法子迷惑了她的本性的。好，甘师弟，这小畜牲既然承认是他做的‘好事’，你先废了他的武功再说！”

杨炎给他一骂再骂，不由得也是怒火大发，陡地喝道：“石天行，你嘴里放干净点！既然你不认我做师弟，我也无须对你客气，如今你骂了我，又骂了我的冰姐，我要你先向我赔罪！”

刚说到“赔罪”二字，只觉寒光耀眼，一柄青钢剑已是指到他的面前。

不过这次拔剑刺他的却不是石天行，而是甘武维。

原来甘武维情知师兄一定忍受不住，故而只能自己抢先动手，方能救得杨炎一命。

他这一剑是刺向杨炎的麻穴的，出招看似甚劲，剑尖的力道却轻。他背向石天行，石天行看不见，杨炎此时的武学造诣已在两个师兄之上，一看就知。

“看来这位甘师兄对我倒还似乎略有几分情分，我可不能难为他。”当下一个移步换形，轻轻挥袖一拂荡歪他的剑点。

这一下颇出甘武维意料之外，心想：“莫非这七年中他得到什么奇遇？这一拂的功力已是胜过一般弟子苦学十年。”他可还未知道，要是杨炎用上全力，这一拂就能令他的剑飞出手去。

不过他刺不着杨炎的穴道却是更加担心了，他担心的倘若他降服不了杨炎，石天行非出手不可。虽然清理门户按规矩是该在同门大会之中宣布他的罪状，方能“当众法办”的，但石天行是长老身份，在叛徒拒捕的情形底下，按规矩他也有权置之于死。石天行在盛怒底下一出手，还能不要了杨炎的小命？

他赶忙向杨炎打了一个眼色，同时如影随形的就扑上去，喝道：“你，你反了？你可知道欺师灭祖是什么罪名？我劝你还是赶快认罪，随我们回天山的好！否则只怕你更会身败名裂，死了也还要落个臭名！”

杨炎知道甘武维的“好心”，但却怎能让他废掉武功？而且他也气不过石天行对他的谩骂。气怒之下，无暇考虑后果，一声冷笑，便即说道：“我的师父已经死了，做不做天山派的弟子也没什么！”

此言一出，本来想要“回护”他的甘武维也不禁勃然大怒了，气得颤声喝道：“杨炎，你，你果然是要欺师灭祖，反出本门！”声出剑发，这一下可是毫不留情了，使出的是追风剑式中的刺穴绝招。力透剑尖，一招之内，连刺杨炎的七处大穴。

追风剑式快逾飘风，杨炎接连三下移形易位的轻灵身法，兀是未能完全闪开，只听得“嗤”的一声，杨炎的衣角被剑尖穿过，只差毫黍，险些就要给他刺着胯骨的中盘穴。这中盘穴是足少阳经脉的交会之点，倘给刺着，武功最少要给废掉一半。

杨炎情知不能用空手入白刃的功夫对付甘武维的追风剑式，当下只好也拔出剑来，当的一声，隔开了甘武维刺来的长剑。

甘武维既是痛心，又更气恼，喝道："好，我倒要看看你七年来学了什么精妙的剑法，居然胆敢背叛师门！"一招"雪花六出"的凌厉剑招隐隐有朔风怒号、雪花扑面的剑意。

杨炎横剑一封，只听得叮叮当当之声不绝于耳。甘武维虎口隐隐酸麻，不禁暗暗吃惊："这小子不但剑术精妙，内功居然也这么了得！"他可不知，杨炎只是用上三成内力。

甘武维跟着又想："但我可不能败给他，我败给他失掉面子事小，石师兄一出手这小子可就性命难保！"他想起杨炎是师父生前最钟爱的关门弟子，实是宁愿自己废掉杨炎的武功，也不忍见杨炎丧在他的师兄手下。

但此际他连取胜也没把握，更遑论废掉杨炎的武功？

他不敢和杨炎硬拼，只好运剑如风，稍合即分，一沾即退，希望以迅捷异常的剑法，乘瑕抵隙刺着杨炎的穴道。

杨炎不知他的用意其实还是想要保全自己，见他剑招如此狠辣，不禁亦已有点动气。

杨炎陡地喝道："甘师兄，你苦苦相逼，恕小弟不客气了！"剑光一起，矫若游龙。不但身受的甘武维感到吃力，连旁观的石天行都不觉暗暗吃惊。看了一会，方始放下了心上的一块石头。想道："本门剑法，天下第一。这小子的剑法虽然不弱，毕竟还是稍逊一筹。而且他的功力尚浅，看来是用不着我出手了。嘿嘿，让甘师弟废掉他的武功更好，免得别人说我假公济私了。"

他哪知道，杨炎其实是未尽全力的。

杨炎心高气傲，两个师兄说他反出本门，他就索性不用天山剑法。用他"爷爷"龙则灵教给他的"龙形十八剑"。

"龙形十八剑"以刚猛见长，在招数的精微方面比不上天山剑法，剑势的浑雄则有过而无不及。认真说来，两种剑法实在是各有千秋。

但正因为"龙形十八剑"是以刚猛见长，杨炎不敢用上内力，自是难免相形见绌了。

再过一会，甘武维出招越来越快，好几次险些就要刺着杨炎。

杨炎正自踌躇，想要运用内功，又怕自己这套剑法太过刚猛，万一失手，只怕甘武维抵敌不住就要重伤。虽然他已动气，但还是不愿伤害甘武维的。

举棋未定，甘武维刷的又是一剑刺过来了。

这一剑又快又狠，一招之内，遍袭杨炎九处穴道。他已经是使出天山剑法追风剑式中最厉害的一招了。

杨炎情知闪避不开，百忙中只好挥袖一拂，使上五成内力。甘武维脚步一个踉跄，这一剑就刺歪了，连一处穴道都没刺着。

石天行哼了一声，冷冷地说道："甘师弟，你何必对这小畜牲剑下留情！"甘武维被杨炎那一拂之力，胸口隐隐作闷，呼吸都还未曾舒畅，有苦也说不出来。

杨炎被他一再侮辱，怒极气极，反而哈哈大笑说道："老畜牲，你不服气，你来试试！"

石天行本来就想亲自动手，这一下更加激得他暴跳起来，喝道："甘师弟，你不敢杀他，我来杀他！你给我退下！"拔剑出鞘，立即痛下杀手！

石天行名列天山四大弟子之首，内功剑法都是远在甘武维之上。这一剑猛地刺将出去，隐隐挟着风雷之声。

甘武维虽然已知杨炎的武功不凡，但真正的深浅如何却还未知。他怕石天行杀了杨炎，也怕杨炎伤了他的师兄。是以师兄虽然叫他退下，他仍是不能不挥剑再上。而且尽量抢攻。希望能够由他抢在前头，废掉杨炎的武功。只要能够废掉杨炎的武功，料想可以稍解师兄之怒，保全杨炎性命的指望就多了几分。

天山派两大高手合斗杨炎，杨炎可就不能从容应付了。

他逐渐用到了七分内力，仍是险象环生。

他不愿伤甘武维，甚至也不愿杀石天行。石天行虽然可恶，到底不及他的儿子可恶。杨炎对石清泉也只不过割掉舌头而已。

但石天行却是要取他性命的。

剧斗中三柄长剑颤成了三团剑花，三个人都在剑光笼罩之下。

在这样剧斗的情形底下，杨炎要避免伤及甘武维，可真是耗尽精神了。

甘武维虽然不想取他性命，也是要废他武功的。

好几次杨炎为了避开甘武维，险些给石天行刺着。

杨炎喝道：“甘师兄，你退下，我不想伤你！”

他不这么说还好，他这么一说，甘武维攻得更急。

“当”的一声，杨炎把甘武维的长剑荡开，但想要刺他穴道，却没刺着。

说时迟，那时快，石天行趁着他稍微分多一点心神对付甘武维之际，一招“铁骑突出”刺到他的胸膛。

杨炎身形疾转，胸口虽然没给刺个正着，左臂已是给石天行的剑尖划开了几寸长的伤口。

杨炎猛地一声大喝，反扑回来，剑掌齐发。

一阵断金戛玉之声，石天行的剑断为两截。

甘武维大吃一惊，连忙喝道：“杨炎，你敢！”

话犹未了，只见石天行摇摇晃晃，忽地一口鲜血喷了出来，倒在地上。甘武维尚未来得及喝阻杨炎，他的师兄已经是受了重伤了！

原来在这最后一招，杨炎已是出尽全力，剑法的刚劲也还罢了，掌上的力道更是有如排山倒海，石天行如何禁受得起？

杨炎把师兄伤得这样重，心里不觉亦是有点悔意，但既已造成这样的局面，难道他还能向石天行赔罪不成？

当下他嘿嘿的发出几声冷声，拂袖便向前行。

他的左臂给石天行的剑尖划开了几寸长的伤口，鲜血一滴一滴地滴在白茫茫的雪地上。伤得虽然不重，可也必须料理了。

石天行双眼睁得铜铃般大，强忍疼痛，怒声喝道：“甘武维，我以长老身份，命你替我杀掉逆徒！咱们纵然都活不成，也不能让他独留人世！”

话中之意，即是要甘武维与杨炎同归于尽。他知道甘武维打不过杨炎，但杨炎此际亦已受伤，甘武维则尚未受伤，要是甘武维肯舍弃自己的性命，那就未必没有与杨炎同归于尽的指望。

这是最严厉的命令，为了维护师门荣誉，甘武维纵然不想依从也得依从，何况他此际亦已是十分痛恨杨炎！

甘武维大吼一声，手中长剑化作了一道银虹，掷向杨炎。

他是生怕追杨炎不上，因而使出了追风剑式最后一招绝招，这一招可在百步之内，“飞剑”伤人。剑已脱手，倘若伤不了对方，那当然是准备自己送命的了。故此这一招在师父传授他的时候，曾经郑重告诫过他，非到最后关头，决不可轻易使用。这叫做“剑在人在，剑亡人亡！”

杨炎心乱如麻，恍若视如不见，听而不闻。

猛觉背后劲风飒然，他这才反手一弹。

“铮”的一声，弹个正着。背后就像长着眼睛一般，刚好弹着无锋的剑脊。

但天山剑法的绝招岂比寻常？而且这一招也正是甘武维毕生功力之所聚。

弹是弹开了，但余势未衰，剑锋掠过，在杨炎的小腹上又划开了一道伤口。

这一次的伤可比左臂的重得多了。饶是杨炎内功深湛，也禁不住“哎哟”一声，弯下腰来！

杨炎心头的创伤比身体的创伤更重。本来对他还有几分“好意”的甘武维竟然对他使出了这样狠毒的杀手绝招！

“难道我当真是大逆不道，十恶不赦么？”这霎那间，杨炎的自暴自弃、愤世嫉俗的心情不觉更加强烈。

甘武维大喝道：“小畜牲，我和你拼了！”

扑上去便要扭打杨炎。杨炎又是伤心，又是气恼，但见甘武维满额红筋暴涨、气急败坏跑来的那副模样，不知怎的，又觉得他有几分可悯。

他腹痛如绞，无暇敷上金创药，只好用急救之法，迅速点了伤口附近的几处穴道。这是一种暂时的止血之法。说时迟，那时快，甘武维已经扑到他的身旁。

杨炎凄然说道：“甘师兄，你真要取我性命？”

甘武维怔了一怔，但也不过是瞬息的踌躇，倏地一拳就打出去。

杨炎双眼火红，左掌一拨，右手抓下。

“卜”的一声，杨炎的胸膛中了他的一拳，但却抓住了他的琵琶骨。

琵琶骨被抓，甘武维登时发不出力来了。

杨炎冷冷说道：“甘师兄，对不住，我不能让你废了武功！”

这霎那间，甘武维不觉一股寒意，直透心头。

他说过要废杨炎的武功的，如今杨炎讲出这样的话，是不是要反转过来废掉他的武功呢？

“小畜牲，你，你杀了我，……”话犹未了，只见杨炎双眼圆睁，一指向他太阳穴戳下。

甘武维闭目待死，忽觉浑身麻软，杨炎手一松，他就跌倒地上，爬不起来了。

原来杨炎刚才只是吓一吓他，并没有点他的死穴，而是点了他的麻穴。

杨炎回过头来，向石天行走去。

石天行受的内伤是比杨炎更重的，他虽然随身携带有金创药和碧灵丹，但金创药只能治外伤，碧灵丹解毒最有效，治内伤功效则是平平，而且他此际亦已根本没有气力把药取出来了。

此际他已是到了奄奄一息的田地。但一见杨炎走来，却不知哪里来的气力……

本来已经奄奄一息的他，居然能够大声骂了出来。虽然声音有点嘶哑。“小畜牲，有种的你杀了我！否则我只要有一口气在，非揭发你的丑事不可，你和那小贱人都……”

他知道杨炎最怕别人骂冷冰儿，所以他虽然不想骂冷冰儿，也要将她和杨炎牵连在一起骂了。他是忍受不了内脏流血的剧痛，想图个“痛快”，想激使杨炎一剑把他杀掉的。

他正要再骂下去，只听得杨炎已在冷冷说道：“你再骂，我先打你十七八记耳光，再割掉你的舌头！嘿嘿，你想求死是不是？我偏有办法，叫你求生不得，求死不能！”

这一下倒是比张天师的灵符还灵，石天行登时闭上了嘴，不敢再骂。

他名列天山四大弟子之首，要是当真被打了耳光，只怕死了也会给人嘲笑。

被打耳光之辱他都受不起，更何况还有更进一步的侮辱——被割舌头。

他闭上了嘴，可是杨炎却偏要他开口。

杨炎一托他的下巴，轻轻一捏，石天行不由自己地“啊呀”一声，嘴巴张大。他只道杨炎当真要割掉他的舌头，吓得几乎晕了过去，哪知杨炎却是把一颗药丸塞入他的口中。

原来杨炎虽然憎恨他，却还不愿意让他死的。他强逼石天行吞下的这颗药丸，是他“爷爷”秘方配制的灵丹，治内伤的功效不在少林寺的小还丹之下。

“石天行，你回去好好养伤，一年之后，当可恢复如初。我伤你，也救了你的命，你要报复那是你的事情，我自问已是对得起你。你是天山派的长老，你要把我逐出门墙，那我不做天山派的弟子就是。我不做天山派的弟子，你那些什么‘清理门户’的话头，也用不到我的身上了。总之，从今以后，咱们的同门情分，一笔勾销！”

他痛快淋漓地大说一顿，把胸口闷气发泄出来，回头就走。由于说话太多，耗损精神，腹痛更剧。鲜血又流出来了。

他吞了一颗药丸，但他的腹部的剑伤主要乃是外伤，必须敷上上好的金创药的。

他知道石天行的身上必定有金创药，他也知道天山派的金创药比他爷爷的金创药好得多。可是他心高气傲，当然不愿意去拿石天行的金创药，甚至不愿意在他的面前敷上自己的金创药。

于是他一喂石天行吞了那颗药丸，立即回头便走。

四野无人，时节已是冬季。冬天的雪山脚下，是不会有猛兽下山也不会有人来的。他不必担心石甘二人受到伤害。石天行内伤虽重，抵御严寒的功力料想还有。

他点了甘武维的穴道，但并非是用重手法点穴。估计最多也无须一个时辰，甘武维便能自解。甘武维的穴道一解，就有保护石天行的本领。有风险也只不过是一个时辰之内的风险。

此际，他亦已没有心情再去详加考虑石甘二人可能遭受的风险了。

此际，他最担心的倒是冷冰儿。冷冰儿可能遭受什么风险，那是他无法估计的。

他心乱如麻，禁不住心头苦笑："割掉石清泉的舌头，已经闹得天翻地覆，如今又重伤了身份是天山派长老的他的父亲，恐怕天山派的长幼同门，都不会放过我了。不过，我反正不想做天山派的弟子，也不会到天山去，除非他们有本领杀得了我，否则他们怎样闹得天翻地覆，也是与我无关。

"但冰姐可与我不同，她始终是要回去的，因为她还要做天山派的弟子。石天行父子不肯放过我，自也不肯放过她，她一回天山，可就不知要受到多大的侮辱与磨折了！"

杨炎心乱如麻，不禁有点后悔，刚才不应该让冷冰儿离开了他，更不应该与她击掌立誓，许下诺言，七年之内，不能见她的面。

他并不知道冷冰儿身往何方，他只是在想冷冰儿最安全的地方就是在他的身边。

他没有想到冷冰儿会到义军中去，（或许因为孟元超是义军的首领，故此在他的潜意识里，根本就不愿意去想他的冰姐还会有这么一个去处吧？）他只是相信自己的力量："唉，天下除了我，还有何人能够保护冰姐的平安？"

不知不觉已是中午时分，阳光照在白茫茫的雪地上耀眼生缬，可惜阳光却溶化不了他心头的冰雪。

不知是否因为心上的阴霾未能消散，雪原的阳光也似乎带着几分寒意。

想起冷冰儿处境的艰险，杨炎不知不觉打了一个寒噤。此时他已经是走过了一片草原，走到了山边了。

正自胡思乱想之际，忽听得健马嘶鸣，来的似乎不只一骑。

杨炎恐怕来的是天山派弟子，又起风波。他受伤甚重，莫说不能再战，即使尚有余力，他也不愿再伤同门。于是赶忙藏躲。

他刚刚藏好身躯，只见冰雪覆盖的草原上已是出现了四个骑马的人。

他认得其中一个人是丁兆鸣，丁兆鸣是在“天山四大弟子”名列第二的人物。若论内功造诣，他或许不及石天行，但论剑法之精，他还在石天行之上的。

杨炎暗暗吃惊，心里想道：“幸亏我见机得早。否则只是一个丁师兄，我现在就不是他的对手了。但那另外的三个人却似乎不是本门弟子，不知他们又是何等人物。”

心念未已，只听得丁兆鸣“咦”了一声，说道：“你们看，这雪地上有血迹！”

杨炎心头卜卜跳动，只怕他们会跟踪血迹找到自己。

一人笑道：“或许是兽血也说不定。在这寒冬腊月，不会有人在雪原上行走的。咱们有要事在身，恐怕也不能去查个水落石出了，丁师叔，你的意思怎样？”

这个人是四人之中年纪最轻的一个，看来似乎还未到三十岁年纪。说也奇怪，杨炎虽然看不清楚他的面貌，却依稀有点似曾相识的感觉，但左思右思，却是怎也想不起来。

“奇怪，他称呼丁兆鸣做师叔，应该是本门弟子才对，怎的我又不认识他？难道是我走了之后哪一位师兄所收的弟子？”杨炎心想。

丁兆鸣道：“我不是想要多管闲事，只是有点奇怪而已。你说得对，咱们大事要紧，即使真的有人受伤，咱们也没功夫去仔细找寻了。”

那年轻人本来以为是兽血的，听得丁兆鸣这样说，却可不禁有点忐忑不安了。说道：“丁师叔，救人一命，胜造七级浮屠，倘若当真是有人受伤，那咱们倒不妨稍为耽搁。”

丁兆鸣道：“我并没有说一定就是人血。在这冰天雪地之中，假如是有人受伤，他应该不会走得多远就在附近倒下的。但咱们目力所及却没发现人迹。因此即使真的有人受伤，这个人料想也该是个武功高强的人，用不着咱们替他料理，他早已走得远了。否则，就一定是已经死掉，尸体给冰雪覆盖了。”

第三个人道：“依我看，这个可能最大。冰天雪地，不管是人是兽，除非他是刚刚受伤，否则恐怕定是凶多吉少了。但若是刚刚受的伤，在草原上我们看得比平地上远得多，又不会看不见他的道理。所以不管是哪一种可能，咱们想要搜寻伤者，恐怕都是白费功夫的，咱们还是走吧。”

杨炎偷听到这里，只听得鞭声呼扬，那一行四人已是快马加鞭，不过一会儿，就在他的眼前消失了。

其实丁兆鸣虽没断言乃是人血，心中却有九分怀疑是人血的。

那年轻人虽然也有过对塞外生活三年的经验，但经验到底不及丁兆鸣丰富。他是只知其一，不知其二。他只知道寒冬腊月不会有人在雪原上行走，而丁兆鸣则还知道在这季节野兽也不会下山。

不过他怀疑的那两个可能倒是并没饰辞骗那少年。除非伤者武功极高，否则应该早已死掉。

这个少年人是有着很紧要的事情等他去做才来回疆的，他自是不想让他多管闲事了。

杨炎看不见丁兆鸣的背影方始松了口气。他一口气走了这么多路，身上的伤也是必须料理了。

他鼓其余勇，走到山上，找到了一棵“大青树”，这是生长在塞外的一种乔木，树叶极为茂盛，葱茏耸立，浓阴蔽地，四季常青，可以躲避风雨。对于受了伤的杨炎，在这棵大树下歇息疗伤，正是最适宜不过。

他已经疲倦不堪，敷上了金创药，倒头便睡，不消片刻，熟睡如泥。

杨炎熟睡如泥，他做梦也没想到，那个似曾相识的陌生人，此时正在为他闯下的大祸而担惊受怕，却又不能不来亲手捉他。

奇耻大辱恨难消

石天行被杨炎逼他吞下一颗药丸，初时以为是毒药，过了一会，只觉丹田里一股热气升起，不但疼痛大减，精神也好了许多。他方始相信这颗药丸当真是功效不逊于少林寺的小还丹的灵药。“这小子眼中虽然没有我这个师兄，总算还不敢斩尽杀绝！不过他想我感激他这点小恩小惠，那是做他的梦！”他想。

其实这可不是小恩小惠，要是没有这颗药丸，石天行的内伤那么重，不死只怕也得半身不遂！

但他所受的内伤却也是杨炎给他的，爱子割舌之辱，本身受伤之耻，又岂是杨炎这颗药丸所能抵消？

甘武维的功力本来可以一个时辰之内，运气冲关，自行解开穴道。但有一个死生未卜的师兄躺在他的身边，他自是难免心绪不宁，如何能够运用精纯的内功心法？

不过穴道虽然未能解开，他已是可以张口说话。

忽见师兄在地上动了两下，眼睛徐徐张开，跟着一声呻吟。原来是石天行试一试能不能够爬起来。

甘武维吃了一惊，连忙问道："师兄，你怎么啦？"杨炎逼石天行服药在后，点他穴道在前。他可不知是药丸功效。

石天行见他能够开口，亦是有点惊异，愤然说道："还死不了！你的穴道解开了么？"甘武维道："尚未解开，不过也差不多了。那小子倒是有点手下留情，没用上重手法。"

石天行怒道："这小子是想略施小惠，希望咱们能够饶他。哼，哼，我是绝不会饶他的，你领他的情，那是你的事！"

甘武维连忙说道："师兄，你别误会。咱们天山派开宗立派一百多年，多的是侠义之士，从没出过这等逆徒，莫说咱们今日都是受了奇耻大辱，即使他没点我穴道，我也不能饶他！"

石天行这才微露笑容，说道："好，那你赶快运气冲关，解开穴道吧。"

甘武维还不放心，说道："师兄，你好了点么？"

石天行道："好得多了。不过恐怕最少也得三天方能走动。伤好之前，我是全凭你的照料。你还不赶快解开穴道？"

甘武维这才宽颜赞道："师兄功力深湛真是远超侪辈！换是小弟受了这么重的伤定然必死无疑，怎能恢复得这样快！"

石天行面上一红，说道："雪原上虽然罕有人来，也须预防万一。我还要等你护送我回天山呢，别多说了，快快解穴。"

他们以为没有人会在这寒冬腊月出来，哪知话犹未了，就听见了来得有如暴风骤雨的马蹄践地声音。甘武维吃了一惊，说道：

“来的共有四人之多，却不知是什么人?”

石天行想起了一伙人来，这一惊更是非同小可!

他是想起了辣手观音杨大姑和她那两个师侄，心里想道:“莫非是杨炎这小畜牲已经和他的姑母会合，辣手观音老于世故，她听了杨炎所说的刚才之事，纵然杨炎不想杀我，她为了保护她的侄儿，也要杨炎陪她再来，以免留下后患!”如何才能免除后患，当然是要杀人灭口，斩草除根的了!

他身受重伤，甘武维又未曾解开穴道，要逃也逃不了!

说时迟，那时快，四骑快马已是跑到雪山脚下，相互看见了。甘武维又喜又惊，啊呀起来道:“丁师兄，原来是你!”

丁兆鸣更为惊诧，说道:“躺在你身边的是不是石师兄，这，这是怎么回事?”他骑在马上还没看得十分清楚，但也看得出这个躺在地上的人，是受了重伤。

他是个武学大行家，在和甘武维相认之后，见他仍然坐着不动，立即也就看出了甘武维是给人点了穴道。他连忙跳下马来，待要先替师弟解穴，那年轻人却比他更快，抢在前头，一下子就给甘武维解了。丁兆鸣一见他的手法，不禁暗暗惭愧，想道:“倘若换了是我，恐怕最少也得一盏茶时刻才能给他解开。”

甘武维刚才只是注视师兄，没有怎样留意这个少年，此时方始知道他是谁。不禁面色大变，登时呆了。

这个年轻人不是别人，正是杨炎的哥哥孟华!

原来丁兆鸣是奉了掌门师弟之命，到柴达木报丧，此时方始和孟华与及两位义军头目一起回来的。天山派四大弟子之中，丁兆鸣和义军的关系最深，且是孟元超的好朋友，故此唐嘉源选中了他。

孟华早就想来回疆找寻弟弟，只因这几年来他已逐渐成为冷铁樵最得力的助手之一，军务繁忙，冷铁樵轻易不能让他离开，是以迟迟未能成行。但这一次却是冷铁樵要他来的。

孟华在内功心法上曾得天山派前任掌门唐经天的指点。他虽然不是唐经天的正式弟子，却是天山派的记名弟子。(一派的记名弟子和只属于该派某一个人的记名弟子身分不同，他没有固定的辈分，可以和派中长老平起平坐，也可以和最低一辈的弟子平等论交。一般而言，地位甚高，有点半主半客的身份。）是以冷铁樵要找一个适当的人，代表他和义军到天山吊丧，孟华自是当然的人选了。这次冷铁樵给他一年假期，让他在吊丧之后，可以去找寻他那失踪已达七年的弟弟。

另外两个陪同孟华前往天山吊丧的人，也都是义军的重要人物，一个名叫邵鹤年，一个名叫刘抗。

说起来这两个人也是多少和杨炎有点关系的。邵鹤年的妻子是杨炎之母云紫萝的表妹，刘抗的妻子则是杨炎义父缪长风的师侄。他们虽然从未见过杨炎，对杨炎也是颇为关心的。

邵刘二人除了吊丧之外，还有一个任务是代表义军和回疆十八个部落联络。义军曾与回疆各族有过联盟抗清的往事，这次是要他们重申前盟，哈萨克族的“格老”罗海，就是他们所要联络的首要人物。

本来孟华与罗海父女的交情最深，但因为这次他必须多花精神找寻弟弟，因此在这项任务上，他只能是处于协助邵刘二人的性质。

杨炎失踪已达七年，孟华本来只是抱着“尽人事而听天命”的念头来找弟弟，以为希望甚属渺茫的。

想不到他们未到天山，就碰上了与丁兆鸣并列“天山四大弟子”的另外两人。更想不到的是在这两个人的口中，听到了弟弟的消息。

而且是这样令他痛心的消息！

孟华给甘维武解开穴道，甘维武一见是他，面色立变，开口便道：“孟大侠，你来得好！”

孟华因为丁兆鸣是父亲的好朋友，他自是不敢和天山派四大弟子平辈论交，一向都是自抑身份，称呼他们做师叔的。如今甘维武一开口就称他为“孟大侠”，听来可是十分碍耳了！

“碍耳”事小，甘维武那冷涩的语调，激愤的神情，更是把孟华吓了一跳。他刚刚给甘维武解开穴道，真是莫名其妙，不知何以甘维武会用这样的态度对他。

丁兆鸣此时则已上前扶起师兄。

石天行虽然已从鬼门关上走了回来，但在丁兆鸣眼中则还是受伤极重的。他这一惊自是非同小可，吓得声音也都颤抖了，连忙问道："师兄，你怎的受了这么重的伤？是，是谁——"一面说一面掏出碧灵丹来，想给师兄服下。碧灵丹虽然不是治内伤的灵药，但多少也有点功效，聊胜于无。

石天行不待他把话说完，就推开他的手，吭声说道："我，我死不了，不用服药。我要的只是报仇！你替我请、请孟大侠过来。"

孟华用不着他请，早已过来了。

他见石天行伤得这样重，这一惊刚才受到甘维武"莫名其妙"的对待更甚，无暇再和甘维武说话。

丁兆鸣是四大弟子中较为懂得一点医术的人，一把师兄脉搏，只觉脉息虽然微弱，跳动却还正常，这才稍稍安心，心里想道："师兄当真不愧是同门之长，这伤虽重，已是不碍事了。他说无须服药，倒也不假。"

孟华从丁兆鸣面色的变化，也看出石天行并无性命之忧了。因为石天行刚刚说过要报仇的话，他便问石天行道："石师叔，不知伤你的人是谁？"

石天行冷冷说道："孟大侠，你若不想我报仇，趁早现在把我的武功废了！"

孟华大吃一惊道："石师叔，你、你这是什么话？"伸手去摸石天行额头，担心他是因为伤而发高烧，以至神经错乱。但摸上去却是冰凉的感觉，并没发烧。

石天行甩开孟华的手，冷冷说道："什么话？你要知道，问你那宝贝弟弟去！"孟华怔了一怔，说道："我的弟弟？这么说，你们已经找到了杨炎了？他在哪儿？"

石天行哼了一声，冷冷说道："孟大侠，你是真糊涂还是假糊涂，要是我知道他在哪儿，还用得着请你孟大侠去找他么？"

孟华虽然仍是莫名其妙，但从石天行的语气之中，已经猜想得到事情定是与杨炎有关，心里想道："炎弟失踪七年，莫非他是误交匪人！石师叔为了救他，以至受了与他混在一起的匪徒暗算？"

他只道猜得不错，便即说道："炎弟年幼无知，要是他做错了什么事情，我自应代他受责。不过石师叔是否可以说得明白一些……"

话犹未了，石天行已是越发气怒，一声冷笑，说道："孟大侠，我怎么敢责备你？再说，你这位宝贝弟弟做的事情，只怕你虽然想揽在身上，你也担当不起！"

石天行是越说越气恼，孟华则是越来越惊骇，颤声问道："炎弟究竟做了什么错事？石师叔，你叫我问他，敢情事发之时，他也在场，你的仇人与他相识？"

丁兆鸣劝道："师兄暂且息怒，请把事情的经过，先和孟华说个明白。纵然杨炎做错了事，孟华总还是咱们自己人，他也说过，他绝不会不理这件事的。"

石天行这才像山洪暴发一般，两只眼睛好像要喷出火来，愤然说道："孟华，你要知道我的仇人是谁，那我就告诉你吧，把我打得重伤的人，就是你的宝贝弟弟杨炎！"

孟华惊道："是杨炎？他，他怎么能够有本领伤你？"

石天行嘿嘿冷笑，说道："恭喜你啦，孟大侠，你有这么一位武功高强的弟弟，你应该高兴了吧？"

孟华又是吃惊，又是气恼，说道："师叔，请你别这么说，我好歹如今也还是天山派的记名弟子，要是杨炎当真干出这等忤逆之事，师叔，你尽管着落在我的身上，把他找回来按照门规处置就是。"

石天行的气才稍稍平了一些，改了称呼，说道："好，孟华，冲着你这句话，我把杨炎交给你就是。"他的意思本来是把杨炎抓回来这件事情，责成孟华去办的。但因重伤之后又动了真气，说了这许多话，这句话却说得不够完整了。

甘维武想起孟元超、缪长风和天山派的交情，想起杨炎是恩师生前最钟爱的关门弟子，是以痛恨杨炎，却还不想做得太绝，找到这个机会，便即说道："对，孟华，你是本派记名弟子，有权和长老以及掌门人一样，处置犯了门规的弟子。我们自问没有本领抓到杨炎，要是你有本领把他抓回来，就由你处置他吧。谅你也不敢徇私！”最后这句话当然是说给他师兄听的了。

石天行身受重伤，自忖最少也得一年方能痊愈，而且即使武功恢复，恐怕也还不是杨炎对手。既然要仗孟华去抓杨炎，他面皮再厚，也不好意思凭借长老的权威反对甘维武之议，把处置杨炎之权抢回来了。不过听了甘维武这么一说，他却是在气恼之外，更多了几分羞愧。

“这小畜牲因何会做出这等忤逆之事，两位师叔可以告诉我么？”孟华问道。他虽然不敢不相信石天行的说话，但总还有点疑心，是以不能不查根问底。

石天行怒极气极，索性把他认为是奇耻大辱的事情都抖出来：“你那宝贝弟弟自忖武功高强，做的无法无天的事情可多着呢！你要知道，就都告诉你吧。他不但打伤了我，点了甘师弟的穴道，还强奸了冷冰儿，割掉我儿子的舌头！最先受祸的是清泉，他就是因为撞破的丑事遭祸的！”

爱子惨遭割舌，对他来说是比自己受伤更为痛心的，他在极度激动情绪之下一口气说了出来，一说完不觉又晕倒了。

孟华没有晕倒，但亦已呆若木鸡，刷的一下，脸上变得全无血色，身形恍若风中之烛，摇摇欲坠了。

七年来他渴望得到弟弟的消息，想不到今日得到的却是这样一个痛心的消息！

这七年来他除了关心弟弟之外，另一个他最关心的人就是冷冰儿。冷冰儿过去遭受的不幸太多，是以他也像杨炎那样是希望冷冰儿得到幸福的。想不到他最关心的弟弟竟然侮辱了他最关心的朋友，冷冰儿非但找不到幸福，今后的一生也给他的弟弟毁了。

他当然没有想到，杨炎之爱冷冰儿，正是深信自己能够给他所爱的人以幸福的。而且冷冰儿虽然是觉得杨炎稚气未消，却也是深信杨炎的诚意的。这对少年人所做的事情，绝对不是如石天行所想象的那样丑恶。

可惜孟华虽然还是青年，却不懂得这对年轻人的感情。在接二连三令他痛心欲绝的消息冲击之下，他也不可能冷静地去思索他们的感情，他之所以没有晕倒，只是由于他没有像石天行那样受了重伤，本身深厚的内功，本能地发挥了支持作用而已。

一个晕倒，一个呆若木鸡，这可把其他的人吓坏了。

刘抗上去替石天行推血过宫，他深通医术，比丁兆鸣还要更高明。丁兆鸣则在劝慰孟华："贤侄，你莫难过。杨炎这事情已经做了出来，伤心难过都是于事无补，咱们还是一同想法，想想如何善后吧。"这几句话他是在孟华耳边悄悄说的。

刘抗一面替石天行推血过宫，一面把耳朵贴着他的胸膛，听他的心脉跳动。

甘武维忐忑不安，问道："我的师兄怎样？"

刘抗说道："石大侠内功深厚，又服了少林寺的小还丹，再重的伤亦是可以无碍的了。他刚才不过一时怒火攻心，这才晕倒。过一会就会醒过来的。"

甘武维诧道："小还丹，你怎么知道我的师兄是服了少林寺的小还丹？"

刘抗说道："请恕直言，令师兄是被一股极为刚猛的掌力所伤，虽然我不知道是哪家哪派的掌力，但却知道决计不在少林寺的金刚掌力之下。当今之世，只怕也只有少林寺的方丈和江海天大侠才能硬接如此刚猛的掌力。令师兄的内功虽然深厚，但若不是有少林寺的小还丹，恐怕也不会恢复得这样快。他如今气机顺畅，内伤早已无妨了。"

甘武维甚为诧异，心里想道："原来师兄藏有少林寺方丈所赠的小还丹，怎的他却从来没有对我说过。"

果然过了不多一会，石天行再度苏醒过来。此时孟华亦已较前镇定一些了。

孟华说道："我来的时候，发现雪地上有血迹，料想是我那不肖的弟弟留下的。我这就去亲手捉他。"

石天行道："孟华，你是当今最负盛名的少年英侠，是江湖上人所共知的响当当的侠义道，我信得过你一定会秉公处理此事的，我不多说了，你去吧！”

他口里说信得过孟华，但谁也听得出来，他正是恐怕孟华徇私，才会说这“多余”的话。

孟华剑眉一竖，说道：“清理门户大事，晚辈不敢擅专，丁师叔，请你和我一起前往，处置此事！”弦外之音，自是要丁兆鸣负起监视他的责任，好让石天行可以放心。

场面有点尴尬，甘武维咳了一声，说道：“杨炎不知得了什么奇遇，武功之强，大出我们意料之外。大家是自己人，不妨说老实话。本派恐怕也只有孟华老弟亲自出马，才能捉拿这个逆徒。不过为了预防万一，多一个人帮孟老弟的忙也好。”

孟华继续说道：“刘大哥，请你留在这儿代我照料两位师叔。邵叔叔，你也和我一起去吧。”刘抗精于医术，邵鹤年是他和杨炎的长辈亲戚，如此安排，情理两皆兼顾。事情就这样决定了。

于是孟华跨上骏马，在丁邵二人陪同之下，怀着沉重的心情，重走回头路，在皑皑的雪地上，寻觅杨炎滴下的血迹。

杨炎的流血已经止了，但早已心力交疲的他，此时正是在熟睡之中。日有所思，夜有所梦，他梦见了冷冰儿。

冷冰儿正被段剑青追逐。他发出天山神芒，段剑青给他射个正着，影子突然消失。

“我叫你不要来找我的，你为什么不听我的话？”冷冰儿回过头来，但却忽然不是冷冰儿了，变成了那小妖女龙灵珠。

杨炎依稀记得龙灵珠也是说过同样的话，叹口气道：“你为什么和冷姐姐一样，你们都要避开我？”

龙灵珠的神情越来越冷，也越来越像冷冰儿，说道：“你到底要找谁？是我还是冷姐姐？”

不知怎的，龙灵珠与冷冰儿似乎合而为一，杨炎一片茫然，也不知要找的是谁？

龙灵珠忽然又变成冷冰儿了，说道：“我告诉你，天下最疼你的人是你的父亲，我说的是孟元超孟大侠！你应该去找他！”

杨炎叫道："不，他不是我的父亲，我不去找他！"冷冰儿冷冷说道："你不去找他，天山派的人就要来找你！"

杨炎叫道："不怕，我不怕，让他们都来吧！"梦境往往是很奇妙的，就在他说梦话的时候，找他的人已经来了。

梦境中，冷冰儿和龙灵珠都已消失。在他眼前出现的是石天行和甘武维。"在这里了，快来抓这小畜牲！"石天行大叫。

杨炎蓦地一惊，突然醒了！

"在这里了！"他刚一醒来，就听得有人这样大叫。

是梦？是真？杨炎几乎以为自己还在作梦。

但声音是这样熟悉，那些人也跑过来了，最前面的那人正是孟华。这霎那间杨炎不禁一呆，咬了咬手指心里想道："这是梦吧？怎的他也来了？"假如真是像梦境那样，来的是石甘二人还好，如今来的却是他的哥哥。另外两个是丁兆鸣和邵鹤年。

一别七年，孟华几乎不认得杨炎了，但孟华的面貌并没什么变化，杨炎却是一见就认得他的。

一咬手指，很痛，杨炎知道不是梦了。

孟华和丁兆鸣已经走到他的面前，孟华停下了脚步，气咻咻地盯着他。那眼神，那异样的眼神，好像混杂了许许多多复杂的情绪，好像火焰，又好像寒冰，（杨炎也在诧异，怎的会有这种奇怪的感觉呢？）天不怕地不怕的杨炎，在他注视之下，也不禁为之心悸了。

孟华和丁兆鸣同来，不用说他也知道是来抓他的了。

孟华的武功之高，远非天山派四大弟子可比，杨炎知道。他可以不怕天山派的任何一个人，但他自知，即使自己没有受伤，只怕也还不是孟华对手。

不过，他真正害怕的还不是孟华的武功，在他内心深处，他实是最不愿意见到孟元超和孟华这两个人的。尤其是怕见孟华。因为孟华毕竟是和他一母所生的异姓兄弟，他可以相信姑母的说话，与孟元超为仇，但对这个异姓哥哥却该怎办？是把他当作仇敌，还是把他当作哥哥？他可以由于心智尚未成熟，认为孟元超令他蒙受耻辱，但这可与孟华无关。这该怎办？他真的不知道应该怎办。因此自从他知道自己身世的隐秘之后，他只能希望别再让他碰着这个哥哥，好避免挑起他心头的创痛了。

孟华也是像他一样，宁愿这是一个恶梦，宁愿自己没有碰上这个弟弟。虽然他曾经找寻了杨炎三年，而在其后的四年，他也无时不在挂念着他。

杨炎的流血已经止了，但衣裳上还是血迹斑斑。正是：

不道师门难见谅，竟教兄弟动干戈。